C. L. Pattison

The Florist

C. L. Pattison

THE FLORIST

Thriller

Aus dem Englischen von
Wolfgang Thon

dtv

MIX
Papier | Fördert gute Waldnutzung
FSC® C014496

Tumblingerstraße 21, 80337 München
produktsicherheit@dtv.de
Umschlaggestaltung: wilhelm typo grafisch, Zürich
Umschlagmotiv: © Magdalena Wasiczek/Trevillion Images
Satz: C.H.Beck.Media.Solutions, Nördlingen
Gesetzt aus der Minion und der BlackerSans
Druck und Bindung: GGP Media GmbH, Pößneck
Printed in Germany · ISBN 978-3-423-26403-7

Jetzt

»Bitte erzählen Sie uns mit Ihren eigenen Worten, was im *Sanctuary* passiert ist.«

Ich lege zwei Finger auf die empfindliche Stelle zwischen meinen Augenbrauen. »Also ehrlich gesagt ist alles ein bisschen verschwommen«, sage ich, und die Worte kleben irgendwie in meinem Mund. »Ich glaube, ich stehe immer noch unter Schock.«

Mitgefühl zeichnet sich auf Detective Inspector Kate Kilners Gesicht ab, als sie sich nach vorne beugt und einen Ellbogen auf das gestärkte weiße Laken meines Krankenhausbettes stützt. »Das war gerade ein absolut traumatisches Erlebnis für Sie, da ist es ganz natürlich, dass Sie ein wenig verwirrt sind.«

Ich lehne mich zurück auf die Kissen und atme ein paarmal langsam und tief ein. Es ist kaum vierundzwanzig Stunden her, dass ich das Bewusstsein wiedererlangt habe, und mein Gehirn fühlt sich wund an. Es herrscht Stille im Raum. Sie dehnt sich aus, wird dünner, bis sie unangenehm wird.

»Wie wäre es, wenn wir zurückspulen, ganz an den Anfang zurückgehen?«, schlägt Detective Kilners Kollege vor. Sein Name ist mir entfallen. Er ist ein großer, korpulenter Mann, der den Raum auf eine Weise ausfüllt, die leicht aufdringlich wirkt. »Wie haben Sie die Familie Elliott kennengelernt?«

Wenn die die Wahrheit wüssten … Dass dies alles begann, lange bevor ich die Elliotts jemals zu Gesicht bekam. Bevor ich überhaupt wusste, dass sie existieren.

»Über die Arbeit«, sage ich. »*Darling Blossoms* beliefert die

Geschäftsräume von James Elliott schon seit einigen Jahren mit Blumen. Er ist einer unserer besten Kunden.«

»Und seine Frau, Eleanor?«

»Ist auch eine Kundin. Wir haben für einige gesellschaftliche Veranstaltungen in ihrem Haus die Blumendekoration geliefert.«

Detective Kilner schreitet ein. »Waren Sie also am Morgen des 22. September beruflich im Haus der Elliotts?«

Eine Welle der Erschöpfung schwappt über mich hinweg und hinterlässt eine bleierne Müdigkeit. Die Art von Müdigkeit, die sich von hinten anschleicht und einem ihre klammen Tentakeln um die Kehle legt. Ich glaube nicht, dass ich dazu jetzt imstande bin. Ich brauche mehr Zeit, um die Fakten in meinem Kopf zu sortieren und alle Unebenheiten glattzubügeln.

»Tut mir leid, ich weiß, dass Sie nur Ihren Job machen, aber ich glaube nicht, dass ich im Moment in der Lage bin, Ihre Fragen zu beantworten. Vielleicht können Sie morgen wiederkommen?«

Detective Sergeant Pearce, dessen Name mir gerade wieder eingefallen ist, lächelt etwas steif. »Ihr Arzt hat uns die Erlaubnis gegeben, mit Ihnen zu sprechen. Es wäre besser, wenn wir das jetzt hinter uns bringen, solange die Ereignisse noch frisch in Ihrem Gedächtnis sind. Ein Mensch ist tot, und eine weitere Person befindet sich in einem kritischen Zustand. Sie sind die Einzige, die uns sagen kann, was passiert ist.«

»Das ist nicht ganz richtig«, korrigiert Kilner ihn. »Wir haben noch einen weiteren Zeugen.«

Im Rücken, genau in der Mitte meiner Wirbelsäule, spüre ich ein Flackern der Überraschung. Was meint sie damit? Wir waren nur zu dritt in diesem Raum.

Sie holt ihr Mobiltelefon heraus. »Hier, ich zeige es Ihnen.«

Sie drückt eine Taste, um die Lautstärke einzustellen, und legt das Telefon dann auf das Bett, wo ich es sehen kann.

Als ich auf den Bildschirm schaue, sind Kilners Augen auf mich gerichtet, gespannt auf jede kleinste Regung. Ich schaffe es, einen neutralen Gesichtsausdruck aufzusetzen, aber es kostet mich sämtliche Energie, die ich noch aufbringen kann. Als das Video zu Ende ist, schließe ich die Augen. Ich spüre, wie die Kopfschmerzen in meinen Schläfen zu pochen beginnen. Meine Gedanken sind wie Ratten in einem brennenden Gebäude, die eine Wand nach der anderen entlanglaufen und verzweifelt nach einem Fluchtweg suchen. Ich bin geneigt, den Rat von Detective Pearce zu befolgen. Ihnen alles zu erzählen.

Und habe ich denn eine andere Wahl angesichts der überraschenden neuen Informationen, die mir Detective Kilner gerade präsentiert hat?

Drei Monate zuvor

1

Der Mann am Telefon hat ein schlechtes Gewissen. Sein Tonfall ist leicht verlegen, und er spricht etwas lauter als nötig; als müsse er sich einreden, dies sei nur ein weiterer langweiliger Geschäftsvorgang in seinem ach so geschäftigen Tag. Einer, den er gerne seiner Assistentin überlassen würde, aber er ist sich nicht sicher, ob sie wirklich alles richtig macht – nicht, wenn so viel auf dem Spiel steht.

»Ich brauche etwas ganz Besonderes«, sagt er. »Für meine Frau.«

»Verstehe. An was haben Sie gedacht?«

»Keine Ahnung, ich hatte gehofft, Sie könnten mich da beraten.«

»Ja, auf jeden Fall! Wie viel wollen Sie denn ausgeben?«

»Es gibt keine Obergrenze.«

Okaaay. Das hört sich an, als säße der Typ wirklich in der Klemme. »Gibt es einen bestimmten Anlass?«

»Nicht wirklich.« Er zögert. »Es ist eher so, dass ich meine Frau für selbstverständlich genommen habe. Ich will ihr zeigen, wie viel sie mir bedeutet.«

Mit anderen Worten: Er ist fremdgegangen und hat sich erwischen lassen. Ich zupfe mit den Zähnen an meiner Unterlippe und gehe im Geiste ein paar Möglichkeiten durch. Freesien werden nicht ausreichen, um ihm aus der Patsche zu helfen, nicht einmal ein üppiger Strauß Floribunda-Rosen. Nein, da muss ich schon die ganz großen Geschütze auffahren.

»Was ist die Lieblingsfarbe Ihrer Frau?«

»Keine Ahnung.«

Echt jetzt?

»Kein Problem. Dann möchte ich Sie Folgendes fragen: Wie würden Sie die Persönlichkeit Ihrer Frau beschreiben?«

Er stößt einen Seufzer aus. »Ist das wirklich nötig? Ich möchte nur ein paar schöne Blumen für meine Frau, ganz einfach.«

Nur ist es das nicht; die Angelegenheit ist tatsächlich sehr komplex, aber ich würde nicht erwarten, dass ein Mann wie er – ein Mann, der nicht einmal weiß, was die Lieblingsfarbe seiner Frau ist – das versteht.

»Versuchen Sie einfach, sich darauf einzulassen, in Ordnung? Wenn Ihre Frau mit dem Endergebnis nicht zufrieden ist, gebe ich Ihnen Ihr Geld zurück, das verspreche ich Ihnen.«

Ein weiterer Seufzer. »Sie ist ruhig und sensibel; definitiv eher introvertiert als extrovertiert.« Er schnaubt ein wenig. »Allerdings verliert sie ihre Zurückhaltung, wenn sie ein paar Gin Tonics getrunken hat.«

Ich ignoriere die Spitze. »Ist sie lieber in der Stadt oder auf dem Land?«

»Auf dem Land, definitiv. Sie sagt schon seit Ewigkeiten, dass wir aus London wegziehen sollten.«

Ich kritzle ein paar Notizen auf den Block vor mir; das hat die Möglichkeiten schon erheblich eingegrenzt.

»Wie sieht es mit ihrem Geschmack bei der Inneneinrichtung aus? Traditionell? Minimalistisch? Modern?«

»Ähm … vielleicht rustikal? Können Sie sich darunter was vorstellen?«

»Ja, rustikal ist gut.«

Wir machen noch ein oder zwei Minuten so weiter, bis ich endlich bereit bin, meine Empfehlung abzugeben: »Aufgrund der Informationen, die Sie mir gegeben haben, schlage ich einen unserer handgeflochtenen Weidenkörbe vor, gefüllt mit rosa und weißen Ranunkeln, pastellfarbenen Himalaja-Moschusrosen – ihr Duft ist wirklich nicht von dieser Welt –, lila Rittersporn und weißen Mini-Orchideen. Von den hundertfünfzig Pfund, die das kostet, wird er nicht viel zurückbekommen – aber he, Vergebung hat ihren Preis. »Wie klingt das?«

»Gut«, sagt er schnell. »Wann können Sie liefern?«

Ich werfe einen Blick auf die Uhr über der Tür. »Morgen früh.«

»Oh.« Er klingt enttäuscht. »Gibt es keine Möglichkeit, dass Sie ihr den Korb heute noch bringen?«

Der arme Kerl hat offenbar Angst, dass seine Frau morgen früh weg sein könnte.

»Bleiben Sie bitte kurz dran.«

Ich drücke den Hörer an meine Brust und wende mich an meine Assistentin Claire. Ihre Kiefermuskeln sind angespannt, während sie die Blätter von Dutzenden von Gerbera-Stängeln abschneidet – ich muss zugeben, sie gehören nicht zu meinen Lieblingsblumen, aber sie sind so beliebt, dass wir dumm wären, wenn wir sie nicht auf Lager hätten. Unser regulärer Fahrer hat bereits Feierabend, aber der Lieferwagen steht draußen, und Claires Jobbeschreibung ist ziemlich breit gefasst.

»Könntest du in einer halben Stunde nach Clapham fahren?«, frage ich sie.

»Kein Problem, Amy«, sagt sie und blickt auf. »Gib mir einfach Bescheid, wenn die Bestellung fertig ist.«

Ich lege den Hörer wieder an mein Ohr. »In Ordnung, Mr Prout, wir können heute Nachmittag liefern, aber dann kommt noch ein Aufschlag in Höhe von fünfzehn Pfund dazu.«

Seine Erleichterung ist deutlich spürbar. »Das ist großartig, danke für Ihr Entgegenkommen.«

Ich nehme meinen Kugelschreiber zur Hand. »Und was soll auf der Karte stehen?«

»In Liebe, Antony«, sagt er. »Ohne H.«

Meine Augenbrauen verziehen sich in einem Stirnrunzeln. Dieser Typ tut sich wirklich keinen Gefallen. »Ich will Ihnen nicht zu nahetreten, aber vielleicht würde sich Ihre Frau über ein paar Worte mehr freuen, etwas, das ein bisschen … persönlicher ist.«

Es herrscht so lange Stille, dass ich tatsächlich glaube, er hätte aufgelegt. »Es tut mir leid«, sagt er schließlich, und ich höre, wie seine Stimme stockt. »Das können Sie auf die Karte schreiben. ›*Es tut mir leid und ich verspreche, dass es nie wieder vorkommt. In Liebe, Antony*‹.«

Hochzeiten, Geburtstage, Jubiläen, Versöhnungsblumen, Trennungsblumen, Blumen zur Feier eines neuen Lebens, zum Trost der Kranken und zum Gedenken an die Verstorbenen: Meine Kreationen werden individuell zugeschnitten auf alle nur denkbaren Ereignisse und menschlichen Dramen. Hinter jedem einzelnen Auftrag steckt eine Geschichte, und wenn man es richtig machen will, muss man die psychologischen Grundlagen beherrschen. Denn bei Floristik geht es nicht nur um Farbkombinationen und das Wissen, was gerade Saison hat, sondern auch um die Fähigkeit, Emotionen hervorzurufen und die Stimmung eines Menschen im Handumdrehen zu beeinflussen. Wie ich oft zu meinen Kunden sage: Ich verkaufe nicht nur Blumen, sondern *Gefühle*.

Als ich jünger war, wollte ich unbedingt Grafikdesignerin werden, aber gegen Ende meines ersten Jahres am Art College hatte ich bereits ernsthafte Zweifel. In den Sommerferien bewarb ich mich auf eine Anzeige für einen Teilzeitjob in einem Blumenladen. Und das war's – der Beginn meiner Liebesbeziehung zu Blumen. Ich bin nie wieder zurück ans College gegangen.

Nach sechs Monaten leitete ich den Laden und machte in meiner Freizeit eine Ausbildung zur Floristin, und innerhalb eines Jahres hatte ich einen viel besser bezahlten Job beim *Artisan Florist's* in Shoreditch gefunden. Dort arbeitete ich bis vor fünf Jahren, als ich in der Forest Hill High Street, nicht weit von meiner Wohnung entfernt, einen heruntergekommenen Laden entdeckte. Das war die Geburtsstunde von *Darling Blossoms*.

Ein eigenes Unternehmen zu führen ist harte Arbeit, und es gab Zeiten, in denen ich mich fragte, ob ich die richtige Entscheidung getroffen hatte. Ich habe mich ein paar Jahre lang abgerackert, mich handwerklich entwickelt und meine Marketingfähigkeiten verfeinert, aber wie ich es auch drehte und wendete, ich verdiente kaum genug, um die Rechnungen zu bezahlen.

Aber als ein Boutique-Hotel im Westen Londons mich beauftragte, eine große, ungewöhnliche Blumeninstallation – man stelle sich vor: Amazonas-Regenwald trifft englischen Landgarten – für die Eröffnung eines neuen Spas zu entwerfen, wurde alles anders. Ich kannte die PR-Abteilung des Hotels über den Freund eines Freundes und erklärte mich bereit, den Auftrag für einen Bruchteil dessen zu übernehmen, was jeder andere verlangt hätte – nur um diese Erfahrung zu machen.

Die Installation war ein immenser Erfolg – noch mehr als die kostenlosen Handmassagen, und aufgrund der Publicity konnte ich einige lukrative Aufträge an Land ziehen. Von da an ging es Schlag auf Schlag.

Natürlich sind die Blumensträuße nach wie vor mein Hauptgeschäft, aber hin und wieder kommt ein Großprojekt rein – ein Auftrag, einen extravaganten Türbogen für eine Restauranteröffnung oder eine üppige Blumenwand für eine festliche

Hochzeit zu kreieren. Dann kann ich meiner Fantasie freien Lauf lassen und zeigen, wozu ich wirklich fähig bin. Was mich daran erinnert, dass ich, sobald ich die Bestellung von Antony-ohne-H fertiggestellt habe, meinen Instagram-Account aktualisieren muss. Ich poste, so oft ich kann. Das muss ich tun, ich darf nicht riskieren, auch nur kurz vom Radar zu verschwinden, nicht, wenn so viele andere Floristen – jünger, erfolgshungriger, mit ständig neuen Insta-Feeds und fröhlichen, superinteressanten Vlogs – um eine begrenzte Anzahl an Aufträgen konkurrieren.

Anderthalb Stunden später sitze ich in der Werkstatt, schlürfe eine Tasse Pfefferminztee und starre auf meinen Laptop. Die sozialen Medien waren ein Segen für *Darling Blossoms.* All diese Likes und Shares sind mehr wert als jede Werbekampagne, und das Beste daran ist, dass ich eine ganz andere Amy Mackenzie sein kann – eine flamboyante und lebenslustige Amy, die sich auf jedem sozialen Parkett wohlfühlt. Meine 15 700 Instagram-Follower wären wahrscheinlich ziemlich enttäuscht, wenn sie mir jemals persönlich begegnen würden. Manchmal habe ich das Gefühl, dass viele verschiedene Versionen von mir in mir schlummern – eine ganze Reihe von Zweitbesetzungen, manche sympathischer als andere, und sie alle warten darauf, endlich die Bühne zu betreten.

Das heutige Foto ist ein zartes Hochzeitsbukett – ein Bausch aus Rosen, Löwenmäulchen, Zuckererbsen, Pelargonien, Phlox und Eukalyptus. Die Braut war eine totale Zicke, ein pedantischer Kontrollfreak, und wollte ein Jahr im Voraus jede einzelne Blume vorschreiben. Ich habe versucht, ihr klarzumachen, dass es dank des Klimawandels unmöglich sei, vorherzusagen, was im nächsten Frühjahr verfügbar sein werde, und dass sie weder für Geld noch für gute Worte Pfingstrosen haben könne, wenn sie einen Monat früher blühen sollten. Natürlich werde ich nichts davon in meinem Beitrag erwähnen. Da geht es schließlich nicht um die Realität, sondern um eine sorgfältig kuratierte, duftende Fantasie.

Am Tag der Hochzeit lieferte ich die Blumen an den Veranstaltungsort – einen Haufen antiker Steine am Arsch der Welt. Als ich mit dem Lieferwagen vorfuhr, entdeckte ich ein altes Norton-Motorrad, das im Schatten eines Kirschbaums geparkt war. Ich wusste nicht, wem es gehörte, und ehrlich gesagt war es mir auch egal; ich erkenne ein gutes Motiv, wenn ich eines sehe. Wenige Augenblicke später legte ich das Bukett vorsichtig auf den abgenutzten Ledersattel des Motorrads und betete, dass sein Besitzer nicht gleich auftauchen und mich fragen würde, was zum Teufel ich da tue.

Ich öffne den Fotoordner auf meinem Laptop und scrolle durch das halbe Dutzend Bilder, die ich gemacht habe. Sie sind sogar noch besser, als ich dachte. Das Motorrad mit seinen geschwungenen Kurven und dem glänzenden Chrom bildet einen ansprechenden Kontrast zu den zarten Blumen, während die frühe Morgensonne der Szene einen weichen, fast ätherischen Glanz verleiht.

Nachdem ich eines der Bilder ausgewählt habe, verbringe ich einige Minuten damit, es mit Photoshop zu perfektionieren. Jetzt fehlt nur noch eine prägnante Bildunterschrift. Ich denke kurz nach, dann kehren meine Finger zur Tastatur zurück.

Mit Vollgas ins Glück! Danke dir, Kayla, der schönsten Braut, mit der ich je zusammenarbeiten durfte. Danke, dass *Darling Blossoms* deinen großen Tag mit Blumen zum Brummen bringen durfte.

Perfekt, denke ich mir, während ich auf *Teilen* klicke. Wenn das echte Leben nur so einfach wäre. Alles gefiltert, glatt poliert und weichgezeichnet, zusammengefasst in einem ordentlichen kleinen Quadrat.

2

Ich ziehe die Jalousien hoch und öffne das Schiebefenster zum Garten raus. Die Sonne glitzert am Himmel und ich höre den zwitschernden Gesang einer Amsel. Ich liebe es, dass ich einen privaten Außenbereich habe; das ist einer der Gründe, warum ich eine Erdgeschosswohnung wollte. Als ich das Haus letztes Jahr kaufte, war der Garten eine einzige Wildnis, ein von der Sonne verbranntes Rasenstück, umgeben von wuchernden Unkrautbüscheln und der einen oder anderen kranken Funkie. Aber langsam und mühsam habe ich ihn wieder zum Leben erweckt und mit meinen Lieblingsblumen bepflanzt – Azaleen, Stockrosen, Nelken und Hypericum. Und natürlich Rosen. Jede Menge Rosen in allen erdenklichen Rosatönen, von Zartrosa bis hin zu Himbeertönen. Es ist ein so schöner, ruhiger Ort. Die Farben und der angenehme Mangel an Symmetrie haben etwas an sich, das die dunklen Knoten in mir löst. Ich schlüpfe in Ballerinapantoffeln und mache mich auf den Weg in die Küche. In diesem Raum verbringe ich die meiste Zeit – nicht, weil ich viel koche, sondern wegen der angenehmen Proportionen und des natürlichen Lichts, das durch das Oberlicht hereinströmt. Während ich durch den Raum schlendere und mein Frühstück zusammenstelle, denke ich daran, wie schön es ist, dass ich mich um niemanden außer mir selbst kümmern muss. Ich bin jetzt schon eine Weile Single. Mit meinem letzten Freund, Rob, war ich sechs Jahre lang zusammen. Es gab kein großes Drama um unsere Trennung, es war eher ein allmählicher Liebesschwund.

Wie oft ich auch die Einzelheiten unseres gemeinsamen Lebens Revue passieren lasse, es gab nie eine zufriedenstellende Erklärung dafür, wie wir uns so spektakulär auseinandergelebt haben.

Es dauerte lange, bis ich überhaupt merkte, dass etwas nicht stimmte. Schließlich war das Gefüge unserer Beziehung immer noch da – die gemeinsame Wohnung, die gemeinsame Plattensammlung, unsere Maine Coon, Delilah. Ich habe nicht mit Rob um das Sorgerecht gekämpft – sie hat ihn immer mir vorgezogen. Aber langsam, tröpfchenweise, verblasste der Glanz und alles wurde ein bisschen dunkler. Zuerst tat ich so, als würde ich es nicht bemerken, aber irgendwann war der Punkt erreicht, an dem ich die Warnzeichen nicht mehr ignorieren konnte. Rob, der im Wohnzimmer saß, eine Musikzeitschrift in den Händen, las sie nicht, sondern starrte einfach nur ins Leere. Wenn ich seinen Blick erhaschte, schenkte er mir ein kurzes, überschwängliches Lächeln, bevor er sich eilig wieder den Konzertankündigungen zuwandte. Auch sein Äußeres veränderte sich auf subtile Weise: Er nahm mehr als drei Kilo ab und kaufte sich teure Leinenhemden für die Arbeit – und das bei einem Mann, der zuvor nicht vor Polyesterhemden zurückgescheut ist. Dann erzählte er mir eines Tages, dass er bei der Arbeit jemanden kennengelernt hatte, mit der er lieber zusammen sein wollte als mit mir. Es flossen ein paar Tränen, aber es gab keine Beleidigungen und kein Flehen in letzter Minute zu bleiben. Es war ein zivilisiertes Ende für eine zivilisierte Beziehung. Jetzt wünschte ich mir, ich hätte mich mehr empört.

Nach dem Frühstück dusche ich und ziehe mich an, wobei ich ein wenig mehr Sorgfalt auf mein Outfit verwende als sonst. Dann steige ich ins Auto für die kurze Fahrt zur Arbeit.

Als ich im Laden ankomme, steht Claire draußen und hilft einem Kunden bei der Auswahl aus den bunten Sträußen in unserem Angebot auf dem Bürgersteig. Ich bin sehr stolz auf unsere Fassade. Es sind keine hässlichen Plastikeimer zu sehen, sondern eine liebevoll zusammengestellte Auswahl an »Requisiten«, darunter eine Milchkanne, ein paar alte Verpackungskisten, ein paar verzierte Jardinieren und mein persönlicher Favorit – ein alter Kinderwagen. Ich nicke Claire anerkennend zu, bevor ich die schmale Gasse an der Seite des Ladens hinuntergehe, die zu meinem Atelier führt. Dem ehemaligen Lagerraum des Gemüseladens, der früher in dem Gebäude untergebracht war. Jetzt ist es der Ort, an dem wir unsere Kundenaufträge zusammenstellen. Das Atelier ist nicht luxuriös, aber es bekommt natürliches Licht durch mehrere große Fenster und es bietet Platz für eine lange Werkbank. Sie ist groß genug, dass wir zu zweit nebeneinander arbeiten können, und beherbergt noch einen kompakten Küchenbereich mit einem Tisch und Stühlen.

Drinnen finde ich Ewan, der sich gerade über ein McDonald's-Frühstück hermacht. Ewan ist unser Teilzeitkurier und arbeitet erst seit ein paar Monaten für uns. Er ist ein netter Kerl, Ende dreißig, und sieht fit aus. Er hat sich letztes Jahr von seiner langjährigen Partnerin getrennt und wohnt bei einem Freund, während er sich eine eigene Wohnung sucht. Auf jeden Fall ist er eine große Verbesserung gegenüber seinem Vorgänger – einem mürrischen, leichenblassen Mann, der heimlich an seinen Achselhöhlen schnüffelte, wenn er dachte, dass ihn niemand beobachtete.

Als Ewan mich sieht, legt er sein Essen zur Seite und erhebt sich. »Tut mir leid, Amy, ich wollte nur kurz frühstücken, bevor ich mich auf den Weg mache, aber wenn ich dir im Weg bin …«

»Alles gut, Ewan, es gibt keinen Grund zur Eile.«

Er setzt sich wieder hin. »Gibt's heute viel zu tun?«

»Ich habe später eine Beerdigung.« Ich ziehe meine Jeansjacke aus und hänge sie an einen Wandhaken. »Für eine junge Frau namens Iris.«

»Wenn du sagst ›jung‹ …«

»Zweiundzwanzig.«

»Scheiße!« Er sieht mich entgeistert an. »War sie krank?«

Ich schüttle den Kopf. »Autounfall. Ihre beste Freundin ist gefahren. Sie hat eine Kurve zu schnell genommen und ist mit dem Auto frontal gegen einen Baum geprallt.«

»Und die Freundin?«

»Hat überlebt und nur einen Kratzer davongetragen.«

Ewan trinkt einen Schluck aus seinem Pappbecher und tupft sich dann überraschend geziert die Mundwinkel ab. »Findest du diese Art von Arbeit nicht ein bisschen deprimierend?«

Ich zucke mit einer Achsel. »Ich mache eigentlich gerne Trauerfloristik. Es ist ein gutes Gefühl zu wissen, dass ich etwas getan habe – auch wenn es nur eine Kleinigkeit sein mag –, um Personen zu helfen, die einen geliebten Menschen verloren haben. Es ist erstaunlich, wie Blumen dazu beitragen können, einen wirklich schrecklichen Anlass in etwas Schönes zu verwandeln.«

»Das ist eine nette Art, die Sache zu betrachten.«

Ich nehme eine Schürze vom Haken und streife sie mir über den Kopf. Die Schnüre schlinge ich zweimal um meine Taille und binde sie vorne zu einem Doppelknoten zusammen. »Sicher, früher waren Blumen bei Beerdigungen natürlich nicht dazu da, ein schönes Ambiente zu liefern. Sie dienten einem viel praktischeren Zweck.«

»Ach? Und welchem?«

»Um den Gestank zu überdecken, der aus dem Sarg kam.«

Ewan würgt. »Das ist ekelhaft.«

»Entschuldigung, verderbe ich dir die Lust auf dein McMuffin?«

Er klopft sich auf den Bauch. »Keine Sorge, das ist schon sicher verstaut.« Er steht auf und trägt die Verpackungen seiner Mahlzeit zum Mülleimer. »Ich würde ja gerne noch bleiben und mir mehr von deinen grausigen Anekdoten anhören, aber es wird Zeit, dass ich mich auf den Weg mache.«

»Hast du den Lieferplan?«

»Ja, Claire hat ihn mir ausgedruckt. Ich habe sie gebeten, mir auch ein paar Visitenkarten mitzugeben, für den Fall, dass irgendwelche Kunden danach fragen.«

Ich lächle ihn anerkennend an. Ich mag Mitarbeiter mit Initiative.

Als ich ihm nachsehe, frage ich mich – und das nicht zum ersten Mal –, warum jemand wie Ewan Lust auf so einen monotonen, schlecht bezahlten Job wie diesen hat. Das war tatsächlich eine meiner Fragen im Vorstellungsgespräch, auch wenn ich sie nicht ganz so unverblümt formuliert habe. Er sagte, er habe seinen früheren Job im Verkauf als sehr stressig empfunden und wolle etwas weniger Anspruchsvolles machen. Ich hatte das Gefühl, dass da mehr dahintersteckte, und überlegte, ob er vielleicht eine Art Zusammenbruch erlitten hatte. Aber solche Fragen kann man heutzutage in einem Vorstellungsgespräch nicht mehr stellen, ohne sich vor einem Gericht wiederzufinden. Außerdem geht es mich auch nichts an. Ich mochte Ewan, seine Referenzen waren einwandfrei und er hatte keinerlei Strafpunkte auf seinem Konto. Das ist letztendlich alles, was zählt.

Ich schiebe den Gedanken beiseite, konzentriere mich und mache mich an die Arbeit. Der erste Anlaufpunkt sind die Lagerregale aus Metall, die nach meinen spezifischen Vorgaben angefertigt wurden und eine ganze Wand des Raumes belegen. Darin stehen mit Wasser gefüllte Eimer mit Blumen in jeder Größe, Form und Farbe. Ich treffe meine Auswahl schnell und selbstbewusst, gehe zwischen Regal und Werkbank hin und her, bis ich alles habe, was ich brauche. Als Nächstes gehe ich zu einem anderen Wandregal und nehme eine Handvoll Werkzeuge heraus: Messer, Stielentdorner und Blattschäler, Drahtrollen, Bindfaden.

Zunächst bereite ich das Rohmaterial vor, entferne vorsichtig überschüssiges Laub und beschädigte Blütenblätter und schneide die Stiele auf die gewünschte Länge zu. Erst dann beginnt der spaßige Teil: die Konstruktion. Mein Ziel ist es, nicht nur etwas Schönes zu schaffen, sondern die inneren Qualitäten der Blumen zum Vorschein zu bringen, so wie ein Bildhauer einem Klumpen Ton Leben einhaucht. Obwohl jede meiner Kreationen sehr individuell ist, habe ich eine bestimmte Ästhetik, und es ist mir wichtig, dass sich jeder, der die Blumen sieht, von ihnen willkommen geheißen fühlt und nicht überwältigt.

Das ist mein erster Beerdigungsauftrag seit Monaten. Wir bekommen nicht mehr so viele Anfragen wie früher; viele Leute bitten um Spenden für wohltätige Zwecke anstelle von Blumen. Das ist natürlich ihr gutes Recht, aber ich finde es schade. Ich habe die Erfahrung gemacht, dass Blumen Menschen in Zeiten der Trauer oder des Kummers sehr viel Trost spenden können.

In meinem ersten Job als Floristin hatte der Geschäftsinhaber einen Ringordner mit laminierten Seiten zusammengestellt, den er den Hinterbliebenen mit großem Aufwand überreichte, als wäre es eine Erstausgabe. Ein gutes Dutzend Kränze, die sich nur durch Seriennummern unterschieden – grässliche, schablonenhafte Angebote, die förmlich »Beerdigung« schrien und deren Anblick schon deprimierte. Es wurde keine maßgeschneiderte Alternative angeboten; es gab das oder gar nichts. Selbst wenn ich jetzt noch daran denke, gerät mein Blut in Wallung. Meiner Meinung nach sollten Blumen für die Toten genauso einzigartig sein wie Blumen für die Lebenden. Deshalb versuche ich immer, die Hinterbliebenen persönlich zu beraten, statt mich mit einem kurzen Telefonat oder ein paar Zeilen in einer SMS zu begnügen. Ich habe festgestellt, dass dies der beste Weg ist, um die Informationen zu sammeln, die ich brauche, um einen passenden Blumenschmuck zu entwerfen, der die Persönlichkeit und die Leidenschaften des Verstorbenen möglichst gut widerspiegelt. Gleichzeitig möchte ich nicht, dass meine Entwürfe trivial oder vorhersehbar wirken – das ist der Grund, warum Schwertlilien bei der heutigen Beerdigung nicht vorkommen werden.

Die Eltern von Iris haben mir ungewöhnlicherweise einen Freibrief ausgestellt. »Stellen Sie einfach ganz besondere Blumen zusammen«, sagte ihre Mutter, als sie in mein Geschäft kam. »So besonders wie meine Tochter.« Ehrlich gesagt, glaube ich, dass sie froh war, die Verantwortung für die Auswahl der Blumen auf jemand anderen abwälzen zu können. Das kann ich ihr nicht verdenken. Ein Bestattungsunternehmer, mit dem ich viel zusammenarbeite, sagte mir einmal, dass bei einer durchschnittlichen Beerdigung etwa zweitausend Entscheidungen getroffen werden müssen. In einer Zeit, in der sich Hirn und Herz anfühlen, als würden sie durch einen Schredder gejagt, wird von den Menschen erwartet, eines der wichtigsten Ereignisse in ihrem Leben zu organisieren – und das Schlimmste daran ist, dass sie nur ein paar Wochen Zeit dafür haben. Das ist eine enorme Belastung und etwas, womit viele Menschen zu kämpfen haben. Wenn ich den Druck ein wenig mindern kann, habe ich das Gefühl, etwas wirklich Sinnvolles getan zu haben.

Als ich die Bestellung abgeschlossen habe, ist es kurz vor elf. Also habe ich noch etwa eine Stunde Zeit, um die Kirche zu schmücken, bevor die ersten Trauergäste eintreffen. Während Ewan die Lieferungen an die Privatkunden und die meisten unserer Firmenkunden (Büros, Hotels, Restaurants usw.) übernimmt, kümmere ich mich um das »Event«-Geschäft, bei dem eine persönliche Note sehr wichtig ist. Wenn, wie jetzt, der mit Werbung beklebte Van von *Darling Blossoms* nicht zur Verfügung steht, nutze ich meinen geräumigen SUV.

Die Kirche ist nur eine kurze Autofahrt entfernt, und heute scheint Gott mir wohlgesinnt zu sein, denn ich ergattere direkt vor der Kirche einen Parkplatz. Ich kenne das Innere des Gotteshauses gut, und es dauert nicht lange, bis ich die Vorbereitungen getroffen habe. Doch jedes Mal, wenn ich zurücktrete, habe ich das Bedürfnis, eine kleine Anpassung vorzunehmen. Ich kürze das Band am Ende einer Kirchenbank, verschiebe einen Krug um ein paar Zentimeter, schneide ein vorwitziges Laubblatt ab. Es ist schon komisch, wie etwas völlig »falsch« aussehen kann und die kleinste Änderung es dann absolut perfekt macht, selbst wenn man nicht genau sagen kann, warum. Sobald ich mit der Kontrolle aus der Nähe zufrieden bin, entferne ich mich rückwärts durch den Mittelgang, damit ich die volle Wirkung ermessen kann. Ich bin so konzentriert, dass ich geradewegs in eine Person hineinlaufe, die laut aufstöhnt, als ich sie mit dem Ellbogen erwische. Als ich mich umdrehe, stelle ich zu meiner Verlegenheit fest, dass es Iris' Mutter Jill ist.

»Es tut mir leid, Jill, ich habe Sie nicht gesehen«, sage ich erschrocken. »Ich habe Ihnen doch hoffentlich nicht wehgetan?«

Sie lächelt schwach. »Nein, mir geht's gut, ehrlich.« Sie hat die Schultern hochgezogen und angespannt, und unter ihren Augen liegen dunkle Schatten. Trotz ihres schicken marineblauen Kleides und der dazu passenden hohen Schuhe sieht sie so niedergeschlagen und mitleiderregend aus, dass ich der Versuchung widerstehen muss, meine Arme auszustrecken und sie zu umarmen. »Ich wollte nur kurz mal schauen, wie Sie vorankommen.«

Ich trete zur Seite, damit sie einen freien Blick auf das Kirchenschiff hat. »Ich bin so gut wie fertig. Was halten Sie davon?«

Sie geht ein paar Schritte weiter, die Hand schützend vor den Bauch gepresst. Sie betrachtet die Blumensträuße, die am Ende jeder Kirchenbank hängen – leuchtend gelbe Sonnenblumen drängeln sich neben stacheligen blauen Kugeldisteln, zart orangefarbener Kapuzinerkresse und leuchtend rosa Dahlien –, eine Kakofonie aus widerstreitenden Farben und kontrastreichen Formen. Als sie mit der Hand leicht über die Blütenblätter streicht, seufzt sie leise, sagt aber nichts. Ihr Blick wandert zu den Buntglasfenstern und den breiten Steinsimsen darunter, die jetzt mit einem Füllhorn von nicht zusammenpassenden Milchkännchen und Teetassen gesäumt sind, aus denen Miniaturblüten hervorquellen – Lobelien, Vergissmeinnicht, flauschige Wolken von Schleierkraut.

Als sie sich immer noch nicht äußert, werde ich unruhig. Ich mache mir Sorgen, ob ich es vielleicht zu weit getrieben habe. Vielleicht, wenn ich meine Vorstellungen erkläre …

»Sie sagten, Iris war ein Freigeist, ein wirklich einzigartiger Mensch«, beginne ich. »Ich habe versucht, all diese wunderbaren Eigenschaften mit Blumen darzustellen – ihre Lebensfreude, ihren schrulligen Sinn für Humor, ihren eklektischen Sinn für Mode. Sie wissen es vielleicht nicht, aber Iris war die griechische Göttin des Regenbogens. Deshalb habe ich alle erdenklichen Farben verwendet, vom Violett des Lavendels bis zum Rot der Amaryllis.«

Jill sieht mich an, und die angespannten Falten in ihrem Gesicht lösen sich auf, als würden sie plötzlich von einem sanften, warmen Lichtstrahl erfasst. »Ach, Amy«, murmelt sie, und eine dicke Träne kullert über ihre Wange. »Die Blumen sind absolut perfekt.«

Ich lächle erleichtert. »Das ist gut zu hören. Das Letzte, was ich wollte, war, Sie – oder Iris – zu enttäuschen.« Ich zeige auf den kleinen Holztisch neben dem Taufbecken. Darauf liegt ein Besucherbuch, daneben ein cremefarbener Pappkarton. »Da ist noch etwas, das ich Ihnen zeigen möchte.«

Sie folgt mir zum Tisch und sieht zu, wie ich den Deckel von der Schachtel nehme. In den Falten des Seidenpapiers liegen Dutzende von duftenden Kräuterzweigen, einfach mit Bast zusammengebunden.

»Das ist Rosmarin, zum Gedenken«, erkläre ich. »Für jeden Gast gibt es einen Zweig. Sie können ihn im Knopfloch tragen oder als Andenken mitnehmen. Das mache ich bei jeder Beerdigung, bei der ich das Privileg habe, den Blumenschmuck zu gestalten. Das kostet nichts extra.«

Bevor sie antworten kann, taucht ein Mann in der Vorhalle auf. Er ist groß und bärtig und trägt seinen schwarzen Maßanzug wie eine Strafe.

»Amy, ich möchte Ihnen meinen Mann Liam vorstellen«, sagt Jill, als er zu uns tritt.

Er schüttelt mir die Hand – einmal, kurz. Da ich nicht weiß, was ich sagen soll, frage ich ihn, was er von den Blumen hält.

Er schaut sich im Kirchenschiff um und zieht die Augenbrauen hoch, als er die Teetassen bemerkt.

»Das ist nicht ganz das, was ich erwartet habe. Ist es nicht ein bisschen … ich weiß nicht … frivol?«

Jill strafft die Schultern und richtet sich auf wie eine durstige Pflanze, die gerade gegossen wurde. »Heute geht es nicht um uns, Darling, sondern um Iris«, erinnert sie ihn sanft. »Und ich habe nicht den geringsten Zweifel, dass sie sich über Amys Blumen wahnsinnig gefreut hätte.«

Er holt tief Luft, und einige längere Haare auf seinem Schnauzbart flattern. »Natürlich, Liebes, du hast absolut recht –

wie immer.« Er wendet sich mir zu. »Tut mir leid, Amy, ich wollte nicht undankbar wirken. Ich sehe, dass Sie sich sehr viel Mühe gegeben haben. Ich wünschte nur, Iris wäre hier, um es mit eigenen Augen zu sehen.« Sein Mund verzieht sich zu einer Grimasse. »Aber das ist sie nicht; sie wurde uns gestohlen von dieser ... dieser Person, die die Frechheit besessen hat, sich als beste Freundin meiner Tochter zu bezeichnen.«

Seine Worte rühren etwas in mir an, und mein Magen verkrampft sich mit einem Gefühl, das ich nicht recht zuordnen kann. Ich fühle mich unwohl und mache mich auf den Weg zu der Bank, wo ich die Verpackungen der Blumen abgelegt habe. »Ich räume nur noch auf und dann bin ich schon weg«, sage ich. Ich vermute, dass das Paar wahrscheinlich ein paar Minuten allein sein möchte, bevor die Liebsten ihrer Tochter eintreffen.

Bevor ich zum Laden zurückfahre, habe ich noch eine Lieferung zu erledigen. *Cole & Elliott* ist ein renommiertes Architekturbüro, dessen Geschäftsräume quasi auf dem Weg liegen. Ich übernehme schon seit Jahren die Blumendekoration für den Empfangsbereich. Das Büro war sogar der erste Firmenkunde von *Darling Blossoms* überhaupt. Ich könnte die wöchentliche Bestellung problemlos in Ewans Dienstplan integrieren, aber aus verschiedenen Gründen ziehe ich es vor, die Deko persönlich zu liefern. Heute sitzt der unsympathischere Teil des Empfangsduos an der Rezeption – eine junge Frau mit zu viel Augen-Make-up und einem extrem nervigen Tonfall. Als ich das Gebäude betrete, nimmt sie meine Anwesenheit kaum zur Kenntnis. Sie ist zu sehr damit beschäftigt, eine SMS in ihr Handy zu tippen, wobei ihre fuchsiafarbenen Schellacknägel auf dem Display leise klicken. Als ich die Blumen auf den hufeisenförmigen Tresen lege, blickt sie mich vorwurfsvoll an.

»Danke.« Sie klingt dabei so wenig dankbar, wie es nur möglich ist.

»Ich schicke die Rechnung wie üblich per E-Mail«, informiere ich sie.

»Super«, sagt sie und gähnt.

Ich schaue mich um, zögere noch zu gehen. In dem gläsernen Besprechungsraum zu meiner Linken sitzen zwei Männer, die heftig gestikulierend diskutieren, wie man das eben macht, wenn es ums ganz große Geschäft geht. Einen von ihnen kenne ich: Adam Cole. Er ist einer der Partner und hat mich unterstützt, als ich gerade angefangen hatte. Dafür werde ich ihm ewig dankbar sein – und auch für die glänzende Kritik, die er für die Website von *Darling Blossoms* geschrieben hat.

»Sonst noch was?«, fragt die unsympathische Hälfte des Empfangsduos.

»Nein …«, antworte ich. »Dann bis nächste Woche.«

Als ich an mir herunterschaue, bemerke ich, dass sich der Schnürsenkel an einem meiner Schuhe zu lösen droht. Ich bücke mich und binde ihn umständlich neu. Meine Verzögerungstaktik wird durch eine glückliche Fügung belohnt.

»Ist das nicht meine Lieblingsfloristin?«, dröhnt eine vertraute Stimme.

Ich stehe rasch auf, als James Elliott durch den Flur auf mich zukommt. James ist der andere Teilhaber des Unternehmens. Um ehrlich zu sein, muss ich gestehen, dass ich ein bisschen in ihn verknallt bin. Er hat markante, ebenmäßige Gesichtszüge und leuchtend kornblumenblaue Augen. Unter seinem gut sitzenden weißen Hemd ist ein trainierter Oberkörper zu erkennen. Nicht die Muskulatur eines Fitnessstudio-Freaks, sondern die unaufdringliche Kraft eines Mannes, der bei Bedarf den widerborstigen Deckel eines Chutney-Glases öffnen oder ein kaputtes Auto in die nächstgelegene Parklücke schieben könnte.

»Hi James«, antworte ich. »Wie geht's?«

»Zum Glück ist bald Freitag. Es war eine echt harte Woche.«

Sein Blick bleibt an meinem Etuikleid hängen. Ich habe es schon seit Jahren, aber es ist eines meiner Lieblingsstücke: Der gewagte geometrische Druck lenkt den Blick praktischerweise von meiner kaum vorhandenen Oberweite ab.

»Ein sehr schönes Outfit«, sagt er. »Ich glaube, ich habe Sie noch nie in einem Kleid gesehen, oder?«

Hitze kriecht mir in den Nacken. »Danke, ich habe vorhin die Blumen für eine Beerdigung geliefert, da wollte ich angemessen gekleidet aussehen.«

Er bemerkt die Blumen, die auf dem Tresen liegen. »Was haben Sie diese Woche für uns?«

Ich ziehe den Rand der Papiertüte ab, die sie verdeckt. »Paradiesvogel, Helikonie, Protea und Tigerlilie«, sage ich und zeige nacheinander auf die einzelnen Pflanzen. »Ich habe sie so gebunden, dass man sie nur noch in die Vase stellen muss, und sie arrangieren sich fast von selbst.« Mein Blick fällt auf das quadratische Glasgefäß, in dem die Deko der letzten Woche steht. Erfreulicherweise sind sie kaum verwelkt, obwohl das Wasser einen eher unerquicklichen Schlammton hat.

»Soll ich die für Sie austauschen, während ich hier bin?«

»Das ist sehr freundlich von Ihnen, aber das übernimmt Olivia sicher gern, richtig, Olivia?«

»Natürlich, Mr Elliott.« Unter der aufgesetzten Beflissenheit der Empfangsdame klingt ihr Tonfall angestrengt und etwas gequält.

James dreht sich wieder zu mir um. »Bevor Sie gehen, Amy, hätten Sie vielleicht fünf Minuten Zeit für mich? Ich würde gerne etwas mit Ihnen besprechen.«

»Selbstverständlich«, willige ich prompt ein. James ist ein sehr geschätzter Kunde – sowohl auf persönlicher als auch auf geschäftlicher Ebene. Er kommt regelmäßig in den Laden, um Blumen für seine Frau zu kaufen. Anders als viele Männer nimmt er nicht einfach das Erstbeste, was er sieht, sondern wählt sorgfältig und mit Bedacht aus – und gibt sich bei der Wahl der Verpackung ebenso viel Mühe wie bei den Blumen selbst. Während er seine Auswahl trifft, unterhalten wir uns oft – nicht nur über die Blumen, sondern über alles Mögliche. Ich bin mir sicher, dass James nicht nur höflich ist – er scheint sich wirklich dafür zu interessieren, was in meinem Leben so passiert. Selbst wenn er sich mit mir über banale Themen unterhält – das Wetter, den Benzinpreis, den neuen Vinyl-Schriftzug auf der Schaufensterscheibe –, gibt mir die Art, wie er mich dabei ansieht, das Gefühl, dass er der einzige Fixpunkt in einer sich drehenden Welt ist. Diese Art von Verbindung habe ich zu den wenigsten Menschen. Zu niemandem, um genau zu sein. Das ist einer der Gründe, warum ich mich so sehr freue, ihn zu sehen.

»Wir gehen am besten in mein Büro, da können wir uns in Ruhe unterhalten.« James sieht Olivia an. »Bringen Sie uns bitte einen Kaffee – oder möchten Sie lieber Tee, Amy?«

»Ein Kaffee wäre toll, danke.«

Olivia hievt ihren knackigen Hintern vom Stuhl. Als sie in ihren zehn Zentimeter hohen Absätzen durch den Flur stöckelt, wünsche ich mir boshafterweise, sie würde stolpern und sich den Knöchel brechen.

Ich war noch nie in James' Büro. Hinter einem großen Schreibtisch aus hellem Holz steht ein Designerschreibtischstuhl. Er sieht bequem genug aus, um darin schlafen zu können. Aber den Raum dominiert der Tisch in der Mitte, auf dem ein maßstabsgetreues Modell eines Hauses ausgestellt ist. Es ist nicht die Art von Haus, in der ich gerne leben würde, mit all den scharfen Winkeln und riesigen raumhohen Fenstern, aber es ist trotzdem sehr beeindruckend.

»Haben Sie das selbst gebaut?«, frage ich James.

»Um Himmels willen, nein – selbst wenn ich die nötigen Fähigkeiten hätte, hätte ich nicht die Geduld dafür. Alle unsere Modelle werden von einer Spezialfirma hergestellt. Sie verwenden eine Laserschneidetechnik, die eine außergewöhnliche Genauigkeit gewährleistet.«

Ich zucke fast zusammen, weil es mir peinlich ist, dass ich die Frage überhaupt gestellt habe. Wie konnte ich glauben, dass ein Mann wie James bis spät in die Nacht im Büro säße und winzige Gesimse aus Balsaholz bastelte?

»Das ist mein neuestes Projekt«, fährt er fort. »Alle achttausend Quadratfuß. Die Lage ist spektakulär, das Haus liegt am Ufer eines privaten Sees.«

Er stellt sich neben mich, und ich nehme einen schwachen Zitrusduft von seinem Aftershave wahr. Plötzlich verspüre ich den Drang, näher an ihn heranzutreten, um den Duft tiefer einatmen zu können.

Er zeigt auf einen schmalen Pfad auf Stelzen, der zu einem kleinen Kreis aus blauem Plexiglas führt. »Das Haus hat einen erhöhten Steg, der von der vorderen Terrasse bis hinunter zum Wasser führt.«

»Es ist atemberaubend«, sage ich mit einem Hauch von Neid in der Stimme. Ich kann mir nicht einmal ansatzweise vorstellen, wie es sein muss, so reich zu sein, so privilegiert. »Ich wette, so ein Haus ist nicht gerade billig.«

Er lacht leise. »Damit liegen Sie ganz richtig. Glücklicherweise ist mein Kunde ein sehr erfolgreicher Hedgefonds-Manager mit sehr tiefen Taschen.«

Unser Gespräch wird durch Olivias Erscheinen unterbrochen. Sie trägt ein Tablett mit einer Cafetière und einem Teller mit Keksen. Nicht die Art von Keksen, die wir in der Küche von *Darling Blossoms* haben – Jaffa Cakes oder Choco-Digestives –, sondern dicke Shortbread-Finger, die mit Schokolade und Ingwerstückchen gespickt sind. Sie stellt das Tablett auf den Tisch und schenkt den Kaffee ein. Ich bin froh, als James sie mit einer Handbewegung hinausscheucht. »Ist gut, Olivia, danke, den Rest machen wir selbst.«

Er geht zum Schreibtisch und lädt mich ein, auf einem der davorstehenden Stühle im Retro-Look Platz zu nehmen. »Greifen Sie zu«, sagt er und deutet auf die Kekse, während er den Kaffee einschenkt.

Ich zögere, weil ich nicht gierig erscheinen will. »Nehmen Sie keinen?«

»Und ob! Ich bekomme die nur hier im Büro.« Er verzieht spöttisch das Gesicht, während er mir den Kaffee reicht. »Kekse sind bei uns zu Hause verboten. Meine Frau ist eine schreckliche Naschkatze. Sie sagt, wenn wir so was im Haus haben, kann sie nicht aufhören, bis sie die ganze Packung aufgegessen hat.«

»Das geht mir genauso.« Ich nehme einen Shortbread-Finger, wobei ich darauf achte, meine Ellbogen an den Seiten zu halten, damit James die dunklen Schweißflecken an den Armausschnitten meines Kleides nicht entdeckt. Es ist ein warmer Tag, und seine Nähe macht mich nervös. Ich widerstehe dem Drang, mir das Gebäck in den Mund zu schieben wie einen Baumstamm in ein Sägewerk, und nehme einen zierlichen Bissen. Auf James' Schreibtisch fällt mir ein Foto in einem silbernen Rahmen auf. Es zeigt eine attraktive blonde Frau, die ein Kleinkind im Arm hält. »Ist das Eleanor?« Ich krame den Namen seiner Frau aus den Tiefen meines Gedächtnisses hervor.

»Ja.« Er lächelt schief. »Und das ist unser Sohn Toby. Er ist zweieinhalb Jahre alt.«

»Ach, er sieht so süß aus.« Das tut er nicht wirklich; ich bin nur höflich.

»Das ist er … *manchmal*«, sagt James. »Manchmal ist er auch ziemlich nervig. Aber ich kann mich nicht beklagen, ich war in seinem Alter genauso. Erst jetzt, wo ich selbst Vater bin, wird mir bewusst, was meine armen Eltern durchmachen mussten.« Er lehnt sich in seinem Stuhl zurück, eine Hand im Nacken, seine Finger kneten die Sehnen dort. »Haben Sie Kinder?«

»Nein.« Da ich das Bedürfnis verspüre, meine Kinderlosigkeit zu rechtfertigen, füge ich rasch hinzu: »Aber das liegt an meiner persönlichen Entscheidung, nicht an einer biologischen Fehlfunktion – oder an meiner Unfähigkeit, einen geeigneten Partner zu finden.«

Er lacht, ein tiefes, kehliges Lachen, das mir eine Gänsehaut über den Rücken jagt. »Gut zu wissen. Und gibt es sonst jemand Bedeutsamen?«

Ich schüttle den Kopf. »Ich bin Single und sehr glücklich damit, danke.«

»Das ist das Beste«, sagt er mit einem Augenzwinkern. »Es gibt Zeiten, da wünschte ich, ich wäre noch Single – nicht, weil ich meine Frau und meinen Sohn nicht liebe, sondern weil es manchmal sehr anstrengend sein kann, Ehemann und Vater zu sein.«

Unsere Blicke treffen sich, und in diesem Moment scheint es, als ob etwas zwischen uns passiert, obwohl das wahrscheinlich nur Wunschdenken meinerseits ist.

»Eigentlich wollte ich mit Ihnen über meine Frau sprechen – oder vielmehr über Eleanors Schwester Isabel.« Er greift nach seiner Tasse und trinkt einen Schluck Kaffee. »Izzy hat es in letzter Zeit nicht leicht gehabt. Anfang des Jahres hat sie eine hässliche Scheidung hinter sich gebracht, und dann wurde auch noch ihr Job wegrationalisiert.«

»Oje«, murmle ich mitfühlend und wünschte, er würde zur Sache kommen, denn die Spannung bringt mich noch um.

»Izzys vierzigster Geburtstag steht vor der Tür, und Eleanor und ich geben eine Party für sie am 15. August, mit allem Drum und Dran – Festzelt, Caterer, Live-Band ... das volle Programm.« Er greift nach einem weiteren Shortbread-Finger. »Wir fänden es toll, wenn Sie die Blumenarrangements machen könnten. Aber da der 15. ein Feiertag ist, habe ich natürlich Verständnis, wenn Sie andere Verpflichtungen haben.«

Habe ich nicht. De facto habe ich seit der Trennung von meinem letzten Freund kaum noch soziale Kontakte. Es kommt nicht selten vor, dass ich ein ganzes Wochenende lang mit niemandem außer dem Postboten spreche. Ich weiß, dass ich etwas dagegen tun sollte – einem Chor beitreten oder einen Abendkurs besuchen –, aber aus irgendeinem Grund, den ich nicht ganz ergründen kann, schiebe ich es immer wieder auf.

»Nein, nein!«, sage ich schnell. »Ich würde sehr gerne die Blumenarrangements für die Feier machen. Vielen Dank, dass Sie an mich gedacht haben. In welche Richtung sollen die Arrangements denn gehen?«

»Ich fürchte, es wäre fruchtlos, mich zu fragen. Ich habe keine Ahnung, was meiner Frau vorschwebt. Wahrscheinlich wäre es das Beste, wenn Sie und Eleanor gemeinsam ein paar Ideen durchsprechen. Noch ist nichts in Stein gemeißelt, und ich bin sicher, dass sie gern Ihre Vorschläge hören würde.«

»Wunderbar – soll ich sie anrufen?«

»Ich glaube, sie würde Sie lieber persönlich treffen, falls das okay ist. Ich habe ihren Kalender auf meinem Handy; wenn Sie möchten, können wir gleich einen Termin vereinbaren. Vielleicht nächste Woche, wenn Sie Zeit haben?«

»Das klingt gut.«

Er nimmt sein Telefon vom Schreibtisch. »Wir wohnen in West Dulwich. Besuchen Sie die Leute normalerweise zu Hause, oder wäre es Ihnen lieber, wenn Eleanor zu Ihnen in den Laden käme?«

Ich zögere. Es wäre praktischer, wenn sie zu mir käme, aber ich bin sehr neugierig darauf, zu sehen, wo James wohnt. »Ich kann gerne vorbeikommen und Ihre Frau zu Hause besuchen, wenn das für sie einfacher ist.«

Er konsultiert den Kalender auf seinem Handy. »Wie wäre es mit Donnerstag – sagen wir zwei Uhr nachmittags?«

Die Fältchen um meine Augen verziehen sich in einem Lächeln. »Abgemacht.«

Als ich die Büroräume von *Cole & Elliott* verlasse, platze ich beinahe vor Freude. Das könnte *die* Gelegenheit für *Darling Blossoms* sein. Es ist offenkundig, dass die Elliotts wohlhabende Leute sind. Das sieht man an James' gestärktem Hemd, an seiner unbekümmerten Haltung, an den schweren Goldgliedern des Uhrarmbands an seinem Handgelenk. Ich denke schon seit einer Weile, dass ich, wenn ich das Geschäft weiterbringen will, Zugang zu größeren Fischen brauche – Bankern, Anwälten, Leuten mit Geld und Geschmack –, die Art von Kreisen, in denen sich James und Eleanor zweifellos bewegen. Es ist ja ganz schön und gut, Sträuße im mittleren Preissegment an Pendler zu verhökern und die eine oder andere schicke Hochzeit zu gestalten oder Firmendeko zu liefern. Aber wenn ich *Darling Blossoms* auf das nächste Level bringen will, brauche ich andere Kunden – besser vernetzte, mit höheren Einkommen. Die Art von Menschen, für die frische Blumen eher eine Notwendigkeit als ein Luxus sind. Wenn ich gute Arbeit leiste, könnte diese Party ein Sprungbrett zu lukrativeren Aufträgen und einkommensstärkeren Kunden sein. Ich muss nur dafür sorgen, dass ich es nicht vermassle.

3

Das Haus der Elliotts ist der feuchte Traum eines jeden Immobilienmaklers: ein extravaganter Umbau einer Kirche im Stil der Neugotik mit Bögen, Kragsteinen, Wasserspeiern, Endstücken und einer Vielzahl anderer architektonischer Elemente, deren Namen ich nicht kenne. Die rechte Seite des Gebäudes wird von einer wunderschönen Rosette beherrscht, deren einzelne Buntglasscheiben durch filigrane Steinmetzarbeit in Segmente unterteilt sind. Noch beeindruckender ist der gedrungene Glockenturm auf der gegenüberliegenden Seite mit seinen hübschen Sprossenfenstern. Der Kirchturm, falls es jemals einen gab, ist längst verschwunden. An seiner Stelle steht ein moderner Glaskasten, der aus der Seite des Turms herausragt. Dieses Nebeneinander von Alt und Neu sollte eigentlich irritieren, doch die Gesamtwirkung ist total ansprechend. Ich starre noch immer ehrfürchtig nach oben, als sich die Eingangstür öffnet.

Eleanor Elliott und ich sind beide in den Dreißigern, und damit hören die Gemeinsamkeiten auch schon auf. Wenn ich Leinen trage, sehe ich aus wie ein ungemachtes Bett, aber an ihr strahlt es mühelose Eleganz aus. Ihre weite Hose und das fließende Oberteil sind perfekt mit einer Statement-Halskette und Diamantohrsteckern kombiniert, deren Strahlen regelrecht mit der Sonne konkurriert. Ihr honigfarbenes Haar ist zu einem lockeren Knoten gebunden, und der subtile Glow auf ihrem Gesicht deutet auf teure Hautpflegeprodukte hin. Während ich jetzt so in meiner blütenstaubbefleckten Bluse und den verblichenen Caprihosen auf ihrer Schwelle stehe, fühle ich mich wie ein Löwenzahn neben einer Calla-Lilie.

Nachdem Eleanor mich begrüßt hat, führt sie mich durch eine imposante Eingangshalle in einen großen, offenen Wohnbereich mit einer gewölbten Holzdecke. Ich habe im Laufe meiner Karriere schon einige schöne Häuser gesehen, aber noch nie ein so beeindruckendes wie dieses. Die eine Seite wird von der überwältigenden Fensterrosette dominiert, auf der anderen liegt eine moderne verglaste Flügeltür, die auf den Garten hinausgeht und einen schönen Kontrapunkt zu den antik wirkenden Steinpfosten bildet, in die sie eingelassen ist.

Überall, wo ich hinschaue, sehe ich Elemente der kirchlichen Architektur des Gebäudes, die sich behaglich neben den minimalistischen modernen Elementen einfügen. Kahle Wände werden von Holzböden erwärmt, schattige Ecken durch Edelstahlleuchten erhellt. Die Steinmetzarbeiten blieben unberührt, die Bögen leer. Vergangenheit und Gegenwart in perfekter Harmonie.

Meine Gastgeberin bleibt vor einer Akzentwand stehen – eingerahmt von der Colefax-und-Fowler-Tapete sieht sie aus wie ein exotischer Vogel.

»Möchten Sie etwas trinken, Amy – vielleicht einen Tee?«

»Ich möchte Ihnen keine Umstände machen«, sage ich, obwohl ich sterben könnte für eine Tasse Tee.

»Das macht keine Umstände, ich habe ein Au-pair-Mädchen.«

Natürlich hast du eins, denke ich.

Sie fordert mich auf, mich zu setzen, ehe sie durch einen steinernen Torbogen verschwindet. Nachdem ich meine Hose auf etwaige Pflanzenreste untersucht habe, lasse ich mich in einen der beiden auf geschmackvolle Weise nicht zusammenpassenden Sessel fallen und starre auf die schmutzigen Halbmonde meiner Fingernägel, bis Eleanor wieder auftaucht.

»Sie haben wirklich ein wunderschönes Zuhause«, sage ich. »So etwas habe ich noch nie gesehen.«

»Danke.« Sie sinkt anmutig auf einen Fünfzigerjahre-Schaukelstuhl. »Aber das Lob dafür gebührt nur zu einem kleinen Teil mir selbst. Ich habe die Möbel ausgesucht, aber alles andere ist das Werk von James.«

»Er hat den Umbau selbst durchgeführt?«, frage ich staunend.

Sie nickt. »Als er mir die Kirche zum ersten Mal im Auktionskatalog gezeigt hat, konnte ich mir nicht vorstellen, dass sie jemals ein praktisches Haus für eine Familie werden könnte, aber James hat mich davon überzeugt, dass er sie für uns umbauen kann. Und er hatte absolut recht. Er hat hier den perfekten Rückzugsort geschaffen. Deshalb nennen wir unser Zuhause auch das *Sanctuary*.«

»Der Name passt perfekt«, erwidere ich. »Und was für ein tolles Aushängeschild für James' Firma.«

»Ja, unbedingt! Sie wurde im *Evening Standard* in einem Beitrag über Londons beste Kirchenumbauten vorgestellt. Daraufhin erhielt James etliche neue Aufträge. Dabei war das Projekt keineswegs ein Selbstläufer, ganz im Gegenteil. Ursprünglich hatten wir sechs Zimmer geplant, aber dazu hätten wir das Erdgeschoss erweitern müssen, und das haben wir nicht durchbekommen.« Sie wischt das Gesagte mit einer Handbewegung beiseite. »Und dann haben sich die Behörden für uns gefreut, dass wir einen Glaskasten an den Glockenturm kleben durften, um dort unser Schlafzimmer unterzubringen. Wo ist da die Logik, hm?«

Ich lächle. »Ich wette, die Aussicht von dort oben ist atemberaubend.«

»An einem klaren Tag kann man bis zum Westminster Palace sehen. Es lohnt sich auf jeden Fall, dafür drei Stockwerke hochzusteigen.«

In mir beginnt die Eifersucht zu brodeln. Was würde ich nicht alles dafür tun, um in einem solchen Haus leben zu dürfen – und noch dazu als Ehefrau von einem so wunderbaren Mann wie James!

»Reden wir über die Blumen, ja?« Eleanor schlüpft aus ihren Zehenstegsandalen und faltet die Beine im Schneidersitz zusammen. Ein solches Manöver könnten wohl nur die wenigsten Menschen mit solcher Eleganz auf einem Schaukelstuhl ausführen. »Ich habe Sie heute Morgen gegoogelt.«

Ihre beiläufige Bemerkung löst eine sofortige physiologische Reaktion in mir aus. Mein Puls beschleunigt sich, und mein Herzschlag scheint durch den ganzen Raum zu hallen, wobei jede Oberfläche ein anderes Timbre anschlägt: Glas, Holz, Granit, das blanke Mauerwerk …

»Ich habe Ihren Instagram-Account gesehen«, fährt sie fort. »Ich liebe Ihren Stil – und Ihre Liebe zum Detail ist wirklich bemerkenswert.«

Sofort entspannen sich meine Schultern. Ich weiß nicht, warum ich das Schlimmste befürchtet habe. Macht der Gewohnheit wahrscheinlich.

»Ich war besonders beeindruckt von Ihrer Installation im Crystal Palace Park – Sie wissen schon, die zum Gedenken an die Königin.«

Die Kreation, auf die sie sich bezieht, ist eine riesige tiaraförmige Blumenskulptur, die von der Bepflanzung auf Schloss Balmoral inspiriert war. Sie wurde von der Stadtverwaltung im Rahmen eines vom Londoner Bürgermeister organisierten Wettbewerbs für den schönsten Park in Auftrag gegeben und brachte mir nicht nur den zweiten Platz, sondern auch eine Menge Publicity ein.

»Danke. Es ist sicherlich eines der anspruchsvollsten Projekte, an denen ich je gearbeitet habe.«

»Wie lange haben Sie dafür gebraucht?«

»Fast drei Tage.«

»Beeindruckend!«, bemerkt sie bewundernd. »Sie müssen am Ende blutige Finger bekommen haben.«

Ich lache. »Das nicht gerade, aber ich hatte etliche Blasen von der Gartenschere.«

Sie lacht, und es klingt irgendwie perlend. »Ich hoffe, die Geburtstagsparty für meine Schwester wird Ihnen keine Wunden zufügen.«

»Haben Sie schon eine Idee, was die Farben angeht?«

»Ja, aber ich ändere meine Meinung ständig. Ich hatte gehofft, dass Sie mir eine Orientierungshilfe bieten könnten.«

»Aber gerne, dafür bin ich ja da.« Ich greife in die Tasche zu meinen Füßen und ziehe ein kleines Notizbuch heraus. »Wie viele Gäste erwarten Sie?«

»Ungefähr sechzig. Wir haben gerade erst die Einladungen verschickt, daher kann ich die genaue Zahl noch nicht nennen. Die Party soll im Garten stattfinden, falls das Wetter mitspielt. Zuerst gibt es Getränke und dann ein Büfett, Alles ziemlich zwanglos.«

»Möchten Sie Blumendeko für die Esstische?«

»Ja, aber nur einen kleinen Tafelaufsatz – insgesamt neun bis zehn, je nach der endgültigen Zahl der Gäste.«

Ich kritzele ein paar Stichworte in mein Notizbuch. »Sollen die Tafelaufsätze gleich oder unterschiedlich sein?«

»Oh.« Sie runzelt nachdenklich die Stirn. »Auf die Idee bin ich gar nicht gekommen. Verschiedene wären schön. Was meinen Sie?«

»Das finde ich auch. Unterschiedlich, aber alle mit der gleichen Farbpalette. Wie klingt das für Sie?«

Eleanor strahlt. Ich bemerke die leichte Asymmetrie ihrer Zähne und wie weiß sie sind. »Perfekt.«

»Ich kann Ihnen einige Fotos von Tischdekorationen zeigen, die ich in der Vergangenheit gemacht habe. Wenn Sie mir sagen, was Ihnen davon gefällt, kann ich mir ein gutes Bild von Ihrem Stil machen – aber natürlich ist das endgültige Design für Sie ganz individuell. Wollten Sie auch Blumenschmuck im Haus?«

»Ja. Ich dachte an etwas Dramatisches ... an ein richtiges Statement.« Sie deutet auf einen niedrigen Glastisch in der Mitte des Raumes. »Ich dachte, wir könnten es darauf platzieren.«

Ich tippe mir mit meinem Kugelschreiber gegen das Kinn. »Das ist, ehrlich gesagt, nicht der ideale Ort. Am Tag der Party wird dort viel los sein, vor allem, wenn die Caterer zwischen Küche und Garten hin und her rennen. Da besteht die Gefahr, dass die Vase umgestoßen wird.«

Ich schaue mich einige Augenblicke um, bis mein Blick schließlich auf eine Reihe von tief in die Wand eingelassenen Steinnischen fällt, die jeweils von einem hübschen gotischen Bogen gekrönt werden.

»Diese Nischen hätten einen sehr schönen Effekt, wenn sie mit Blumen gefüllt wären.«

»Wirklich?« Sie zweifelt. »Die sind aber nicht besonders groß.«

»Sie würden sich wundern – viele kleinere Arrangements können eine größere visuelle Wirkung haben als ein einzelnes großes Bukett.« Ich krame in meinem Beutel und ziehe meinen Laptop heraus. »Ich zeige Ihnen ein Beispiel.«

Wenige Augenblicke später schauen wir uns eine Nahaufnahme von sechs identischen Vasen an, die jeweils mit einem dicht gebundenen Strauß weißer Hortensien gefüllt sind. »Das war für ein Luxushotel in Islington.« Das stimmt nicht ganz. In Wirklichkeit waren sie für eine Babyparty in Hackney, aber was macht das schon für einen Unterschied? »Der Hotelbesitzer hat wirklich sehr hohe Ansprüche.« Ich erwärme mich für das Thema. »Das sollte man wohl auch, wenn man Prominente und den europäischen Hochadel zu seinen Gästen zählt.«

Sie berührt den Bildschirm, um das Foto zu vergrößern. »Ich verstehe, was Sie meinen«, sagt sie nachdenklich. »Und Sie denken, so etwas Einfaches würde hier gut funktionieren?«

»Auf jeden Fall. Die meisten Leute glauben, bei einem Arrangement käme es darauf an, so viele verschiedene Blumensorten wie möglich in eine Vase zu pferchen, aber manchmal ist weniger mehr. Natürlich müssen wir nicht unbedingt Hortensien verwenden, aber sie haben den Vorteil, dass sie im August Hauptsaison haben, was immer ein Vorteil ist.«

Ihrem Gesichtsausdruck nach zu urteilen, habe ich sie überzeugt. »Ich glaube, Hortensien wären perfekt. Aber vielleicht könnten wir blaue nehmen, das ist Izzys Lieblingsfarbe.«

»Selbstverständlich, also blaue«, sage ich und trage das in mein Notizbuch ein. »Fast hätte ich es vergessen: Wie hoch ist das Budget? Über den Daumen gepeilt würde zu diesem Zeitpunkt genügen.«

Sie nennt einen Betrag, den die meisten Menschen für ihre Hochzeitsblumen ausgeben. Er ist deutlich höher, als sie für eine Veranstaltung dieser Größenordnung ausgeben müsste. Aber wenn die Elliotts das Geld haben, bin ich gerne bereit, ihnen dabei zu helfen, es auszugeben. »Möchte Ihre Schwester auch noch eigene Vorschläge zu den Blumen einbringen, oder überlässt sie das lieber Ihnen?«

»Oh, hat James Ihnen das nicht gesagt? Das ist eine Überraschungsparty. Izzy glaubt, sie erwartet hier ein schlichtes Geburtstagsessen, *en famille*. Ich kann es kaum erwarten, ihr Gesicht zu sehen, wenn ich sie in den Garten führe und all unsere Freunde und Verwandten dort auf sie warten.« Sie zieht die Schultern bis an die Ohren, als ob ich ihre Aufregung teilen würde. Was ich keineswegs tue. Trotzdem spiegele ich ihre Geste.

»Das ist ja eine tolle Idee! Ich bin sicher, Ihre Schwester wird begeistert sein. Ich habe gehört, dass sie in letzter Zeit eine schwere Zeit durchgemacht hat.«

Eleanor wendet ihr Gesicht ab, und ihr Blick verliert sich in der Ferne. Ihr Profil gleicht dem einer ruhenden Ballerina: gerade Nase, nach oben gewölbtes Kinn und die Körperhaltung einer Frau, die es gewohnt ist, angeschaut zu werden. »Gott, ja … diese grässliche Scheidung. Hugh, Izzys Ex-Mann, hat das Ganze viel komplizierter gemacht, als es hätte sein müssen. Es wurde so schlimm, dass sie am Ende nur noch über ihre Anwälte kommuniziert haben. Man sollte meinen, dass er ein bisschen entgegenkommender hätte sein können, zumal er die Scheidung eingereicht hatte. Izzy war am Boden zerstört, sie hatte ja keine Ahnung, dass Hugh nicht glücklich in der Ehe war. Er behauptet zwar beharrlich, dass keine andere Frau involviert gewesen sei, aber er hat sie eindeutig nach Strich und Faden belogen.« Sie hält inne und reißt sich zusammen. »Tut mir leid, Sie kennen Izzy ja nicht einmal – warum sollten Sie sich für das Scheitern ihrer Ehe interessieren?«

»Aber nein«, versichere ich ihr, »wenn ich die Blumen für einen Familienanlass arrangiere, bemühe ich mich immer, so viel wie möglich über den Kunden herauszufinden. Für mich geht es nicht nur darum, einen Veranstaltungsort hübsch aussehen zu lassen, sondern auch darum, eine gewisse Stimmung zu erzeugen. Für jemanden wie Ihre Schwester zum Beispiel, die, wie es sich anhört, ein bisschen Aufmunterung gebrauchen könnte, würde ich mich auf das konzentrieren, was ich ›fröhliche Blumen‹ nenne. Tulpen, Maiglöckchen, Ringelblumen und Rosen. Das sind Blumen, die die Stimmung heben und den Menschen ein gutes Gefühl geben.«

»Mir gefällt Ihr ganzheitlicher Ansatz.« Eleanor nickt bedächtig. »Allmählich wird mir klar, warum James so viel von Ihnen hält.«

Stolz wallt in mir auf. Es ist immer schön, wenn die eigenen Bemühungen anerkannt werden, und James' Meinung bedeutet mir mehr als die der meisten anderen Menschen. Ich werfe einen Blick auf die Flügeltüren. Das Sonnenlicht, das bei meiner Ankunft durch die Scheiben fiel, ist verschwunden, und Wolken ziehen über den sich verdunkelnden Himmel. »Ob es wohl möglich wäre, einen kurzen Blick in den Garten zu werfen?«

Eleanor schwingt ihre Füße wieder auf den Boden. »Ja, auf jeden Fall, aber wir sollten uns beeilen. Es sieht so aus, als könnte es gleich einen ziemlichen Wolkenbruch geben.«

Der Garten ist hübsch und für Londoner Verhältnisse recht großzügig. Ich drehe mich einmal langsam um die eigene Achse und nehme alles in mich auf: die sanft geschwungene Buchsbaumhecke, den schönen alten Kirschbaum, das auffällige Wasserspiel aus Kupfer mit seinem beruhigenden Plätschern. Etwa zwei Drittel des Geländes sind als Rasenfläche angelegt, und am hinteren Ende steht ein imposanter Pavillon.

»Ursprünglich wollten wir ein Festzelt mieten, aber dann habe ich es mir anders überlegt«, erzählt Eleanor. »Wir werden das Essen stattdessen im Pavillon stattfinden lassen. Das ist doch viel schöner, als in einem stickigen Zelt zu schwitzen, meinen Sie nicht?«

Sie berührt meinen nackten Arm mit ihren langen, zarten Fingern, und ich erschauere bis auf die Knochen.

»*Ja, auf jeden Fall* – und die Blumen werden im Freien, in

ihrem natürlichen Habitat, noch viel besser zur Geltung kommen.«

»Kommen Sie, ich zeige Ihnen, wie die Tische angeordnet werden sollen.« Sie tritt von der Terrasse in den Garten.

Aus der Nähe betrachtet ist der Pavillon sogar noch beeindruckender: eine wunderschöne Holzkonstruktion mit einem Walmdach, perfekt für Mahlzeiten im Freien. Definitiv kein Pavillon aus dem Baumarkt. Der Boden ist mit honigfarbenen Fliesen ausgelegt, und die umliegenden Blumenbeete sind hübsch bepflanzt. Meine Kundin geht in dem Pavillon umher und zeigt mir, wo die Tische stehen sollen. »Der Caterer stellt die Möbel zur Verfügung. Ich kann Ihnen die Maße der Tische geben, wenn das hilfreich ist.«

»Ja, bitte.«

»Sie kennen nicht zufällig eine zuverlässige Agentur, die Kellnerinnen und Kellner vermittelt? Mein Au-pair-Mädchen hat zwar gesagt, dass sie ein paar Freunde hat, die aushelfen könnten, aber ich glaube, wir halten uns lieber an Profis.«

»Ich kann Ihnen ein oder zwei Firmen empfehlen. Viele Veranstaltungen, für die ich arbeite, setzen Personal ein. Ich schicke Ihnen die Nummern, wenn ich wieder im Laden bin.«

»Das wäre großartig, danke.« Sie stützt ihre Hände in die schlanken Hüften. »Ich hatte an einen Blumenbogen am Eingang des Pavillons gedacht, aber so was könnte leicht nach Hochzeit aussehen, oder?«

»Aber nein, ein Blumenbogen wäre großartig – das ist ein echter Blickfang.« Irgendwie muss ich schließlich ihr Geld verbraten. »Und wenn wir auf Pastellfarben verzichten, sieht es überhaupt nicht wie ein Hochzeitsbogen aus.« Ich kaue auf der Unterlippe, als wöge ich die Möglichkeiten ab. »Ein Carmen-Miranda-Thema könnte funktionieren – etwas Kühnes und Exotisches, mit vielen leuchtenden Farben.«

Eleanors rosa schimmernde Lippen zucken zustimmend. »Sie scheinen Gedanken lesen zu können, Amy. Meine Schwester ist durch ganz Südamerika gereist, sie liebt diesen Teil der Erde. Ein Carmen-Miranda-Thema wäre genau das Richtige.«

Ich bin keine Gedankenleserin. Nur eine aufmerksame Beobachterin. Im Wohnzimmer ist mir eine mit Familienfotos vollgehängte Wand aufgefallen. Darunter befanden sich mehrere Fotos einer Frau, die Eleanor sehr ähnlich sieht – nur das blonde Haar schimmerte kastanienbraun, und ihre Nase war etwas mehr nach oben gebogen. Ein Foto zeigte sie in einem Kanu auf einem breiten Fluss, umgeben von Regenwald, mit einem Rucksack zu ihren Füßen. Auf einem anderen posierte sie mit einem Mitreisenden auf einem bunten Straßenfest. Nach den Gewändern zu urteilen, tippe ich auf Brasilien oder Kolumbien.

»Großartig, ich spreche mit meinem Lieferanten in Holland und finde heraus, was verfügbar ist. Größere Arrangements stelle ich am liebsten vor Ort fertig. Ich müsste also am Tag vor der Party hierherkommen, um mit der Arbeit anzufangen.«

»Das ist kein Problem …« Bevor sie ihren Satz beenden kann, donnert es laut über unseren Köpfen. Wir blicken beide überrascht auf. Sekunden später beginnt es zu regnen. Große, schwere Tropfen fallen vom Himmel und durchnässen unsere Kleidung im Nu.

»Schnell, zurück ins Haus!«, ruft Eleanor. Ich bin ihr dicht auf den Fersen, als sie losrennt.

Wir stolpern durch die Terrassentür und stehen ein paar Minuten lang auf der Kokosmatte, um Luft zu holen. Wir sehen beide ziemlich zerzaust aus, und Eleanors dünne Leinenbluse ist nun fast transparent. Sie ruft einen Namen, und Sekunden später erscheint eine junge Frau um die zwanzig, die auf ihrer

Hüfte ein kleines Kind trägt, von dem ich annehme, dass es James' Sprössling ist.

»Bring uns bitte ein paar Handtücher aus dem Wäscheschrank, Katya«, sagt Eleanor. »Amy soll sich hier nicht den Tod holen.« Sie wackelt vor dem kleinen Jungen mit den Fingern. Er starrt mich mit unverhohlenem Interesse an. »Die dumme Mummy und ihre Freundin wurden vom Regen überrascht«, erzählt sie ihm. »Wir haben vergessen, unsere Mäntel und Gummistiefel anzuziehen.«

»Dumme Mummy«, wiederholt er und kichert vergnügt, als Katya ihn zur Treppe in der Ecke des Raumes mitnimmt.

Eleanor entdeckt das Teetablett, das das Au-pair-Mädchen für uns bereitgestellt haben muss, und winkt mich zu sich. »Kommen Sie und setzen Sie sich«, fordert sie mich auf. Sie zieht ihre Sandalen aus und geht barfuß weiter zu der Sitzgruppe.

Ich zögere etwas, meine Schuhe auszuziehen, denn es ist schon eine Weile her, dass ich bei der Pediküre war. Aber schließlich überwinde ich mich, weil ich den anscheinend sehr teuren Teppich nicht beschmutzen möchte.

»Milch und Zucker?«, fragt Eleanor, während sie den Inhalt der Teekanne umrührt.

»Ja gern, zwei Löffel, bitte.«

Ich setze mich auf die Kante eines Sessels, um die Polsterung nicht mit meiner feuchten Kleidung zu ruinieren.

»Ist Katya schon lange bei Ihnen?«

»Fast ein Jahr. Sie ist das zweite Au-pair-Mädchen, das wir haben. Die erste war ein echter Glücksgriff, aber sie musste aus familiären Gründen zurück nach Polen. Sie hat uns auch Katya vermittelt. Ich glaube, sie waren zusammen in der Schule.« Sie senkt die Stimme. »Sie ist zwar nicht die Fleißigste, aber Toby liebt sie.«

Sie gießt Tee in zwei schlanke Becher. »James arbeitet immer entsetzlich lange und hat nicht viel Zeit für die Kinderbetreuung«, erzählt sie und schlägt einen vertraulichen Tonfall an. »Und ich kann mich nicht allein um Toby kümmern, nicht bei all dem, was sonst noch in meinem Leben vor sich geht.«

»Was machen Sie denn beruflich?« Ich nehme an, dass sie einen sehr anspruchsvollen Job haben muss.

»Ich habe früher in der Personalabteilung gearbeitet, aber das ist schon lange her.«

Ich warte darauf, dass sie mir erklärt, warum eine Person, die nicht arbeitet, ein Au-pair-Mädchen braucht, um auf ihr Kind aufzupassen, aber sie geht nicht weiter darauf ein.

Kurz darauf kommt Katya mit den Handtüchern, aber ohne ihren kleinen Schützling zurück. »Ich habe Toby zum Mittagschlaf hingelegt«, verkündet sie.

»Gut«, sagt Eleanor. »Er soll ja heute Nachmittag nicht müde und übellaunig zu seiner Spielverabredung mit Hebe gehen.« Sie wirft mir einen kurzen, verschwörerischen Blick zu, als wäre der Umgang mit einem überreizten Kind ein Szenario, das ich gut nachvollziehen könnte.

Katya reicht mir ein Handtuch. Wie alles andere in diesem Haus ist es makellos – dick, flauschig und duftend.

In der nächsten halben Stunde zeige ich Eleanor weitere Fotos aus meinem Portfolio und helfe ihr bei der endgültigen Auswahl der Blumen für die Party. Dann wird es Zeit für mich. Ich muss zurück in den Laden, um zu sehen, wie Claire mit den Ansteckblumen für die morgige Hochzeit vorankommt. Es ist keine sonderlich komplizierte Aufgabe, und wenn man sie gewähren lässt, macht sie ihre Sache ganz gut – aber für *Darling Blossoms* ist ganz gut nicht gut genug. Nichts verlässt den Laden, bevor ich es nicht persönlich abgesegnet habe.

Nach den zweieinhalb Tassen Tee, die ich getrunken habe,

platzt meine Blase fast, also bitte ich Eleanor, ihre Toilette benutzen zu dürfen, bevor ich mich verabschiede. Sie beschreibt mir den Weg zu einem Raum in der Eingangshalle. Hier war, wie sie sagt, einmal die Sakristei. Er ist doppelt so groß wie mein Badezimmer zu Hause, mit holzgetäfelten Wänden und Accessoires, die man in einem Luxushotel erwarten würde.

Nachdem ich mir die Hände abgetrocknet habe, öffne ich aus reiner Neugierde die Türen des kleinen Schranks unter dem Waschbecken. Ich weiß nicht, was ich zu finden hoffe – einen ranzigen alten Putzschwamm vielleicht oder eine Tube Antipilzcreme. Irgendetwas, damit ich mich weniger unzulänglich fühle. Aber in dem Schrank liegen nur ein hübsch verpacktes Stück Luxusseife und eine Flasche Jo-Malone-Raumspray, das so herrlich duftet, dass ich versucht bin, es auf meine Handgelenke zu sprühen.

Als ich den Raum verlasse, dringt eine wütende Stimme an meine Ohren. Ich bleibe an der Tür zum Wohnbereich stehen, im Glauben, dass Eleanor das Au-pair ermahnt. Doch als mir klar wird, dass ich nur eine Hälfte des Gesprächs höre, folgere ich, dass sie mit jemandem am Telefon spricht.

»Du kannst so nicht weitermachen, Izzy«, höre ich sie sagen.

Ah. Also ihre Schwester. Ich beuge mich leicht vor und halte mein Ohr an den Spalt in der Tür.

»Wovon redest du?«, schnauzt Eleanor sie an. »James und ich haben uns in den letzten Monaten fast ein Bein ausgerissen, um dir zu helfen.«

Es folgt eine dreißig Sekunden lange Stille.

»Oh, es tut mir wirklich leid, wenn du dich von uns erdrückt fühlst.« Die letzten Worte betont sie sarkastisch. »Aber du bist meine große Schwester, und natürlich mache ich mir Sorgen um dich!«

Eine kürzere Stille.

»Hast du wieder getrunken, Iz?«

Ein schnelles Ziehen des Atems.

»Ja, hast du, das merke ich immer.«

Eine sehr kurze Pause.

»Es ist mir egal, ob es nur ein Drink ist. Um Himmels willen, Izzy, es ist drei Uhr nachmittags! Wäre es nicht besser, du würdest die Jobbörsen durchforsten oder an deiner Technik für Vorstellungsgespräche feilen, statt dich mit einem doppelten Wodka zu entspannen?«

Was auch immer Izzy als Nächstes sagt, trifft Eleanor offensichtlich dort, wo es wehtut, denn ihre Stimme bricht wie ein feiner Riss in einem Stück Porzellan.

»Wie kannst du so was sagen, nach allem, was ich für dich getan habe? … Izzy? … Izzy? Bist du noch da?«

Sie atmet genervt aus.

Das Gespräch wurde offenbar beendet.

Als ich zurück ins Zimmer gehe, steht Eleanor da und starrt auf ihr Handy. Ihre Wangen sind gerötet.

»Ist alles in Ordnung?«

»Ja.« Sie seufzt. »Nein, eigentlich nicht. Ich hatte gerade einen Streit mit meiner Schwester. Sie hat einfach aufgelegt, können Sie sich das vorstellen?«

Ich bücke mich, um meinen Beutel aufzuheben. »Ich würde mir an Ihrer Stelle deshalb keine Sorgen machen. Am heftigsten streiten wir mit den Menschen, die uns am nächsten stehen.« Das habe ich mal auf einem Magnetschild an einem Kühlschrank gelesen. Ob das wirklich stimmt? Keine Ahnung.

Sie lächelt gezwungen. »Verstehen Sie sich mit Ihren Geschwistern?«

»Ich bin ein Einzelkind, aber ich wollte immer eine Schwester haben.«

»Glauben Sie mir, eine Schwester wie meine wollen Sie sicher nicht.« Sie legt das Handy auf den Tisch. »Ich liebe Izzy über alles, aber sie kann so unfassbar egozentrisch sein – besonders seit ihrer Scheidung. Wir können kaum noch ein Gespräch führen, ohne uns zu streiten.«

Die Neugier überkommt mich. »Worüber haben Sie sich denn dieses Mal gestritten?«

»Izzy wollte, dass wir sie dieses Wochenende zum Abendessen einladen. Als ich ihr sagte, dass James und ich andere Pläne haben, warf sie mir vor, es wäre mir gleichgültig, dass sie das ganze Wochenende allein verbringen muss. Ich weiß, dass sie es hasst, allein zu sein, das war schon immer so – aber Scheidung hin oder her, sie muss lernen, dass sich nicht die ganze Welt um sie dreht. James und ich haben ein anstrengendes Leben, wir können nicht rund um die Uhr für sie da sein.« Eleanor holt tief Luft, und plötzlich scheint es, als wäre sie den Tränen nahe. »Was es noch schwieriger macht, ist, dass Izzy eine völlig andere Person ist, wenn James in der Nähe ist … Dann ist sie charmant, witzig und entspannt. Ich finde es ziemlich verletzend, dass sie sich bei ihm so viel Mühe gibt, aber nicht bei ihrer eigenen Schwester.«

Sie verschränkt die Arme vor der Brust und umklammert ihre dünnen, kindlichen Schultern. »Ich bin mir nicht sicher, ob sie diese Geburtstagsparty überhaupt verdient hat«, sagt sie, und ihre Stimme wird schärfer. »Ich hätte fast Lust, die ganze Sache abzusagen.«

Mein Magen verkrampft sich. Sie darf nicht absagen. Ich will diesen Job. Mehr noch, ich brauche ihn.

»Aber Sie haben doch schon die Einladungen verschickt«, wende ich ein. »Und ist diese Party nicht die perfekte Gelegenheit, um Izzy zu zeigen, wie sehr sie Ihnen am Herzen liegt?«

»Wahrscheinlich haben Sie recht«, räumt sie ein. »Ich hoffe nur, dass sie mir auch dankbar dafür ist.« Sie schaut mich mit gesenktem Blick an. »Sie müssen mich für eine schreckliche Person halten, die sich bei jemandem, den sie kaum kennt, über seine Schwester auslässt.«

»Aber ganz und gar nicht! Familienbeziehungen lösen oft starke Gefühle aus. Dafür muss man sich nicht schämen«, widerspreche ich und denke an die allmähliche, unwillkürliche Versteinerung meiner Gefühle, die immer eintritt, wenn ich mit meiner eigenen Familie konfrontiert werde.

Als Eleanor mich zur Haustür begleitet, dankt sie mir für meine Expertise – und für mein Verständnis. Dann fügt sie fast beiläufig hinzu: »Ich wäre Ihnen dankbar, wenn Sie James gegenüber meinen kleinen Ausbruch nicht erwähnen würden. Er denkt eh schon, ich sei zu sensibel, was Izzy angeht. Ich möchte nicht, dass er mich am Ende für vollkommen neurotisch hält.«

Ich lächle beruhigend und freue mich, dass Eleanor mich ins Vertrauen zieht. »Ich würde nicht einmal im Traum daran denken.«

4

Ich spüre die vertraute bleierne Schwere in dem Moment, in dem ich vor dem spießigen Siebziger-Jahre-Bungalow von Mum und Dad vorfahre. Es ist nicht so, dass wir nicht miteinander auskämen. Aber jedes Mal, wenn ich sie sehe, fühlt es sich so an, als kehrte ich in eine Seifenoper zurück, die ich mehrere Jahre nicht gesehen habe und deren Handlung ich noch immer nicht kapiere.

Meine Eltern leben auf einer Insel vor der Küste von Essex, die zweimal am Tag durch die Flut vom Festland abgeschnitten wird. Das ist entweder eine reizvolle Eigenart des Ortes oder eine große Unannehmlichkeit, je nachdem, wie man es empfindet. Wir sehen uns alle paar Monate. Manchmal besuchen sie mich in London, aber normalerweise fahre ich nach Essex. So kann ich aufbrechen, wenn ich die Nase voll habe – sofern es die Gezeiten zulassen.

Kaum hat er die Tür geöffnet, zieht mich mein Vater in eine Umarmung. Als ich mich löse, sehe ich, dass mein Make-up auf sein marineblaues Poloshirt abgefärbt hat: ein kleiner schwacher Abdruck meiner Wange und meiner Nase.

Mum wartet im Wohnzimmer auf mich, mit blassem Gesicht und aufrechter Haltung. Sie hat die Lippen leicht geschürzt und zupft an der Kette mit türkisfarbenen Perlen an ihrem Hals.

»Deine Mutter hatte eine schlimme Nacht«, erklärt Dad.

Mum und ich setzen uns aufs Sofa, während Dad in die Küche geht, um nach dem Huhn im Ofen zu sehen. In dem Putz der Decke über mir ziehen sich Risse von einer Seite des Raumes zur anderen bis zum Fries. Ich fühle mich manchmal ein bisschen wie dieses Haus. Wir brauchen beide ein wenig Unterstützung. Eine sorgfältige Untermauerung.

»Wie geht's dir?«, frage ich sie.

Ich höre zu, während Mum ihre neuesten Leiden aufzählt. Einige sind real, aber die meisten sind nur eingebildet. Meine Mutter ist – und ich kann das nicht freundlicher ausdrücken – eine Hypochonderin, wie sie im Buche steht. Ein leichter Kopfschmerz wird sofort zur Migräne hochstilisiert, eine neue Sommersprosse erregt sofort Tumorverdacht, eine leichte Müdigkeit gilt als unumstößlicher Beweis für Long Covid. Sie ist wie einer dieser gehetzt dreinblickenden Menschen, die man in den Abendnachrichten sieht, nachdem sie bei einer Überschwemmung gerade vom Dach eines Gebäudes gerettet worden sind und jetzt versuchen, allen, die aus der Sicherheit und Bequemlichkeit ihres eigenen Zuhauses zusehen, zu vermitteln, wie es sich anfühlt, dem Tod gerade noch entronnen zu sein. Ich sollte sie nicht verurteilen. Sie hat in ihrem Leben schon viel durchgemacht. Allerdings haben wir das alle.

Ich tue mein Bestes, um interessiert zu wirken, aber Empathie war noch nie meine Stärke. Das ist ein weiterer Grund, warum ich diese Familientreffen nicht mag – sie rauben mir für mindestens vierundzwanzig Stunden sämtliche emotionalen Ressourcen, über die ich verfüge. Nachdem meine Mutter mir ausführlich von dem Ausschlag auf ihrem Arm erzählt hat, der, davon ist sie überzeugt, eine allergische Reaktion auf eine neue Möbelpolitur ist, erkundigt sie sich nach meinem eigenen Wohlbefinden.

»Mir geht's gut, danke«, antworte ich und schaue besorgt nach oben. Direkt über unseren Köpfen hängt ein schwerer

Kronleuchter aus Messing. Immer, wenn ich ihn ansehe, denke ich unwillkürlich: *Was ist, wenn dieses verfluchte Ding herunterkracht?*

»Was macht die Arbeit – immer noch viel zu tun im Laden?«

»Ja, ich musste mich ziemlich beeilen.«

»Du musst dir eine Aushilfe suchen.«

»Das habe ich – seit Ende letzten Jahres. Das habe ich dir schon gesagt.«

»Das glaube ich nicht.«

»Das habe ich, Mum. Ich erinnere mich genau, wie ich dir versichert habe, dass Claire allen anderen Bewerbern haushoch überlegen war.«

Sie runzelt die Stirn. »Seltsam … Ich kann mich an dieses Gespräch überhaupt nicht erinnern.«

Wir sitzen einige Minuten schweigend da, während die Sonne schwach durch die Jalousien dringt. Unerklärlicherweise lassen meine Eltern sie immer halb geschlossen. Dann kommt Mum auf eines ihrer Lieblingsthemen zu sprechen.

»Hast du in letzter Zeit einen netten Mann kennengelernt?«

»Ja, das habe ich tatsächlich«, erwidere ich. »Ich hatte gestern Abend ein Date mit einem Theaterregisseur. Wir haben uns eine neue Ausstellung in der National Portrait Gallery angesehen, und danach hat er mich in ein sehr teures Restaurant zum Abendessen eingeladen.«

Während meine Mutter diese Informationen verarbeitet, ähnelt ihre Mimik einer Zeitrafferaufnahme in einer dieser Naturdokumentationen. Ihr Gesicht verändert sich innerhalb weniger Sekunden von Winter zu Sommer.

»Wie schön«, sagt sie atemlos. Ihre Arglosigkeit irritiert mich, und ich fühle mich sofort schuldig.

Mum dreht den Kopf in Richtung der Servierluke, die, wie ich mich erinnere, in den Angaben des Immobilienmaklers amüsanterweise als »attraktives originales Ausstattungsmerkmal« hervorgehoben wurde.

»Hast du das gehört, Neil? Amy hatte gestern Abend ein Date mit einem Theaterregisseur.«

Dads Kopf taucht in der Luke auf. »Das sind ja großartige Neuigkeiten, Darling. Ich habe immer gesagt, du hättest etwas Besseres verdient als diesen Bob, auf den du so fixiert warst.«

»Rob«, korrigiere ich ihn müde. »Sein Name war Rob.«

»Du solltest dir aber alle Möglichkeiten offenhalten«, fährt Mum fort. »Das ist doch das Schöne am Online-Dating: Es gibt so viele Fische im Meer.«

»Das ist ein guter Rat, den deine Mutter dir da gibt«, stellt Dad fest. »Es bringt nichts, sich mit dem Zweitbesten zufriedenzugeben. Wenn dieser Typ anruft und dich um ein zweites Date bittet, sag nicht gleich Ja, sondern bring ihn dazu …«

»Eigentlich hat er das schon – und wir treffen uns am Freitag zum Lunch.« Ich weiß, dass Dad es gut meint, aber ich kann es nicht ertragen, noch mehr Weisheiten von einem Mann zu hören, der in seinem ganzen Leben nur mit einer einzigen Frau geschlafen hat. Zugegeben, ich weiß das nicht mit Sicherheit, aber ich würde meine Firma darauf verwetten.

In diesem Moment gibt mein Handy ein helles *Pling* von sich. Ich hole es aus der Tasche meiner Strickjacke und werfe einen Blick auf das Display. Es ist die gynäkologische Praxis. Sie erinnert mich zum dritten Mal daran, dass mein Abstrich überfällig ist. »Das ist er«, lüge ich. »Er will wissen, ob ich vor unserem Lunch eine private Backstage-Tour durch das Old Vic machen möchte.«

»Oooh!« Mum quietscht förmlich. »Den solltest du dir unbedingt warmhalten.«

Ich sollte an dieser Stelle vielleicht gestehen, dass es diesen Theaterregisseur gar nicht gibt. Ich hatte es so satt, dass meine

Mutter mich ständig löchert, wann ich mir einen Ehemann suchen und sesshaft werden würde, dass ich ihr weisgemacht habe, eine Dating-App zu benutzen, obwohl ich in Wirklichkeit so etwas nie tun würde. Jeder weiß, dass diese Apps mehr versprechen, als sie halten können: Hinter der Fassade von Intelligenz, Witz und spontaner, stimmiger Chemie, die auf dem Display suggeriert wird, verbergen sich stark gephotoshoppte Bilder, gähnende Langeweile und unaufgeforderte Dickpics. Außerdem kann ich mit dem sich rasant weiterentwickelnden Jargon nicht Schritt halten. Benching, Breadcrumbing, Submarining … Was ist aus dem guten einfach ein Arschloch sein geworden?

»Ich decke schon mal den Tisch, okay, Dad?«, rufe ich, um das Thema zu wechseln.

»Das wäre eine große Hilfe – danke, Liebes.«

Ich gehe zum Sideboard. Darauf steht ein Foto von mir mit einigen Schulfreunden. Es wurde am Strand aufgenommen, als ich in der neunten Klasse war. Ich sehe aus wie ein glücklicher, sorgenloser Teenager. Nicht die geringste Andeutung des Unwetters, das bald kommen sollte. Was für ein paradoxer Eindruck.

Ich öffne die oberste Schublade und nehme das Besteck heraus. »Wo sind die Sets, Dad?«

»Unterste Schublade!« Er schreit die Anweisung, damit ich ihn über das Brausen des Dunstabzuges höre.

Ich bringe die Sets und das Besteck zum Esstisch, der von einem überflüssigen Arrangement exotischer Blumen dominiert wird, von denen ich nicht gedacht hätte, dass es sie in diesem Teil von Essex gibt. Ich beuge mich vor, um an ihnen zu riechen. Aber sie sind künstlich. Gut gemacht, zugegeben – aber trotzdem.

Eine halbe Stunde später sitzen wir alle am Tisch. Als Dad die schwer beladenen Teller mit dem Essen vor uns abstellt, schaut meine Mutter auf ihren hinunter wie ein Gefangener in der Todeszelle, dem man gerade die falsche Henkersmahlzeit serviert hat. »Ich dachte, es gäbe gebratene Pastinaken«, stellt sie fest.

»Ich habe mich am Ende dafür entschieden, sie zu pürieren, weil ich dachte, das wäre schöner.«

»Schöner für wen?«, fragt Mum halblaut.

Dad lächelt wohlwollend. Er lebt schon zu lange mit meiner Mutter zusammen, um an ihrer Art noch Anstoß zu nehmen. Er und ich wissen, dass Mum zu den Menschen gehört, die dazu verdammt sind, in einem ständigen Zustand leichter Unzufriedenheit zu leben. Menschen, Orte, Dinge – sie scheinen nie ganz ihren Erwartungen zu entsprechen. Es ist, als schlafe man mit einer Mücke im Zimmer. Man hört das leise Summen und weiß, dass der unvermeidliche Stich kommen wird. Das versetzt einen in einen Zustand ständiger Wachsamkeit.

»Das Foto, das du mir auf WhatsApp geschickt hast, hat mir gut gefallen«, sagt Dad, als er sich zu uns an den Tisch setzt.

Ich greife nach der Sauciere. »Welches?«

»Von der Eröffnung des mexikanischen Restaurants.«

»Ah, die Kaktus-Arrangements. Die waren lustig, nicht wahr?«

Mein Vater lacht leise. »Ich wette, du hast danach noch wochenlang die Stacheln aus deinen Fingern gezogen.«

Ich erwidere das Lachen.

»Hast du in letzter Zeit noch andere interessante Aufträge bekommen?«

»Eigentlich nicht, nur die üblichen Hochzeiten und Beerdigungen.« Ich gieße Soße über meine Bratkartoffeln. »Einer meiner Firmenkunden hat mich gebeten, eine Geburtstagsfeier für seine Schwägerin zu organisieren. Ich habe mich neulich mit seiner Frau getroffen, um ein paar Ideen durchzusprechen. Ihr Haus – eine umgebaute Kirche – war wirklich beeindruckend. Es gab einen ganzen Artikel darüber im *Evening Standard.*« Ich biete Mum die Sauciere an, aber sie schüttelt den Kopf. »Wenn ich es richtig anstelle, könnte dieser Auftrag eine wirklich gute Werbung für meinen Laden werden.«

»Gut, gut«, antwortet Dad, aber er scheint irgendwie abgelenkt zu sein.

Er schraubt den Deckel von einer Flasche Pinot ab und gießt eine kleine Menge in mein Weinglas. Die Art und Weise, wie er das tut, und die Haltung seines Kiefers deuten an, dass ein ernstes Gespräch bevorsteht.

»Du weißt, dass bald Jahrestag ist, oder?«, bemerkt er. Er braucht nicht weiter ins Detail zu gehen. Ich weiß sofort, worauf er anspielt.

»Zwanzig Jahre«, sagt meine Mutter. »Ich kann es kaum glauben. Die Zeit ist wie im Flug vergangen.«

Für mich nicht. Sie ist in quälender Lethargie dahingekrochen – fast wie eine lebenslange Haftstrafe, aber ohne Aussicht auf Bewährung.

»Die Familie hält aus diesem Anlass eine Kerzenmahnwache ab. Deine Mutter hat zufällig im Internet darüber gelesen.«

Ich werfe Mum einen scharfen Blick zu. *Zufällig im Internet?* Wohl eher nicht.

»Du folgst ihnen in den sozialen Medien, stimmt's?« Ich kann den anklagenden Tonfall in meiner Stimme nicht unterdrücken. »Falls du dich erinnerst – mein Anwalt hat gesagt, dass wir keinen Kontakt zu ihnen haben dürfen.«

»Ich hatte keinen Kontakt, ich habe mir nur ein paar Dinge im Internet angesehen«, stellt Mum klar.

»Aber warum?«, will ich wissen. »Was hast du denn davon?«

Sie zuckt unbeholfen mit den Schultern – ihre spitzen Schultern heben sich zu stark an und verharren zu lange in dieser Position, als würde sie die Technik des Schulterzuckens noch nicht ganz beherrschen. »Ich möchte nur wissen, dass es ihnen gut geht – nach dem, was du ihnen angetan hast.«

Ihr Kommentar trifft mich wie ein Stich. Es ist, als würde man barfuß auf eine Wespe treten, ein scharfer Schmerz im weichen Fleisch.

Dad räuspert sich. »Natürlich wäre unsere Familie bei der Mahnwache nicht willkommen, aber vielleicht könnten wir den Jahrestag auf eine andere Weise begehen. Es fühlt sich nicht richtig an, ihn einfach zu ignorieren.« Er trinkt einen Schluck Wein. »Vielleicht könnten wir unsere eigene Kerzenmahnwache im Garten abhalten. Du könntest über Nacht bleiben, wenn du möchtest.«

Schmerz pulsiert in meinen Schläfen, und ich lege instinktiv eine Hand an die Stirn und presse die Fingerkuppen auf die Druckpunkte. »Ich weiß nicht«, sage ich.

Mum schneidet ihre Hühnerbrust in winzige gleiche Stücke, ordnet sie in Reihen an und befördert dann jedes einzelne Stück auf der Rückseite ihrer Gabel zum Mund – ein kompliziertes Manöver, das sie völlig in Anspruch zu nehmen scheint.

»Denk einfach darüber nach, okay, Liebes?«, bittet mich Dad. »Wenn du keine Mahnwache abhalten willst, ist das für uns völlig in Ordnung.«

Der Rest des Essens verläuft zäh. Dann biete ich an, den Abwasch zu übernehmen, wobei ich darauf bestehe, diese Aufgabe allein zu bewerkstelligen. Das gewährt mir ein paar Minuten für mich. Danach nimmt mich Dad mit auf eine Tour durch den Garten. Er spricht nicht mehr über den Jahrestag, wofür ich ihm dankbar bin. Stattdessen erzählt er mir von den letzten

Neuzugängen in seinem Gemüsebeet und von dem für die Jahreszeit schlechten Wetter, das wir zuletzt hatten.

Zurück im Haus, trinken wir Kaffee und naschen Elizabeth-Shaw-Minzplättchen, und danach verabschiede ich mich. Ich tue so, als wäre ich besorgt wegen der Flut, obwohl wir alle wissen, dass es noch gut zwei Stunden dauert, bis die Straße unpassierbar wird. Als ich die beiden zum Abschied küsse, denke ich, dass ich vielleicht etwas mehr als die üblichen drei oder vier Monate verstreichen lassen werde, bis ich sie wiedersehe. Ich bin nicht egoistisch – so wird es für uns alle einfacher sein.

Die Fahrt zurück nach London ist der reinste Albtraum. Auf der Autobahn gibt es einen Unfall und ich stehe eine gefühlte Ewigkeit im Stau. Ich bin den Tränen nahe, aber das liegt nicht an meiner Frustration über den Stau. Die Worte meiner Eltern haben mich tiefer getroffen, als ich mir selbst eingestehen möchte. Ich muss zugeben, dass ich überrascht bin, dass sie das Thema angesprochen haben, Jahrestag hin oder her. Als Familie haben wir uns angewöhnt, dieses unangenehme Kapitel unserer Geschichte zu ignorieren. Aber Geheimnisse verschwinden nie ganz. Wie Motten im Kleiderschrank nagen sie ungesehen vor sich hin, bis man eines Tages seinen Lieblings-Angorapullover gegen das Licht hält und sich das ganze Ding zwischen den Fingern auflöst und zerfällt.

Jetzt

5

ZEUGENAUSSAGE

Ich gebe diese Erklärung nach bestem Wissen und Gewissen ab. Für den Fall, dass diese Aussage als Beweismittel vorgelegt wird, ist mir bewusst, dass ich mich strafbar mache, wenn ich vorsätzlich falsche Angaben mache oder solche, von denen ich nicht glaube, dass sie der Wahrheit entsprechen.

Unterschrift: Andrea Jennings

Mein Name ist Andrea Jennings, und ich bin als Reinigungskraft bei Eleanor Elliott im Sanctuary in der Oakwood Road, West Dulwich, beschäftigt.

Normalerweise arbeite ich dort jeden Donnerstag von 12.00 bis 17.00 Uhr. Am 22. September hatte ich jedoch vereinbart, gleich frühmorgens zu kommen, da ich meinen Vater am Nachmittag zu einem Arzttermin bringen musste.

Ich kam um 8.45 Uhr an und läutete wie immer zuerst an der Tür. Als niemand antwortete, ließ ich mich mit dem Schlüssel, den Mrs Elliott mir gegeben hatte, ein. Zu diesem Zeitpunkt hatte ich keinen Grund zur Sorge, denn es war nicht ungewöhnlich, dass das Haus bei meiner Ankunft leer war.

Nachdem ich meinen Mantel und meine Tasche aufgehängt hatte, ging ich in die Küche. Ich fange immer in der Küche an, weil das normalerweise der unordentlichste Ort im Haus ist und ich ihn gerne zuerst reinige. Als ich die Putzsachen unter dem Waschbecken herausgeholt hatte, bemerkte ich, dass der Kalkentferner fehlte. Ich wusste, dass Mrs Elliott eine zweite Flasche Kalkentferner im Badezimmer im ersten Stock aufbewahrte, also ging ich nach oben, um sie zu holen.

Auf dem Treppenabsatz bemerkte ich, dass die Tür zu Toby Elliotts Kinderzimmer leicht angelehnt war. Ich dachte mir nichts dabei und ging weiter ins Bad. Erst als ich mit dem Kalkentferner wieder herauskam, bemerkte ich, dass in Toby Elliotts Zimmer jemand auf dem Boden lag. Alles, was ich durch den Türspalt sehen konnte, waren ein Arm und eine Hand - aber es sah so aus, als wäre die Person bewusstlos, weil sie sich nicht bewegte.

Ich war so schockiert, dass ich den Kalkentferner fallen ließ und sofort zur Tür rannte. Ich bin keine besonders zierliche Person, und der Spalt war nicht groß genug für mich, um mich hindurchzuzwängen. Ich versuchte, die Tür aufzudrücken, aber sie ließ sich nicht bewegen, weil die Person direkt dahinter lag, und ich wollte nicht zu viel Kraft anwenden, um sie nicht zu verletzen. Ich konnte sehen, dass es die Hand einer Frau war, also rief ich laut den Namen von Mrs Elliott, obwohl ich keine Ahnung hatte, ob sie es war oder nicht. Als keine Antwort kam, schob ich meinen Arm durch den Türspalt und berührte die Hand. Die Person reagierte nicht, aber ihre Haut fühlte sich warm an, sodass ich annahm, dass sie noch lebte. In diesem Moment beschloss ich, nach unten zu laufen und über das Festnetz einen Krankenwagen zu rufen.

Zwei Monate zuvor

6

»Ich mache mich jetzt auf den Weg, wenn das in Ordnung ist.«

Beim Klang von Claires Stimme zucke ich zusammen und stoße mit dem Knie gegen die raue Unterseite der Werkbank. Ich drehe mich um und blicke über meine Schulter. Sie steht in der offenen Tür des Ateliers.

»Entschuldige, Amy, habe ich dich erschreckt?«, fragt sie.

»Nur ein bisschen.« Ich werfe einen Blick auf das Display meines Laptops: Es ist siebzehn Uhr vierzig. Ich war so in meine Arbeit vertieft, dass ich die Zeit völlig aus den Augen verloren habe.

»Hast du abgeschlossen?«

»Ja – und bevor du fragst, ich habe auch den Boden gewischt, die Jalousien zugezogen und das Geld in den Safe gelegt.«

Ich lächle sie dankbar an. »Danke, Claire, du bist ein Engel.«

Ich meine das wirklich ernst. Ich habe die Messlatte absichtlich nicht zu hoch gelegt, als ich die Stelle ausgeschrieben habe. Wie sollte ich auch, wenn das Gehalt, das ich biete, kaum über dem Mindestlohn liegt? Ich hatte mir nur eine bessere Verkäuferin erhofft, die sich um die Kunden kümmert und mir ein bisschen bei den mühsamen Vorbereitungen für die Blumengestecke zur Hand geht. Aber Claire hat alle meine Erwartungen übertroffen. Sie besitzt vielleicht weder ein umfassendes Wissen über Pflanzen noch ein natürliches Talent für Blumenarrangements, aber sie ist enthusiastisch und fleißig, und das zählt für mich viel. Und die Kunden mögen sie auch. Sie hat so ein harmonisches, offenes Gesicht, dem die Menschen instinktiv vertrauen. Egal, ob sie einem schüchternen Teenager hilft, Blumen für die erste Freundin auszusuchen, oder ob sie mit jemand zu tun hat, der kürzlich eine nahestehende Person verloren hat – sie behandelt jeden einfühlsam und geduldig. Das sind Fähigkeiten, die man nicht lernen kann.

»Ich bleibe gerne noch ein bisschen, wenn du mich noch brauchst«, sagt sie. »Kyle hat mir gerade geschrieben, dass er in Deptford festsitzt und sich mit einem verstopften Abfluss herumschlägt, also wartet zu Hause niemand auf mich.«

Kyle ist Claires Partner. Er ist Klempner und arbeitet oft bis spät in den Abend hinein. Wir sind uns noch nie begegnet, aber ich habe das Gefühl, ihn zu kennen, weil Claire ständig von ihm spricht.

»Nein, schon gut, du kannst gern Feierabend machen. Was habt ihr dieses Wochenende vor – irgendetwas Spannendes?« Es ist zwar erst Donnerstag, aber da Claire eine Vier-Tage-Woche hat, beginnt ihr Wochenende praktisch jetzt.

»Ja, tatsächlich.« Sie kommt herüber und hockt sich mit einer Pobacke auf die Kante der Werkbank. »Wir fahren zu einem Surf-Festival nach Newquay. Darauf freue ich mich schon sehr.«

»Ich wusste gar nicht, dass ihr surft.«

»Wir nicht, aber einer von Kyles Freunden nimmt daran teil.«

»Nehmt ihr das Wohnmobil?«

»Ja, wir haben schon gestern Abend alles zusammengepackt. Wir wollen losfahren, sobald Kyle von der Arbeit nach Hause kommt. Es ist eine ziemlich lange Strecke, aber mit etwas Glück sind wir gegen Mitternacht auf dem Campingplatz.«

Ich spüre einen kindischen Anflug von Neid. Claire ist ein paar Jahre älter als ich, aber sie hat keine Kinder und führt ein herrlich unkompliziertes Leben, so wie es die meisten Menschen in ihren Teenager- und Zwanzigerjahren führen. Sie und Kyle unternehmen ständig Dinge, die Spaß machen – Festivals, Mountainbike-Touren, Kanufahrten, Wochenendausflüge mit Freunden. Das war auch einer der Gründe, warum Claire den Job bei *Darling Blossoms* angenommen hat – weil sie so viel freie Zeit hat, um ihr nächstes Abenteuer zu planen. Es muss wundervoll sein, so wenig Verantwortung tragen zu müssen und so frei von Sorgen zu sein.

»Das wird bestimmt super«, antworte ich.

Sie nimmt ein abgeschnittenes Dahlienblatt von der Werkbank und rollt es zwischen Daumen und Zeigefinger. »Was ist mit dir? Was hast du am Wochenende vor?«

Ich habe schon sehr früh entschieden, das Geschäft samstags und sonntags geschlossen zu lassen, weil ich sonst nur begrenzt Zeit für Hochzeiten hätte, aber an diesem Wochenende bin ich für keine gebucht, was ungewöhnlich für diese Jahreszeit ist.

»Oh, ich treffe mich nur mit ein paar Freunden«, erwidere ich ausweichend. »Ich weiß noch nicht genau, was wir vorhaben.« Ich schäme mich zu sehr, um die Wahrheit zuzugeben: dass mein Wochenende sehr langweilig wird, völlig ereignislos; die einzige Unterhaltung am Horizont sind ein Ausflug zum Supermarkt und, falls ich genug Energie aufbringen kann, ein Spinningkurs im Fitnessstudio.

Claire zeigt auf mein Notebook. »Ist das eine deiner Freundinnen?« Mein Blick fällt auf das Profil auf dem Bildschirm. Das gebräunte Gesicht einer attraktiven Frau in Wanderkleidung starrt mich an. Sie steht in einem dichten Kiefernwald, einen Fuß auf einem umgestürzten Baumstamm gestützt, während sie wie ein Profi für ein Selfie posiert.

»Ja, das ist eine alte Freundin vom College.« Ich klappe das Notebook zu und lege meine Unterarme darauf ab. »Wir haben uns schon eine Weile nicht mehr getroffen. Ich wollte nur mal nachsehen, was sie so macht. Ich muss sie wirklich unbedingt mal anrufen.«

Ein wehmütiger Ausdruck legt sich auf Claires Gesicht. »Ich wünschte, ich hätte mir mehr Mühe gegeben, mit meinen Freunden vom College in Kontakt zu bleiben«, sagt sie. »Das Problem ist, dass ich ständig neue Freunde finde, und jetzt habe ich so viele, dass es schon ein Vollzeitjob ist, mit denen Kontakt zu halten.« Sie legt den Kopf schief. »Das ist das Tolle an London – es ist unglaublich einfach, neue Leute kennenzulernen.«

»Ja, ich weiß, was du meinst. Ich muss demnächst dringend meine Weihnachtskartenliste ausforsten.« Ich rede völligen Blödsinn. Ich kann mich nicht einmal daran erinnern, wann ich das letzte Mal eine neue Freundschaft geschlossen habe – eine richtige Freundschaft, meine ich. Arbeitskollegen wie Claire zählen nicht, ebenso wenig wie Janet, die in der Wohnung über mir wohnt. Sie ist eine Frau mittleren Alters, und wir bleiben stehen, um kurz zu plaudern, falls wir uns zufällig über den Weg laufen. Aber wir gehen nie zusammen aus, was ich schon immer ein bisschen schade fand. Als sie einzog, habe ich sie ein paarmal eingeladen, aber sie schien nie sonderlich interessiert zu sein.

Vor Kurzem habe ich eine Frau im Fitnessstudio kennengelernt, von der ich dachte, dass sie eine Freundin werden könnte. Wir haben uns ein paarmal auf den Laufbändern unterhalten und viel gelacht, aber als ich vorschlug, unsere Telefonnummern auszutauschen, redete sie sich heraus – sie meinte, sie hätte ein neues Handy und hätte sich die Nummer noch nicht eingeprägt. Ich wusste, dass sie flunkerte, weil ich den rechteckigen Umriss in der Tasche ihrer Leggins sehen konnte. Es wäre die einfachste Sache der Welt gewesen, das Handy herauszuholen und meine Nummer einzugeben – wenn sie unsere Bekanntschaft wirklich hätte vertiefen wollen. Vielleicht dachte sie, ich würde sie anbaggern. Schätze, das werde ich wohl nie erfahren.

»Amy?«

Ich kehre gedanklich zu unserem Gespräch zurück. »Entschuldige, Claire, was hast du gesagt?«

»Ich habe gerade gesagt, dass die Schlüssel für den Lieferwagen im Safe liegen. Du musst sie für Ewan rauslegen, wenn du morgen früh kommst.«

»Ah, danke, dass du mich daran erinnerst.«

Sie rutscht von der Werkbank. »Wenn es sonst nichts mehr gibt, mache ich mich auf den Heimweg. Bis nächste Woche.«

»Jepp, bis dann.«

Sie geht zur Tür, bleibt dann aber stehen und dreht sich halb um. »Fast hätte ich's vergessen … James Elliott war hier, während du in der Druckerei warst.«

Sofort schlägt mein Herz ein wenig schneller. Es ist eine unwillkürliche Reaktion, wie bei einem Tier, das auf die Pheromone seines Partners reagiert. Eigentlich ist das dumm, denn erstens ist James verheiratet, und zweitens, selbst wenn er Single wäre, würde er Frauen wie mich keines Blickes würdigen.

»Um Blumen zu kaufen?«

»Nein, er wollte dich sprechen. Tut mir leid, Amy, ich hätte dir das schon früher sagen sollen. Er hat mich gebeten, dir was auszurichten.«

Mein Puls erhöht sich erneut um ein paar Stufen.

»Er bedankt sich dafür, dass du dich neulich mit seiner Frau getroffen hast. Er weiß es wirklich zu schätzen, dass du zu ihnen nach Hause gekommen bist, und er ist sicher, dass du den Job perfekt erledigen wirst.«

Ich hebe ungläubig die Brauen. »Er ist extra hierher gekommen, nur um mir das zu sagen?«

»Er sagte, er sei zufällig vorbeigefahren. Ich glaube, er hat einen Kunden in der Gegend.« Mit einer Kopfbewegung schwingt sie sich ihr glänzendes dunkles Haar über die Schultern. »Es ist schön, wenn Menschen sich die Mühe machen, einem ihre Wertschätzung zu zeigen, oder?«

Ich lächle. »Allerdings.«

Sobald ich das Atelier wieder für mich habe, klappe ich den Deckel meines Laptops auf. Ich hoffe, Claire hat nicht zu genau auf das Facebook-Profil auf meinem Bildschirm geschaut. Sie hat mich überrumpelt, und die Lüge ist mir einfach so herausgerutscht. Ich hätte vorsichtiger sein sollen. Aus Erfahrung weiß ich, dass sich solche Unwahrheiten zu zarten, aber beständigen Fäden verweben, die sich leicht verheddern und schwer zu kontrollieren sind.

Das ist das erste Mal seit Ewigkeiten, dass ich auf Facebook bin. Ich habe dort zwar ein Profil, kümmere mich aber kaum um die nichtssagenden Aktualisierungen meiner zig sogenannten »Freunde«, von denen die meisten Geschäftskontakte sind. Oder Leute, die ich über Rob kennengelernt habe und zu denen ich keinen Kontakt mehr habe. Immer wenn ich ihre selbstgefälligen kleinen Posts lese und die Fotos von ihren Familien und Haustieren und Auslandsreisen sehe, beschleicht mich dieses beklommene Gefühl. Das habe ich oft, wenn ich über mein eigenes Leben nachdenke und auf die unscharfe graue Decke stoße, die große Teile davon bedeckt. Ich weiß, dass sich darunter etwas Dunkles verbirgt, aber ich bringe es nicht übers Herz, sie anzuheben und einen Blick darauf zu werfen.

Ich war überrascht, wie einfach es war, Izzy ausfindig zu machen. Da ich ihren Nachnamen nicht kenne, habe ich stattdessen in den sozialen Medien nach Eleanor gesucht. Ich fand sie auf Instagram und habe dort die Kommentare durchgescrollt, bis ich eine überschwängliche Reaktion von @isabelharkness fand, als Antwort auf ein Foto von Toby. Er trägt darauf eines dieser Kinderbadetücher mit Kapuze und Tierohren. Das führte mich wiederum zu Izzys Insta-Account, der eher langweilig war und fast ausschließlich aus Bildern bestand, die aussahen, als wären sie aus dem National Geographic abgekupfert worden. Ich machte mir nicht viel Hoffnung, sie auf Facebook zu finden. Ich nahm an, dass ihr Profil privat sein würde, falls sie überhaupt einen Account dort hatte, und dass es nichts zu sehen geben würde außer einem Foto in Miniaturgröße und, wenn ich Glück hatte, den Namen einer ehemaligen Schule oder eines Arbeitgebers. Stattdessen jedoch war es ohne jede Beschränkung, ein echter Glücksfall. Ich hatte ihr Profil gerade gefunden, als Claire mich unterbrach, und da ich jetzt allein bin, kann ich mich über all die Informationen dort hermachen. Normalerweise recherchiere ich nicht so viel über das Leben der Leute, für die ich arbeite, aber aus irgendeinem Grund fasziniert mich dieses scheinbar kapriziöse und selbstverliebte Wesen, für das die Elliotts so viel Zeit und Geld aufwenden.

Ich beginne damit, mir die Fotos von Izzy anzusehen. Sie ist nicht so schlank wie Eleanor, aber sie hat eine robuste Schönheit, wie ein Mädchen vom Land, mit kräftigen Gliedmaßen und Augen in einem tiefen Ficusgrün. Welche Schwächen als Schwester sie auch haben mag, sie hat auf jeden Fall einen großen Freundeskreis. Als ich ein Foto von ihr beim Cocktailtrinken in einer schicken Bar in Chelsea betrachte, habe ich fast das Gefühl, mit ihr dort zu sein. Ich schmecke das Salz der Margaritas auf meinen Lippen, höre das Klirren der Gläser, wenn wir anstoßen. Drei Monate später verbringen wir Weihnachten in einer Skihütte in Verbier mit einer Gruppe von Studienkollegen, alle in knallbunten Pullovern, und posieren vor einem üppig geschmückten Baum. Im Sommer sonnen wir uns am Strand, breiten unsere Handtücher im warmen Sand aus und massieren uns gegenseitig Sonnencreme auf die Schultern. Izzys Leben leuchtet so hell auf meinem Bildschirm, dass es praktisch Brandflecken auf meiner Netzhaut hinterlässt.

Als Nächstes scrolle ich durch ihre letzten Beiträge. Sie schwärmt von einem Dokumentarfilm über den Klimawandel, den sie auf Prime gesehen hat, teilt einen Videoclip, in dem jemand ein Gorillababy mit der Flasche füttert, und fragt, ob jemand weiß, wo sie ihre ausrangierten Handtücher spenden kann. Alles ziemlich banale Dinge. Doch dann fällt mir etwas ins Auge. Eine Freundin namens Maria hat vor drei Tagen eine knappe Frage gepostet:

»Bist du dabei?«

Nachdem ich gesehen habe, dass Izzy den Kommentar geliked hat, klicke ich auf den Link, den Maria angegeben hat. Er leitet mich zur Facebook-Seite einer in Südlondon ansässigen Wandergruppe namens *Your Pace or Mine* weiter, ein Name, der mir sofort sympathisch ist. Der weitergeleitete Beitrag wirbt für ihre nächste Unternehmung: eine Zehn-Meilen-Wanderung auf dem South Downs Way am Sonntag. Vierundzwanzig Leute haben bereits ihre Teilnahme zugesagt, aber da ich mit keinem von ihnen auf Facebook befreundet bin, kann ich ihre Namen nicht sehen.

Verborgene Kirchen, wunderschöne Kreidebäche und uralte Viehtriebwege – erkunden Sie den South Downs Way auf dieser atemberaubenden Rundwanderung, so der Werbetext. *Es gibt einige Steigungen und Gefälle, aber nichts allzu Anstrengendes. Bitte bringen Sie ausreichend Essen und Trinken für die gesamte Dauer der Unternehmung mit, da es keine Möglichkeit gibt, unterwegs etwas zu kaufen. Neue Mitglieder sind willkommen, aber bitte kontaktieren Sie zuvor den Organisator der Veranstaltung, um Ihren Platz zu reservieren. Am Tag der Wanderung ist ein Beitrag von £5 zu entrichten.* Eine Beschreibung der Anfahrt sowie die Abfahrtzeiten der Züge von Waterloo Station sind ebenfalls beigefügt.

Das klingt interessant – bis auf den Teil mit dem Wandern. Ich habe noch nie einen Sinn darin gesehen, in einem Land zu wandern, in dem der Boden durchnässt und der Himmel mindestens siebzig Prozent des Jahres grau ist. Aber die Wettervorhersage für dieses Wochenende sieht gut aus.

Ich habe Izzy nur aus reiner Neugierde recherchiert, aber plötzlich fühlt es sich an wie eine dieser wunderbaren Fügungen, die das Leben einem schenkt, wenn man nicht danach sucht.

Wie es scheint, habe ich an diesem Wochenende doch etwas vor.

7

Die nächsten zwei Tage ziehen sich. Am Freitag läuft das Geschäft ungewöhnlich schleppend - so schleppend, dass ich den Laden früher schließe und ins Fitnessstudio gehe. Am Samstagmorgen gehe ich in den Supermarkt und dann in eines dieser riesigen Sportartikelgeschäfte. Ich kaufe Wanderschuhe und Socken sowie eine Rennfahrer-Sonnenbrille, mit der ich fast schon cool aussehe.

Wieder zu Hause verstaue ich erst einmal meine Einkäufe. Dann durchsuche ich den Flurschrank, bis ich meinen alten Rucksack finde. Die Nähte lösen sich bereits an mehreren Stellen, aber in Ermangelung von etwas Besserem geht er als brauchbar durch. Danach putze ich das Haus von oben bis unten, was mich bis zum Mittagessen beschäftigt. Ich esse eine Suppe und sortiere dann, da mir keine bessere Ablenkung einfällt, den Inhalt meiner Kommode neu.

Jedes meiner T-Shirts in ein ordentliches Rechteck zu falten und es vertikal nach Farben zu stapeln, erweist sich als überraschend therapeutisch. Erst als ich meine Unterwäsche-Schublade öffne, lässt mein Enthusiasmus nach. Ich besitze eine Handvoll Kleidungsstücke, die man mit Fug und Recht als »Dessous« bezeichnen könnte. Ich habe sie gekauft, als Rob und ich uns in den Flitterwochen befanden. Der Rest ist ein Sammelsurium von nicht zusammenpassenden Teilen, von denen viele in den Müll wandern sollten. Ich müsste sie eigentlich ersetzen, aber ich zögere, Geld für etwas auszugeben, was nur mit Handwäsche gesäubert werden kann und das außer mir niemand jemals zu Gesicht bekommt.

Entschlossen, meine Aufgabe zu Ende zu bringen, verbringe ich zwanzig Minuten damit, die Höschen in perfekte Quadrate zu falten, bevor ich sie in einen alten Schuhkarton lege. Wenn ich mich selbst doch auch so umgestalten könnte, denke ich, während ich den Schuhkarton in die Schublade stelle. Ich würde zarte Nude-Töne tragen, meine ausgefransten Kanten abschneiden und meine hässlichen Falten glätten.

Endlich ist der Sonntag da – der Tag meines großen Abenteuers. Die ersten Anzeichen sind wenig verheißungsvoll. Zunächst einmal ist der Himmel bewölkt, was bedeutet, ich kann meine neue Sonnenbrille nicht tragen. Als ich dann mein Lunchpaket zusammenstellen will, stelle ich fest, dass der Schinken, den ich für meine Sandwiches verwenden wollte, bereits sein Ablaufdatum überschritten hat. Die einzige andere Möglichkeit ist Eiersalat – nicht gerade der gesellschaftsfähigste Belag, aber mit einer doppelten Umhüllung aus Frischhaltefolie lässt sich der schlimmste Gestank eindämmen.

Nachdem ich mir eine Cargohose – das einzige meiner Kleidungsstücke, das einer Wanderhose nahekommt –, ein Baumwolloberteil, ein leichtes Fleece und meine neuen Socken und Stiefel angezogen habe, mache ich mich auf den Weg zur Bushaltestelle. Und zwar so zeitig, dass ich den empfohlenen Zug um 9.06 Uhr ab Waterloo erreichen kann. Frustrierenderweise bleibt mein Bus bei einer Baustelle im Verkehr stecken, sodass ich den Zug verpasse. Zum Glück fährt der nächste Zug nur zwanzig Minuten später, auch wenn er an jeder gottverlassenen Marktstadt und jedem ländlichen Außenposten auf der Strecke hält.

Sobald ich sicher an Bord bin, einen Becher Costa-Kaffee in der Hand, gehe ich von Wagen zu Wagen. Ich hoffe, einige meiner Mitwanderer zu sehen, aber die einzige Person mit passender Fußbekleidung trinkt Lagerbier aus einer Dose. Ich glaube, den kann ich mit gutem Gewissen ausschließen.

Die Fahrt bis zu dem Dorf in East Sussex, wo die Wanderung beginnt, dauert eineinviertel Stunden. Drei Minuten nachdem der Zug den Bahnsteig verlassen hat, kommen mir die ersten Zweifel. Ich bin mir nicht ganz sicher, was ich mit diesem fröhlichen Ausflug bezwecken will. Ich weiß ja nicht einmal genau, ob Izzy wirklich daran teilnimmt. Und falls sie da ist, gibt es keine Garantie dafür, dass ich Gelegenheit bekommen werde, mit ihr zu sprechen. Und sollte sich die Chance doch ergeben, was soll ich dann sagen?

Mir fällt auf, dass mein Verhalten ein wenig … Ich unterdrücke das erste Wort, das mir in den Sinn kommt, und ersetze es durch etwas besser Verdauliches: exzentrisch ist.

Ich erwäge, an der nächsten Haltestelle auszusteigen und nach Waterloo zurückzukehren. Aber was dann – soll ich zurück in meine leere Wohnung und noch ein paar Schubladen umräumen? Nein, beschließe ich. Ich gebe nicht auf, ich ziehe das durch. Was macht es schon, wenn Izzy nicht auftaucht? Die Wanderung wird auf jeden Fall eine Abwechslung von meinem üblichen Trott sein. Eine Chance, neue Leute zu treffen und frische Luft zu schnappen. Und das Beste ist, dass ich Claire am Montag etwas zu erzählen habe.

Ich komme vier Minuten vor Beginn der Wanderung am Zielort an und mache mich auf den Weg zum vereinbarten Treffpunkt vor der Dorfkirche. Dort hat sich bereits eine größere Gruppe Menschen versammelt. Die meisten von ihnen sind jung und modisch in atmungsaktive Synthetikkleidung gehüllt. Ich erkenne den Leiter der Wanderung anhand des Klemmbretts in seiner Hand und stelle mich ihm vor. Er reicht mir die Hand und wir schütteln uns die Hände. Dabei beugt er sich vor und winkelt seinen Ellbogen kräftig ab. Dann nimmt er meine fünf Pfund und hakt mich von seiner Liste ab. Anscheinend bin ich die Letzte, die angekommen ist, denn wir brechen fast augenblicklich auf. Wir marschieren in einer Schlangenlinie an einem Feldrand entlang und durch ein Waldstück, bevor wir einen gut markierten Weg erreichen.

Zum ersten Mal an diesem Tag habe ich Glück, denn die Sonne taucht plötzlich hinter einer Reihe von Wolken auf. Ich schiebe meine Sonnenbrille vom Kopf auf die Nase, löse meinen Pferdeschwanz und schüttle das Haar aus. Es ist sehr angenehm, dem Beton und den Abgasen Londons einmal zu entfliehen, und die Landschaft hier ist wirklich hübsch. Über mir kreist ein Rotmilan, und auf Kniehöhe säumt ein Meer aus Blumen in Rosa, Weiß und Blau das lange Gras am Rande des zerfurchten Weges. Ich zähle ihre Namen in meinem Kopf auf und wiederhole sie immer wieder wie ein Mantra.

Es dauert nicht lange, bis ich mit einer anderen Wanderin in Gleichschritt falle, einer älteren Frau mit schweren Lidern und dem etwas sprunghaften Gang eines Wesens, das aus einem ungeplanten Winterschlaf erwacht. Nach der obligatorischen Plauderei darüber, wo wir beide in London wohnen, beginnt sie einen leidenschaftlichen Monolog über das Schwimmen in offenen Gewässern und das spirituelle Erwachen, das sie am Ladies' Pond in Hampstead Heath hatte. Ich bin ein wenig erleichtert, als sie verstummt, um ihre Schnürsenkel neu zu binden.

Die Gruppe hat sich mittlerweile auseinandergezogen. Da ich Izzy immer noch nicht gesehen habe, beschleunige ich mein Tempo und überhole die anderen Wanderer, wann immer sich die Gelegenheit bietet. Erst als ich fast die Spitze der Gruppe erreicht habe und von der Anstrengung schon etwas verschwitzt bin, sehe ich eine Frau, auf die die Beschreibung passt. Sie hat die richtigen Haare und die richtige Statur und trägt eine ansprechende fruchtige Farbpalette – himbeerfarbene Leggings, kniehohe apricotfarbene Socken und ein blaubeerfarbenes Gilet. Ich kann ihr Gesicht nicht ganz sehen, nur ihr Profil, als sie den Kopf dreht, um mit ihrer Begleiterin zu sprechen, aber die Stupsnase und das sanft gerundete Kinn kommen mir sehr bekannt vor.

Auf der nächsten halben Meile halte ich mich ein paar Meter hinter den beiden und frage mich, ob die Frau in meinem Blickfeld meinen gierigen Blick spüren kann. Ich liebe es, wie sie geht, so stabil und sicher, mit lockeren Knien und gebeugten Ellbogen, und ihrem Haar, das der Wind leicht zerzaust. Falls das Izzy ist, handelt es sich bei der dunkelhaarigen Frau, mit der sie sich so angeregt unterhält, vermutlich um die Person, die ihr auf Facebook die knappe Nachricht geschickt hat. Hin und wieder dringen Gesprächsfetzen zu mir herüber, und es dauert nicht lange, bis ich den Namen von Izzys Ex-Mann höre, was meine Vermutung bestätigt.

»Ich bin mir ziemlich sicher, dass Hugh bei jeder Gelegenheit schlecht über mich redet«, sagt die Frau, von der ich jetzt überzeugt bin, dass es sich um Izzy handelt, zu ihrer Freundin. Unverhohlene Bitterkeit schwingt in ihren Worten mit. »Die Hälfte unserer gemeinsamen Freunde hat aufgehört, auf meine SMS zu antworten; zwei von ihnen waren sogar so dreist, mich auf Facebook zu entfreunden.«

»Ich weiß nicht, warum die Leute immer denken, dass sie nach einer Trennung unbedingt Partei ergreifen müssen«, erwidert die Freundin. »Ich würde mich an deiner Stelle nicht unterkriegen lassen. Du kannst immer neue Freunde finden.«

»Wahrscheinlich, aber das braucht Zeit und Energie – und in der Zwischenzeit hocke ich an einem Freitagabend trübselig zu Hause rum, während alle anderen sich amüsieren. Apropos, hast du nächstes Wochenende zufällig Zeit? Ich dachte, wir könnten zusammen essen gehen – ich lade dich ein.«

»Das würde ich gerne, Iz, aber die Kinder bekommen Besuch von ihren Cousins.«

»Kann dein bezaubernder Ehemann nicht die Stellung halten? Das dauert doch nur ein paar Stunden.«

»Machst du Witze? Er kann die beiden schon kaum im Zaum halten, wenn ich ihn mit unseren allein lasse, und die Kinder seines Bruders sind praktisch verwildert.«

Ich bekomme Izzys Antwort nicht mit, denn in diesem Moment tritt ein hochgewachsener Mann mit einem stark schwindenden Haaransatz neben mich. »Gefällt dir die Wanderung?«, erkundigt er sich freundlich.

Verärgert darüber, dass ich in meinem Lauschen gestört wurde, zögere ich einen Moment und suche nach einem Schlupfloch in den Gesetzen der Etikette, das mich davor bewahren könnte, mich länger mit ihm abgeben zu müssen. Da ich keins finde, antworte ich mit »Ja«. Danach hänge ich noch vier Meilen neben ihm fest, obwohl er eigentlich sehr nett ist und sich mit der Waldfauna bestens auskennt.

Um 12.30 Uhr machen wir auf einem grasbewachsenen Hügel mit Panoramablick Mittagspause. Sie kommt keinen Moment zu früh, denn ich muss dringend meine wunde Ferse behandeln. Doch vorher muss ich erst einmal etwas essen. Die Kombination aus frischer Luft und Bewegung hat mich ziemlich hungrig gemacht. Um den Schwefelgeruch des Belags so gering wie möglich zu halten, verschlinge ich meine Sandwiches förmlich und trinke großzügig aus meiner Wasserflasche. Dann nehme ich meinen Rucksack und gehe zu einem nahe gelegenen Baumstumpf. Ich setze mich darauf und ziehe vorsichtig meinen linken Stiefel und meine Socke aus. Als ich die entzündete Haut an der Ferse sehe, beglückwünsche ich mich zu meiner

Voraussicht, ein ganzes Sortiment an Pflastern mitzunehmen. Nachdem ich ein Pflaster in der passenden Größe ausgesucht habe, beuge ich mich vor und reiße die Hülle auf.

»Kleine Biester«, sagt jemand.

Das Pflaster gleitet mir durch die Finger, und ich hebe den Kopf. Die Person, die mich anspricht, ist niemand anderes als Izzy.

»Entschuldigung?«, sage ich verwirrt.

Sie deutet auf meinen nackten Fuß. »Blasen«, sagt sie. »Der Fluch im Leben eines jeden Wanderers.«

Meine Gesichtsmuskeln entspannen sich. »Das liegt wahrscheinlich an den neuen Stiefeln. Ich trage sie zum ersten Mal.«

»Verstehe. Man braucht für gewöhnlich etwas Zeit, um sie einzulaufen.« Sie hebt das Pflaster vom Boden auf und hält es mir hin. »Ich will nicht besserwisserisch klingen – und du kannst mir ruhig sagen, dass ich mich raushalten soll –, aber es würde dir sehr helfen, wenn du deine Stiefel richtig schnüren würdest.«

Ich lächle, um zu zeigen, dass ihr Rat durchaus willkommen ist. »Ich wusste nicht, dass man sie auch falsch schnüren kann.«

»Du wärst überrascht – und ich spreche aus Erfahrung.« Ein Strahlenkranz aus sympathischen feinen Fältchen breitet sich in ihren Augenwinkeln aus. »Ich kann es dir zeigen, wenn du willst.«

»Ja, bitte, das wäre wirklich sehr hilfreich.«

Sie wartet, während ich das Pflaster auf die geschundene Stelle packe und meine Socke anziehe.

»Das Problem ist, dass sich die Füße in den Schuhen bewegen«, erklärt sie dann. »Durch die ständige Reibung entstehen Blasen.« Sie kniet sich vor mich und zieht den Schnürsenkel aus meinem rechten Stiefel. Mir fällt auf, dass ihre Fingernägel nicht manikürt sind wie die von Eleanor, sondern kurz geschnitten und sanft geformt.

»Du hast ein hohes Fußgewölbe, deshalb ist es für dich besser, nicht über Kreuz zu binden«, sagt sie, während sie beginnt, meinen Schuh neu zu schnüren. »Wenn du gerade schnürst, spürst du nicht so viel Druck auf der Oberseite deines Fußes.«

Sie sieht zu mir hoch. »Steh mal auf, ja? Wir müssen sehen, wie dein Fuß im Schuh sitzt, wenn er dein Gewicht trägt.«

Ich gehorche.

»Jetzt zieh die Zehen nach oben und drück die Ferse nach unten. Wir wollen, dass dein Fuß schön und fest in der Fersenkappe sitzt, bevor wir die Schnürsenkel festziehen.«

Ich tue, was sie mir sagt, und sie fängt an, den schlaffen Schnürsenkel festzuzurren, eine Reihe nach der anderen, angefangen von der Spitze bis nach oben. Es ist ein seltsames Gefühl und eigentlich ganz nett, dass mir jemand so viel Aufmerksamkeit schenkt.

Nachdem sich Izzy vergewissert hat, dass die Spannung stimmt, nimmt sie ein Ende des Senkels und macht eine Schlinge, sodass ein Hasenohr entsteht. Sie wickelt die andere Spitze darum und benutzt ihren Daumen, um eine Schlaufe zu bilden. Danach bewegen sich ihre Hände so schnell, dass ich nicht mehr mitbekomme, was sie eigentlich tut. »Wie fühlt sich das an?«, fragt sie, als sie einen Knoten gebunden hat.

Ich hebe meinen linken Fuß. »Bequem – und angenehm fixiert.«

»Geh ein paar Schritte.«

Ich gehe ein paar Schritte vorwärts, und mir klappt der Mund auf, als ich den Kontrast zu meinem rechten Stiefel spüre. »Wow, der Unterschied ist erstaunlich! Mein Fuß bewegt sich überhaupt nicht mehr in dem Stiefel.«

»Genau das wollten wir.« Sie setzt sich auf die Hacken. »Wenn du dich wieder hinsetzt, mache ich das Gleiche bei deinem anderen Stiefel, damit du ein passendes Paar hast.«

»Bist du sicher? Ich möchte dich nicht von deinem Mittagessen abhalten.«

»Keine Sorge, ich habe das meiste schon gegessen, bevor wir uns überhaupt hingesetzt haben. Ich habe null Willenskraft, deshalb schleppe ich auch ein paar Extrapfunde mit mir herum.«

So wie ich das sehe, hat Izzy eine perfekte Figur – und diese Leggings verbergen wirklich nichts –, aber ich will nicht wie ein Schleimer klingen, also widerstehe ich der Versuchung, das zu sagen.

»Ich bin übrigens Amy«, sage ich und setze mich wieder auf den Baumstumpf.

»Izzy«, antwortet sie. »Schön, dich kennenzulernen.«

»Es ist wirklich sehr nett von dir, mir zu helfen. Wie du siehst, bin ich eine blutige Anfängerin, was das Wandern angeht.« Ich lächle übertrieben komisch und deute auf meinen linken Fuß.

Sie grinst. »Alles klar. Aber großen Respekt, dass du mit einer Zehn-Meilen-Wanderung gleich ins kalte Wasser gesprungen bist.« Sie hält die Hand auf, damit ich ihr meinen rechten Stiefel gebe. »Wie hast du von der Gruppe erfahren?«

»Über Facebook. Ein Freund von mir wusste, dass ich nach einem Wanderclub suche, und hat mir den Link geschickt.« Die Lüge kommt mir leicht von der Zunge. »Wie lange bist du schon Mitglied?«

Sie zuckt mit den Schultern. »Etwa ein Jahr oder so. Wir sind eine ganz nette Truppe. Ich hoffe, du fühlst dich bei uns willkommen.«

»Ja, auf jeden Fall!«, antworte ich. »Ich genieße es wirklich sehr. Es ist so friedlich hier, fühlt sich an, als ob wir eine Million Meilen von London entfernt wären.«

»Ja, es geht nichts über einen langen Spaziergang auf dem Land, um den Kopf freizubekommen.« Sie blickt auf meinen Stiefel, als sie beginnt, den Schnürsenkel neu einzufädeln. »Ich habe in letzter Zeit beruflich ziemlich viel Stress, da war der heutige Ausflug genau das Richtige für mich.«

Ich stürze mich gierig auf diese Enthüllung. »Was machst du denn beruflich?«

»Ich bin Verkaufsleiterin bei einem Immobilienmakler – zumindest war ich das.« Sie stellt den Stiefel wieder vor mir ab. »So, fertig.«

Ich schlüpfe in den Stiefel und stehe auf, damit sie die Schnürsenkel festziehen kann. »Du warst es?«

»Ja, ich wurde vor ein paar Wochen entlassen. Der Eigentümer meinte, der Laden sei zu kopflastig, und hat beschlossen, einen Manager wegzurationalisieren. Ich habe den Kürzeren gezogen.« Sie macht eine abfällige Handbewegung. »Weiß der Teufel, warum. Ich könnte eine Lobotomie in meinem Gehirn durchführen lassen und würde den Job immer noch besser machen als die meisten anderen Leute in diesem Laden.«

Ich muss über ihre Bemerkung lachen. »Wie läuft's bei der Suche nach einem neuen Job?«

Sie schüttelt den Kopf. »Es ist gerade kein guter Zeitpunkt. Auf dem Immobilienmarkt läuft es im Moment nicht so rund. Was ist mit dir – was machst du?«

»Ich bin Floristin.«

»Das ist ja fabelhaft.« Sie sieht zu mir auf. »Es muss sehr befriedigend sein, jeden Tag ein Lächeln in die Gesichter der Menschen zu zaubern.«

Etwas wie Stolz schwillt bei Izzys einfühlsamem Kommentar in mir an. »Ja, das ist es tatsächlich.«

»Machst du das schon lange?«

»Fast fünfzehn Jahre. Ich kann mir, ehrlich gesagt, nicht vorstellen, jemals etwas anderes zu tun. Die Floristik liegt in meiner DNA, es ist eher eine Berufung als ein Job.«

»Das ist schön zu hören. So viele Leute ergreifen planlos einen Beruf und bereuen die Entscheidung dann für den Rest ihres Lebens.« Sie zieht die letzte Reihe der Schnürung fest und bindet den Knoten. »Für wen arbeitest du?«

»Für niemanden. Ich habe mein eigenes Geschäft.«

»Wie schön«, sagt sie bewundernd. »Und wo ist es?«

»South East London.«

»Ich wohne auch südlich der Themse. Wie heißt dein Laden? Vielleicht habe ich ja schon davon gehört.«

Ich reibe mir die Nasenspitze. Ich bezweifle sehr, dass die Elliotts mich Izzy gegenüber erwähnt haben. Schließlich soll ihre Geburtstagsparty eine Überraschung werden. Also gibt es keinen Grund zu glauben, sie könnte die Verbindung herstellen. »*Darling Blossoms*. Ich habe auch eine Website.«

»Das ist ja ein bezaubernder Name«, sagt sie. »Den muss ich mir merken, wenn ich das nächste Mal jemandem Blumen schicken will.«

Als ich über ihren Kopf hinwegblicke, sehe ich, dass der Wanderführer schon auf den Beinen ist und die anderen ihre Lunchpakete wieder einpacken. »Ich glaube, es geht gleich weiter«, sage ich zu Izzy.

Sie klopft mir auf die Schuhspitze und steht auf. »Das war's auch schon. Ich drücke dir die Daumen, dass du keine weiteren Blasen bekommst.«

»Danke.« Ich hebe meinen Rucksack auf. Ich bin mir nicht sicher, wie es jetzt weitergeht. Es ist wie der unangenehme Moment am Ende einer Verabredung, wenn man eine gewisse Nonchalance an den Tag legen will, um nicht zu riskieren, dass man zurückgewiesen wird, weil man zeigt, wie scharf man auf jemanden ist. Nur weil Izzy mir angeboten hat, mir mit meinen Schuhen zu helfen, heißt das noch lange nicht, dass sie will, dass ich für den Rest des Spaziergangs in ihrer Nähe bleibe. Ich bin sicher, es gibt viele andere Leute hier, mit denen sie lieber ihre Zeit verbringen würde.

»Genieß den Rest der Wanderung«, sage ich, während ich meinen Rucksack über eine Schulter schlinge.

Sie hebt amüsiert eine Braue. »Sag nicht, dass du schon abhauen willst. Warum kommst du nicht mit und lernst meine Freundin Maria kennen? Ich kann dir auch ein paar von den anderen vorstellen, wenn du willst.«

Ich kann mein Entzücken kaum verbergen. »Wenn du sicher bist, dass es dir nichts ausmacht, mich mitzuschleifen …«

Im Allgemeinen hasse ich Small Talk, dieses Pseudo-Kennenlernen, an dessen Ende man garantiert weniger über die Leute weiß als am Anfang des Gesprächs. Aber bei Izzy und Maria ist es anders. Die beiden Frauen sind offen und freundlich und wechseln so schnell von einem Thema zum anderen wie Gäste an einem All-You-Can-Eat-Büfett, die kein Gericht unangetastet lassen wollen. Ich erfahre, dass sie seit mehr als zehn Jahren befreundet sind und sich bei einem Pilates-Kurs kennengelernt haben und dass Izzy gerade eine Wohnung in Greenwich gekauft hat, nur einen Katzensprung von Maria entfernt. Izzy schildert leidenschaftlich ihre Vorliebe für Auslandsreisen, während Maria uns mit amüsanten Anekdoten über ihren Beruf als Allgemeinmedizinerin unterhält und liebevoll von ihrem Mann und ihren beiden Kindern erzählt. Als ich mich in vorgetäuschter Unschuld nach Izzys Beziehungsstatus erkundige, verweist sie auf ihre kürzliche Scheidung und sagt, sie genieße im Moment ihre Freiheit.

Natürlich haben sie auch Fragen an mich. Aufgrund meiner Vergangenheit muss ich vorsichtig sein, aber meine Geschichte ist gut einstudiert. Ich habe sie inzwischen so oft erzählt, dass die Details schon eine gewisse Patina angesetzt haben, wie der Trageriemen einer häufig benutzten Schultertasche. Ich werfe eine Handvoll unverfänglicher Happen in die Runde, und dann ist es ein Kinderspiel, das Rampenlicht wieder auf die beiden zu richten. Wie viele selbstbewusste Menschen reden auch Izzy und Maria gerne über sich selbst – und ich höre gerne dem zu, was sie zu sagen haben. Die beiden Frauen haben etwas so Bestimmtes an sich, sind durch ein Selbstvertrauen in der Welt verankert, um das ich sie beneide.

Ich bin so hingerissen von ihnen, dass die Meilen wie im Flug vergehen, und ehe ich mich's versehe, sind wir wieder in dem Dorf, in dem wir gestartet sind. Ich hoffe, dass der Gruppenleiter in der hübschen kleinen Kneipe, an der wir gerade vorbeigekommen sind, einen Drink vorschlägt, aber die Teilnehmer wollen unbedingt den nächsten Zug erreichen, der in acht Minuten abfährt.

»Maria und ich sind mit dem Auto hier«, bemerkt Izzy, als die Gruppe die Hauptstraße in Richtung Kirche entlanggeht. »Hast du den Zug genommen?«

»Ja, hab ich. Ich habe mich in den Ruhewagen gesetzt, nur war das nicht ganz das Bollwerk der Stille, das ich erwartet hatte.«

Maria lächelt und zeigt auf einen Sportwagen vor ihr am Straßenrand. »Ich würde dich ja mit nach London nehmen, aber ich habe nur einen Zweisitzer. Mein Mann brauchte den Geländewagen, um die Kinder zum Schwimmunterricht zu bringen.«

Mich überkommt ein Anflug von Enttäuschung. Es wäre schön gewesen, noch etwas länger mit ihnen abzuhängen.

»Kein Problem.« Ich bemühe mich um einen unbekümmerten Tonfall.

Izzy greift in ihre Gürteltasche und zieht ihr Handy heraus. »Wollen wir Nummern tauschen, Amy?«, fragt sie. »Vielleicht können wir mal einen Kaffee trinken gehen.«

Ich spüre ein leichtes Zittern, als etwas in mir zum Leben erwacht, als wäre ein Streichholz in der Dunkelheit entzündet worden.

»Ja.« Ich krame unbeholfen in der Vordertasche meines Rucksacks nach meinem Handy. »Ja, das fände ich schön.«

8

Ich wache schweißgebadet und voller Panik auf. Ich hatte wieder einen meiner Albträume. Einen schlimmen, der mich förmlich an der Kehle gepackt hat. Ein- oder zweimal hätte ich mich fast losgerissen, aber dann hat mich das Gewicht meiner eigenen Gliedmaßen wieder nach unten gezogen.

Ich schaue auf die Uhr auf dem Nachttisch. Fünf Uhr sechsundzwanzig. Ich kann genauso gut aufstehen. An Einschlafen ist jetzt nicht mehr zu denken.

Als ich auf mein Handy schaue, sehe ich eine SMS von Claire, die sie mir kurz nach Mitternacht geschickt hat. Sie kann heute nicht zur Arbeit kommen. Das Wohnmobil hatte auf dem Rückweg von Cornwall eine Panne, und sie sitzen in einer Travellodge in Exeter fest. Inzwischen steht der Camper in einer örtlichen Werkstatt und wartet auf die Reparatur. Sie entschuldigt sich vielmals dafür, dass sie mich so kurzfristig im Stich lassen muss, und versichert mir, dass Kyle allein in Exeter bleiben wird, wenn die Werkstatt den Wagen heute nicht reparieren kann, und sie den Zug zurück nach London nehmen wird. Sie will mich auf keinen Fall zwei Tage hintereinander hängen lassen.

Ich schreibe ihr zurück, sie solle sich keine Sorgen machen, im Laden sei es montags normalerweise eher ruhig. Ich komme ganz sicher auch allein zurecht. Mich ärgert nur, dass ich jetzt niemandem von dem herrlichen Sonntag in East Sussex erzählen kann.

Während ich einen Kaffee trinke, kann ich nicht widerstehen, Facebook zu checken. Izzy hat bereits ein Selfie von gestern gepostet. Sie steht vor einem Zaunpfahl, und die hügeligen South Downs sind gerade noch im Hintergrund sichtbar. Darunter befinden sich weitere Fotos von der Wanderung: Sonnenlicht, das durch die Äste eines Baumes fällt, eine Raupe auf einer Heckenrose, ein Paar Füße – ihre eigenen, nehme ich an –, die in Wanderstiefeln am Rand eines schnell fließenden Baches stehen.

»Natur ist billiger als Therapie«, heißt es in der Bildunterschrift. Normalerweise finde ich diese Art von Wohlfühlslogans zum Kotzen, aber in diesem Fall – vielleicht weil ich die Erfahrung mit ihr geteilt habe – wirken ihre Worte charmant und ziemlich inspirierend.

Nach dem Duschen föhne ich mein Haar, anstatt es an der Luft trocknen zu lassen. Wenn ich den ganzen Tag im Laden stehe, muss ich vorzeigbar aussehen. Als ich fertig bin, betrachte ich mich im Spiegel auf dem Schminktisch. Ich hatte gehofft, dass etwas von Izzys Glamour und überbordender Gesundheit auf mich abfärben würde. Und ich glaube, es fängt schon an. Ich spüre, wie es sich auf mich legt wie zarte Schneeflocken. Ich beuge mich dichter an den Spiegel heran, neige meinen Kopf in die eine, dann in die andere Richtung und frage mich, ob das auch andere Leute sehen können.

Um kurz vor sieben Uhr komme ich im Laden an. Nachdem ich die Wochenendbestellungen auf der *Darling Blossoms*-Website überprüft habe, beginne ich mit der Zusammenstellung der Sträuße. Kurz nach acht mache ich eine Pause und esse meinen mitgebrachten Butterbagel. Es ist fast an der Zeit zu öffnen, also widme ich mich der Auslage auf dem Bürgersteig. Vor allem, wenn wir viel zu tun haben, fühlt sich das manchmal wie eine lästige Pflicht an, aber heute befriedigt es mich sehr, die mit Rosen gefüllten Einmachgläser auf den Sprossen einer alten Holzleiter zu arrangieren und unseren antiken Kinderwagen mit blühenden orangefarbenen Ringelblumen zu füllen.

Wie üblich strömen elegant gekleidete Pendler in den Laden, um auf dem Weg zum Bahnhof Geschenke für Geburtstage oder den Abschied eines Kollegen zu kaufen. Als es ruhiger wird, mache ich mir eine Tasse Tee. Da ich das Geschäft nicht unbeaufsichtigt lassen will, hole ich den Wasserkocher aus dem Atelier und stelle ihn neben dem Waschbecken in der Ecke ab. Gerade als das Teewasser sprudelt, kommt Ewan herein, um die heutigen Lieferungen abzuholen.

»Perfektes Timing.« Ich strahle ihn an. »Hast du Lust auf eine Tasse Tee, bevor du den Wagen belädst?«

»Wunderbar, danke«, sagt er und setzt sich zu mir an den Tresen.

Ich hänge einen Teebeutel in einen zweiten Becher und greife nach dem Wasserkocher. »Die Sträuße liegen alle auf der Werkbank im Atelier«, sage ich ihm. »Ich drucke dir gleich den Lieferplan aus.«

»Toll, danke.« Er fährt sich durch das dunkle Haar, das über den Ohren langsam ergraut. »Ist Claire im Atelier?«

Ich schüttle den Kopf. »Sie kommt heute nicht. Kyle und sie waren am Wochenende auf einem Festival, und auf dem Rückweg hatten sie eine Autopanne. Sie sitzen in Exeter fest, bis der Camper repariert ist.«

»Ach je«, erwidert er. »Kommst du allein klar? Ich kann nach der Auslieferung noch hierbleiben, falls du Hilfe brauchst.« Er grinst etwas schief. »Ich habe zwar keine Ahnung davon, wie man Blumen arrangiert, aber ich bin ziemlich gut im Apportieren.«

»Danke, Ewan, das ist ein sehr nettes Angebot.« Ich gebe etwas Milch in die beiden Becher und reiche ihm einen. »Wie war dein Wochenende?«

Er lehnt sich an den Türrahmen und nimmt den Becher in beide Hände. »Nicht schlecht. Auch wenn ich nichts Großes unternommen habe – ich war nur mit meinem Bruder angeln und habe im Pub ein paar Bier getrunken. Und du?«

»Ich war wandern, in Sussex. Ganze zehn Meilen.«

»Klasse. Mit wem warst du unterwegs?«

»Mit meiner Wandergruppe.« Ich genieße den Geschmack der Worte auf meiner Zunge. »Es war das erste Mal, dass ich mit ihnen unterwegs war, aber es hat wirklich Spaß gemacht.« Ich seufze verträumt. »Ich muss noch ständig daran denken. Es war der schönste Tag, den ich seit Langem erlebt habe.«

Ich erkenne etwas in Ewans Gesichtsausdruck – in seinen Augen mischen sich Belustigung und Mitleid. *Er weiß es*, denke ich. Er weiß, dass ich ein bemitleidenswerter trauriger Mensch ohne Freunde bin und dass die Wanderung das erste Mal seit Monaten war, dass ich mich mit jemandem getroffen habe. Seit *Jahren*, wenn ich ehrlich bin. Meine Wangen werden heiß vor Verlegenheit.

»Ich wandere selbst ziemlich viel«, antwortet er dann. »Letztes Jahr haben ein paar Freunde und ich den Snowdon erklommen.« Er trinkt etwas von seinem Tee. Das Schluckgeräusch, das er dabei in seinem Hals macht, ist unangenehm laut. »Du könntest auch mal über eine Reise nach Nordwales nachdenken. Die Landschaft dort ist der Hammer. Ich kann dir ein paar gute Übernachtungsmöglichkeiten empfehlen, falls du Interesse hast.«

»Ich weiß nicht so recht«, erwidere ich etwas steif. »Ich bin, was das Wandern angeht, wahrscheinlich nicht in deiner Liga, Ewan. Ich glaube, ich bleibe lieber in den Home Counties.« Ich gehe zur Spüle in der Ecke und gieße meinen Becher so heftig aus, dass der Tee bis auf das Abtropfbrett spritzt.

Dann wende ich mich ihm zu. »So gern ich auch den ganzen Tag herumstehen und plaudern würde, ich muss wirklich arbeiten. Bis du mit dem Beladen des Lieferwagens fertig bist, habe ich den Auslieferungsplan für dich ausgedruckt.«

»Klar.« Er wirkt ein bisschen irritiert.

Als er weg ist, fange ich an, einen Strauß für einen Hochzeitstag zusammenzustellen. Meine gute Laune ist verpufft, und ich stürze mich in die Arbeit, wie ein Pitbull sich auf das Bein eines Briefträgers stürzt – grimmig, wild, erbarmungslos. Eine langstielige Rose packe ich so grob, dass ich ihr das Genick breche. Sofort schäme ich mich, als hätte ich gerade einen meiner Sprösslinge ermordet.

Während der Flaute unmittelbar nach dem Lunch nutze ich die Gelegenheit, um einen Entwurf für eine Blumenwand anzufertigen – ein Auftrag für die Eröffnung eines neuen Friseursalons. Normalerweise mangelt es mir nicht an Inspiration, aber heute kann ich mich nicht konzentrieren. Mein Schädel fühlt sich an wie eine Schneekugel, die gerade geschüttelt wurde und in der wahllos Ideen herumschwirren, die ich nicht zu einem kohärenten Konzept zusammenfassen kann.

Ewan kommt kurz nach fünfzehn Uhr zurück. Während er weg war, habe ich mit dem Gedanken gespielt, ihn zu bitten, die Blumenständer von der Auslage auf dem Bürgersteig reinzuholen. Die Dinger sind schwer und unhandlich, wenn man sie allein schleppt, und wenn ich sie über Nacht draußen stehen lasse, werden sie nur von Vandalen beschädigt – oder schlimmer noch: gestohlen. Aber ich bekomme nicht einmal die Gelegenheit, ihn zu fragen, denn er betritt das Geschäft gar nicht erst – er steckt nur den Kopf durch die Tür und teilt mir knapp mit, dass er die Bestellungen ausgeliefert und die Schlüssel für den Lieferwagen im Atelier aufgehängt habe.

»Bis morgen früh.« Er winkt kurz und ist wieder weg. Es überrascht mich nicht, dass er nicht mehr Zeit in meiner Gesellschaft verbringen will, als es sein Arbeitsvertrag vorsieht;

ich war vorhin ziemlich schroff zu ihm. Hoffentlich hat er mein Benehmen bis morgen wieder vergessen.

Zwischen vier und fünf Uhr dreißig trudeln immer wieder Kunden ein, und schließlich ist es Zeit, zuzusperren und nach Hause in meine leere Wohnung zu gehen. Als ich das Schild an der Tür auf »Geschlossen« drehe, überlege ich, ob ich mir nicht noch einmal eine Katze zulegen sollte. Dann wäre da wenigstens jemand, der sich freut, mich zu sehen, wenn ich durch die Tür trete.

Eine kurze Synthesizer-Sequenz unter dem Tresen kündigt an, dass ich eine WhatsApp-Nachricht auf meinem Handy erhalten habe. Das verblüfft mich etwas. Im Gegensatz zu den meisten Frauen in meinem Alter gehöre ich keiner WhatsApp-Gruppe an – weder von alten Schulfreunden noch von Familienmitgliedern noch von Leuten, die ich in einem Geburtsvorbereitungskurs kennengelernt habe. Ich kann mir nicht vorstellen, von wem sie sein könnte. Die einzige Person, von der ich eine Nachricht erwarte, ist Claire, die meldet, dass sie es zurück nach London geschafft hat. Aber wenn ich darüber nachdenke – Claire hat mir noch nie eine WhatsApp geschickt. Ihre bevorzugte Art der Kommunikation, wenn wir nicht gerade nebeneinanderstehen, ist eine Standard-SMS. Vielleicht hat sie dieses Mal ja mit der Tradition gebrochen.

Ich schaue nicht sofort auf mein Handy. Stattdessen beschäftige ich mich mit all den alltäglichen Aufgaben, die Claire normalerweise erledigt: den Müll rausbringen, den Boden wischen, die Jalousien zuziehen. Als ich endlich auf mein Handy schaue, erwartet mich eine wunderbare Überraschung: Die WhatsApp ist gar nicht von Claire, sondern von Izzy.

Hi Ames, beginnt sie.

Ames? So hat mich noch nie jemand genannt. Aber das gefällt mir. Es fühlt sich … intim an. *Ich wollte nur fragen, ob du*

Lust hast, am Freitagabend mit mir essen zu gehen. Bei mir in der Nähe gibt es ein tolles Tapas-Lokal – falls du dir die Mühe machen willst, nach Greenwich zu kommen.

Ich starre auf den Bildschirm, meine Augen nehmen jedes Wort auseinander und setzen es wieder zusammen. Macht sie Witze? Selbstverständlich mache ich mir die Mühe. Ich würde über Glasscherben dorthin kriechen, wenn ich müsste. Tatsächlich bin ich einigermaßen überrascht. Ich hätte nicht gedacht, dass Izzy sich so schnell melden würde – oder dass sie es überhaupt tun würde. Ich hatte die Sorge, dass sie verschwinden würde, wie ein Polaroidfoto, das man im hellen Sonnenlicht liegen lässt, bis es zu einer skelettgrauen Silhouette verblasst und schließlich ganz weg ist.

Klingt gut, antworte ich. *Sollen wir uns im Restaurant treffen?* Die beiden Häkchen werden innerhalb von Sekunden blau. Ich umklammere mein Telefon fest und vergesse fast zu atmen, während ich den langsamen Fortlauf der drei kleinen Punkte beobachte, die mir sagen, dass sie gerade ihre Antwort verfasst.

Es ist nicht einfach, den Laden zu finden. Wahrscheinlich ist es am besten, wenn du zuerst zu mir kommst. 36 Hyde Terrace SE10. Dachgeschosswohnung. Ist 19.30 Uhr in Ordnung? Erfreulicherweise hat sie dieses Mal sogar ein X am Ende hinzugefügt.

Meine Antwort erfolgt prompt: *Abgemacht! Ich freue mich auf Freitag. x*

Danach muss ich mich hinsetzen. Mir ist etwas schwindelig von dem emotionalen Tumult, in den mich das Ganze gestürzt hat.

9

Die Busfahrt ist kürzer als erwartet, und ich komme zwanzig Minuten zu früh in Greenwich an. Da ich Izzy nicht überrumpeln will, schlage ich die Zeit tot, indem ich mir das Schaufenster eines Antiquitätengeschäfts ansehe und mich frage, wer es sich leisten kann, sechstausend Pfund für einen Esstisch auszugeben.

Izzys Wohnung befindet sich in einem modernisierten Altbau in einer begrünten Straße und liegt nur einen kurzen Spaziergang entfernt. Sie drückt sofort auf den Türöffner, als ich klingle, aber als ich vor ihr stehe, hat sie ihr Handy am Ohr. »Bleib mal kurz dran, ja, El?«, sagt sie.

Sie drückt das Telefon an ihre Brust und bittet mich herein. »Tut mir leid, Amy, ich telefoniere gerade mit meiner Schwester.« Sie wirft mir einen Seitenblick zu, der andeutet, dass sie diese Erfahrung nicht sonderlich genießt. »Geh doch schon mal ins Wohnzimmer, ja? Da drüben. Ich bin in zwei Minuten bei dir.«

Als ich durch die Tür, auf die Izzy gezeigt hat, in das Zimmer gehe, denke ich über den Zufall nach, dass ich die beiden Schwestern zum zweiten Mal bei einem Gespräch belausche. Es ist mir irgendwie unangenehm, und ich fühle mich fast ein bisschen hinterhältig. Wenn Izzy und ich Freunde werden sollen, muss ich mir etwas einfallen lassen, wie ich meine Beziehung zu den Elliotts offenlegen könnte – und zwar besser früher als später.

Das Wohnzimmer ist geräumig und bietet einen herrlichen Blick auf den Park. Die Einrichtung ist nicht so schick und kostspielig wie die in Eleanors Haus, aber der Effekt ist freundlicher, einladender. Izzy hat einen eklektischen Stil und eine faszinierende Sammlung von Krimskrams angehäuft. Auf dem Couchtisch steht eine Schale mit glatten, abgerundeten Kieselsteinen, und in den Regalen, die den Kamin flankieren, drängen sich exotische Figuren: ein Buddha aus Speckstein, ein trompetender Ganesh und eine Statue, die vielleicht von den Mayas oder den Azteken inspiriert wurde, die Onyxzähne bedrohlich gefletscht. Ich habe gerade eine bunt bemalte Hindu-Göttin in die Hand genommen, um sie mir genauer anzusehen, als Izzy auftaucht.

»Tut mir leid.« Sie wirft ihr Handy auf das Sofa. »Ich habe sie so schnell abgewimmelt, wie ich konnte.«

Sie hat sich mit ihrem Aussehen offensichtlich Mühe gegeben. Sie trägt ein hübsches Stufenkleid mit weißen Plateau-Sneakern und viel Silberschmuck. Ihr Haar hat sie mit einer Schildpattspange hochgesteckt. Das betont ihren langen, schlanken Hals, und ihr frisches Make-up lässt sie fünf Jahre jünger aussehen. Ich bin froh, dass ich mir in der Mittagspause die Haare geföhnt habe. So bin ich wenigstens halbwegs ansehnlich.

»Keine Sorge, ich war sowieso zu früh dran.«

»Hast du gut hergefunden?«

»Ja, danke. Ich bin mit dem Bus gekommen, statt mit dem Auto zu fahren. Dann kann ich wenigstens etwas trinken.«

»Oh, sehr gut.« Izzy reibt sich mit übertriebener Freude die Hände. »Ich trinke nicht gern allein.« Sie bemerkt die Statuette in meinen Händen. »Wie ich sehe, hast du Durga gefunden – auch bekannt als die schützende Mutter des Universums.«

Ich drehe die vielarmige Göttin zwischen den Fingern. »Sie ist wunderschön – woher hast du sie?«

»Mein Ex-Mann hat sie in Nepal gekauft. Es war das erste Geschenk, das er mir gemacht hat.«

»Was hat er denn in Nepal gemacht?«

»Er war auf Weltreise. Genau wie ich. Ich hatte gerade meinen Abschluss gemacht, und Hugh hat ein Sabbatical von seinem Job in der City genommen. Wir haben in demselben Hostel gewohnt und uns auf Anhieb verstanden. Er war allein unterwegs, also verbrachte er viel Zeit mit mir und meinen Freunden, mit denen ich gereist bin.« Sie lächelt, schwach und ausdruckslos. »Ich wusste nicht, dass Hugh ein romantisches Interesse an mir hatte, bis er mir auf einem Straßenmarkt in Kathmandu diese Statue kaufte. Er hatte gesehen, wie ich sie bewunderte, und ist später noch mal zurückgegangen, um sie zu besorgen. Danach waren wir so gut wie unzertrennlich. Als wir beide drei Monate später nach England zurückkehrten, lud er mich ein, bei ihm einzuziehen.«

Ich stelle die Göttin vorsichtig zurück ins Regal. »Das klingt so romantisch.«

»Das war es«, seufzt sie. »Hugh ist der einzige Mann, in den ich je verliebt war. Ich dachte wirklich, wir würden für immer zusammenbleiben.«

»Wann habt ihr euch getrennt?«, frage ich sie, obwohl ich dank Eleanor schon eine ungefähre Vorstellung davon habe.

»Das Scheidungsurteil ist letzten Monat rechtskräftig geworden«, antwortet sie, und ich höre, wie ihre Stimme rau wird. »Ich will nicht lügen, Amy – es war hart. Ehrlich gesagt, habe ich das alles immer noch nicht ganz verarbeitet.« Sie schüttelt den Kopf, als wollte sie den Gedanken verdrängen. »Wie auch immer, ich habe dich nicht zu einer Selbstmitleidsparty eingeladen, also lass uns essen gehen, ja?«

Sie bückt sich und nimmt ihr Handy vom Sofa. »Ich habe zwar keinen Tisch reserviert, aber das sollte kein Problem sein.«

Als wir ankommen, ist das Restaurant brechend voll – kein Wunder für einen Freitagabend. »Hier ist ja was los«, sage ich, als wir uns auf den Weg zum unbesetzten Empfangstresen machen. »Vielleicht sollten wir es woanders versuchen.«

»Keine Sorge«, gibt Izzy selbstbewusst zurück. Ihr Blick schweift durch den Gastraum, bis er an einem gut aussehenden Kellner mit einem großen Tribal-Tattoo auf dem Unterarm hängen bleibt. Sie reißt eine Hand in die Luft, als wollte sie einem Taxi winken, und im nächsten Moment sieht der Kellner sie. Er lächelt, klemmt sich das leere Tablett unter den Arm und schlängelt sich zwischen den dicht gedrängten Tischen hindurch zu uns.

Izzy lehnt sich an mich, und der Grapefruitduft ihres Shampoos dringt mir in die Nase. »Danny und ich sind Fuckbuddies«, flüstert sie mir zu. »Ich bin sicher, er wird sein Bestes tun, um uns einen Tisch zu besorgen.«

»Wunderbar!«, rufe ich und versuche, mir nicht anmerken zu lassen, wie verblüfft ich über dieses unerwartete – und offen gesagt auch überflüssige – intime Detail bin. Wenige Augenblicke später ist wie von Zauberhand ein Tisch für zwei Personen aufgetaucht.

»Danke, Darling«, säuselt Izzy und streichelt Dannys Kinn, während sie sich auf den Stuhl setzt, den er ihr herausgezogen hat. »Vielleicht simse ich dich später an.«

Er grinst anzüglich. »Ich freu mich drauf.«

Mittlerweile treten mir die Augen fast aus den Höhlen. Die Luft ist so stark durchsetzt von Pheromonen, dass ich kaum noch atmen kann.

»Ich bin so froh, dass es heute Abend geklappt hat«, sagt Izzy, sobald der pflichtbewusste Danny unsere Getränkebestellungen aufgenommen hat. »Ich hasse es, Freitagabende allein zu verbringen.«

Ich nicke energisch. »Ich auch. Die meisten meiner Freunde sind am Wochenende mit ihren Partnern beschäftigt, sodass ich oft allein dasitze.«

Izzy stützt ihr Kinn auf eine Handfläche und sieht mir direkt ins Gesicht. »Du bist also auch Single? Ich glaube nicht, dass wir bei unserem Spaziergang neulich über dein Privatleben gesprochen haben, oder?«

»Nein«, sage ich. »Soll heißen, nein, wir haben es nicht besprochen, und ja, ich bin Single, und das schon eine ganze Weile.«

Ich räuspere mich verlegen. Nachdem Izzy mir von ihren Dates mit dem Kellner erzählt hat, fühle ich mich unter Druck gesetzt, meinerseits ebenfalls etwas zu offenbaren.

»Mein letzter Freund und ich waren sechs Jahre lang zusammen«, sage ich. »Er hat mich wegen einer anderen verlassen.«

Sie verzieht voller Mitleid das Gesicht. »Das tut mir leid. Ehrlich, Männer sind doch Schweine.«

»Ach, Rob war gar nicht so schlimm«, sage ich ihr. »Und ich bin zum Teil auch selbst schuld. Ich habe ihn für selbstverständlich genommen, aber als ich das gemerkt habe, war es schon zu spät.« Ich halte inne, als ein Kellner – dieses Mal nicht der willige Danny – mit einer Flasche Zinfandel kommt und unsere Weingläser füllt, bevor er die Flasche auf den Tisch stellt.

»Lebst du gern allein?«, erkundigt sich Izzy.

»Es macht mir eigentlich nichts aus. Ich mag es, tun zu können, was immer ich will, ohne mir Gedanken darüber zu machen, wie das bei jemand anderem ankommt.«

»Über welche Art von Dingen reden wir hier?« Sie klingt interessiert.

Mir fallen einige Beispiele ein, die nicht zu peinlich sind, um sie preiszugeben: »Das Dirigieren ganzer Opern unter der Dusche, komplett mit mehreren Stimmen. Den Geschirrspüler drei Tage lang nicht ausräumen. Eine Familienpackung Doritos verschlingen, während ich mir eine sechsteilige Doku über Serienmörder anschaue.«

Izzy grinst und nippt an ihrem Wein. Das heißt, eigentlich nimmt sie einen ziemlich großen Schluck. »Vermisst du den Sex nicht?«

Ich denke einen Moment nach und erinnere mich daran, wie es früher mit Rob war. Stets im Dunkeln, immer direkt an die bekannten erogenen Zonen und ohne ein Wort – er fleißig bei der Arbeit und ich respektvoll gegenüber seiner Konzentration. Und wenn alles vorbei war, drückte er seine Zufriedenheit aus. Nicht wegen unserer Wahnsinnshöhepunkte, sondern eher darüber, dass er seinen Job gut gemacht hatte.

»Ich vermisse wohl die Nähe«, räume ich ein. »Aber nicht so sehr, dass ich mich auf die Suche nach einem One-Night-Stand machen würde. Ehrlich gesagt wüsste ich nicht einmal, wie ich einen finden sollte.«

»Glaub mir, so schwierig ist das gar nicht.« Izzys Blick wandert zu Danny, der gerade die Teller vom Nachbartisch abräumt. Die Topografie seiner Leistengegend ist in seinen eng anliegenden Jeans unübersehbar zu erkennen.

Ich nehme mein Weinglas in die Hand und schwenke die Flüssigkeit darin. »Wie hast du von der Affäre deines Mannes erfahren?«

Sie wirft mir einen scharfen Blick zu. »Wer hat gesagt, dass er eine Affäre hatte?«

Ich beiße mir so fest auf die Innenseite meiner Wange, dass

ich die Haut fast blutig reiße. Unglaublich, dass ich das gerade gesagt habe. Eleanor hat angedeutet, dass Hugh eine Affäre hatte, nicht Izzy.

»Entschuldige, ich bin wohl einfach davon ausgegangen«, rudere ich krampfhaft zurück. »Das hätte ich nicht tun sollen. Nur weil mein Partner mich betrogen hat, heißt das natürlich noch lange nicht, dass dir das Gleiche passiert ist.«

»Du brauchst dich nicht zu entschuldigen, Süße.« Sie greift über den Tisch und legt ihre Hand auf meine. »Du wärst nicht die Erste, die das denkt.«

»Nein?«

»Meine Schwester Eleanor war überzeugt, dass Hugh mich wegen einer anderen Frau verlassen hat. Aber sie täuscht sich. Er hat mich nicht mehr geliebt. Ganz einfach.«

»Warum glaubt deine Schwester dann, dass es um eine andere Frau ging?«

Izzy zuckt beiläufig mit den Schultern, aber die Geste passt nicht zu der Intensität in ihren Augen. »Das müsstest du sie schon selbst fragen. Vielleicht wollte sie einfach nur fies sein.«

»Bestimmt nicht!«, widerspreche ich heftig. Wenn Izzy wüsste, welche Mühe sich Eleanor wegen ihres vierzigsten Geburtstags macht, würde sie das nicht sagen. »Warum sollte deine eigene Schwester dich absichtlich verletzen?«

»Ich weiß nicht. Vielleicht fühlt sie sich einfach gerne überlegen.« Sie starrt auf den Weinkühler. »Außerdem findet sie, dass ich zu viel trinke. Sie liegt mir immer damit in den Ohren, dass ich weniger trinken soll. Sie scheint nicht zu begreifen, dass mein ganzes Leben aus den Fugen geraten ist und ich jedes noch so kleine Vergnügen herauskitzeln muss.«

Ich presse unwillkürlich die Lippen zusammen. Ich an Izzys Stelle würde mich glücklich schätzen, statt mich selbst zu bemitleiden. Sicher, sie hat ihren Mann und ihren Job verloren, aber sie wohnt in einer wunderschönen Wohnung und lässt sich regelmäßig und ohne Verpflichtungen von einem heißen Kellner verwöhnen. Trotzdem, diese Freundschaft wird nur von kurzer Dauer sein, wenn ich zu kritisch bin, also bleibe ich ruhig und lächle verständnisvoll. Hoffentlich.

Derselbe Kellner, der uns die Getränke serviert hat, kommt erneut an unseren Tisch und fragt, ob wir etwas zu essen bestellen wollen. Als ich die laminierte Speisekarte in die Hand nehmen will, reißt Izzy sie mir fast aus der Hand und legt sie wieder auf den Tisch. »Ich weiß, wir kennen uns noch nicht besonders lange, aber vertraust du mir?«

»Ja«, antworte ich spontan.

»Gut, dann lass mich für uns beide bestellen.«

Sie wendet sich wieder dem Kellner zu und zählt eine Reihe von Gerichten auf, ohne auch nur ein einziges Mal auf die Speisekarte zu schauen. Offenbar ist sie hier Stammgast. Der Kellner scheint völlig hingerissen von ihr zu sein. Sein Blick zuckt von ihrem Gesicht zu ihrem Dekolleté und wieder zurück zu ihrem Gesicht. Anscheinend steht die Hälfte des Personals in diesem Lokal unter Izzys Bann. Ich frage mich, wie es wohl sein muss, so viel Sex-Appeal zu haben. Eleanor ist eine klassische Schönheit, aber Izzy hat etwas anderes: ein undefinierbares Charisma.

Während der Kellner versucht, sie davon zu überzeugen, die *Gambas al ajillo* gegen das *Chef's special* zu tauschen, bereite ich mich im Geiste auf das heikle Gespräch vor, das mir bevorsteht. Ich muss es bald hinter mich bringen, sonst kann ich mich nicht mehr entspannen. Ich nehme einen großen Schluck Wein und dann noch einen und spüre, wie er mir zu Kopf steigt.

Sobald der Kellner weg ist, beginne ich mit meinem vorbereiteten Skript.

»Ist deine Schwester verheiratet?«

»Ja, James ist ein echter Schatz. Er und ich haben uns immer gut verstanden.«

Ich achte darauf, meine Gesichtszüge nicht zu verändern. »Leben sie auch in London?«

»West Dulwich.« Izzy nimmt die Weinflasche in die Hand und schenkt erst ihr eigenes Glas ein, dann meines. »Sie wohnen in einer Kirche, die sie haben umbauen lassen. Der absolute Wahnsinn, wie aus einem Film.«

Ich runzle die Stirn, und ich schürze die Lippen, als würde ich nachdenken. »Du sprichst nicht zufällig von James Elliott, oder?«

Izzy klappt der Kiefer runter. »Doch.« Sie keucht. »Sag bloß, du kennst ihn.«

Ich schaue sie an und tue so, als wäre ich genauso erstaunt wie sie. »James Elliott ist einer meiner Firmenkunden. Ich mache die Blumen für sein Büro.«

»Das gibt's doch nicht!« Sie schlägt mit der Handfläche auf den Tisch, dass das Besteck auf der Platte hüpft. »Soll das heißen, du kennst auch meine Schwester?«

Ich trinke noch einen Schluck Wein. Jetzt wird's knifflig. Ich kann nicht zugeben, welche Rolle ich bei Izzys vierzigstem Geburtstag spiele. Eleanor würde mir nie verzeihen, wenn ich ihre Überraschung ruiniere. »Wir sind uns nur einmal begegnet, ganz kurz, als ich ihr ein paar Blumen ins Haus gebracht habe. Es könnte zu ihrem Hochzeitstag gewesen sein.«

Izzy schlägt sich die Hand vor den Mund. »Mist, wenn ich das gewusst hätte, hätte ich das alles nicht über sie gesagt.«

»Ach, mach dir deswegen keine Gedanken«, sage ich schnell. »Ich trenne Privat- und Geschäftsleben strikt voneinander. Nichts, was du heute Abend sagst, gebe ich weiter, das verspreche ich.« Ich hoffe, sie glaubt mir. Ich möchte nicht, dass unsere Beziehung dadurch irgendwie beeinträchtigt wird. Ich möchte, dass sie sich bei mir wohlfühlt, dass sie das Gefühl hat, ich sei jemand, dem sie sich anvertrauen kann. Eine echte Freundin.

»Gut zu wissen«, sagt sie. »Eleanor macht mich wahnsinnig, aber sie ist meine Schwester. Ich möchte nicht, dass sie erfährt, dass ich hinter ihrem Rücken über sie hergezogen bin.«

Wir tauschen einen verständnisvollen Blick, wie eine geheime, intime Übertragung.

»Hast du noch mehr Geschwister?«

»Nein, wir sind nur zu zweit.«

»Steht ihr beide euren Eltern nahe?« In meiner Stimme schwingt ein Hauch von Wehmut mit, ein Eingeständnis, dass die Beziehung zu meinen eigenen Eltern im Laufe der Jahre immer distanzierter wurde.

»Jetzt lebt nur noch meine Mutter. Dad ist gestorben, als ich vierzehn war. Er war Kieferorthopäde und hatte eines Tages in seiner Praxis einen schweren Herzinfarkt. Obwohl medizinisch geschultes Personal vor Ort war, konnten sie ihn nicht retten.«

»O Gott, das ist ja furchtbar!« Ich verziehe meine Gesichtsmuskeln zu einer entsetzten Fratze, um ein angemessenes Maß an Mitgefühl zu zeigen. »Den Vater in so jungen Jahren zu verlieren, muss für dich und Eleanor schwer gewesen sein.«

»Es war schrecklich – und es hat auch nicht gerade geholfen, dass Mum völlig zusammengebrochen ist. Sie stand in den darauffolgenden sechs Monaten vollkommen neben sich.«

»Wer hat sich denn um euch beide gekümmert?«

Sie streicht sich eine Haarsträhne hinters Ohr. »Meine Mutter hat alle Hilfsangebote der Familie abgelehnt, also haben wir am Ende für uns selbst gesorgt. Ich muss sagen, dass Eleanor während dieser Zeit großartig war. Sie ist zwei Jahre jünger als ich, aber sie benahm sich, als wäre sie die große Schwester. Sie hat mir jeden Tag Sandwiches für die Schule gemacht, mich ans Zähneputzen erinnert und nachgesehen, ob ich meine Hausaufgaben gemacht habe. Ich glaube nicht, dass ich diese Zeit ohne sie durchgestanden hätte. Wahrscheinlich habe ich mich ihr in meinem ganzen Leben nie so nahe gefühlt.«

»Wie schön«, antworte ich. »Ihr müsst eine ganz besondere Beziehung zueinander haben.«

»Damals vielleicht, aber heute ist das anders.« Ihr Blick verfinstert sich.

In diesem Moment kommt der Kellner mit unserem Essen. Ich beobachte hungrig, wie er ein Gericht nach dem anderen von seinem Tablett ablädt, bis kaum noch Platz auf dem Tisch ist. Es sieht alles fantastisch aus und riecht auch so. Ich bin froh, dass Izzy die Auswahl in die Hand genommen hat; allein wäre ich nie so abenteuerlustig gewesen. Bevor wir beginnen zu essen, zeigt sie auf jedes Gericht und zählt die wichtigsten Zutaten auf. Es stellt sich heraus, dass sie dank ihrer ausgedehnten Reisen durch das Land eine Menge über die spanische Küche weiß. Ich liebe ihre Weltläufigkeit, ihre Kultiviertheit und ihre Bereitschaft, ihr Wissen zu teilen. Wir kennen uns noch nicht einmal eine Woche, aber ich habe schon so viel von ihr gelernt.

Als ich mir eine weitere Tortilla nehme, sehe ich den sehnsüchtigen Blick, mit dem sie die fast leere Weinflasche betrachtet. Ich verstehe den Gedanken, der ihr durch den Kopf schießt: *Ist es zu früh, eine zweite Flasche zu bestellen?*

Ich erhasche den Blick eines vorbeieilenden Kellners. »Könnten wir noch eine Flasche Zinfandel bekommen, bitte?« Dabei hebe ich das Kinn und neige den Kopf leicht zur Seite, so wie Izzy es tut, wenn sie spricht.

Ihr strahlendes Lächeln wärmt mich wie die Sommersonne. »Du musst meine Gedanken gelesen haben, Süße.«

Der Rest des Abends verfliegt in einem angenehmen Dunst aus lebhaften Gesprächen und zunehmendem Alkoholgenuss. Ich finde es ziemlich faszinierend, wie viele verschiedene Facetten von sich Izzy so präsentiert – manchmal ist sie ernst und nachdenklich, manchmal schelmisch und verspielt, aber immer mit starken Emotionen. Ihre Intensität erinnert mich an einen dieser unerwarteten Windstöße, die Fenster aufreißen können.

Ich selbst bin weitaus vorsichtiger und gebe nur kleine Stückchen von mir preis, Fetzen der Wahrheit und sorgfältig zusammengestellte Anekdoten. Es ist nicht nötig, meine Seele zu offenbaren. Noch nicht. Vorzugeben, etwas zu sein, was man nicht ist, kann anstrengend sein, aber heute Abend genieße ich es. Ich bin wie ein Kind auf einer Bootsfahrt: Ich weiß, dass unter Wasser alle möglichen Gefahren lauern – unberechenbare Strömungen, Seetang, in dem man sich verwickeln kann, Raubfische mit weit aufgerissenen Kiefern –, aber da oben auf dem Deck sehe ich nur das Sonnenlicht, das auf dem Wasser glitzert.

Wir schaffen es, zum Essen zwei Flaschen Wein zu trinken, und nach einer ziemlich gehaltvollen Schokoladentorte, von der ich nur die Hälfte schaffe, überredet mich Izzy zu einem Espresso-Martini.

»Bitte seien Sie so nett und packen das für meine Freundin ein, ja?«, bittet sie unseren Kellner und deutet auf die Torte.

Eine so unschuldige Bitte, und doch begeistert sie mich. Auch ich kann Verschwendung nicht ausstehen. Ich erinnere mich, dass Rob regelrecht zusammenzuckte, als ich in einem französischen Bistro eine Kellnerin ziemlich energisch zur Rede stellte, die sich weigerte, den Rest meines Cassoulet einzutüten. Sie behauptete, das Lokal könne haftbar gemacht werden, wenn ich es zu Hause unter suboptimalen Bedingungen aufbewahrte und mir anschließend eine Lebensmittelvergiftung zuzöge. Ein lächerliches Argument, wo ich doch einen völlig legitimen Anspruch auf das köstliche Essen habe, das jemand, der kulinarisch weitaus fähiger ist als ich, zubereitet hat und für das ich eine beträchtliche Summe Geld bezahlt habe. Izzy und ich sind in dieser Hinsicht eindeutig auf einer Wellenlänge, und ihre Rettung meines übrig gebliebenen Desserts ist eine weitere großzügige Einzahlung auf unser Freundschaftskonto.

Ich lächle ihr dankbar zu. Das Licht im Restaurant ist gedämpft, und ihre Pupillen sind geweitet. Sie erhebt ihr Martiniglas zu einem Toast. »Danke für den schönen Abend, Amy. Ich habe ihn wirklich genossen.«

»Ich auch«, sage ich, als sich unsere Gläser leise klirrend berühren. »Irgendwann müssen wir das wiederholen.«

Ich befinde mich in einem Zustand leichter Euphorie, als ich mit dem Bus nach Hause fahre. Selbst die unausstehlichen Jugendlichen auf der anderen Seite des Mittelgangs, die ständig fluchen und sich gegenseitig pornografische Bilder auf ihren Handys zeigen, können den Glanz des Abends nicht dämpfen.

Ich lehne meinen Kopf gegen das Fenster und schließe die Augen, während ich die letzten Stunden Revue passieren lasse – das Lachen, die Intimität, das ungewohnte Vergnügen, einen ganzen Abend außerhalb meiner eigenen vier Wände zu verbringen.

Es fühlt sich an, als ob sich etwas Hartes und Verkrampftes in mir entfaltet hätte, wie ein Farn, der seine Wedel ausrollt und sie ins Licht reckt.

Jetzt

10

ZEUGENAUSSAGE

Ich gebe diese Erklärung nach bestem Wissen und Gewissen ab. Für den Fall, dass diese Aussage als Beweismittel vorgelegt wird, ist mir bewusst, dass ich mich strafbar mache, wenn ich vorsätzlich falsche Angaben mache oder solche, von denen ich nicht glaube, dass sie der Wahrheit entsprechen.

Unterschrift: J. Hodge

Mein Name ist Jennifer Hodge. Ich bin Rettungssanitäterin beim London Ambulance Service mit Sitz in Brixton. Ich habe mich 2011 als Rettungssanitäterin qualifiziert und bin seit Dezember 2015 in meiner derzeitigen Funktion tätig. Ich habe diese Erklärung unter Bezugnahme meiner Notizen abgegeben, die ich am Tag des Vorfalls gemäß der Vorschriften erstellt hatte.

Am 22. September begann ich meine Arbeit um 8.30 Uhr. Mein Rufzeichen für diesen Tag war Q217, und meine Partnerin war die Rettungssanitäterin Kelly Wilson. Wir waren in der Einsatzzentrale, als wir gegen 11.45 Uhr den Anruf erhielten, dass wir zum *Sanctuary* in der Oakwood Road in West Dulwich fahren sollten. Uns wurde mitgeteilt, dass es sich bei der Patientin um eine 36-jährige Frau handelte, die anscheinend bewusstlos war. Weitere Einzelheiten waren nicht bekannt.

Bei unserer Ankunft wurden wir von einer Frau empfangen, die erklärte, als Reinigungskraft in dem Haus beschäftigt zu sein. Sie war ziemlich aufgeregt und konnte uns keine Informationen über den Zustand der Patientin geben, abgesehen davon, dass sie auf keinerlei Ansprache reagierte.

Die Frau begleitete uns in ein Schlafzimmer im ersten Stock. Die Tür war nur ein paar Zentimeter geöffnet, und durch den Spalt sah ich das Unfallopfer auf dem Boden liegen. Aufgrund der Position des Körpers ließ sich die Tür nicht weiter öffnen. Aber da meine Kollegin und ich beide schlank sind, konnten wir uns durch den Spalt zwängen.

Nachdem ich den Raum betreten hatte, sah ich drei erwachsene Frauen auf dem Boden liegen. Sie waren alle vollständig bekleidet und offensichtlich bewusstlos. Zwei von ihnen hatten deutlich sichtbare Blutflecken auf ihrer Kleidung. Ich bemerkte auch einen blutigen Handabdruck an der Wand.

Im Zimmer herrschte ein ziemliches Durcheinander. Ein Regal war umgekippt und Kinderspielzeug lag verstreut auf dem Boden. Eine Lampe auf dem Nachttisch war umgestoßen worden und einer der Vorhänge war teilweise von der Stange gerissen. Ich bemerkte auch, dass überall auf dem Boden frische Blumen verstreut waren. Besorgt über den Anblick, funkte ich meine Leitstelle an und bat sie, sofort die Polizei zum Einsatzort zu schicken.

Meiner Kollegin und mir war sofort klar, dass es sich möglicherweise um einen Tatort handelte. Unsere Priorität als Sanitäterinnen bestand jedoch darin, den Zustand der Patienten einzuschätzen und jede erforderliche Hilfe zu leisten, auch wenn dies möglicherweise Spuren kompromittieren würde.

Als Erstes nahmen wir eine Sichtung der Verletzten vor, um festzustellen, wer von ihnen am dringendsten behandelt werden musste. Das erste Opfer hatte offenbar Messerstiche im rechten Arm und in der Brust erlitten. Ihr Puls war schwach, sie hatte eine verzögerte Pupillenreaktion und zeigte Anzeichen eines hämorrhagischen Schocks. Nach meiner fachlichen Einschätzung war sie von den drei Individuen die am schwersten verletzte Person, und ich stufte ihre Verletzungen als lebensbedrohlich ein. Während meiner Untersuchung bemerkte ich, dass ein blutverschmiertes Messer etwa einen

Meter vom Kopf der Patientin entfernt auf dem Boden lag.

Das zweite Opfer lag neben dem ersten – so nahe, dass sich ihre unteren Gliedmaßen berührten. Sie hatte eine große Prellung an der Stirn, die meiner Meinung nach jedoch nicht durch ein Messer verursacht worden war, da es keine sichtbaren Hautverletzungen gab. Ihre Lebenszeichen waren kräftig, aber da sie bewusstlos war, war es schwierig, die Möglichkeit innerer Verletzungen zu beurteilen.

Das dritte Opfer lag etwa einen Meter von den beiden anderen entfernt. Sie wies zwei Schnittwunden in Brust und im Unterleib auf, die auf eine Verletzung von einem Messer hindeuteten, und hatte bereits erheblich Blut verloren. Als ich sie untersuchte, begann sie zu stöhnen und ihren Kopf zu bewegen, was darauf hindeutete, dass sie wieder zu Bewusstsein kam. Ich fragte sie, ob sie mich hören könne, aber sie antwortete nicht und ihre Augen blieben geschlossen.

Für mich und meine Kollegin war klar, dass alle drei Personen in die Notaufnahme eines Krankenhauses gebracht werden mussten. Ich funkte die Leitstelle an und forderte zwei weitere Krankenwagen an. Ich wies erneut darauf hin, dass die Polizei so schnell wie möglich vor Ort sein sollte. Man teilte mir mit, dass sie bereits auf dem Weg sei.

Meine Kollegin sprach mit der Reinigungskraft, die draußen auf dem Treppenabsatz wartete, und fragte, ob sich vielleicht noch andere Verletzte im Haus befinden könnten. Die Frau teilte meiner Kollegin mit, dass sie das nicht mit Sicherheit sagen könne, da sie die anderen Räume nicht überprüft habe. Aber ihrem Wissen nach befinde sich sonst niemand im Haus.

Es war klar, dass wir uns in einem Kinderzimmer aufhielten, und ich befürchtete, dass zum Zeitpunkt des Vorfalls Minderjährige anwesend gewesen sein könnten, die sich vielleicht versteckt hatten und nun zu ängstlich waren, sich zu zeigen. Also schaute ich unter dem Bett nach und öffnete auch die Türen des Kleiderschranks, aber ich fand niemanden.

Meine Kollegin und ich waren bereits zehn bis fünfzehn Minuten vor Ort, als die ersten Polizeibeamten eintrafen. Nachdem ich sie über den Zustand der drei Patientinnen informiert hatte, setzte ich die Stabilisierung des am schwersten verletzten Opfers fort, indem ich ihr Sauerstoff verabreichte und Druckverbände auf ihre Wunden applizierte, während meine Kollegin sich um die beiden anderen Patienten kümmerte.

Kurze Zeit später trafen zwei weitere Krankenwagen ein. Die drei Frauen wurden in unterschiedlichen Fahrzeugen ins Krankenhaus gebracht. Wir waren für den Transport des zweiten

Opfers verantwortlich. Meine Kollegin fuhr, während ich im hinteren Teil des Krankenwagens blieb, um die Patientin zu überwachen. Irgendwann öffneten sich flackernd ihre Augen und sie sagte etwas. Ich bin mir nicht hundertprozentig sicher, aber es klang wie »Amy«.

Ein Monat zuvor

11

»Du triffst dich in letzter Zeit recht häufig mit dieser Izzy, oder?«

Claire hat recht. In den letzten vierzehn Tagen haben Izzy und ich uns noch zwei weitere Male getroffen. Am Samstag haben wir auf meinen Vorschlag hin in South Bank zu Mittag gegessen und anschließend die Tate Modern besucht. Es war ein großartiger Tag. Ich habe festgestellt, dass Izzy das Beste in mir zum Vorschein bringt. Sie erlaubt mir, die klügste, witzigste und entspannteste Version meiner selbst zu sein – eine Version, von der ich nicht einmal wusste, dass sie existiert. Gestern Abend waren wir dann bei einer Burlesque-Revue in Covent Garden. Ich habe Claire gerade die Fotos gezeigt, die Izzy auf Facebook hochgeladen hat, und die begeisterten Kommentare, die ich gepostet habe, nachdem sie mich markiert hatte.

Eine Freundin von Izzy war dort aufgetreten. Sie stellte einige sehr einfallsreiche Dinge mit einem Hula-Hoop-Reifen an, und nach der Show kam sie auf einen Drink zu uns an die Bar. Ich war total überwältigt und konnte nicht aufhören, von ihren fabelhaften Kostümen zu schwärmen. Sie meinte, ich sähe interessant aus – was auch immer das heißen mag –, und sagte, sie unterrichte Burlesque dienstagabends in Balham, falls ich Interesse hätte. Das habe ich nicht, und ich war auch noch nie sonderlich exhibitionistisch veranlagt, aber ich habe trotzdem einen ihrer Flyer mitgenommen, weil ich nicht unhöflich sein wollte.

»Izzy ist so witzig«, sage ich jetzt zu Claire. »Ich weiß, wir haben uns gerade erst kennengelernt, aber ich glaube wirklich, dass wir beste Freundinnen werden.«

Ich trete einen Schritt zurück und werfe einen kritischen Blick auf den Strauß, an dem ich gerade arbeite. Normalerweise arbeite ich lieber im Atelier, aber heute habe ich Lust auf Gesellschaft. Der Strauß ist ein Geschenk für jemanden, der gerade nach langer Krankheit aus dem Krankenhaus gekommen ist, und ich habe seine Bestandteile mit Sorgfalt ausgewählt: Gänseblümchen für Positivität, Lavendel für Entspannung, Gladiolen für Kraft und Lilien für einen Neuanfang.

»Es ist toll, dass ihr euch so schnell so gut versteht«, sagt Claire. Sie hält mit dem Fegen inne und stützt ihr Kinn auf den Besenstiel. »Hast du nicht gesagt, dass Izzy die Schwester von James Elliott ist?«

»Sie ist seine Schwägerin«, korrigiere ich sie.

»Und ihr beide habt euch auf einer Wanderung kennengelernt – richtig?«

»Ja. Ich konnte es kaum glauben, als sie sagte, dass sie mit James verwandt ist. Verrückt, oder?« Ich nehme einen Zweig stärkenden Eukalyptus und füge ihn in den Strauß ein. Aber hauptsächlich, um Claire nicht in die Augen sehen zu müssen.

»Weiß sie, dass du die Blumenarrangements für ihren vierzigsten Geburtstag machst?«

»Nein, natürlich nicht – das soll doch eine Überraschungsparty werden.«

Ich nehme meine Pinzette zur Hand und entferne behutsam die Staubbeutel von einer halb geöffneten Lilie. Es ist ein ziemlich fummeliger Prozess, aber die Mühe lohnt sich. Denn das schützt nicht nur die Kleidung und die Polstermöbel des Kunden vor den gefürchteten Pollenflecken, sondern verlängert auch die Blütezeit der Pflanze.

Claire bückt sich, um die Kehrschaufel aufzuheben. »Hört sich an, als stünden sich die beiden ziemlich nahe.«

»Das war mal so, aber im Moment kommen sie nicht besonders gut miteinander aus. Izzy wurde vor Kurzem entlassen, und Eleanor findet, dass sie sich nicht genug bemüht, einen neuen Job zu finden.«

»Bittet sie Eleanor um Unterstützung?«

»Nicht, dass ich wüsste. Ich habe den Eindruck, dass Izzy ziemlich wohlhabend ist. Ihr Ex-Mann war ein Brooker in der City. Er hat einen Haufen Geld mit Wetten gegen die Ölpreise verdient. Ich kenne nicht alle Details, aber Izzy hat bei der Scheidung genug Geld bekommen, um sich damit die Wohnung in Greenwich zu kaufen. Job hin oder her, ich glaube nicht, dass sie in nächster Zeit in der Schlange vor der Armenküche steht.«

»Die Glückliche«, murmelt Claire. »Es wird noch Jahre dauern, bis Kyle und ich genug für eine Anzahlung auf eine Wohnung angespart haben – und in der Zwischenzeit füllen wir nur die Taschen unseres gierigen Vermieters.«

Sie bringt Kehrschaufel und Besen zum Regal in der Ecke des Raumes und stellt sie außer Sichtweite ab. Claire weiß, wie sehr ich es hasse, praktische, aber hässliche Gegenstände im Geschäft zu sehen. Ich möchte, dass jeder, der den Laden betritt, das Gefühl hat, er befinde sich in einer üppigen Oase der Schönheit, so weit weg wie nur möglich von der realen Welt.

Als ich die Stiele des Blumenstraußes verschnüre, denke ich an das Gespräch zwischen Izzy und mir von gestern Abend zurück. Ich muss zugeben, dass ich einige ihrer Kritikpunkte an Eleanor als ziemlich unfair empfunden habe. Und da ich selbst keine Geschwister habe, fiel es mir schwer, mich in sie einzufühlen. Ich war versucht, Eleanor zu verteidigen, aber natürlich konnte ich die bevorstehende Party nicht erwähnen, und außerdem wollte ich nicht, dass Izzy dachte, ich würde nicht zu ihr halten.

Als Claire wieder durch den Verkaufsraum geht, wirkt sie irgendwie abgelenkt. Sie blickt auf die Straße. Die Ladentür ist wie immer bei warmem Wetter weit geöffnet. Das ist besser für uns – und für die Blumen; so können wir alle besser atmen. Als sie meinen Blick auffängt, nickt sie in Richtung eines großen Mannes in einem gut geschnittenen Anzug, der draußen auf dem Bürgersteig steht. »Wenn man vom Teufel spricht …«

Als ich genauer hinsehe, erkenne ich, dass es sich um James handelt. Er geht im Kreis auf und ab, das Handy ans Ohr geklemmt. Mein Puls beginnt zu rasen, wie immer, wenn ich ihn sehe. Instinktiv greife ich zu der Schmetterlingsklammer, die mein Haar zusammenhält. Ich rupfe sie heraus und schüttle mein Haar locker auf die Schultern. Mit offenem Haar sehe ich viel besser aus – jünger, weicher, hübscher, obwohl das alles relative Begriffe sind.

Claires Mundwinkel gehen nach oben, als sie mich beobachtet. Sie weiß wohl, dass ich eine Schwäche für James habe. Sie deutet auf ihren rechten Wangenknochen. »Du hast da Blütenstaub von den Lilien im Gesicht.«

Ich fahre mir mit dem Handballen über die Wange. »Jetzt?«

»Er ist noch da.« Sie leckt sich den Daumen. »Komm her, ich mach's weg.«

Ich beuge mich zu ihr, ein Auge immer noch auf die Tür gerichtet, und hebe mein Gesicht, während Claire den weinroten Fleck wegwischt.

»Na also, alle Spuren beseitigt.«

In dem Moment kommt James durch die Tür. Sein Jackett hat er über den Arm gehängt, und sein Handy ist nicht mehr zu sehen. »Guten Tag, Ladys«, sagt er. Sein fröhlicher Tonfall kann die Tränensäcke unter seinen Augen nicht kaschieren. Es sieht aus, als hätte er nicht gut geschlafen. Das macht ihn verletzlich, und ich verspüre den plötzlichen Drang, ihn in die Arme zu nehmen und seinen Kopf an meine Brust zu drücken.

Claire, die im Gegensatz zu mir nicht in ihren Fantasien versunken ist und deshalb zusammenhängende Sätze formulieren kann, geht auf ihn zu. »Schön, Sie zu sehen, Mr Elliott. Was können wir für Sie tun?«

Er lächelt sie an, bevor er sich mir zuwendet. »Ich habe gerade in der Gegend zu tun und dachte, ich komme mal vorbei und frage Amy, ob sie Lust hat, mit mir zu lunchen.«

Die Einladung überrascht mich, und ich weiß einen Moment lang nicht, wie ich reagieren soll. »Nur schnell ein Sandwich«, fügt er hinzu. »Ich möchte mit Ihnen etwas wegen Izzys Party besprechen, aber wenn Sie zu beschäftigt sind, um zu Mittag zu essen, können wir uns auch hier unterhalten.«

»Sie ist nicht zu beschäftigt – oder, Amy?«

Ich drehe mich um und sehe Claire an. Sie hat die Lippen geschürzt, als versuche sie krampfhaft, ernst zu bleiben. »Geh nur, ich komme hier allein zurecht«, sagt sie.

»Bist du sicher?«

»Natürlich bin ich das. Ich mache Mittagspause, wenn du zurückkommst.«

»Großartig«, sagt James. »Das vegetarische Café nebenan sieht ganz nett aus. Ich habe einen kurzen Blick durch das Fenster geworfen, als ich daran vorbeiging.« Er lächelt. »Es sei denn, Sie sind überzeugte Carnivorin?«

Ich erwidere das Lächeln. »Nein, vegetarisch ist gut.« Ich löse den Knoten meiner Schürze und ziehe sie mir über den Kopf. »Geben Sie mir zwei Minuten, ich muss nur schnell meine Handtasche aus dem Atelier holen.«

Er schüttelt den Kopf. »Die brauchen Sie nicht. Ich möchte Sie einladen.«

Mist! Ich wollte mir kurz das Haar ausbürsten und etwas Mascara auftragen, während ich mir die Tasche schnappe.

Etwas aufgeregt trete ich hinter dem Tresen hervor. Wir gehen gleichzeitig auf die Tür zu, und es gibt eine kleine Irritation, weil wir beide zögern und darauf warten, dass der andere zuerst hinausgeht. Schließlich legt James leicht seine Hand auf meinen Rücken, um mich zu ermutigen vorzugehen. Als ich den Druck seiner Finger spüre, kribbelt es in meiner Wirbelsäule, als ob alle Nervenenden plötzlich aufgeweckt worden wären.

Es ist ein komisches Gefühl, mit James außerhalb unserer jeweiligen Arbeitsplätze zusammen zu sein, aber es dauert nicht lange, bis wir in unser übliches lockeres Geplänkel verfallen.

»Ich bin froh, dass Sie mir Gesellschaft leisten, denn wenn ich etwas hasse, dann ist es, allein zu essen«, sagt er, nachdem wir unsere Bestellung aufgegeben und uns an einem Tisch am Fenster niedergelassen haben. »Verzeihen Sie mir, wenn ich ein wenig abwesend wirke. Ich komme gerade von einer Besprechung mit einer sehr anspruchsvollen Kundin.« In seiner Stimme schwingt ein Hauch von Verzweiflung mit. »Ich hätte ihr während unseres Gesprächs mehrmals mit Vergnügen den Hals umdrehen mögen.«

Er knöpft die Manschetten seines Hemdes auf und krempelt die Ärmel bis zu den Ellbogen hoch. Die feinen goldenen Härchen auf seinen muskulösen Armen fangen das Licht ein, das durch das Fenster hereinströmt, und mich durchfährt das dringende Bedürfnis, mit den Fingerspitzen darüber zu streichen.

»Sei's drum«, seufzt er. »Darüber wollte ich nicht mit Ihnen reden. Wie ich schon sagte, wollte ich kurz über die bevorstehende Party sprechen. Eleanor hat mir erzählt, dass Sie am Vortag zu uns kommen wollen, um den Blumenbogen zusammenzubauen.«

»Das ist richtig. Warum, ist das ein Problem?«

Er verzieht das Gesicht. »Jetzt kollidieren zwei Aufträge: Ich habe unseren Gärtner gebeten, an diesem Tag aufzuräumen, weil ich nicht von Ihren Plänen wusste.«

Er scharrt unter dem Tisch mit den Füßen. Ich spüre die Hitze, die von seinem Knie ausgeht, das meines beinahe berührt. »Eleanor und ich haben uns gefragt, ob Sie den Bogen am Morgen der Party aufbauen könnten. Die beginnt ja erst am Nachmittag. Hätten Sie dann noch genug Zeit?«

Nicht wirklich, denke ich. Aber die Elliotts sind wichtige Kunden, denen ich gerne entgegenkommen möchte.

»Das wird schon irgendwie gehen«, sage ich, nachdem ich einen Moment darüber nachgedacht habe. »Der Metallrahmen für den Bogen wird in mehreren Teilen geliefert. Ich kann die einzelnen Teile schon am Vortag in meinem Atelier vorbereiten, sodass ich sie bei Ihnen nur noch zusammenstecken muss.«

»Danke, Amy, Sie sind die Beste. Tut mir leid wegen der Komplikationen – das war mein Fehler. Ich hätte mich bei Eleanor erkundigen sollen, bevor ich den Gärtner bestelle.«

»Das ist keine große Sache. Ich möchte nur, dass alles so reibungslos wie möglich für Sie abläuft. Ich weiß, wie stressig solche Veranstaltungen für die Gastgeber sein können, egal, wie sehr man sich auch darauf freut.« Ich räuspere mich. »Hören Sie, James, da wir schon über die Party reden, muss ich Ihnen noch etwas sagen.«

Ich unterbreche mich, als die Kellnerin mit unserem Essen kommt. James schiebt geistesgegenwärtig den Metallbecher mit dem Besteck und das Gestell mit den Gewürzen zur Seite, um Platz für das Tablett zu schaffen.

»Die Sache ist die …« Ich hole tief Luft. Ich muss überzeugend klingen. Wenn James wüsste, dass ich seine Schwägerin auf Facebook ausfindig gemacht und eine Begegnung inszeniert habe, und mich dann mit aller Kraft bemüht habe, eine Freundschaft mit ihr aufzubauen, würde ich sehr … seltsam wirken, fast ein bisschen wie eine Stalkerin. »Vor ein paar Wochen habe ich Izzy bei einer Wanderung kennengelernt, die auf Facebook gepostet war. Natürlich wusste ich nicht, dass das Ihre Izzy ist, jedenfalls nicht am Anfang. Aber wir haben uns so gut verstanden, dass wir uns wieder verabredet haben, und da haben wir die Verbindung herausgefunden.«

Er zieht amüsiert eine Augenbraue hoch. »Das weiß ich schon.«

»Tatsächlich?«

Er nimmt ein Messer und schneidet seine Falafel-Pitta in zwei Hälften. »Izzy hat mir eine SMS geschickt … irgendwann letzte Woche, glaube ich. Sie schrieb, sie habe eine neue Freundin, die eine sehr talentierte Floristin sei, und ich solle dreimal raten, wer das wohl sein könnte.« Er lockert den Knoten seiner Krawatte. »Ich habe schon beim ersten Mal richtig geraten, was kaum verwunderlich ist, da Sie die einzige Floristin sind, die ich kenne.«

»Oh.« Ich sacke innerlich irgendwie zusammen. »Weiß Eleanor auch davon?«

»Klar. Sie war ein bisschen besorgt, dass Ihnen etwas über die Party herausrutschen könnte, aber ich habe ihr versichert, dass das höchst unwahrscheinlich ist.«

»Ich verspreche Ihnen, dass ich kein Wort zu Izzy gesagt habe«, erkläre ich mit Nachdruck. »Bitte, beruhigen Sie Eleanor, was das angeht.«

»Das mache ich«, sagt er und greift nach dem Becher mit Joghurtdressing. »Sie sollten ebenfalls kommen.«

»Wohin kommen?«

»Zu der Party – als Gast, meine ich.«

»Das ist sehr freundlich, aber ich möchte mich nicht aufdrängen.«

Er hebt ein Stück Pitta an den Mund. »Wieso aufdrängen? Sie sind doch eine Freundin von Izzy, stimmt's?«

»Na ja, ich glaube schon.«

»Wenn das so ist, müssen Sie kommen. Ich bin sicher, dass Izzy sich freuen würde, Sie dort zu sehen.«

Als er das sagt, fühlt sich mein Herz an wie ein Heliumballon, der sich von meinem Körper löst. »Wenn Sie sich da sicher sind …«

»Bin ich. Ich bitte Eleanor, Ihnen eine Einladung zu schicken, damit Sie die genauen Details haben.« Er schaut mir direkt in die Augen, und es fühlt sich an, als würde sein Blick mich Schicht für Schicht durchdringen und viel tiefer sehen, als andere Menschen es können.

Ich kann seinem Blick nicht länger standhalten, starre auf meinen Teller und tue so, als würde ich mich über mein Sandwich mit Roter Bete und knusprigen Kichererbsen freuen.

12

Als ich mich dem Haus nähere, blubbert Aufregung in mir hoch. Es ist prächtiger, als ich erwartet habe, und liegt in einer schicken Seitenstraße. Das viktorianische Doppelhaus könnte man durchaus als Villa bezeichnen: drei Stockwerke, eine überdachte Veranda mit einer Holzbank und ein prächtiger Magnolienbaum im Vorgarten. Londoner Hausärzte verdienen offensichtlich ganz ordentlich – vielleicht hat Maria aber auch einfach nur gut geheiratet.

Ihre SMS kam vorgestern Abend. *Hallo Amy, hier ist Maria von der Wandergruppe. Izzy hat mir deine Nummer gegeben. Hast du am Samstagabend zufällig Zeit? Ich habe ein paar Freunde zum Abendessen eingeladen – nur ein zwangloses Essen, nichts Großes. Es wäre toll, wenn du dabei sein könntest. Izzy kommt übrigens auch.*

Natürlich hatte ich Zeit – und selbst wenn nicht, hätte ich meinen Terminkalender ohne zu zögern freigeräumt. Ich kann mich nicht daran erinnern, wann ich das letzte Mal auf einer Dinnerparty war. Wahrscheinlich war es die, die Rob und ich veranstaltet haben, als unsere Beziehung in den letzten Zügen lag. Ich kann nicht gerade behaupten, dass sie ein großer Erfolg war. Ein überambitioniertes Menü und das unerklärliche Verschwinden meines einzigen scharfen Messers hatten mir von Anfang an einen Strich durch die Rechnung gemacht. Und dann hatte ich auch noch mein Handy verlegt, in das ich sämtliche Alarme und Erinnerungen einprogrammiert hatte.

Deshalb hatte ich nicht die geringste Ahnung gehabt, was ich als Nächstes tun musste. Inzwischen hatte Rob sich schlauerweise dünne gemacht und war damit beschäftigt, das Badezimmer mit Lufterfrischer zu durchtränken und eine Pyramide aus Klopapierrollen zu errichten, wie irgend so ein geistesgestörter Weltuntergangsjünger. Als unsere Gäste eintrafen, war ich ein völlig erschöpftes Wrack in einer mit Jus bespritzten Bluse.

Glücklicherweise bin ich ein weit besserer Gast als Gastgeberin, und Marias kleine Soiree wird eine ausgezeichnete Gelegenheit sein, meinen winzigen Bekanntenkreis zu erweitern. Und natürlich bedeutet es, dass ich Izzy wiedersehe.

Ich habe beschlossen, mit dem Auto zu fahren. Dann muss ich nicht darauf achten, den letzten Bus nach Hause zu erwischen. Die Autos parken dicht an dicht vor Marias Haus, und ich finde erst zwei Straßen weiter einen Parkplatz. Als ich vor ihrer Haustür stehe, läuft mir der Schweiß in den BH, und die neuen Schuhe, die ich heute Morgen überstürzt gekauft habe, drücken bereits unangenehm.

»Amy, wie lieb von dir«, begrüßt sie mich, als ich ihr das Sträußchen mit Schleife überreiche, das ich gestern im Atelier noch rasch zusammengestellt habe. Ich weiß nicht viel über meine Gastgeberin, da ich sie bisher nur einmal getroffen habe, also bin ich mit rosa und cremefarbenen Rosen auf Nummer sicher gegangen. Die kommen immer gut an.

»Es ist nur ein kleines Dankeschön«, antworte ich, als sie die Tür hinter mir schließt. »Weil du mich vor einem Fertiggericht aus der Mikrowelle und einem Netflix-Date bewahrt hast.« Kaum sind die Worte aus meinem Mund, wünsche ich mir, ich hätte sie nicht gesagt. Ich will diese Leute beeindrucken, nicht, dass sie mich bemitleiden.

»Ich bin jedenfalls froh, dass du kommen konntest. Es war

so kurzfristig, dass ich schon befürchtet habe, du hättest wahrscheinlich andere Pläne.« Sie hebt die Blumen an ihre Nase. »Himmel, die riechen ja fantastisch – ganz anders als die Rosen aus dem Supermarkt.«

Mir kommt der Satz in den Sinn: »Bekäme ich doch jedes Mal, wenn ich das höre, einen Penny …« Ich schiebe den Gedanken mit einem versteckten Lächeln beiseite. »Wenn es um Rosen geht, haben die meisten kommerziellen Züchter nur zwei Ziele«, sage ich. »Aussehen und Haltbarkeit. Der gute alte Duft spielt gar keine Rolle mehr. Kein Wunder, dass im Laufe der Zeit das Gen, das das Duftenzym anschaltet, aus vielen Sorten herausgezüchtet wurde. Das ist jammerschade, denn kaufen wir nicht gerade deshalb Blumen für unser Zuhause – wegen ihres herrlichen Duftes?«

Sie streicht mit der Fingerspitze über die samtigen Blütenblätter. »Auf jeden Fall … die sind so viel schöner als diese Aerosol-besprühten Züchtungen mit all ihren Chemikalien.«

»Das ist der Grund, warum ich nur bei Züchtern kaufe, die Rosen mit intaktem Duftgen produzieren, so wie es die Natur vorgesehen hat.«

»Heiratet da jemand?« Ein Mann taucht hinter Maria auf. Er trägt knielange Shorts und ein auffälliges Hawaiihemd.

Maria wendet sich ihm zu und hält ihm den Strauß zur Begutachtung hin. »Sind die nicht wunderschön?«

»Das sind sie«, stimmt er ihr zu.

»Amy ist Floristin. Izzy und ich haben sie neulich beim Wandern kennengelernt.«

»Ja, ich erinnere mich, dass du davon erzählt hast.« Der Mann kommt auf mich zu. Er hat einen auffällig ruckartigen Gang wie eine Marionette, als hätte er zusätzliche Gelenke und Scharniere in seinen Gliedmaßen. »Freut mich sehr, Amy. Ich bin Marcus, Marias Ehemann.« Er beugt sich vor, um mich zu küssen – ein richtiger Kuss, seine Lippen berühren tatsächlich meine Wange.

»Und das ist auch für dich.« Ich ziehe eine Flasche Wein aus meiner Umhängetasche. Ich habe eine Ewigkeit in dem Weinladen verbracht, um sie auszusuchen.

»Ein moussierender Shiraz, auch sehr schön. Danke, Amy.« Maria dreht sich zu Marcus um. »Sei so lieb und stell die für mich in eine Vase.« Sie reicht ihm die Blumen. »Die schöne gelbe, die wir in der Galerie in St. Ives gekauft haben. Ach, und schau bitte kurz nach den Kindern, ja? Wenn Jake noch nicht schläft, darf er sich auf dem iPad eine Geschichte anhören … Dann schläft er sicher ein.«

Marcus täuscht mit den Fingerspitzen an der Schläfe einen Salut vor. »Zu Befehl, Ma'am.«

Maria erwidert den Salut mit einem Kuss. »Komm mit, Amy«, sagt sie und legt mir einen Arm um die Schultern. »Gehen wir zu den anderen in den Garten.«

Sie führt mich in die Küche. Der einladende Raum ist in einer Mischung aus Tradition – Schieferplatten, riesige Keramikspüle, AGA-Herd – und Moderne gehalten, mit raumhohen Schränken, stimmungsvoller Beleuchtung und einem gigantischen pastellfarbenen Kühlschrank. Wir gehen durch die Flügeltüren auf die Terrasse, wo bereits die anderen Gäste – zwei Männer und zwei Frauen – versammelt sind.

Mein Blick wird unvermeidlich von Izzy angezogen. Sie trägt ein leuchtend grünes Kleid, das nur jemand mit ihrer Haar- und Hautfarbe tragen kann. Ihr rötliches Haar schimmert in der untergehenden Sonne wie Gold. Sie unterhält sich mit einem Mann mit auffallend dunklem Teint und schwarzen Locken, die ihm über den Kragen hängen. Ich war ein bisschen nervös wegen des heutigen Abends, aber ihr Anblick entspannt mich sofort, und die Angst, die meine Brust regelrecht umklammerte, legt sich etwas.

Als Izzy mich sieht, unterbricht sie ihr Gespräch. »Ames – endlich! Ich habe mich schon gefragt, wo du wohl abgeblieben bist.«

»Ich hatte ein kleines Parkplatzproblem«, murmele ich, während sich alle Blicke in meine Richtung wenden.

»Ja, sorry«, sagt Maria. »Marcus sagt immer, wir sollten den Vorgarten betonieren, aber ich kann mich nicht dazu durchringen, diesen schönen Baum zu fällen.«

Ich lächle sie an. »Ich würde auch für die Magnolie votieren.«

Izzy kommt zu mir und umarmt mich. Ihre klobige Halskette baumelt zwischen uns, und sie drückt ihr Haar an meiner Wange platt. Als sie wieder zurückweicht, umhüllt mich der Vanilleduft ihres Parfums. »Schön, dich zu sehen«, sagt sie.

»Finde ich auch«, antworte ich und komme mir dabei irgendwie unbeholfen vor.

Maria stellt mir die anderen Gäste vor. Ben und Niamh sind ein Ehepaar, und der Mann, mit dem Izzy sich vorhin unterhalten hat, ist ein Freund von Marcus namens Rafe. Er wohnt für ein paar Wochen hier, während sein eigenes Haus in Westlondon renoviert wird. Maria bittet ihn, mir einen Drink einzuschenken, bevor sie verkündet, sie müsse nach dem Essen sehen, und wieder im Haus verschwindet.

»Was darf es denn sein?« Rafe deutet auf einen Rattantisch, der mit Flaschen beladen ist.

»Gerne ein Wasser mit Sprudel«, sage ich, als ich die Flasche Pellegrino entdecke.

»Ich weiß, dass du fahren musst, Süße, aber *ein* Drink wird schon nicht schaden«, erklärt Izzy und sieht Rafe an. »Sie nimmt einen Gin Fizz.«

Rafe nimmt einen schweren Glaskrug, der mit einer gelben

Flüssigkeit gefüllt ist. Auf der Oberfläche schwimmen Rosmarinzweige.

»Und mir kannst du gern nachschenken, wenn du schon dabei bist.« Izzy hält ihm ihr eigenes Glas hin.

Als die Gläser gefüllt sind, gesellen wir uns zu Ben und Niamh. Ich frage sie, woher sie Maria kennen. Wie sich herausstellt, sind sie beide ebenfalls Allgemeinmediziner und arbeiten in Marias Praxis. Izzy merkt an, wie schwierig es seit der Pandemie ist, einen persönlichen Termin bei ihrem Arzt zu bekommen, was schnell in ein allgemeines Gespräch über den generellen Zustand der Gesundheitsversorgung mündet. Bei diesem Thema kenne ich mich nicht besonders gut aus, aber mir gelingen ein paar ganz gute Erwiderungen.

Nach etwa fünfzehn Minuten kommt Marcus mit einem Teller warmer Bruschetta durch die Flügeltür. Als er mir eine davon anbietet, nutze ich die Gelegenheit, ihm ein Kompliment für seinen schönen Garten zu machen. »Das ist wirklich eine prächtige Kletterpflanze.« Ich deute auf die kräftige Clematis, die den halben Zaun bedeckt.

»O ja, das ist sie«, gibt er zurück. »Leider kann ich das Kompliment nicht für mich verbuchen. Maria ist diejenige mit dem grünen Daumen.« Er reicht mir eine Papierserviette. »Du hast da etwas Tomate am Kinn … genau da.«

»Gott, das ist so typisch.« Ich tupfe mir das Kinn ab. »Einmal hatte ich einen ganzen Nachmittag lang Mayonnaise auf der Nasenspitze, bevor mich ein Kunde darauf aufmerksam machte.«

Und schon falle ich in meine alte Gewohnheit. Zu viele Informationen, die keiner hören will.

Es dauert nicht lange, bis Maria wieder auftaucht und verkündet, dass das Abendessen fertig ist. Wir setzen uns an einen großen runden Tisch in der Küche.

In der lebhaften Unterhaltung gibt es keine peinlichen Pausen. Rafe doziert ausführlich über die Renovierung seines Hauses. Er lässt den Keller ausheben, aber es gibt ein Problem mit dem Fundament, was bedeutet, dass die Kosten fast doppelt so hoch sein werden wie ursprünglich veranschlagt. Es klingt aber so, als könne er es sich leisten, denn im nächsten Atemzug erzählt er uns von der individuell angefertigten Holzscheune, die er für seinen Oldtimer bauen lässt.

Ich weiß nicht, ob Rafe und Izzy sich vor heute Abend schon einmal begegnet sind, aber sie verschlingt ihn förmlich mit ihren Blicken, während er spricht, was darauf hindeutet, dass sie ein Auge auf ihn geworfen hat. Ob ihr Interesse rein sexueller Natur ist oder tiefer geht, lässt sich zu diesem Zeitpunkt noch nicht sagen. Rafe trägt keinen Ehering, was wohl bedeutet, dass er verfügbar ist. Und nach der Art zu urteilen, wie er sie ansieht, mit diesem hungrigen Augenaufschlag, scheint die Anziehung gegenseitig zu sein.

Als Maria Rafe fragt, ob sein vorläufiges Scheidungsurteil schon vorliegt, wird mir klar, dass einer der Zwecke dieser Dinnerparty – wenn nicht sogar der Hauptzweck – darin besteht, ihn mit Izzy zu verkuppeln. Unbehagen breitet sich in mir aus wie ein Krampf. Wenn die beiden ein Paar werden, wird es in Izzys Leben weniger Zeit für ihre Freunde geben. Das heißt, weniger Zeit für mich.

»Was machst du beruflich, Rafe?«, frage ich, als Marcus unsere Vorspeisenteller abräumt.

»Ich bin Professor für Molekularphysik am Imperial College«, antwortet er, und ich frage mich, ob er mich veralbert. Körperlich ist er so weit vom Stereotyp eines Akademikers entfernt wie nur irgend möglich. Von wegen Tweed, Bart und Hornbrille. Rafe sieht top aus, ist voller Energie und gut gekleidet in seinem grauen Feinstrickpullover und den Designerjeans.

Da die anderen nicht lachen, dämmert mir, dass er wohl die Wahrheit sagt.

Marcus öffnet den Ofen und holt einen *Le Creuset*-Bräter heraus. »Rafe und ich waren zusammen auf dem Internat«, verrät er. »Schon damals war jedem klar – auch unseren Lehrern –, dass er zu Höherem bestimmt war.« Er bringt die Kasserolle zum Tisch und stellt sie in der Mitte ab. »Nicht wie ich, der eine teure Ausbildung vergeudet und nach der Hälfte der Oberstufe die Schule verlassen hat, um in einem Autohaus zu arbeiten.«

Rafe deutet mit einer ausholenden Handbewegung auf unsere komfortable Umgebung. »Ich würde sagen, du hast es ganz gut hingekriegt, alter Junge.«

Wir anderen lächeln und nicken zustimmend. »Woran arbeitest du im Moment?«, frage ich Rafe.

»Ich forsche über den Welle-Teilchen-Dualismus, aber ich würde es lieber dabei belassen, sonst verderbe ich euch den schönen Abend, indem ich euch alle in den Schlaf quassele«, erwidert er bescheiden.

Izzy stützt ihr Kinn auf die Handfläche und blickt ihm direkt ins Gesicht. Ihr Blick besagt: *Du bist mit Abstand die faszinierendste Person in diesem Raum.*

»Ich finde, Wissenschaft ist das neue Sexy.« Sie lallt schon ein wenig.

»Vielleicht kannst du das unserem Rektor sagen«, erwidert Rafe und nimmt eine Scheibe knuspriges Brot aus dem Korb. »Das könnte ihn möglicherweise ermutigen, mir ein bisschen mehr Geld zuzuteilen.«

»In meiner Schulzeit war ich eine komplette Niete in den Naturwissenschaften«, sage ich. »Ich hatte einfach nicht das richtige Gehirn dafür. Ich bewundere Menschen wie dich sehr, die die Grenzen der Wissenschaft erweitern und Neues entdecken.«

Rafe bricht ein Stück Brot ab und rollt es zwischen Zeigefinger und Daumen. »Nett, dass du das sagst, Amy, aber Wissenschaftler sind längst nicht so schlau, wie die Leute immer denken. Wir sind einfach nur gut darin, Probleme zu lösen, auch wenn sie ziemlich komplex sind. Der Trick ist zu akzeptieren, dass man nicht alle auf einmal lösen kann.«

»Wie meinst du das?«

»In jedem Forschungsprojekt gibt es immer eine übergreifende Frage – das große Ziel, wenn man so will. Aber wenn man zu sehr über die Enormität des Problems nachdenkt, verliert man den Fokus. Der Schlüssel ist, mit kleinen Schritten zu beginnen. Sich darauf zu konzentrieren, die Teilprobleme zu lösen, die du lösen kannst. Wir fangen damit an, die Teile des Puzzles zusammenzusetzen, und beginnen an den Kanten. Dann enthüllt sich langsam, Stück für Stück, das Geheimnis der übergreifenden Frage. Stell es dir wie ein großflächiges Wandgemälde vor, das aus Tausenden von winzigen Objekten zusammengesetzt ist. Aus der Nähe betrachtet ergibt das Ganze überhaupt keinen Sinn. Erst wenn man einen oder mehrere Schritte zurücktritt, zeigt sich das Gesamtbild.«

Er schiebt sich das Stück Brot in die Backe. »Was ist mit dir, Amy, in welcher Branche bist du tätig?«

»Sie ist Floristin«, kommt Izzy mir zuvor. »Sie kreiert absolut phänomenale Blumeninstallationen.«

Bens breites Gesicht strahlt vor Neugierde. »Ich habe leider nicht die geringste Ahnung, was eine Blumeninstallation ist.«

»Das ist eher ein großer Begriff für jede Art von Blumendekoration«, erkläre ich. »Das kann alles sein, angefangen von einer einfachen Rosensäule bis hin zu einer Auslage mit einem bestimmten thematischen Motiv, die eine ganze Schaufensterfront ausfüllt.«

Izzy nimmt einen Schöpflöffel vom Tisch und bedient sich

an dem langsam gegarten Lammfleisch aus der Kasserolle. »Ich fand es toll, was du für die Hoteleröffnung in Clerkenwell gemacht hast«, sagt sie. Sie schaut sich am Tisch um. »Amy hat die Decke in der Lobby in eine umgedrehte Wiese mit lauter schönen Gräsern und Wildblumen verwandelt.«

Ich schaue sie verwundert an. »Woher weißt du das?«

»Ich habe es auf deinem Instagram-Account gesehen, Süße.«

Ich hatte keine Ahnung, dass Izzy meinen Auftritt in den sozialen Medien durchforstet hat. Bei dem Gedanken prickelt mir vor Vergnügen die Haut. Es ist ein gutes Gefühl zu wissen, dass sie sich für mein Leben genauso interessiert wie ich mich für ihres.

»Und was ist dein größtes Ziel, Amy?«, will Rafe wissen.

»Eine Hochzeit in der Königsfamilie«, antworte ich.

Rafe lacht. Er denkt, ich mache einen Witz.

»Ich liebe frische Blumen«, wirft Niamh ein. »Ich kaufe so oft wie möglich welche für mein Zuhause. Es ist mir egal, ob sie nur eine Woche halten; sie sind einfach unglaublich aufmunternd.« Sie übernimmt die Kelle von Izzy. »Wer war noch mal dieser berühmte Künstler, der sagte: ›Ich muss immer und überall Blumen haben‹?«

»Monet.«

Sie sieht mich sichtlich beeindruckt an. »Stimmt, da könntest du recht haben, Amy.«

Ich habe recht, aber ich widerstehe der Versuchung, das zu sagen. Niamh legt sich Stücke von Lammfleisch auf den Teller. »Hast du eine Visitenkarte, Amy? In meiner Familie stehen ein paar runde Geburtstage an.«

Ich lächle sie an. »Klar, ich gebe dir eine, bevor ich gehe.«

»Ich auch«, meint Izzy.

»Du willst eine Visitenkarte?« Niamh versteht nicht.

Izzy schüttelt den Kopf. »Nein, ich meine, auch ich habe

einen runden Geburtstag, übernächste Woche.« Sie schmollt, was ihr gut steht. »Ich werde vierzig Jahre alt, ich kann es kaum glauben. Es kommt mir wie gestern vor, als ich meinem ersten Freund hinter dem Cricket-Pavillon einen runtergeholt habe.«

Während alle am Tisch in Gelächter ausbrechen, neigt Izzy den Kopf wie eine Katze zur Seite und genießt die Aufmerksamkeit.

»Wie willst du denn feiern?«, fragt Ben.

»Ich gehe zum Mittagessen zu meiner Schwester. Nicht sehr aufregend, ich weiß.«

»Nur die Familie also?«

»Meine Schwester hat gesagt, ich kann eine Freundin mitbringen, also habe ich Maria gefragt.« Izzy klimpert mit den Wimpern und fügt schmunzelnd hinzu: »Eine einzige Freundin ... Das ist ja so großzügig von meinem Schwesterherz.« Sie sieht zu Maria hinüber. »Natürlich könnten wir Eleanors blödes Mittagessen auch einfach ausfallen lassen.«

In meiner Brust zieht sich etwas zusammen wie eine zu straffe Naht. Ich muss einen Schluck Wasser trinken, damit Izzy den panischen Blick auf meinem Gesicht nicht sieht.

»Du hast Eleanors Einladung bereits angenommen. Ich glaube, sie wäre ein bisschen sauer, wenn du jetzt absagen würdest«, erwidert Maria. »Und wir beide können abends ja immer noch um die Häuser ziehen.«

»Vielleicht.« Izzy sieht mich an. »Hättest du Lust, an meinem Geburtstag mit uns auszugehen, Ames? Barhopping im West End und danach vielleicht in einen Club?«

»Auf jeden Fall«, versichere ich ihr. »Es ist schon ein paar Jahre her, dass ich einen Club von innen gesehen habe, aber ich lasse selten eine Gelegenheit aus, meine vergeudete Jugend nachzuholen.«

»Ausgezeichnet!« Izzy ist mit diesem Kompromiss offenbar zufrieden.

Als ich Marcus den Teller mit Süßkartoffelpüree abnehme, bemerke ich, dass Ben mich ziemlich bohrend anschaut.

»Nur aus Neugier: Wo bist du aufgewachsen, Amy?«, fragt er mich. »Ich versuche herauszufinden, woher dein Akzent stammt.«

Sofort spanne ich mich an. Ich habe mir große Mühe gegeben, einen neutralen Akzent zu kultivieren, der schwer zuzuordnen ist. Die Kontrolle darüber entgleitet mir normalerweise nur in sehr emotionalen Momenten.

Bevor ich antworten kann, hebt Ben eine Hand. »Nein, sag es nicht – lass mich raten!«

Niamh stöhnt protestierend. »Entschuldige, Amy, das ist einer von Bens Partytricks. Sein Vater war bei der Army, und er hat als Kind überall in Großbritannien gelebt. Was regionale Akzente angeht, ist Ben Experte.« Sie tätschelt ihrem Mann liebevoll den Unterarm. »Zumindest glaubt er das.«

»Na dann los, Buddy«, sagt Marcus. »Mal sehen, wie gut du bist.«

Ben kneift die Augen zusammen. »Vorhin habe ich zu den West Midlands tendiert, aber ich denke, es ist etwas weiter nördlich – aber nicht Sheffield oder Manchester.«

Niamh seufzt. »Mach weiter, Darling.«

»Ich kann es nicht auf eine bestimmte Stadt eingrenzen, also nehme ich eine Grafschaft.«

Er hält inne, gerade lange genug, damit Marcus mit seinen Handflächen ein wenig auf den Tisch trommeln kann.

»Derbyshire.« Ben sieht mich erwartungsvoll an. »Habe ich recht?«

Er hat tatsächlich recht. Bakewell, um genau zu sein. Das ist ein hübsches Marktstädtchen am Rande des Peak District. Ein schöner Ort, um aufzuwachsen, obwohl der Strom von Touristen im Sommer mir früher auf die Nerven ging.

Ich tupfe mir mit der Serviette die Mundwinkel ab. »Du hättest bei deiner ersten Vermutung bleiben sollen«, antworte ich ruhig. »Warwick.«

»Verdammt«, murmelt Ben, während die anderen ihn gutmütig verspotten.

Ich beuge mich zu Maria, die neben mir sitzt. »Wo ist denn die Toilette?«, flüstere ich.

»Draußen im Flur. Wir haben den Schrank unter der Treppe umgebaut.«

»Bin gleich zurück«, sage ich und schiebe meinen Stuhl vom Tisch weg.

Im Bad schließe ich die Tür ab. Eigentlich muss ich gar nicht aufs Klo. Ich wollte einfach nur ein unangenehmes Gespräch beenden. Aber da ich jetzt schon mal hier bin, lasse ich mir ein paar Augenblicke Zeit, um meine Gedanken zu ordnen und nach losen Enden zu suchen. Ich weiß, dass ich nicht wirklich in Gefahr bin, enttarnt zu werden, trotzdem kann ich es mir nicht leisten, unvorsichtig zu werden. Ich möchte unbedingt, dass diese Leute mich akzeptieren. Das bedeutet, sie dürfen nie, niemals die Wahrheit erfahren.

Nachdem ich mich vergewissert habe, dass ich alle Möglichkeiten abgedeckt habe, schaue ich in den Spiegel, um zu sehen, wie mein Make-up hält. Ich habe eine neue Technik angewendet, die ich in einem YouTube-Tutorial gelernt habe. Sie soll Schlupflider mindern und die Augen größer und wacher aussehen lassen, was erstaunlich gut funktionierte. Als ich unter meinem rechten Auge einen Mascara-Fleck entdecke, feuchte ich ein Stück Toilettenpapier an und wische ihn weg. Ich wünschte, ich hätte daran gedacht, den Lippenstift aus meiner

Handtasche mitzunehmen, denn ich brauche dringend eine Auffrischung. Ich könnte versuchen, ihn diskret aufzutragen, wenn ich wieder am Tisch bin.

Als ich die Tür öffne, stoße ich fast mit Maria zusammen, die draußen gewartet hat.

»Bitte«, sage ich und trete zur Seite.

»Nein, nein, ich muss nicht zur Toilette. Ich wollte nur kurz unter vier Augen mit dir sprechen.« Sie senkt die Stimme. »Es geht um Izzys Geburtstagsparty. Ich habe Eleanor geholfen, die Gästeliste zusammenzustellen. Sie sagte, du würdest auch kommen.«

»Ja, ich kann es kaum erwarten.« Ich flüstere ebenfalls. »Mir ist vorhin fast das Herz stehen geblieben, als sie gedroht hat, das Mittagessen mit Eleanor abzusagen.«

»Ja, ich habe deinen Gesichtsausdruck gesehen, als sie das sagte. Ich dachte, ich beruhige dich besser.« Ihr Blick huscht in Richtung Küche, als hätte sie Angst, dass wir belauscht werden könnten. »Sosehr wir alle Izzy auch lieben, sie ist manchmal ein wenig unberechenbar. Deshalb hat Eleanor ihr vorgeschlagen, sie solle eine Freundin zum Geburtstagslunch mitbringen. Sie wusste genau, dass sie mich fragen würde.«

»Und du sollst dafür sorgen, dass sie auch tatsächlich auftaucht«, sage ich, als ich kapiere.

Sie nickt. »Ich habe Eleanor ganz fest versprochen, dass ich Izzy zur vereinbarten Zeit dorthin bringe, selbst wenn ich sie an den Haaren dorthin schleifen muss.«

In diesem Moment hören wir, wie die Küchentür geöffnet wird. Ich drehe mich halb um und sehe Izzy auf uns zukommen. So wie sie sich an der Wand festhält, ist sie mehr als nur ein bisschen beschwipst.

»Was tuschelt ihr beiden denn da?«, fragt sie lächelnd.

»Ich wollte nur nach Amy sehen«, erwidert Maria, ohne mit

der Wimper zu zucken. »Wir können ja ein bisschen laut werden, wenn wir alle zusammen sind. Ich wollte sichergehen, dass es ihr nicht zu viel wird.«

»Das tut es doch nicht, oder, Ames?« Izzy verschränkt ihren Arm mit meinem und legt ihren Kopf auf meine Schulter. Ich spüre die Hitze ihres Gesichts, die durch den dünnen Stoff meines Oberteils brennt und mich brandmarkt.

»Nein, ich amüsiere mich prächtig, ihr seid alle so interessante Menschen.«

»Es ist nur schade, dass du nichts trinkst. Du könntest heute Abend bei mir schlafen, Süße, ich habe morgen noch nichts vor. Dann schlendern wir morgen Vormittag über den Greenwich Market und gehen später vielleicht was essen.«

Ich würde am liebsten Ja sagen, aber leider habe ich schon einen Termin, den ich vor Wochen zugesagt habe.

»Total gerne, Izzy, aber morgen kann ich nicht. Ich habe Janet versprochen, ihr zu helfen, den Zaun zu imprägnieren.«

Izzys Kopf schnellt hoch. »Wer ist Janet?«

»Meine Nachbarin von oben. Ich habe dir bestimmt schon von ihr erzählt.«

»Wahrscheinlich, ich habe ein Gedächtnis wie ein Sieb. Kannst du ihr nicht absagen?«

Ich verziehe das Gesicht. »Nicht wirklich. Für den Zaun an der Vorderseite des Hauses sind wir gemeinsam verantwortlich. Er muss dringend instand gesetzt werden, und keiner von uns will das noch länger hinauszögern.«

Izzy wirkt plötzlich verärgert. »Wie du willst«, sagt sie schmollend, zieht ihren Arm unter meinem heraus und dreht sich zu Maria um. »Du hattest recht, was Rafe angeht«, schwärmt sie. »Er ist absolut umwerfend. Ich hoffe sehr, dass er nach meiner Nummer fragt, bevor ich gehe.«

Ich spüre einen dumpfen Schmerz in der Magengrube. Es ist

wie dieses atemlose Gefühl, das auf einen Schlag folgt, bevor der Schmerz einsetzt.

»Das tut er ganz bestimmt«, sagt Maria. »Und wenn nicht, bitte ich Marcus, ihm einen sanften Schubs zu geben.«

Izzys Mund verzieht sich zu einem breiten Lächeln. »Danke, Süße, du bist wirklich die Beste der Welt.«

Marias Gesicht erhellt sich, so wie bei allen, wenn Izzy eine Handvoll ihres Feenstaubs auswirft. »Du brauchst mir nicht zu danken. Du hast es verdient, wieder jemanden Nettes kennenzulernen, nach allem, was du durchgemacht hast.« Sie lächelt uns beide an. »Ich weiß nicht, wie es euch geht, aber ich habe große Lust auf Dessert. Lasst uns zu den anderen zurückgehen, ja?«

In der Küche serviert Maria eine selbst gebackene Schokorolle und dazu gekauftes Sorbet. Während wir essen, lenke ich die Aufmerksamkeit von mir ab, indem ich Ben ermuntere, uns mehr über seine rastlose Kindheit zu erzählen. Ab und zu werfe ich einen Blick zu Izzy. Ihr Stuhl scheint immer näher an den von Rafe heranzurücken. Als der Kaffee serviert wird, sitzt sie praktisch auf seinem Schoß.

Nach dem Kaffee werden mehrere Liköre aufgefahren. Die Flaschen sehen teuer aus, und im Gegensatz zu den klebrigsüßen Souvenirs aus längst vergangenen Auslandsurlauben, die in meinem eigenen Küchenschrank ihr Dasein fristen, kann man sie tatsächlich gut trinken. Da ich noch fahren muss, verzichte ich auf einen Nachschlag. Aber Izzy trinkt zwei davon, einen nach dem anderen. Sie kippt sie hinunter wie Tequila-Shots.

Als der Alkohol seine Wirkung entfaltet, wird die Stimmung am Tisch immer frivoler. Ben zeigt uns einen weiteren Partytrick aus seinem anscheinend unerschöpflichen Repertoire – die Fähigkeit, alle US-Bundesstaaten in alphabetischer Reihenfolge aufzusagen. Das bringt ihm mehr Beifall ein, als er verdient hat. Als Izzy eine Runde Wahrheit oder Pflicht vorschlägt, nehme ich das als mein Stichwort zu gehen. Es ist ein kindisches Spiel und für jemanden wie mich zudem mit beträchtlichen Risiken verbunden.

»Das war ein wunderbarer Abend, Leute«, sage ich und greife unter den Tisch nach meiner Handtasche. »Aber ich glaube, ich mache jetzt Schluss für heute.«

Izzy lacht kurz auf. Schroff und etwas schrill. »Ach ja, ich vergaß. Amy braucht ihren Schönheitsschlaf. Sie hat morgen früh ein heißes Date mit einem Zaun.«

Marcus sieht mich verwirrt an. »Was?«

»Ich muss einen Zaun imprägnieren«, erkläre ich. Gott, klinge ich langweilig.

Während ich mich von allen verabschiede, würdigt Izzy mich kaum eines Blickes. Sie ist zu sehr damit beschäftigt, sich einen weiteren Schluck Honey Badger einzuverleiben. Ich überlege, ob ich sie fragen soll, ob wir uns Mitte der Woche treffen wollen, entscheide mich aber dagegen, weil ich nicht bedürftig klingen möchte.

»Soll ich dich zu deinem Auto bringen?«, bietet Rafe mir ritterlich an.

Izzy schaut von ihrem Getränk auf, und es bilden sich Falten auf ihrer Stirn.

»Das ist nett von dir, Rafe, aber das passt schon – die Straßen hier sind ziemlich gut beleuchtet.« Dabei habe ich nicht die leiseste Ahnung, ob das stimmt.

Als Maria mich zur Haustür begleitet, öffne ich meine Handtasche und ziehe einige Visitenkarten heraus. »Für Niamh«, sage ich und drücke sie ihr in die Hand. »Und falls sonst noch jemand Interesse hat.«

Sie umarmt mich kurz und sagt, dass wir uns bald wiedersehen. Mir ist klar, dass dies einer dieser Standardsätze ist, den die Leute äußern, ohne es ernst zu meinen. Aber ich hoffe wirklich, dass ich sie bald sehe, und ich bete, dass Maria – Marcus, Niamh, Ben und auch Rafe – mit der Zeit gute Freunde von mir werden, genau wie Izzy.

Ich bin schon fast am Auto, als ich merke, dass ich etwas vergessen habe – meinen Schal. Es ist ein hübsches, leichtes Tuch, das ich mir locker um den Hals gebunden hatte, als ich bei Maria ankam. Als wir uns zum Essen hingesetzt haben, habe ich ihn abgenommen und über die Lehne meines Stuhls gehängt. Seufzend drehe ich mich um und gehe dieselbe Strecke zurück, die ich gekommen bin.

Als Marias Haus in Sichtweite kommt, bemerke ich, dass das Licht über der Eingangstür brennt und die drei Männer auf der schmalen Veranda vor dem Haus sitzen. Sie rauchen Zigarren und reden übermäßig laut, wie es Betrunkene gern tun.

»Irgendwie eine komische Person, oder?« Es ist Rafe. Ich erkenne seine markante, etwas rauchige Stimme. Ich gehe noch ein Stück näher heran und spitze die Ohren. »Wie lange kennt Maria sie schon?«

Marcus bläst eine Rauchwolke in die Luft. »Sie hat sie erst vor ein paar Wochen kennengelernt – sie sind in derselben Wandergruppe. Eigentlich ist Amy eine Freundin von Izzy. Maria hat sich bei ihrem ersten Treffen nicht sonderlich für sie erwärmen können – sie fand, sie wirkte etwas verzweifelt. Sie hat sie heute Abend nur eingeladen, weil Izzy sie darum gebeten hat.«

Ich mache einen Schritt zur Seite, sodass ich von der Lorbeerhecke des Nachbarn abgeschirmt werde. Was allerdings auch bedeutet, dass ich die Männer nicht mehr sehen kann.

Eine dritte Stimme ertönt. Das muss Ben sein. »Ich frage mich, was Izzy an ihr findet. Die beiden sind so unterschiedlich.«

»Ach, du kennst Izzy doch – sie sucht sich immer ein Projekt.«

»Was soll das denn heißen?«, will Rafe wissen.

Ja, Marcus, was soll das denn heißen?

»Versteht mich nicht falsch, Izzy ist eine tolle Frau, aber sie umgibt sich gerne mit Leuten, die glauben, dass ihr die Sonne aus dem Hintern scheint – leicht beeinflussbare Menschen, die sie modellieren kann, damit sie am Ende so sind, wie sie sie haben will.«

»Das klingt wie Rafes Hausrenovierung«, witzelt Ben. »Ein Teilabriss, ein bisschen Umgestaltung, ein letzter Feinschliff, dann glänzt alles wie neu.«

Seine Bemerkung löst schallendes Gelächter aus. Ich drehe mich schnell um, eile davon und wünsche mir nichts sehnlicher, als dass ich nicht wegen dieses blöden Schals zurückgegangen wäre.

13

»Ich bin doch nicht zu spät, oder?«

Claire und ich schauen beide vom Blumenständer auf, den wir gerade von draußen zurück in den Laden schleppen. Es ist 17.25 Uhr und *Darling Blossoms* schließt in knapp fünf Minuten. Zwei Schritte von uns entfernt steht Eleanor Elliott auf dem Bürgersteig, bezaubernd wie immer in einem knielangen Neckholder-Kleid und den bis zur Wade geschnürten Römersandalen.

Ich setzte den Blumenständer vorsichtig ab und richte mich auf. Ich bin mir meiner unordentlichen Haare und der schmutzigen Schürze unangenehm bewusst. Obwohl ich Eleanor seit unserem ersten Treffen nicht mehr gesehen habe, haben wir uns in der Zwischenzeit eine ganze Reihe von SMS und E-Mails geschickt. Sie hat mehrere Änderungen an unserem ursprünglichen Plan vorgenommen – sie wollte mehr Tischgestecke, hat das Laub im Bogen gegen mehr Blumen ausgetauscht – und das gegen meinen ausdrücklichen Rat, aber hey!, es ist ihre Party! Die Farbe der Hortensiensträuße hat sie von Blau zu Rosa und wieder zurück zu Blau geändert.

Unentschlossene Kunden können nerven, aber angesichts des hohen Preises, den Eleanor für meine Dienste zahlt, komme ich ihr gerne entgegen. Außerdem hängt für mich sehr viel von dieser Party ab, persönlich und beruflich.

»Hallo, Eleanor, schön, Sie zu sehen!« Ich streiche mir mit dem Handrücken das Haar aus den Augen. »Wollten Sie noch Blumen kaufen?«

Sie zupft die karamellfarbene Lederhandtasche zurecht, die über ihrer Schulter hängt. »Nein, ich wollte mit Ihnen über die Tischdeko für Izzys Party sprechen.«

»Ach? Hat sich die Anzahl noch einmal geändert?«

»Nein, das nicht.« Sie verzieht den Mund in einem Ausdruck schmerzhaften Bedauerns. »Ich habe mir die Skizzen, die Sie mir geschickt haben, noch einmal angesehen. Dabei hatte ich plötzlich den Eindruck, dass Ihre Entwürfe für den Anlass vielleicht etwas zu förmlich sind. Ich habe mich gefragt, ob wir sie nicht vielleicht gegen etwas Ländlicheres, Bukolisches austauschen könnten.«

Ich presse meine Finger zusammen, um den Drang, sie zu ohrfeigen, zu unterdrücken. Es ist nicht mal mehr eine Woche bis zur Party – viel zu spät, um mehr als kleine kosmetische Verbesserungen vornehmen zu können.

»Bukolisch«, wiederhole ich, um mir Zeit zu verschaffen, während ich versuche, meinen verstimmten Gesichtsausdruck unter Kontrolle zu bringen.

»Ja. Ich dachte dabei an ein ländliches Heckenmotiv – Gänseblümchen, Schlüsselblumen, Glockenblumen, so was in der Art.«

»Viel Glück bei der Suche nach Glockenblumen im August«, murmelt Claire kaum hörbar.

Ich wische mir mit der Hand über das Gesicht. »Tut mir leid, Eleanor, aber ich habe die Blumen bereits bei meinen Lieferanten bestellt – sie werden in zwei Tagen geliefert. Selbst wenn ich jetzt eine zweite Bestellung aufgeben würde, würden die neuen Blumen nicht mehr rechtzeitig eintreffen.«

Eleanors Miene deutet darauf hin, dass sie diese Antwort nicht erwartet hat. »Oh, na gut, macht nichts. Ich würde sagen, ich kann damit leben.«

Ihr Kommentar versetzt mir einen Messerstich. Ich will

nicht, dass die Menschen mit meinen Kreationen »leben können«. Ich möchte, dass sie geblendet sind, verzaubert, davon umgehauen werden.

»Wenn Sie möchten, kann ich das Arrangement etwas lockerer und entspannter gestalten«, biete ich an. »Das würde ein Stück in die Richtung des gewünschten Looks gehen.«

»Tun Sie, was Sie für richtig halten«, erwidert sie knapp.

»Wie sieht es mit den anderen Vorbereitungen aus? Konnten Sie noch genügend Kellner organisieren?«

»Ja, danke. Ich habe eine der Agenturen beauftragt, die Sie mir empfohlen haben.«

Ich spüre ihren Blick auf mir. Er hat etwas Unnachgiebiges, Hartes.

»James hat mir erzählt, dass Sie an Izzys Geburtstag ebenfalls bei uns sein werden.«

Während sie spricht, scheint die Luft um uns herum kühler zu werden. Trotz der Herzlichkeit und Spontaneität von James' Einladung hatte ich bereits vermutet, dass Eleanor nicht ganz so erpicht darauf sein würde, mich auch auf die Gästeliste zu setzen. Der Stil und der Ton unserer bisherigen Kommunikation sagen mir, dass ich für sie einfach nur Personal bin.

»Das ist doch in Ordnung, oder? Wenn es Ihnen lieber ist, dass ich nicht komme ...«

»Nein, nein, schon gut.« Ihr gleichgültiger Ton verrät mir, dass sie das nicht wirklich meint. Nicht mal annähernd.

Plötzlich verengen sich ihre Augen. »Das ist wirklich ein unglaublicher Zufall, nicht wahr? Vor ein paar Wochen waren Sie und Izzy sich noch nie begegnet. Dann beauftrage ich Sie mit der Blumendekoration für ihren vierzigsten Geburtstag, und plötzlich sind Sie beide beste Freundinnen.«

In ihrer Stimme liegt eine Schärfe, die mich nervös macht.

Sie kann nicht wissen, dass ich das Treffen mit ihrer Schwester absichtlich herbeigeführt habe. Das ist unmöglich. Aber selbst wenn sie einen Verdacht hat, was soll's? Meine erste Begegnung mit Izzy mag kein Zufall gewesen sein, aber unsere Freundschaft ist echt. Niemand kann uns das wegnehmen.

Ich versuche zu lachen, aber mein Hals ist wie zugeschnürt, und es kommt nur ein Husten heraus. »Da sieht man mal wieder, wie klein die Welt ist, nicht wahr?«

»Anscheinend.« Sie verschränkt die Arme vor der Brust. »Ich will Sie nicht länger aufhalten. Wir sehen uns dann wohl am Montag.«

»Ja, ich werde sehr früh da sein.« Ich wollte ihr noch sagen, sie solle mir vertrauen, was die Tischdeko angeht, aber es ist zu spät – sie hat sich schon abgewendet und geht davon.

»Das war also die legendäre Mrs Elliott«, stellt Claire fest, als wir den Blumenständer durch die Ladentür manövrieren. »Sie ist sehr schön, genau die Art von Frau, die ich mir als Ehefrau von James vorgestellt habe. Kein Wunder, dass er so oft hier ist, um Blumen für sie zu kaufen.«

Ihre Worte tun weh. Eleanor ist wirklich wunderschön, und zweifellos verdient sie es, mit Sträußen aus Desdemona-Rosen und Gloriosa-Lilien für 8,50 £ pro Stück überhäuft zu werden – und das ist noch der Großhandelspreis! Aber aus irgendeinem Grund werde ich das Gefühl nicht los, dass James trotz ihres offensichtlichen Charmes etwas Besseres verdient hat.

»Wie kommen denn die beiden Schwestern in letzter Zeit miteinander aus?«, erkundigt sich Claire. »Es könnte ziemlich unangenehm werden, wenn sie sich während der Party in die Haare kriegen.«

»Ich weiß es nicht genau. In letzter Zeit habe ich Izzy nicht gesehen.«

»Nicht? Und ich dachte, ihr zwei wäret wie siamesische Zwillinge.«

Das dachte ich auch. Aber seit Marias Dinnerparty habe ich sie nicht mehr zu Gesicht bekommen. Und das ist jetzt schon zwei Wochen her. Wir haben uns zwar ein paar SMS geschrieben, aber als ich vorschlug, uns Mitte der Woche zu treffen, sagte Izzy, sie wäre zu beschäftigt, weil sie sich für ein Vorstellungsgespräch vorbereiten müsse. Ich war ein wenig enttäuscht, freute mich aber für sie und wünschte ihr Glück für das Vorstellungsgespräch. Sie schlug keinen anderen Termin vor, und ich bedrängte sie auch nicht, weil ich ja wusste, dass wir uns bald wiedersehen würden.

»Ich hatte in letzter Zeit einfach zu viel zu tun«, sage ich jetzt. »Ich habe ein bisschen ein schlechtes Gewissen, aber wir haben auf der Party ja genug Zeit, um das nachzuholen.«

»Ja, klar. Kommt auch diese andere Freundin von Izzy, die du auf der Wanderung kennengelernt hast – wie hieß sie noch mal?«

»Maria. Ja, sie kommt mit ihrem Mann Marcus.«

Wenn ich an sie denke, muss ich an diesen Abend denken und an das Wort, mit dem Marcus mich beschrieben hat. *Verzweifelt* … Das ist nicht gerade eine schmeichelhafte Charakterisierung. Aber er hat leider recht. Ich bin tatsächlich verzweifelt.

Ich habe viel zu viel Zeit damit verbracht, meine Nase gegen die Scheibe zu pressen, durch die ich das Leben anderer Leute betrachte, und darauf zu warten, dass man mich hereinlässt. Es wird Zeit, dass ich aus dem Schatten trete.

14

Als ich im *Sanctuary* ankomme, öffnet mir Katya die Tür. Sie ist fertig angekleidet, aber ihre Haarspitzen sind noch feucht, als wäre sie eben erst aus der Dusche gekommen.

Sie begrüßt mich mit den Worten: »Eleanor und James sind noch nicht auf.«

»Oh«, sage ich nur, plötzlich ernüchtert. Auf der kurzen Fahrt hierher hatte ich mir das anders vorgestellt: Ich trinke mit James gemütlich eine Tasse Kaffee, bevor ich mit der Arbeit beginne. Einen Kaffee, der zweifellos Barista-Qualität hat und mit einer dieser chromglänzenden Maschinen zubereitet wurde, die ein Vermögen kosten. Wir sitzen beide auf den hohen Hockern an der Frühstückstheke aus Granit und plaudern angeregt über den wunderbaren Tag, der vor uns liegt. Ein Tag, der uns sicherlich noch jahrelang im gemeinsamen Gedächtnis bleiben wird.

»Kein Problem«, antworte ich Katya. »Ich lade erst mal aus und fange dann mit dem Aufbau im Garten an, wenn Ihnen das recht ist.«

»Wie Sie wollen.« Sie zuckt gleichgültig mit den Achseln. »Das Seitentor ist für Sie geöffnet.«

Ich gehe zurück zum Wagen, wo Ewan wartet. Einen vordekorierten Bogen zusammenzubauen, ist eine knifflige Angelegenheit. Wahrscheinlich hätte ich es auch allein schaffen können, aber zu zweit ist es viel einfacher. Claire war meine erste Wahl, aber wie erwartet, hatten Kyle und sie bereits Pläne.

Glücklicherweise war Ewan verfügbar und zudem dankbar für das zusätzliche Geld.

»Alles startklar?«, fragt er mich durch das offene Wagenfenster.

»Ja, wir laden zuerst den Torbogen aus. Die Tischdekorationen lassen wir noch im Wagen, wo es schön kühl ist.« Ich werfe einen Blick gen Himmel, der selbst zu dieser frühen Stunde schon kornblumenblau ist und einen schönen Tag verspricht. »Sonst sind sie verwelkt, bevor die Gäste eintreffen.«

Ich gehe zum hinteren Teil des Wagens und öffne die Doppeltüren bis zum Anschlag.

»Das sollte nur ein paar Stunden dauern«, versichere ich Ewan, während ich den ersten Teil des Bogens vorsichtig herausziehe. »Du hast bestimmt noch was anderes vor an einem Feiertag.«

»Eigentlich nicht.« Er krempelt die Ärmel seines verblichenen blauen Hemdes bis zu den Ellbogen hoch. »Ich stehe dir zur Verfügung, solange du mich brauchst.«

Der Garten der Elliotts ist makellos, der Rasen von einem satten Grün, die Buchsbaumhecken sind perfekt gestutzt. Unter dem Pavillon sind die Tische und Stühle bereits aufgestellt, und auf der einen Seite wurde eine erhöhte kleine Bühne aufgebaut, die wohl für die Band gedacht ist. Die Caterer werden erst in ein paar Stunden eintreffen. Bis dahin sollten Ewan und ich den Garten für uns allein haben.

Die Montage des Bogens erweist sich als zeitaufwendiger, als ich erwartet hatte. Einige der Blumen haben sich beim Transport verschoben, andere sind beschädigt und müssen ersetzt werden. Obwohl Ewan nicht die geringste Ahnung von Floristik hat, macht er sich nützlich, indem er die Blätter von den mitgebrachten Ersatzblumen entfernt und kurze Drähte schneidet, um sie zu befestigen. Ich rede nicht viel, abgesehen von ein paar Anweisungen ab und zu. Wenn ich eine Installation mache, arbeite ich lieber schweigend, weil man sonst leicht die Konzentration verlieren und einen Fehler machen kann. Ewan scheint das instinktiv zu verstehen. Er sagt nur zweimal etwas – beim ersten Mal weist er mich auf eine stark gequetschte Salvia hin, die ich übersehen habe, und das zweite Mal, als der Bogen fast fertig ist.

»Sieht aus, als wäre da jemand gerade aufgewacht«, stellt er fest.

Ich drehe den Kopf in Richtung Haus. Ich hatte auf James gehofft, aber es ist Eleanor, die barfuß durch die Terrassentür tritt. Sie zieht den Gürtel ihres knielangen Bademantels zurecht und fährt sich mit den Fingern durch das zerzauste Haar.

»Guten Morgen!«, ruft sie, während sie über den Rasen geht. »Tut mir leid, dass ich Sie nicht empfangen konnte, als Sie eingetroffen sind. Wir hatten gestern Abend eine Feier, die etwas länger gedauert hat – einer von James' Angestellten ist in den Ruhestand gegangen.«

Ich wische mir die Hände an der Schürze ab und gehe ihr entgegen. »Das ist doch kein Problem. Ich dachte, es wäre das Beste, wenn wir einfach loslegen«, antworte ich. »Mein Assistent und ich machen gute Fortschritte mit dem Bogen. Noch zehn Minuten, dann sollten wir fertig sein.«

Sie späht über meine Schulter. »Darf ich mal einen Blick darauf werfen?«

»Aber natürlich!«

Ich beobachte, wie sie zu dem Bogen geht und ihn langsam umrundet, ihn von oben bis unten betrachtet, von allen Seiten studiert. Von den Skizzen, die ich ihr geschickt habe, war sie sehr begeistert, aber es ist immer etwas nervenaufreibend für mich, wenn ein Kunde eine Installation zum ersten Mal in natura sieht.

»Dazu kann ich nur drei Worte sagen«, meint sie, als sie ihre Inspektion beendet hat. »Wow, wow und nochmals wow!«

Ich lächle erleichtert und bin froh, dass der Bogen ihre Erwartungen erfüllt hat.

»Ehrlich gesagt, ist er noch schöner, als ich ihn mir vorgestellt habe.« Sie streckt die Hand aus und streichelt einen leuchtenden Amarant.

»Sie haben Izzy doch nichts gesagt, oder? Über die Party, meine ich.« Ihre Stimme verändert sich schlagartig und bekommt einen eisigen Unterton.

»Natürlich nicht! Ihr die Überraschung zu verderben, wäre das Letzte, was ich wollte!«

»Gut, denn sollte ich herausfinden, dass Sie es auch nur angedeutet haben, sorge ich dafür, dass Sie in dieser Stadt nie wieder einen Job bekommen.«

Mein Magen verkrampft sich, und die Säure steigt mir bis in den Hals. Ich bezweifle zwar sehr, dass sich das soziale Netz der Elliotts über ganz London erstreckt, aber wenn Eleanor vorhätte, mich schlechtzumachen, könnte sie dem Ruf von *Darling Blossoms* sicher beträchtlich schaden.

»Ich habe kein Wort zu ihr gesagt, das schwöre ich Ihnen«, antworte ich atemlos, und meine Worte überschlagen sich förmlich. »Ich würde nie das Vertrauen einer Klientin auf diese Weise missbrauchen, niemals.«

Sie wartet eine oder zwei Sekunden, bevor sie antwortet. »Ach, Amy, Ihr Gesicht ist wirklich ein Foto wert!«, lacht sie. »Machen Sie sich keine Sorgen, meine Liebe, ich nehme Sie nur auf den Arm!«

Ich stimme in ihr Lachen ein, obwohl ich ihr eigentlich am liebsten eine runtergehauen hätte. Solche Witze sind nicht lustig, wenn man nur ein kleines Unternehmen hat, das auf Mundpropaganda angewiesen ist. »Das erleichtert mich sehr. Ich habe mir schon Sorgen gemacht.«

Als sie eine verirrte Blüte im Gras entdeckt, bückt sie sich, um sie aufzuheben. »Ich sollte mich wohl allmählich anziehen«, erklärt sie, zwinkert mir zu und steckt sich die Blume hinters Ohr. »Brauchen Sie noch irgendwas von mir, bevor ich wieder reingehe?«

»Ja, eine Sache noch: Ich werde gleich den Pavillon dekorieren. Kommen noch Decken auf die Tische oder bleiben sie blank?«

»Wir haben wunderschöne geblümte Tischdecken. Katja hat fast den ganzen Abend damit verbracht, sie zu bügeln«, antwortet sie. »Ich werde sie bitten, sie auf die Tische zu legen, sobald sie Toby das Frühstück serviert hat.«

»Das ist nicht nötig. Das können wir doch machen.«

»Oh, danke. Dann sage ich ihr, dass sie sie Ihnen bringen soll.«

Als sie sich auf den Weg zurück zum Haus macht, schaue ich zu Ewan und wünsche mir, er wäre nicht Zeuge meines Unbehagens über Eleanors kleinen »Scherz« geworden. Ich greife in die Vordertasche meiner Schürze und taste nach meiner Gartenschere. »Ich mache das hier allein fertig«, sage ich zu ihm. »Geh du bitte zum Wagen und hol die Tischdekoration.«

Sobald der Bogen meine strenge Qualitätskontrolle bestanden hat, beginne ich mit dem Einsammeln des Abfalls. Ich habe gerade die Hälfte geschafft, als James aus dem Haus kommt. Er schreitet mit seinem athletischen Gang über den Rasen, und ich hebe eine Hand, winke ihm zu. Mit der anderen schütze ich meine Augen vor der Sonne.

Er trägt Jeans und ein Pearl-Jam-T-Shirt und hat einen Stapel

Tischtücher unter den Arm geklemmt. Als er näher kommt, rieche ich sein Duschgel und darunter den eher animalischen Duft seiner Haut.

»Eleanor hat mir gesagt, dass Sie hier draußen wahre Wunder vollbringen«, sagt er. Seine Augen leuchten amüsiert. Er dreht sich zu meiner Kreation um. »Ich bin geneigt, ihr zuzustimmen – dieser Bogen ist wirklich ganz außergewöhnlich.«

»Freut mich sehr, dass er Ihnen gefällt«, antworte ich. »Dieses Projekt hat wirklich Spaß gemacht.«

Er hält mir die Tischtücher hin. »Und die hier soll ich Ihnen geben.«

»Die kann ich gleich mitnehmen, ja?«, bietet Ewan an, der gerade vom Lieferwagen zurückkommt.

»Sind Sie Amys neuer Lehrling?«, erkundigt sich James.

Ewan lächelt gequält. »Auf keinen Fall, ich kann eine Begonie nicht von einer Butterblume unterscheiden.«

»Ewan ist unser Fahrer für die Auslieferungen«, erkläre ich. »Er geht mir nur heute ausnahmsweise zur Hand.«

»Also dann sind Sie offensichtlich sehr vielseitig«, erklärt James, als er Ewan die Tücher übergibt. »Denn so wie ich das sehe, machen Sie Ihre Sache sehr gut.«

Ewan lächelt schüchtern. »Soll ich die Tische decken?«, fragt er mich dann.

»Ja, gern!« Ich bin froh über die Möglichkeit, ihn loszuwerden. »Ich bin in einer Sekunde bei dir.«

Da James und ich jetzt allein sind, können wir uns leichter unterhalten, so wie wir es immer tun, wenn er in den Laden kommt. Er fragt mich, wie das Geschäft läuft und ob ich immer noch darüber nachdenke, meinen Peugeot gegen einen VW einzutauschen. Ich hatte vergessen, dass ich ihm überhaupt davon erzählt hatte, dass ich mich für ein neues Auto interessiere.

Das liebe ich an James – dass er sich an alles erinnert, was ich ihm erzähle, und sich immer dafür zu interessieren scheint, was in meinem Leben vorgeht. Sogar für die kleinen Dinge. Dadurch fühle ich mich wertgeschätzt und irgendwie besonders.

Während der Unterhaltung werde ich immer lebhafter und öffne mich ihm gegenüber wie eine Dahlie gegenüber einer Biene. So geht es mir immer, wenn ich in der Gesellschaft von einem Menschen bin, den ich bewundere. Bei Izzy ist es auch so. Ich habe so ein Glück, die beiden in meinem Leben zu haben. Sie füllen eine Lücke in mir, von der ich nicht einmal wusste, dass sie da ist. Viel zu früh muss James wieder ins Haus, da er die Liste der Aufgaben, die ihm seine Frau aufgetragen hat, bislang nur zur Hälfte abgearbeitet hat. Angesichts dessen, dass Eleanor den Großteil ihrer häuslichen Pflichten ohnehin delegiert, fällt es mir schwer, mir vorzustellen, was das für Aufgaben sein könnten.

Als er mir für meine harte Arbeit dankt, streckt James die Hand aus und berührt mit den Fingerspitzen meinen nackten Arm. Sie liegen nur einen Augenblick auf meiner Haut, schicken aber einen Stromstoß durch meinen ganzen Körper. Ich habe das Gefühl, ich würde Funken sprühen und knistern.

Als James sich auf den Weg zum Haus macht, bemerke ich Ewan im Augenwinkel. Er steht regungslos unter dem Pavillon und starrt mich an. Seine Miene ist kühl und abschätzend. Er wirkt missbilligend, aber der Ausdruck verfliegt so schnell, dass ich mir nicht mehr sicher bin.

Nachdem ich die Tischgestecke platziert habe, wende ich mich den Hortensiensträußen zu, die ich für die Wandnischen im Wohnzimmer gemacht habe. Zusammen bieten sie einen beeindruckenden Anblick – sie werden einen umwerfenden Kontrast zu den bräunlich-grauen Wänden bilden. Ich bin gerade dabei, die letzten Vorbereitungen zu treffen, als die Caterer anrollen und das Haus plötzlich voller Menschen und Lärm ist. Eleanor flitzt zwischen Küche und Wohnzimmer hin und her und wirkt leicht gestresst, während sie versucht, die Aktivitäten zu koordinieren. Zeit für *Darling Blossoms*, sich zu verabschieden.

Obwohl es ein ziemlicher Umweg ist, biete ich Ewan an, ihn nach Hause zu bringen. Das ist das Mindeste, was ich für ihn tun kann. Er bedankt sich, bittet mich aber, ihn am Bahnhof abzusetzen, weil er einen Freund auf der anderen Seite der Themse besuchen will. Ich könnte schwören, dass er mir vorhin gesagt hat, er habe für den Rest des Tages keine Pläne mehr, aber vielleicht habe ich mich verhört.

Nachdem ich den Van vor dem Laden abgestellt habe, steige ich in mein Auto und fahre nach Hause, um mich für die Party fertig zu machen. Mein Uber kommt in einer halben Stunde – kaum genug Zeit, um zu duschen, mein Make-up aufzufrischen und das Maxikleid anzuziehen, das ich vor drei Tagen bei ASOS gekauft habe und das meiner Figur schmeichelt.

Ich bin so in Eile, dass ich beinahe Izzys Geburtstagsgeschenk vergesse – einen Kaschmir-Pashminaschal in einem sanften Indigoton. Ich muss den Fahrer bitten zu warten, während ich zurück ins Haus laufe, um ihn zu holen. Nicht vergessen habe ich einen reichhaltigen Vorrat an Visitenkarten. Ich nehme an der Party zwar in erster Linie als Izzys Freundin teil, aber ein bisschen Eigenwerbung hat noch nie geschadet. Als ich im *Sanctuary* ankomme, sind die meisten anderen Gäste schon da. Es liegt eine spürbare Aufregung in der Luft, als wir uns im Garten verstecken, außer Sichtweite. Da ich sonst niemanden kenne, bleibe ich etwas unsicher am Rande der Gruppe. Nach ein oder zwei Minuten entdecke ich Marcus und Rafe. Soweit ich weiß, kannten sich Rafe und Izzy vor Marias Dinnerparty noch nicht. Ihre Beziehung dürfte sich sprunghaft weiterentwickelt haben, wenn Maria Eleanor überzeugt hat, ihn auf die Gästeliste zu setzen. Ich hoffe, Izzy weiß, was sie tut. Sie kann ziemlich impulsiv sein. Ich winke Marcus zu, aber er sieht mich nicht, also richte ich meinen Blick stattdessen auf die Terrassentür, um Izzy zu sehen, wenn sie auftaucht.

Dann kommt der Moment, und er ist genauso köstlich, wie ich ihn mir vorgestellt habe. Als Izzy uns entdeckt, erstarrt sie vor Schreck. Ich beobachte, wie verschiedene Ausdrücke über ihr Gesicht huschen: Verwirrung, Unglauben, Freude. Auch ich werde von einem starken Gefühl überrumpelt. Sie nach zwei Wochen Izzy-Enthaltsamkeit wiederzusehen, ist, als würde ich meine Winterkleidung ablegen und in die Sonne treten.

Erfreut über die verblüffte Reaktion des Ehrengastes, fangen alle an zu johlen und zu klatschen. Einige Gäste lösen sich aus der Gruppe und gehen hinüber, um Izzy Glück zu wünschen. Ich folge ihnen, aber es sind so viele Leute um sie herum, dass sie mich nicht sieht. Macht nichts, sage ich mir, es wird noch viele andere Gelegenheiten geben, um einen privaten Moment mit ihr zu erhaschen.

Während aus den Außen-Lautsprechern Chill-out-Musik ertönt, strömen Kellner in schicken schwarz-weißen Livreen mit Tabletts voller Getränke auf den Rasen. Ich nehme mir ein Glas Prosecco und sehe mich nach Marcus und Rafe um, aber ich kann sie nirgends entdecken. Ein Mann, der sich als Izzys Onkel entpuppt, tritt auf mich zu und stellt sich vor. Er spricht quälend langsam, als lese er von einem Skript in einer anderen Sprache ab, von dem er jede Zeile mental übersetzen muss, bevor er die Worte ausspricht. Ich hoffe, dass er einige interessante Anekdoten über Izzys Kindheit zum Besten geben kann, aber es stellt sich heraus, dass er die meiste Zeit in Südafrika gelebt hat. Es erweist sich als überraschend schwierig, mich von ihm zu lösen, ohne Anstoß zu erregen, und es dauert eine Dreiviertelstunde, bis ich es schaffe, ihn abzuschütteln.

Nachdem ich mein Getränk aufgefüllt habe, entdecke ich Maria. Sie unterhält sich mit einer großen Frau, die mir irgendwie bekannt vorkommt. Ich beobachte sie mehrere Minuten lang und versuche herauszufinden, wo ich sie schon einmal gesehen habe. Dann wird mir klar, dass sie eine der Frauen in Weihnachtspullis auf Izzys Facebook-Seite war – eine Freundin von der Uni, wenn ich mich recht erinnere.

Ich beschließe, zu ihnen zu gehen und mich vorzustellen. Maria sieht erfreut aus, mich zu sehen, aber die Freundin – die sich als Tess vorstellt – wirkt etwas irritiert über mein Auftauchen. Wir drei kommen dennoch ins Gespräch, und Maria macht mir Komplimente für den Blumenbogen, aber schon nach zehn Minuten muss ich mich entschuldigen, weil meine Blase zum Bersten voll ist.

Vor der Toilette im Erdgeschoss steht eine Schlange. Ich überlege, ob ich eine andere Toilette suchen soll, aber es erscheint mir unangemessen, die Treppe hinaufzugehen. Als ich in den Garten zurückkehre, ist Maria verschwunden, und Tess steht mit mehreren anderen Frauen da, die alle vor Lachen kreischen und sich offensichtlich furchtbar gut kennen.

Während die Luft im Laufe des Nachmittags durch die zunehmende Hitze des Tages immer stickiger wird, genieße ich einige angenehme Begegnungen mit anderen Gästen. Es ist nicht allzu schwierig, das Gespräch auf meinen Beruf zu lenken und auf meine Arbeit hinzuweisen. Danach stecke ich jedem, der auch nur im Entferntesten interessiert scheint, diskret eine Visitenkarte zu.

Ich habe es immer noch nicht geschafft, mit Izzy zu sprechen. Jedes Mal, wenn ich sie sehe, ist sie in ein Gespräch vertieft. Ich kann es kaum erwarten zu erfahren, was sie von dem Bogen hält und ob sie mein Geburtstagsgeschenk schon auspacken konnte. Am liebsten hätte ich es ihr selbst überreicht, aber als ich ankam, wies Katja mich an, es auf dem Tisch im Wohnzimmer abzulegen, zusammen mit den anderen Geschenken. Ich frage mich, ob sie immer noch sauer auf mich ist, weil ich nach Marias Dinnerparty nicht über Nacht geblieben bin. Ich hoffe nicht, denn ich wäre enttäuscht, wenn unsere Freundschaft jetzt ins Wanken geriete, nach all den Anstrengungen, die ich in sie investiert habe. Ich wäre sogar verdammt sauer.

In einem der seltenen Momente, in denen ich allein herumstehe, beobachte ich Izzy aus dem Schatten des Pavillons. Sie steht auf der anderen Seite des Gartens und unterhält sich mit einer Gruppe von Freundinnen. Ihr Gesicht und ihr Hals sind gerötet, sie wirkt erhitzt. Ich bin mir nicht sicher, ob das an der Sonne liegt oder an der Menge Alkohol, die sie konsumiert hat. Sie hatte jedenfalls jedes Mal, wenn ich sie gesehen habe, einen Drink in der Hand. Trotz der räumlichen Distanz zwischen uns sind wir immer noch miteinander verbunden. Es ist, als gäbe es einen hauchdünnen Faden zwischen ihrem Wesen und meinem, ein spinnwebenartiges Band, das ich, wenn ich wollte, Millimeter um Millimeter verkürzen könnte, bis wir Wange an Wange dastehen.

Nach etwa zwei Stunden betritt die Band die Bühne. Ich verspüre den plötzlichen Drang, meine Füße zu entlasten, und lasse mich auf einer der karierten Picknickdecken nieder, die auf dem Rasen ausgebreitet wurden. Die Band ist ziemlich gut. Sie hat ein breites Repertoire, das von Soul- und Motown-Covern bis hin zu Grunge und Hardrock reicht.

Schon bald fangen die Leute an zu tanzen. Normalerweise

tanze ich nicht in der Öffentlichkeit, aber nach viereinhalb Gläsern Prosecco fühle ich mich mutig genug. Also stehe ich nach einer Weile auf und stürze mich ins Getümmel. Als die Band einen Nickelback-Song anstimmt, den ich absolut liebe, werfe ich meine Hände in die Luft und wiege mich von einer Seite zur anderen, die Augen halb geschlossen, ganz in der Musik versunken. Das muss eine der besten Partys sein, auf denen ich je war. Ich kann mich nicht erinnern, wann ich das letzte Mal so viel Spaß hatte.

Als die Band ihren ersten Auftritt unter begeistertem Applaus beendet, kommt James auf die Bühne und kündigt an, dass das Büfett eröffnet ist. Ich habe mittlerweile ziemlich Appetit und reihe mich in die Schlange vor einem langen Tisch ein, auf dem ein üppiges Büfett aufgebaut ist. Dahinter schneidet ein Mann in weißer Kochkleidung und mit blauem Halstuch dicke Fleischscheiben von einem Spießbraten ab – es riecht göttlich.

Nachdem ich mir den Teller vollgeladen habe, mache ich mich auf den Weg zum Sitzbereich unter dem Pavillon. Die Sonne steht noch hoch am Himmel, und ich bin froh über etwas Schatten. Während ich mich nach einem Sitzplatz umschaue, sehe ich, wie ein Gast meinen Tischschmuck achtlos beiseiteschiebt, um Platz für seinen Teller zu schaffen. Entrüstet stoße ich im Vorbeigehen absichtlich mit der Hüfte gegen seine Stuhllehne, sodass er sein Getränk verschüttet.

In diesem Moment erblicke ich Izzy. Sie sitzt an einem Tisch mit Marcus, Rafe, Maria und ein paar Leuten, die ich noch nicht kenne. Ich gehe auf sie zu, bleibe aber stehen, als ich merke, dass an ihrem Tisch kein Platz mehr frei ist.

In meinem peripheren Blickfeld nehme ich wahr, wie Izzys Onkel die Hand hebt und auf den leeren Stuhl neben sich tippt. Ich tue so, als bemerkte ich es nicht, und gehe schnell zu einem

Tisch am anderen Ende des Pavillons. Dort sitzen zwei Frauen, die sich als ehemalige Kolleginnen von Izzy aus dem Maklerbüro entpuppen. Sie sind außerdem sehr unterhaltsam. Eine von ihnen erzählt eine lustige Geschichte, als Izzy sich mit dem Schlüssel in eine Wohnung einließ, wegen eines Besichtigungstermins, und dann feststellen musste, dass der männliche Mieter sich in der Küche ein Schinkensandwich machte – splitternackt.

Ich bin sicher, dass Izzy das nicht im Geringsten schockiert hat. Wahrscheinlich hat sie die Erfahrung sogar genossen. Falls ihr gefallen hätte, was sie sah, und sie zu der Zeit nicht glücklich verheiratet gewesen wäre, hätte sie den Mann sicher angebaggert.

Mit etwas Verzögerung stelle ich fest, dass ich ziemlich betrunken bin. Der Alkohol ist mir in den Kopf gestiegen, hat meine Zunge gelockert und meine Glieder geschmeidig gemacht. Ich nehme alles um mich herum überdeutlich wahr: das Geräusch eines über uns fliegenden Flugzeugs, den Duft von Lavendel, das Gras, das an meinen nackten Füßen kitzelt – ich habe meine Wedge-Heels zum Tanzen ausgezogen und muss mich unbedingt daran erinnern, wo ich sie liegen gelassen habe. Ich sollte jetzt wirklich Wasser trinken, sonst bekomme ich später einen Mordskater. Ich schaue mich nach einem der Kellner in ihren auffälligen Livreen um. Eine Kellnerin mit blondem Haar, das zu einem lockeren Pferdeschwanz gebunden ist, räumt gerade die Teller vom Nachbartisch ab, aber als ich ihr zuwinke, scheint sie mich nicht zu sehen und geht weg. *Na gut*, denke ich, während ich mein Weinglas an die Lippen hebe, dann eben Pinot.

Nach dem Essen hält Eleanor eine kurze Rede, in der sie uns allen für unser Kommen dankt und uns bittet, die Gläser zu heben, um auf ihre »wunderschöne und absolut einzigartige«

Schwester anzustoßen. Izzy scheint sehr gerührt, fast den Tränen nahe. Ich beobachte, wie sie sich von ihrem Platz erhebt und Eleanor umarmt. Die Spannung zwischen den beiden scheint verflogen – zumindest für den Moment.

15

Als die lange, behäbige, von Vogelgesang erfüllte Sommerdämmerung hereinbricht, hat sich die Gästeschar schon deutlich gelichtet. Die Feierlichkeiten sind jedoch noch lange nicht zu Ende. Die Steinmauern der alten Kirche verschwinden allmählich im Schatten, da werden Dutzende von blinkenden LED--Lichtern eingeschaltet. Sie sind um die Bäume gewickelt und hängen von den Balken des Pavillons herab, sodass der Garten wie verzaubert aussieht.

Ich habe es immer noch nicht geschafft, Izzy allein zu erwischen, aber als ich mich nach ihr umschaue, ist sie nirgends zu sehen. Sie muss wohl ins Haus gegangen sein – vielleicht auf die Toilette. Aus einem Impuls heraus beschließe ich, nach ihr zu suchen.

Das Wohnzimmer im Haus ist still und leer. Die letzten Reste der Sonne scheinen durch das ehemalige Kirchenfenster und tauchen den Raum in ein Kaleidoskop aus Rot- und Blautönen. Ich halte einen Moment inne und genieße es, den Raum für mich allein zu haben, obwohl ich weiß, dass Toby oben schläft. Ich habe gesehen, wie Eleanor ihn vor einer Weile ins Bett getragen hat, sein Kopf wackelte hin und her, schwer wie eine Rose auf ihrem Stiel.

Auf dem Weg zur Toilette im Erdgeschoss staune ich wieder einmal darüber, wie James es geschafft hat, das Erhabene dieses besonderen Gebäudes zu erhalten und gleichzeitig einen so familienfreundlichen Lebensraum zu schaffen. Er ist wirklich ein unglaublich talentierter Mann; ich hoffe, Eleanor weiß ihn ebenso sehr zu schätzen wie ich.

Als ich feststelle, dass die Toilette frei ist, gehe ich zurück in Richtung Küche. Auch sie ist leer. Ich nehme einen Becher vom Abtropfbrett, fülle ihn mit Wasser aus dem Wasserhahn und leere ihn gierig. Izzy muss also doch draußen sein. Vielleicht haben sie und Rafe sich davongeschlichen, um einen privaten Moment miteinander zu genießen. Nachdem ich einen zweiten Becher Wasser geleert habe, beschließe ich, wieder zu der Gruppe zurückzukehren. Ich will keine Zeit mehr mit der Suche nach meiner Freundin verschwenden. Soll sie doch ihren Spaß haben.

Ich habe gerade die Terrassentüren erreicht, als ich es höre. Ein lauter, unangenehmer Schlag, der von überall und nirgends zu kommen scheint. Er umhüllt mich, hallt in meinem Kopf wider und erfüllt die Luft um mich herum. Selbst die Vögel verstummen.

Sekunden später beginnt jemand zu schreien.

Ich weiß nicht, was los ist, und trete auf die Terrasse. Die erste Person, die ich sehe, ist Izzys Freundin von der Universität, Tess. Sie deutet in Richtung des Hauses, auf einen unbeleuchteten Bereich des Gartens, der nur wenige Meter von mir entfernt ist. Ich folge der Richtung ihres zitternden Fingers und sehe einen dunklen Umriss auf dem Innenhof. Als sich meine Augen an das Umgebungslicht gewöhnen, erkenne ich, dass es sich um eine Person handelt, die regungslos und mit gespreizten Gliedmaßen daliegt.

Einige Gäste bewegen sich auf sie zu, während andere, darunter ich, wie angewurzelt stehen bleiben. Auf der anderen Seite des Grundstücks springt Maria von ihrem Platz auf und rennt quer durch den ganzen Garten. Bei ihrem Anblick schrecke ich auf und laufe ebenfalls los.

Als ich am Ort des Geschehens ankomme, kniet Maria bereits neben der Person. Sie hat auf Arztmodus geschaltet und sucht nach Lebenszeichen. Sie blickt kurz auf und bittet jemanden, einen Krankenwagen zu rufen. Ich taste die Taschen meines Kleides ab, weil ich dachte, dass mein Handy in einer von ihnen sein könnte, da ich es vorhin zum Fotografieren benutzt habe, aber sie sind leer. Ich muss mein Handy auf dem Tisch liegen gelassen haben. Aber das macht nichts, Marcus wählt bereits.

»Wer ist es?«, fragt Katya.

Maria legt den Kopf des Opfers in den Nacken, fasst ihr Kinn und zieht es hinunter, um den Mund zu öffnen. »Izzy.«

Ein Schauer des Entsetzens überkommt mich. Die Wucht des Schreckens reißt etwas ans Licht, das tief in mir begraben war – ein kleiner, harter Keim der Erinnerung. Ich balle meine Fäuste in dem Bemühen, es zurückzudrängen.

Überall um mich herum stöhnen und schreien Leute. Eine Frau, von der ich ziemlich sicher bin, dass sie Izzys Mutter ist, bricht auf dem Boden zusammen.

»Ist sie ohnmächtig?«, fragt jemand.

Eine der Kellnerinnen zeigt auf den Glockenturm, der sich über Izzys zerschmetterter Gestalt erhebt. Der gläserne Dachausbau liegt im Dunkeln, aber in dem Raum im zweiten Stock direkt darunter brennt Licht, und die beiden Fensterflügel sind weit geöffnet.

»Ich glaube, sie könnte von dort gefallen sein.«

In diesem Moment taucht Eleanor aus dem Gang neben dem Haus auf, der zum Seitentor führt.

»Was ist denn hier los?«, verlangt sie zu wissen.

»Izzy hatte einen Unfall«, antwortet James. Er steht direkt neben mir, und doch habe ich seine Anwesenheit gerade erst bemerkt. Seine Wangen sind seltsam gerötet, als ob er trainiert hätte.

»Was?«, schreit sie und wirft mich fast um, als sie sich an mir vorbeidrängt. James packt sie und hält sie fest, drückt ihre Arme fest an ihre Seiten.

»Es ist alles in Ordnung«, sagt er. »Maria leistet ihr Erste Hilfe.«

Erste Hilfe?, denke ich. Es ist doch wohl jedem hier klar, dass die längst zu spät kommt.

Wie zum Beweis beginnt Maria mit der Herz-Lungen-Wiederbelebung und drückt mit kräftigen Bewegungen auf Izzys Brustkorb. Der Riss in meinem Herzen vertieft sich und reißt zu einer blutigen Kluft auf. Das Gefühl ist so lebendig, dass ich wirklich überrascht bin, als ich an mir herunterschaue und sehe, dass nur meine Strickjacke mit den Perlmuttknöpfen meine Brust bedeckt.

Ich werfe einen verstohlenen Blick auf Izzys Mutter. Sie hat sich noch nicht vom Boden erhoben und wird von zwei anderen Frauen getröstet.

»Kennt sich noch jemand mit Reanimation aus?« Maria ist bereits atemlos von ihren Bemühungen. »Je nachdem, wie lange die Sanitäter bis zu ihrem Eintreffen noch benötigen, muss vielleicht jemand anders hier übernehmen.«

Daraufhin schreit Eleanor, die immer noch in James' Armen liegt, laut auf.

Ich hebe langsam die Hand. Vor ein paar Jahren hatte ein Mann in meinem Fitnessstudio einen Herzinfarkt, während er trainierte, und wäre fast gestorben. Danach veranstaltete das Fitnessstudio eine Reihe von kostenlosen Erste-Hilfe-Kursen. Ich meldete mich für einen dieser Kurse an, weil ich dachte, dass es eine gute Möglichkeit wäre, Leute kennenzulernen. Ich hätte nie erwartet, die erlernten Fähigkeiten tatsächlich anwenden zu müssen, und wenn ich es mir recht überlege, bin ich mir nicht sicher, ob ich mich überhaupt noch an alles erinnern kann. Meine Hand geht bis auf Schulterhöhe, als Izzys Onkel das Wort ergreift.

»Ja, ich. Ich war früher Ehrenamtlicher bei der St. John's Ambulance.«

Mein Arm sinkt rasch zurück an meine Seite.

»Gut, kommen Sie und stellen Sie sich neben mich«, sagt Maria. »Sie müssen bereit sein zu übernehmen.« Sie blickt zu Marcus, der immer noch mit der Notrufzentrale telefoniert. »Frag sie, wo der nächste Defibrillator ist.«

»An der Stadtbibliothek hängt einer«, sagt ein älterer Mann. Ich erkenne in ihm einen Nachbarn der Elliotts. »Ich würde ihn ja holen, aber ich kann nicht mehr fahren – ich habe zu viel getrunken.«

Rafe tritt vor. »Ich bin stocknüchtern. Ich fahre, wenn Sie mir den Weg zeigen.«

»So schnell ihr könnt«, drängt Maria. »Die Notrufzentrale gibt euch den Zugangscode.«

Rafe nickt, sein Gesicht ist so angespannt, dass die Adern auf seiner Stirn hervortreten, als wollten sie platzen.

Danach geht alles sehr schnell. Die Ambulanz trifft innerhalb weniger Minuten ein, noch bevor die anderen mit dem Defibrillator zurückkommen. Als Maria an die Sanitäter übergibt, bittet James uns alle mit einer durch die Situation schrecklichen Höflichkeit zu gehen. Obwohl ich nichts tun kann, um zu helfen, zögere ich, weil ich unbedingt wissen will, wie die Sache ausgeht.

Während die anderen Gäste sich auf den Weg zu den Flügeltüren machen, gehe ich in die entgegengesetzte Richtung, zum Pavillon, um mein Handy zu holen. Als ich zurück zum Haus komme, bleibe ich stehen und beobachte mit einer morbiden Faszination, wie die Sanitäter beginnen, die Klebepads ihres eigenen Defibrillators auf Izzys Brust zu befestigen. Als Eleanor mich sieht, wirft sie mir einen bösen Blick zu und macht eine scheuchende Bewegung mit den Händen. Es ist klar, dass meine Anwesenheit nicht erwünscht ist.

Vor dem Haus rufe ich einen Uber und gehe zur Hauptstraße, um auf ihn zu warten. Ich stehe immer noch da, als der Krankenwagen mit Blaulicht und Sirenengeheul vorbeirast. Während ich ihm nachsehe, spüre ich, wie sich die zerbrechliche und kostbare Realität, in der ich lebe, seit ich Izzy kennengelernt habe, aufzulösen beginnt.

Dann kommen die Tränen. Ich kann sie nicht aufhalten. Sie sprudeln über meine Wangen, ich schluchze, laut und krampfhaft, mein ganzer Körper bebt unter der Wucht der Tränen, und ich presse mir den Handrücken auf den Mund, um die schreckliche Flut meiner Gefühle zurückzuhalten.

Jetzt

16

»Sie haben eine wunderschöne Wohnung, das Licht ist fantastisch.«

Ich stelle zwei Tassen Tee auf den niedrigen Couchtisch zwischen uns. Sie hat recht, mein Zuhause ist wunderschön. Früher habe ich es geliebt, nach einem langen Arbeitstag wieder hierherzukommen, aber jetzt fühlt es sich anders an. All die wunderbare positive Energie ist verschwunden, wurde durch eine unbehagliche Stille ersetzt. Ich ertappe mich dabei, dass ich leise über die abgewetzten Kiefernholzdielen laufe, als ob ich niemanden unter mir stören möchte, obwohl ich weiß, dass dort niemand ist. Aber wie könnte ich das meinem Besuch erklären?

Ich setze ein Lächeln auf, als wäre sie eine alte Freundin, die ich seit Ewigkeiten nicht mehr gesehen habe, und versuche, die Lage tapfer zu meistern. »Danke. Dieses Zimmer ist nach Süden ausgerichtet, es bekommt viel natürliches Licht. Auf das und auf die Größe der Küche war mein Hauptaugenmerk gerichtet, als ich mich nach einem Haus zum Kaufen umsah. Allerdings musste ich vor meinem Einzug die ganze Einrichtung herausreißen. Der Vorbesitzer war ein älterer Herr und ich könnte schwören, dass einige der Geräte sogar noch älter waren als er.«

Darüber muss sie etwas lachen. »Wie lange leben Sie schon hier?«

»Etwa sieben Monate. Ich bin hergezogen, nachdem mein

Mann gestorben war. Ich brauchte irgendwie einen Tapetenwechsel.«

»Zu viele Erinnerungen?«, fragt sie sanft.

Ich nicke leicht. »So in diese Richtung, ja.«

Sie streicht ihren Rock auf dem Schoß glatt. Sie ist sehr feminin: redet leise, hat schulterlanges Haar und zartrosa lackierte Fingernägel. Sie entspricht ganz und gar nicht dem, was ich erwartet habe.

»Hat Amy Mackenzie bereits in der Erdgeschosswohnung gewohnt, als Sie eingezogen sind?« Offenbar möchte sie jetzt zur Sache kommen.

»Das hat sie, ja. Ich erinnere mich, dass ich mich gefreut habe, als der Makler mir sagte, dass unten noch eine alleinstehende Frau wohnt. In meiner vorherigen Wohnung hatte ich mich mit den Nachbarn sehr gut verstanden, und ich hoffte, dass wir beide Freundinnen werden könnten.«

»Und, waren sie es?«

Ich erinnere mich an die beiden einzigen Gelegenheiten, bei denen Amy und ich uns offiziell begegnet sind. Ein paar Tage nach meinem Einzug klopfte ich an ihre Tür und lud sie auf einen Kaffee zu mir ein. Die Unterhaltung war angespannt, selbst für Leute, die sich gerade erst kennengelernt hatten. Irgendetwas stimmte nicht mit ihr, aber was, konnte ich nicht genau benennen. Dann, ein oder zwei Monate später, als das Wetter wärmer war, fragte sie mich, ob ich mit ihr im Garten etwas trinken wolle. Ich dachte, es sei nur fair, ihr noch eine Chance zu geben, aber am Ende wünschte ich, ich hätte es nicht getan. Ich trank ein Glas Wein und ging dann, sobald ich es für höflich hielt, zurück in meine Wohnung. Sie lud mich noch zwei- oder dreimal ein und schlug bei einer anderen Gelegenheit einen Kinobesuch vor. Wie auch immer, ich hatte immer eine Ausrede parat, und schließlich hörte sie auf zu fragen.

Detective Inspector Kilner sieht mich erwartungsvoll an, und ich trinke einen Schluck Tee, um mir eine Antwort zurechtzulegen. Natürlich bin ich nicht die Beschuldigte – aber trotzdem möchte ich mich nicht in einem unvorteilhaften Licht darstellen.

»Wir hatten ein freundschaftliches Verhältnis, aber ich würde uns nicht als Freundinnen bezeichnen. Ich habe es mit ihr versucht, als ich frisch eingezogen bin, aber es hat nicht wirklich funktioniert.«

»Nein? Warum war das Ihrer Meinung nach so?«

»Wir passten einfach nicht zusammen. Ich weiß nicht … vielleicht war es der Altersunterschied, obwohl nur zwölf Jahre zwischen uns liegen. Ich fand sie ziemlich unzugänglich, um ehrlich zu sein.«

»Inwiefern?«, beharrt sie.

Ich streiche mir über die Stirn. »Amy war sehr zurückhaltend und sprach nicht gerne über sich selbst. Es war in Ordnung, wenn man sie nach etwas Beruflichem fragte – ich konnte sehen, dass sie Floristik mit großer Leidenschaft betrieb –, aber jedes Mal, wenn ich ihr eine persönliche Frage stellte, selbst eine ganz harmlose, gingen die Rollläden bei ihr herunter. Anfangs dachte ich, es sei Schüchternheit, aber eigentlich glaube ich das nicht. Denn in anderer Hinsicht war sie sehr selbstbewusst – manchmal sogar aggressiv.«

Sie nimmt ihre Teetasse und trinkt einen kleinen Schluck. »Fällt Ihnen ein Beispiel ein?«

»Eine Sekunde, ja?« Dieses Gespräch ist schwieriger, als ich dachte. Es ist wie eine mündliche Französischprüfung, bei der mir der Lehrer mit Nachdruck zu verstehen gibt, dass ich mich bei meinen Antworten mehr anstrengen muss, wenn ich bestehen will. Zum Glück dauert es nicht lange, bis mir ein passender Vorfall einfällt.

»Sie hat einmal eine Kurierfahrerin zur Rede gestellt, als sie sie dabei erwischte, wie sie ein Paket über den Zaun warf, statt zur Tür zu kommen und zu klingeln. Ich saugte gerade zufällig unseren gemeinsamen Flur und wurde Zeuge der ganzen Sache. Amy war außer sich – sie wollte den Namen der jungen Frau wissen und sagte, sie würde sie anzeigen. Ich konnte sehen, wie erschrocken die Kurierfahrerin war. Sie war kaum aus dem Teenageralter heraus. Sie entschuldigte sich übermäßig, aber das schien Amy nicht zu besänftigen. Sie schimpfte immer noch, als das Mädchen wieder in den Wagen stieg. Als Amy ins Haus kam, fragte ich sie, was in dem Päckchen sei. Ich dachte, es müsse etwas sehr Wertvolles sein – oder zumindest etwas Zerbrechliches.« Ich schüttle den Kopf. »Es war nur ein Set Geschirrtücher, können Sie sich das vorstellen?«

DI Kilner sieht enttäuscht aus. Sie hat wohl etwas Dramatischeres erwartet. »Fällt Ihnen sonst noch etwas ein?«, fragt sie hoffnungsvoll.

In meinem Gedächtnis taucht noch eine andere Erinnerung auf, die von Bedeutung sein könnte. »Ich hatte eine sehr merkwürdige Begegnung mit ihr am Abend des Bank Holiday im August – obwohl sie bei dieser Gelegenheit weniger aggressiv als eher hysterisch war.«

»Erzählen Sie mir davon«, fordert sie mich aufmunternd auf.

»Ich verbrachte den Tag mit meiner Schwester und ihrer Familie an der Küste, und als ich gegen halb acht zurückkam, bemerkte ich, dass in Amys Wohnung kein Licht brannte. Ich nahm natürlich an, dass sie nicht zu Hause war. Ich hatte sie vorher in unserem Gemeinschaftsflur getroffen, als wir beide das Haus verließen. Ich fand, dass sie ganz anders aussah als sonst.«

»Inwiefern?«

»Sehr lebhaft, fast hyperaktiv. Wenn ich sie sonst sah, war sie ziemlich …« Ich denke einen Moment lang nach, um Amy gegenüber fair zu sein. »Nicht gerade mürrisch, nur ein bisschen matt.«

»Haben Sie mit ihr gesprochen?«

»Nur ein paar Worte. Sie erzählte mir, dass sie zur Geburtstagsfeier für eine sehr gute Freundin ginge. Ich fragte sie, ob es sich um eine Frühstücksparty handele – ich meinte das scherzhaft, weil es noch so früh am Morgen war. Sie lachte und erklärte mir, dass die Party erst viel später begänne, sie aber die Blumen für die Feier ausrichte und früh dort sein müsse, weil sie eine Weile brauchen würde, um sie zu arrangieren.«

»Hat sie noch etwas über die Party gesagt?«

»Ich glaube nicht. Sie ist in ihr Auto gestiegen und weggefahren.«

Sie nickt langsam und nimmt diese Information auf. »Und was geschah, nachdem Sie nach Hause kamen?«

»Ich weiß nicht genau, wann Amy zurückkam, denn die Schallisolierung zwischen unseren Wohnungen ist ziemlich gut – und außerdem hatte ich den Fernseher an –, aber ich muss schon ein paar Stunden zu Hause gewesen sein, als ich dieses schreckliche Geräusch aus dem hinteren Teil des Gebäudes hörte.« Ich ziehe die Strickjacke über meiner Brust zusammen, weil ich das plötzliche Bedürfnis nach Wärme verspüre.

»Zuerst dachte ich, es wären Füchse. Wir hatten in der Vergangenheit schon Probleme mit ihnen, weil sie in den Mülltonnen wühlten und schreckliches Chaos anrichteten. Ich ging also in mein Schlafzimmer, denn das Fenster geht auf den Garten und die Seite des Hauses hinaus, wo die Mülltonnen stehen. Da habe ich sie gesehen.«

»Amy?«

»Ja. Es wurde langsam dunkel, aber das Licht draußen war angegangen – es hat einen Bewegungssensor –, sodass ich Amy ganz deutlich erkennen konnte. Sie befand sich in der Mitte des Rasens, kniend in einer Art Gebetshaltung, wobei ihr Kopf den Boden berührte. Natürlich hat sie das Recht, in ihrem eigenen Garten zu tun, was sie will, aber es kam mir doch etwas merkwürdig vor. Ich fragte mich, ob es sich vielleicht um eine Art Yoga-Übung handelte, obwohl ich sie so etwas noch nie hatte machen sehen. Gerade als ich die Vorhänge zuziehen wollte, hob Amy plötzlich den Kopf und gab diesen schrecklichen Laut von sich – den gleichen, den ich kurz zuvor gehört hatte. Es war wirklich erschreckend – ich wusste nicht, dass ein Mensch ein solches Geräusch machen kann. Sie machte unaufhörlich weiter. Einige andere Nachbarn müssen es auch gehört haben, denn es war laut genug, um die Toten zum Leben zu erwecken.« Ich erschaudere ein wenig, um zu zeigen, wie ich mich gefühlt habe.

»Waren Sie zu diesem Zeitpunkt besorgt um Amy?«

»Sehr besorgt – so sehr, dass ich wusste, dass ich mich nicht entspannen konnte, bevor ich nicht nachgesehen hatte, ob es ihr gut geht.« Ich werfe einen Blick auf meinen Schoß. Es ist eine kleine Lüge, und im Großen und Ganzen ist sie kaum von Bedeutung. Die Wahrheit ist, dass ich ernsthaft in Erwägung zog, Amy mit ihrer persönlichen Krise allein zu lassen und zu meinem Fernsehprogramm zurückzukehren. Ich bin sogar zurück ins Wohnzimmer gegangen, um genau das zu tun. Erst als ich mich hingesetzt und ein paar Minuten ferngesehen hatte, besann ich mich eines Besseren. Ich halte mich für eine Christin, und in diesem Moment wurde mir klar, dass es nicht gerade christlich ist, jemanden in seiner Stunde der Not zu ignorieren.

»Ich dachte daran, mein Schlafzimmerfenster zu öffnen und nach ihr zu rufen«, fahre ich fort. »Aber sie wirkte so verzweifelt, dass ich dachte, es wäre besser, wenn ich in den Garten gehe. Ich wusste, dass sie das Seitentor nie abschloss, was ich aus Sicherheitsgründen immer für einen Fehler hielt. Als ich im Garten ankam, hatte Amy mit dem furchtbaren Wimmern aufgehört und lag in Fötusstellung auf der Seite.«

»Wie hat sie reagiert, als sie Sie gesehen hat?«

»Sie hat mich nicht gesehen. Anfangs. Ich nannte ihren Namen und fragte sie, ob alles in Ordnung sei, aber sie antwortete nicht, sondern starrte nur ausdruckslos vor sich hin.«

»Was haben Sie dann getan?«

»Ich beugte mich hinunter, berührte sie an der Schulter und sagte: ›Komm, Amy, ich bringe dich ins Haus‹, oder so ähnlich. Draußen war es kühl. Ich spürte die Kälte durch mein Fleece-Oberteil und meine Hose, und sie trug nur ein dünnes Sommerkleid und eine kurzärmelige Strickjacke.«

»Hat sie dann reagiert?«

»Allerdings. Sie zeigte mir die Zähne, fletschte sie wie ein Tier und sagte – und ich zitiere sie wörtlich –: ›Ich brauche deine Hilfe nicht, also verpiss dich, du aufdringliche alte Kuh.‹« Meine Zehen verkrampfen sich, als ich mich an ihren schneidenden Ton erinnere, an ihre scharfen Worte, die sich wie giftige Pfeile unter meine Haut bohrten. »Ich hatte nicht vor, dort zu bleiben, wo ich nicht erwünscht war, also folgte ich ihrer Aufforderung und ging zurück in meine Wohnung.«

»Haben Sie sie an diesem Abend wiedergesehen?«

»Nein. Ich habe einen Blick in den Garten geworfen, als ich ins Bett ging, so gegen zehn Uhr, aber sie war nicht zu sehen. Danach beschloss ich, einen großen Bogen um sie zu machen, da sie offensichtlich etwas instabil war. Aber dann, zwei oder drei Tage später, öffnete ich meine Haustür und fand einen Blumenstrauß auf der Fußmatte liegen. Ich wusste natürlich sofort, von wem die Blumen kamen.«

Mein Mund wird weicher, während ich spreche. Es war ein ziemlich kleiner Strauß, aber wunderschön, einer der schönsten, die ich je bekommen habe und mit Blumen, die ich noch nie zuvor gesehen hatte. Ihr Duft war einfach himmlisch.

»Da war auch noch eine Karte.« Ich beuge mich vor und ziehe eine Schublade des Couchtisches auf. Es dauert nur ein paar Sekunden, bis ich fündig werde.

»Das ist sie.« Ich halte sie hoch, damit sie das Wort *Sorry* sehen kann, das in rosa Druckbuchstaben auf der Vorderseite steht.

»Hat sie etwas auf die Karte geschrieben?«

Ich klappe die Karte auf und lese den Text laut vor. »*Ich bitte um Verzeihung für mein unhöfliches Verhalten neulich Nacht. Ich hatte gerade ein sehr traumatisches Erlebnis hinter mir und war nicht ganz bei Sinnen.* Sie hat sich nicht die Mühe gemacht zu unterschreiben.«

»Wie haben Sie sich gefühlt, als Sie das gelesen haben?«

Ich verkneife es mir gerade noch, die Augen zu verdrehen. Erst nimmt sie mich in die Mangel, und jetzt bin ich in Therapie?

»Ich war dankbar für die Entschuldigung. Das bedeutete, dass ich ihr nicht mehr aus dem Weg gehen musste, aus Angst vor einer weiteren Konfrontation.«

»Haben Sie und Amy beim nächsten Treffen über den Vorfall gesprochen?«

»Ich habe mich für die Blumen bedankt, und dann haben wir über die Schimmelflecken über der Sockelleiste im Gemeinschaftsflur gesprochen. Danach war unsere Beziehung wieder so, wie sie vorher war: freundlich, aber nicht eng.«

»Sie haben sie also nie nach dem traumatischen Erlebnis gefragt, das Amy auf der Karte erwähnte?«

»Ich dachte, es ginge mich nichts an.«

»Sie müssen doch neugierig gewesen sein.« Ihre Augen sind kühl und gelassen, strahlen die bemühte Ausdruckslosigkeit eines Pokerspielers aus.

»Das war ich wohl auch, aber ich dachte, wenn sie mit mir darüber hätte reden wollen, hätte sie das vermutlich getan.«

DI Kilner streicht ihr Haar hinter die Ohren. »Okay, Janet, gehen wir drei Tage zurück, zum 22. September.«

Ein Gefühl von Kälte breitet sich in meiner Brust aus, obwohl ich wusste, dass dies kommen würde. Naiverweise hatte ich gedacht, ich würde es genießen – meine Erinnerungen mitzuteilen, einen nützlichen Beitrag zu den Ermittlungen zu leisten, die Schuldigen zur Rechenschaft zu ziehen. Aber jetzt, wo der Moment gekommen ist, möchte ich es nur noch so schnell wie möglich hinter mich bringen.

»Zweifellos wissen Sie bereits, was an diesem Tag geschehen ist.«

Sicher. Ich habe die Fernsehberichte gesehen, die True-Crime-Chatrooms besucht, das Internet nach den blutigen Details durchforstet – und mich danach dafür gehasst. Journalisten haben mir Anfragen für Interviews durch den Briefschlitz geschoben, und mir haben Reporter vor meinem Haus aufgelauert. Bis heute habe ich mich nicht öffentlich zu diesem Thema geäußert. Ich bin nicht an meinen »fünfzehn Sekunden Ruhm« interessiert.

»Vieles von dem, was in den Medien gesagt wird, ist reine Spekulation«, fährt die DI fort. »Ich wäre Ihnen also dankbar, wenn Sie all das beiseitelassen und sich nur auf das konzentrieren könnten, was Sie selbst gesehen oder gehört haben.«

»Verstanden.«

»Haben Sie Amy in den Tagen vor dem 22. September öfter gesehen? Ich versuche nur, ein Gefühl für ihren Geisteszustand in dieser Zeit zu bekommen.«

»Ich hatte sie ein paar Tage zuvor, am Dienstag, gesehen. Ich hatte gerade eine Lebensmittellieferung erhalten und den Fahrer gebeten, die Tragetaschen im Flur abzustellen. Ich war schon einmal nach oben gegangen und wollte den Rest meiner Einkäufe holen, als ich Amy aus ihrer Wohnung kommen sah. Ihr Haar war ganz durcheinander und ihre Haut irgendwie fleckig. Sie sah so schrecklich aus, dass ich dachte, sie hätte sich vielleicht etwas eingefangen.«

»Haben Sie mit ihr gesprochen?«

»Ich habe sie gegrüßt und gefragt, wo sie hinwollte. Sie sagte, sie wolle spazieren gehen, denn wenn sie noch einen Moment länger in ihrer Wohnung bliebe, würde sie noch jemanden umbringen.«

DI Kilner lehnt sich auf dem Sofa zurück. »Das waren ihre genauen Worte?«

»Ja. Ich habe allerdings nicht angenommen, dass sie das wirklich meinte. Ich nahm an, dass es eine dieser übertrieben dramatischen Formulierungen war, die Millennials so gerne verwenden.«

In meiner Erinnerung sehe ich Amys angespannten Gesichtsausdruck und ihre Augen mit den schweren Lidern, die wie wild blinzelten. Hätte ich mehr Feingefühl gezeigt, sie gefragt, ob alles in Ordnung war, ihr angeboten, sie auf ihrem Spaziergang zu begleiten, hätte ich das vielleicht verhindern können.

»Ich habe sie erst am Morgen des 22. September wiedergesehen«, fahre ich fort. »Ich war gerade draußen, um den Müll wegzubringen, als sie aus dem Haus gerannt kam. Sie hetzte an mir vorbei, ohne ein Wort zu sagen, und sprang in ihr Auto. Ihr Gesicht war gerötet und sie schien ziemlich aufgeregt zu sein.«

»Haben Sie bemerkt, ob sie etwas bei sich hatte?«

Ich atme leise aus. Ich glaube, ich weiß, was DI Kilner meint. Eine Waffe. Hatte Amy eine Waffe bei sich?

»Ich glaube, nur ihr Handy. Allerdings hatte sie eine Jacke an, und es ist möglich, dass etwas in ihrer Tasche steckte. Sie raste davon. Das war das letzte Mal, dass ich sie gesehen habe.« Ich zupfe an einem losen Faden an der Armlehne meines Stuhls. »Wäre es in Ordnung, wenn ich Ihnen eine Frage stelle, DI Kilner? Es gibt da etwas, das ich wirklich gerne wissen würde.«

»Fragen Sie. Allerdings kann ich sie Ihnen möglicherweise nicht beantworten. Sie werden sicher verstehen, dass es sich um eine laufende Untersuchung handelt, und da gibt es einige Dinge, die ich nicht preisgeben darf.«

»Natürlich.« Ich mache mich auf das Schlimmste gefasst, bevor ich die Frage ausspreche.

»Amy … lebt sie noch?«

Zwei Wochen zuvor

17

Zehn Tage sind seit Izzys Geburtstagsparty vergangen, und ich versuche immer noch zu begreifen, was da passiert ist. Eben noch hatte ich die beste Zeit meines Lebens, im nächsten Moment geriet meine ganze Welt aus den Fugen. Es gab keine Vorwarnung, keine Warnzeichen, keine Zeit, mich zu wappnen oder die Augen zuzuhalten.

Als ich zu Hause ankam, war ich vollkommen fertig – und stand nicht nur unter Schock, sondern ich fühlte etwas, das heißer brannte. Es war ein schmutziges Gefühl von Scham und Schuld.

Nachdem ich aus dem Uber ausgestiegen war, ging ich nicht direkt in meine Wohnung. Wozu auch? Es war ja niemand da, der mich hätte trösten können. Ich ging in den Garten, zu den Pflanzen, die ich so liebevoll gehegt und gepflegt habe, dass sie sich fast wie Freunde anfühlen. Ich fühlte mich zerrissen, wie ein Kleidungsstück, dessen Einzelteile umherflatterten, und ich musste die Kanten wieder zusammenfügen, alle Nähte vernähen.

Ich kniete mich auf den Rasen und drückte meine Stirn in einem vergeblichen Gebet auf den Boden. Ich wollte, dass mein Körper die Erde absorbierte und mich durch sie ersetzte, Molekül für Molekül. Falls ich nicht ersetzt werden konnte, wollte ich mich auflösen und vom nächsten Regenschauer weggespült werden.

Natürlich geschah nichts von alledem. Stattdessen kam Janet von oben heraus und fragte mich, was zum Teufel ich da machte. Die Frage war nicht ganz unberechtigt, nur drückte sie sich etwas freundlicher aus. Da sie mich überrumpelte, geriet sie ins Kreuzfeuer meiner Gefühle. Ich habe mich zwar ein paar Tage später mit ein paar Blumen entschuldigt, aber ich würde stark vermuten, dass sie mir von nun an aus dem Weg gehen wird.

Es war schon fast Mitternacht, als ich endlich in die Wohnung ging. Ich duschte heiß und ging ins Bett. Es dauerte ewig, bis ich einschlief, und als ich es dann endlich tat, geriet ich in einen anstrengenden Traum, in dem ich in einer endlosen, unlogischen Reihe von Aufgaben gefangen war. In einer hatte ich mich in einem Labyrinth verirrt, in dem alle Wände aus Stahl waren. Jedes Mal, wenn ich glaubte, einen Ausweg gefunden zu haben, fuhr ein Fensterladen herunter und schnitt mir den Fluchtweg ab. Ich glaube, mein Unterbewusstsein versuchte, mir etwas zu sagen, aber ich hatte nicht die geistigen Kapazitäten, herauszufinden, worum es sich handelte.

Als ich am nächsten Morgen aufwachte, schickte ich Maria als Erstes eine SMS: *Gibt es etwas Neues von Izzy?*

Ich war nicht dumm, ich wusste, dass es auf Messers Schneide stand – ich hatte ihren zertrümmerten Schädel und die Blutlache um ihren Kopf herum gesehen –, aber in mir schwelte immer noch ein Fünkchen Hoffnung.

Das erlosch, als die knappe Antwort von Maria kam. *Tut mir leid, Amy, leider hat sie es nicht geschafft.*

Auch wenn es grausam klingen mag, vielleicht war es so am besten. Wie Maria mir später erklärte, wäre Izzy, selbst wenn sie überlebt hätte, schwer hirngeschädigt gewesen und hätte nicht mehr kommunizieren können. Was für ein Leben wäre das für jemanden wie Izzy gewesen – jemand, der so lebhaft und energiegeladen war?

Maria und ich sind in Kontakt geblieben, und ich bin ihr

dankbar, dass sie mich auf dem Laufenden gehalten hat. Sie war es, die mir sagte, dass die Polizei jeden befragt, der in dieser Nacht im Haus gewesen war. Ich war froh, dass sie mich vorwarnte, und als ein netter junger Police Constable zu mir kam, hatte ich meine Geschichte schon gut einstudiert.

»Haben Sie kurz vor ihrem Tod irgendwelche Veränderungen an Izzy bemerkt?«, wollte er wissen.

»Ich hatte sie schon seit ein paar Wochen nicht mehr gesehen«, antwortete ich. »Seit der Dinnerparty einer Freundin nicht mehr.«

»Wie hat sie auf Sie gewirkt?«, bohrte er weiter.

»Wie immer. Lustig, lebhaft, gesellig.«

»Sie war also nicht niedergeschlagen oder seltsam?«

Natürlich wusste ich ganz genau, worauf er hinauswollte. »Kein bisschen. Sie hat sich etwas über ihren Ex-Mann ausgelassen – anscheinend hat er sich geweigert, ihr ein paar Kunstwerke auszuhändigen, von denen sie sagte, sie gehörten ihr. Aber ich würde sie nie als selbstmordgefährdet oder auch nur leicht depressiv bezeichnen.«

Ich hielt es für klug, eine kleine Einschränkung anzubringen. »Aber ehrlich gesagt, kannte ich Izzy noch nicht sehr lange. Ich bin nicht so naiv zu glauben, dass ich in alle ihre innersten Gedanken eingeweiht war, und es ist durchaus möglich, dass sie mir gewisse Dinge absichtlich vorenthalten hat.«

»Fällt Ihnen ein Grund ein, warum sie in den Glockenturm gegangen sein könnte?«, fragte er mich wenig später.

Seine Worte machten mich hellhörig. »Es ist also wahr«, sagte ich. »Sie ist wirklich aus dem Fenster gefallen?«

Er nickte bestätigend.

»Aber wie können Sie sich dessen so sicher sein?« Ich musste wissen, ob es sich um ein Wahrscheinlichkeits-Szenario handelte oder ob sie handfeste Beweise hatten.

»Die Forensik lügt nicht«, erwiderte er nur.

Er hatte noch ein paar Fragen zum Tag der Party, aber ich konnte nicht viel dazu sagen, außer dass Izzy an diesem Abend eine beträchtliche Menge Alkohol getrunken hatte und das letzte Mal, als ich mich daran erinnerte, sie gesehen zu haben, merklich unsicher auf den Beinen gewesen war.

Ich stellte dem Beamten ein paar vorsichtig formulierte Fragen in der Hoffnung, einen Hinweis auf den Fortgang der Ermittlungen zu erhalten. Ärgerlicherweise hat er keine Informationen preisgegeben. Genauso wenig wie die Elliotts.

Sobald ich von Izzys Tod erfuhr, schickte ich James und Eleanor eine Beileidskarte und einen wunderschönen Blumenstrauß in gedeckten Farben. Als das keinerlei Reaktion hervorrief – nicht einmal ein einfaches Dankeschön –, schickte ich Eleanor eine SMS und fragte, ob ich irgendetwas tun könne, um zu helfen. Sie antwortete nicht, was wohl verständlich ist. Die arme Frau muss völlig fertig sein.

Ich hatte gehofft, mit James persönlich sprechen zu können, als ich meine regelmäßige Blumenlieferung in sein Büro brachte, aber von ihm war nichts zu sehen. Die Empfangsdame teilte mir mit, dass er Urlaub genommen und noch keinen Termin für seine Rückkehr genannt habe.

Ich hatte ebenfalls darüber nachgedacht, mir ein paar Tage freizunehmen, aber ich hatte Sorge, dass Claire und Ewan es nicht allein schaffen würden. Ich habe ihnen erzählt, was passiert war, und sie waren beide sehr freundlich und verständnisvoll. Vor allem Claire hat sich wirklich ins Zeug gelegt und angeboten, sogar an ihrem freien Tag zu kommen. Sie sagte mir, sie wäre für mich da, falls ich mit jemandem reden wolle. Ich bezweifle allerdings, dass ich ihr Angebot annehmen werde. Izzys Tod ist eine zutiefst persönliche Angelegenheit, und ich möchte nicht mit jemandem darüber sprechen, der sie gar nicht kannte. Aber es war dennoch nett von Claire, ihre Hilfe anzubieten.

Ich bin dankbar, dass heute im Geschäft so viel los war, dass ich gar keine Zeit hatte, an Izzy zu denken. Zuerst musste ich eine Eilbestellung von Tischblumen für ein Restaurant zusammenstellen, das von seinem Stammlieferanten im Stich gelassen worden war. Dann ging Claire früher nach Hause, weil sie sich nicht wohlfühlte, was bedeutete, dass ich den Papierkram, den ich im Atelier nacharbeiten wollte, liegen lassen und stattdessen im Laden arbeiten musste. Normalerweise macht es mir Spaß, Kunden bei der Blumenauswahl zu helfen, aber heute war ich angespannt und meine Energiereserven waren erschöpft. Ich hoffe, ich habe mir nicht dasselbe eingefangen, was Claire hat.

Am Ende eines gefühlt sehr langen Tages schließe ich gerade ab, als mein Telefon klingelt. Ich krame es aus meiner Schürzentasche. Es ist eine SMS von Maria. Sie fragt, ob ich heute Abend Zeit für einen Drink habe. Ich würde mich gerne mit ihr treffen, aber ich bin total kaputt. Als ich frage, ob wir uns lieber ein anderes Mal treffen können, kommt ihre prompte Antwort. *Bitte, Amy, es ist wichtig.* Da ich glaube, es habe in Izzys Fall eine neue Entwicklung gegeben, willige ich ein, sie in einer Stunde in einer Weinbar in Blackheath Village zu treffen, nicht weit von ihrer Praxis entfernt.

Als ich dort ankomme, sitzt sie schon an einem Tisch in der Ecke. Ein Glas Rotwein steht halb ausgetrunken auf dem Tisch vor ihr. Sie steht auf, um mich zu begrüßen, aber ihre Umarmung ist steif und hart.

Ich setze mich und frage sie, wie es ihr geht.

»Ich komme zurecht – gerade so«, sagt sie und ihr Kinn zittert leicht. »Die meiste Zeit fühle ich mich, als wäre ich ferngesteuert.«

»Geht mir genauso«, antworte ich. »Es kommt mir immer noch nicht real vor. Ich schaue ständig auf mein Handy und erwarte, einen verpassten Anruf von Izzy zu sehen. Das Schlimmste ist, nicht zu wissen, was passiert ist – wie sie aus dem Fenster fallen konnte …« Ich unterbreche mich und bestelle bei einer vorbeigehenden Kellnerin ein Glas Mineralwasser. »Ich wünschte, ich hätte hilfreicher sein können, als die Polizei bei mir war. Ich habe mir das Hirn zermartert, um mich an irgendetwas zu erinnern, das auch nur im Entferntesten relevant gewesen sein könnte, aber ich konnte ihnen einfach nicht viel sagen.«

»Du hast also nichts gesehen, als du im Haus warst?«

In meinem Kopf wird plötzlich alles ganz still und ruhig. »Was meinst du damit?«

»Marcus sagte, er habe dich aus dem Haus kommen sehen, gleich nachdem Izzy gestürzt ist.«

»Das kann nicht sein. Ich meine, ich war tatsächlich kurz vorher im Haus, um mir ein Glas Wasser zu holen – aber als sie fiel, stand ich draußen. Ich erinnere mich an das schreckliche Geräusch, als ihr Körper auf der Terrasse landete.«

Noch während die Worte meine Lippen verlassen, zweifle ich bereits an ihnen. In Wahrheit sind die Minuten vor Izzys Tod etwas nebulös in meiner Erinnerung – eine Kombination aus posttraumatischem Stress und der Tatsache, dass ich selbst viel getrunken hatte.

»Kann schon sein.« Maria klingt etwas ungeduldig. »Der Punkt ist, dass du Izzy gesehen haben könntest, während du im Haus warst.«

»Nein. Vermutlich war sie zu diesem Zeitpunkt bereits im Glockenturm.«

Maria wirft mir einen strengen Blick zu, den sie wahrscheinlich für Patienten reserviert, die ihre Medikamente nicht genommen haben. »Hast du vielleicht jemand anderen gesehen?«

»Nein.« Ich schweige und versuche einzuschätzen, was sie denkt. »Willst du damit sagen, du glaubst nicht, dass der Sturz von Izzy ein Unfall war?«

»Ich weiß es nicht, aber es ist auf jeden Fall eine Möglichkeit – und ich bin sicher, dass die Polizei dem nachgeht. Ich meine, was wollte Izzy überhaupt im Glockenturm? Du weißt doch, dass sie es liebte, im Mittelpunkt zu stehen! Warum sollte sie sich plötzlich in ein wenig benutztes Gästezimmer schleichen, ohne es jemandem zu sagen?«

»Vielleicht wollte sie sich nur kurz umziehen oder ihr Make-up auffrischen.«

»Und dann hat sie das Fenster geöffnet, um frische Luft zu schnappen, und ist aus Versehen herausgefallen?« Ich höre den herausfordernden Ton in ihrer Stimme.

»Vergiss nicht, dass Izzy in dieser Nacht ziemlich betrunken war.«

»Das waren wir alle.« Sie seufzt. »Das ist ja das Problem – niemand hat ein hundertprozentig zuverlässiges Gedächtnis, wenn er berauscht ist.«

Die Kellnerin kommt mit meinem Wasser und Maria bestellt ein zweites Glas Wein. Ich bin begierig, das Neueste über Izzys Fall zu erfahren, und frage sanft nach.

»Hast du in letzter Zeit etwas von Eleanor gehört?«

»Ja, wir melden uns fast jeden Tag beieinander. Es geht ihr erstaunlich gut … in Anbetracht der Umstände.«

»Das ist gut zu hören.« Ich warte ein paar Sekunden, aber sie gibt mir keine weiteren Informationen. »Gab es Neuigkeiten von der Gerichtsmedizin?«

»Sie haben keinerlei Hinweise darauf gefunden, dass Izzy Selbstmord begangen hätte. Das ist alles, was ich weiß.«

»Wie wirkt sich das auf die polizeilichen Ermittlungen aus?«

Maria hebt erstaunt eine Braue, als fände sie meine Fragen unpassend. Ich wüsste jedoch nicht, warum – meine Neugier ist ganz natürlich, wenn man bedenkt, wie nahe ich Izzy stand.

»Ich nehme an, das bedeutet, sie gehen auch anderen Theorien nach.« Sie presst die Lippen zusammen und will nicht näher darauf eingehen.

Worüber auch immer sie mit mir reden wollte, es geht eindeutig nicht um Izzy.

In dem Versuch, das Gespräch auf ein fröhlicheres Thema zu lenken, erkundige ich mich nach ihrem Sohn Jake, von dem ich weiß, dass er vor Kurzem eingeschult worden ist. Marias Antwort ist seltsam förmlich, und unser Gespräch verläuft irgendwie unangenehm. Die Worte bleiben uns fast im Hals stecken wie die Nüsse, die in einer Schale zu Marias Wein gereicht wurden. Sie strahlt eine nervöse Energie aus, wie statische Elektrizität. Ich spüre, dass sie sich unwohl fühlt, ich weiß nur nicht, warum.

»Was ist denn los?«, frage ich sie nach einer Weile. »Ich meine, abgesehen davon, dass du gerade eine deiner besten Freundinnen verloren hast. Du wirkst ein bisschen nervös.«

Sie beißt sich auf die Lippe, holt tief Luft. »Eigentlich gibt es da etwas, das ich dir gegenüber ansprechen wollte.«

»Okay«, erwidere ich gedehnt, als ich ihren steifen Ton registriere.

Sie schiebt ihr Weinglas zur Seite und stützt ihre Vorderarme auf den Tisch, die Hände wie zum Gebet verschränkt. Ich stelle mir vor, dieselbe Pose nimmt sie ein, wenn sie sich darauf vorbereitet, einem Patienten schlechte Nachrichten zu überbringen.

»Ich war gestern bei Eleanor. Sie wollte mit mir über Izzys Beisetzung sprechen.«

»Bist du an der Planung beteiligt?«

»Nein, aber Eleanor hat mich gebeten, eine der Trauerreden zu halten.«

»Das ist schön. Steht denn schon ein Termin für die Beerdigung fest?«

»Ja.« Aber sie nennt mir nicht den Termin.

Die nächste rote Lampe.

»Als ich bei ihr war, sagte Eleanor etwas, das ich sehr beunruhigend fand.« Sie zieht die Wangen ein. »Ich will nicht lange um den heißen Brei herumreden – sie denkt, du hättest eine Affäre mit James.«

Vor Ungläubigkeit verschlägt es mir fast die Sprache, und ich bekomme Hustenreiz. »Was?«, stammle ich.

»Sie weiß von eurem geheimen Rendezvous. Sie hat eine Quittung in James' Jackentasche gefunden, als sie seinen Anzug in die Reinigung brachte. Daraus ging hervor, dass er in dem Café in der Nähe von deinem Geschäft mit jemandem zu Mittag gegessen und bezahlt hat. Eleanor hat zwei und zwei zusammengezählt.«

»Und kam auf fünf«, sage ich entrüstet.

Sie runzelt die Stirn. »Du hast also nicht mit James zu Mittag gegessen?«

Ich laufe rot an, obwohl ich nichts falsch gemacht habe.

»Doch, wir haben zusammen zu Mittag gegessen, vor drei oder vier Wochen, aber ich kann dir versichern, dass daran nichts geheim war. James war geschäftlich in der Gegend und ist kurz in den Laden gekommen, um die Planungen für Izzys Party mit mir zu besprechen. Wir haben insgesamt fünfundvierzig Minuten zusammen in dem Café gegessen und waren währenddessen vollständig bekleidet.«

Marias Miene nach zu urteilen, ist mein Versuch, einen Witz zu machen, gescheitert.

»Und warum hat er es Eleanor gegenüber nicht erwähnt?«

»Woher soll ich das wissen? Sagst du Marcus jedes Mal Bescheid, wenn du mit einem Mitglied des anderen Geschlechts sprichst?«

Ich spüre ihren grimmigen, harten Blick. »Du streitest sie also ab – die Affäre?«

»Natürlich, verdammt!« Ein Pärchen am Nachbartisch unterbricht sein Gespräch, dreht sich um und starrt mich an. Ich senke meine Stimme. »Und ich bin mir sicher, dass James das auch abgestritten hat.«

»Eleanor hat ihn nicht gefragt.«

»Und warum nicht? Wenn sie glaubt, Beweise dafür zu haben, dass ihr Mann sie betrügt, wird sie ihn doch damit konfrontieren wollen.«

»Sie hatte die Quittung gerade erst gefunden, als ich dort vorbeikam. Ich habe sofort gesehen, dass sie aufgeregt war, aber ich dachte, es sei wegen Izzy. Als ich sie umarmen wollte, brach sie zusammen, und alles sprudelte heraus.« Sie hält inne, nimmt einen Schluck Wein. »Ich muss zugeben, dass ich ein wenig überrascht war, dass sie sich mir anvertraut hat, obwohl wir uns kaum kennen. Ich schätze, sie hat es einfach nicht mehr ausgehalten.«

Ich presse eine Hand an meine Stirn. Ich kann nicht glauben, was ich da höre. Ich weiß, dass Eleanor vor Kummer den Verstand verloren haben muss – sie konnte nicht richtig schlafen, nicht klar denken –, aber das … das ist völlig lächerlich. Jeder vernünftige Mensch würde das Gleiche denken. Warum sieht Maria mich dann an, als wäre ich ein Fleck, den man vergessen hat wegzuwischen?

»Komm schon, Maria, du glaubst doch nicht ernsthaft, dass ich mit James schlafe.« Ich breite meine Arme aus. »Ich meine, sieh mich an. Glaubst du auch nur eine Sekunde, dass ein Mann wie er an jemandem wie mir interessiert wäre?«

Sie ringt einen langen Moment innerlich damit.

»Nein«, gibt sie schließlich zu. »Nein, das glaube ich auch nicht.«

Ihre Worte streifen die dünne Membran meines Selbstbewusstseins wie Rasierklingen. Trotzdem bin ich dankbar für ihre Ehrlichkeit. Ich lächle erleichtert.

Sie erwidert das Lächeln nicht, sondern rutscht verlegen auf ihrem Stuhl hin und her.

Der Abend fühlt sich plötzlich ruiniert an, als wäre etwas Sauberes, Reines durch irgendetwas Schlechtes verschmutzt worden und hätte alles Lebendige abgetötet. Das ist ein vertrautes Gefühl, denn ich habe Erfahrung darin, Dinge zu ruinieren. Und wenn ich erst einmal in ein emotionales Loch gefallen bin, stürzt sich mein Geist auf mich und schleift mich rückwärts durch die Trümmer meines Lebens. Ich klettere und strample, kämpfe mich durch das Geröll zurück auf den Gipfel des Berges, aber was ich auf dem Weg nach unten sehe, ist grauenhaft.

»Du hast Eleanor doch hoffentlich versichert, dass ihr Verdacht völlig unbegründet ist?«

»Ich habe ihr gesagt, dass das höchst unwahrscheinlich ist, aber sie schien nicht überzeugt zu sein.«

»Hat sie dich gebeten, mit mir darüber zu reden?«

»Nein, das war meine Entscheidung. Ich wollte deine Seite der Geschichte hören.«

»Das hast du jetzt ja«, sage ich etwas spitz.

Ich nehme einen Schluck Wasser und wünschte, es wäre etwas Stärkeres. »Ich habe eine Idee.« Ich bemühe mich verzweifelt, dem Abend noch etwas Positives abzugewinnen. »Vielleicht könnte ich dir bei deiner Trauerrede helfen. Ich kannte Izzy natürlich nicht so gut wie du, aber ich hätte da ein oder zwei Geschichten, die du vielleicht darin einbauen könntest.«

Sie räuspert sich kurz. »Ich weiß nicht so recht, Amy. Ich glaube, Eleanor würde das nicht gefallen.«

»Auch gut«, stoße ich aus und bereue sofort die Schärfe, mit der die Worte aus meinem Mund kommen.

Wir starren uns ein paar Sekunden lang wortlos an. Es ist, als ob sich etwas zwischen uns verändert hat, ein unerbittlicher Mechanismus, der uns langsam auseinandertreibt.

Maria schiebt ihre Hand über den Tisch, hält aber unmittelbar vor meiner inne. »Ich hoffe, dass bei dir alles gut wird, Amy«, sagt sie. Ihre Worte fühlen sich wie ein Abschied an. Ihr Gesicht ist sanft, aber in ihren Augen schimmert etwas Hartes und Metallisches.

Sie setzt ihr Glas an den Mund und trinkt den Rest ihres Weins. »Ich muss jetzt wirklich los, ich habe den Kindern versprochen, rechtzeitig zu Hause zu sein, um ihnen eine Gutenachtgeschichte vorzulesen.«

Nachdem ich in meine Wohnung zurückgekommen bin, komme ich nicht zur Ruhe. Ich habe einen sauren Geschmack auf der Zunge und eine heiße, hohle Stelle unter meinen Rippen. Ich mache mir Käse auf Toast, esse ein paar Bissen und werfe den Rest in den Mülleimer, weil mir der Appetit völlig vergangen ist. Ich setze mich aufs Sofa und starre eine Weile ins Leere, während ich in Gedanken noch einmal durchspiele, was Maria gesagt hat.

Ich kann mir nicht erklären, warum Eleanor so überzeugt ist, dass ich eine Affäre mit James hätte. Eine Quittung für zwei Sandwiches ist ja wohl kaum ein Beweis. Ich denke zurück und versuche, mich an irgendeine Gelegenheit zu erinnern, bei der sie uns zusammen gesehen haben könnte – als vielleicht irgendetwas in meinem Verhalten oder meiner Körpersprache meine unbestreitbare Anziehung zu ihm verraten hat. Da war unser kurzes Gespräch am Morgen vor der Party im Garten. Aber Eleanor war im Haus. Selbst wenn sie uns von einem Fenster aus beobachtet hätte, glaube ich nicht, dass sie etwas gesehen hätte, das sie stutzig gemacht hätte. Später, als die Band ihr zweites Set spielte, hat James mit mir getanzt – aber er hat mit vielen weiblichen Gästen getanzt.

Ich will nicht leugnen, dass ich im Laufe der Jahre viele sexuelle Fantasien über James hatte – einige davon waren ziemlich heiß. Aber ich würde niemals eine Affäre mit ihm oder einem anderen verheirateten Mann eingehen. Mir ist klar, dass Eleanor mich nicht sehr gut kennt, aber selbst wenn sie mir nicht vertraut, muss sie doch ihrem eigenen Mann Glauben schenken. Nur, wenn sie James vertraute, hätte sie ihn nicht gleich verdächtigt, eine Affäre mit mir zu haben.

Irgendwann wird mein Gehirn zu müde, weiter darüber nachzudenken. Ich klappe meinen Laptop auf und scrolle durch ein paar Websites in dem Versuch, mich mit sinnlosen Videos von Tieren, die lustige Dinge tun, und Menschen, die vom Skateboard fallen und sich dabei fast kastrieren, abzulenken. Dann, fast automatisch, logge ich mich bei Facebook ein.

Ich habe Izzys Seite seit ihrem Tod mehrmals besucht, um die Dutzende von Beiträgen zu lesen, die ihre verzweifelten Freunde hinterlassen haben, und jedes Wort hat sich auf meiner Haut wie eine persönliche Geißelung angefühlt. Ich selbst habe nichts gepostet, weil ich nicht die richtigen Worte gefunden habe. Jetzt fällt mir ein, dass ich dadurch vielleicht etwas gefühllos gewirkt habe. Ich sollte wirklich etwas schreiben, wie unbeholfen oder rührselig auch immer. Ich denke kurz nach, während meine Finger über der Tastatur schweben. Dann beginne ich zu tippen.

Eine wahre Freundin ist nie wirklich verschwunden. Ihr Geist lebt in den Erinnerungen derer weiter, die sie geliebt haben – und ich schätze mich sehr glücklich, dass ich in der kurzen Zeit, in der ich sie kannte, so viele glückliche Erinnerungen mit Izzy schaffen konnte.

Zufrieden mit meinem Text, lege ich den Laptop auf das Sofa neben mir und greife nach der Fernbedienung des Fernsehers. Ich blättere durch die Programmzeitschrift und wähle schließlich eine Naturdokumentation aus. Ich bin ganz vertieft in den Anblick eines Sibirischen Tigers, der sich seinen Weg durch einen verschneiten Wald bahnt, als ich ein Signal von meinem Laptop höre. Eine Facebook-Benachrichtigung.

Als ich auf den Bildschirm schaue, sehe ich zu meiner Überraschung, dass bereits jemand auf meinen Beitrag geantwortet hat. In der Annahme, dass einer von Izzys Freunden durch meine Worte bewegt wurde, ist meine erste Reaktion ein Gefühl der Befriedigung. Aber als ich dann lese, was da steht, gefriert mir das Blut in den Adern.

Amy Mackenzie: Genug von deinen geheuchelten Gefühlen über meine Schwester. Wann hörst du endlich auf, dich zu verstellen, und sagst die Wahrheit über das, was auf der Party passiert ist?

Eleanors Worte treffen mich wie ein Kugelhagel: eins nach dem anderen, aber in schneller Folge, und jedes einzelne verstärkt den Schmerz des vorherigen Treffers. Ich klappe meinen Laptop zu, als ob ich den Beitrag aus meinem Blickfeld entfernen könnte, damit er verschwindet.

Ich stehe vom Sofa auf und laufe ziellos durch das Zimmer. Ich spüre, wie mir warm wird, nicht durch die Bewegung, sondern durch das stetige Klopfen der Angst in mir, als ich allmählich die Bedeutung von Eleanors Worten begreife.

Erst beschuldigt sie mich, ihren Mann verführt zu haben, und jetzt deutet sie an, dass ich mehr über Izzys Tod weiß, als ich zugebe, wenn ich das nicht falsch verstehe.

Noch ein Signalton. Jemand anderes hat einen Kommentar zu meinem Beitrag abgegeben. Ich werfe einen Blick auf meinen Laptop. Ein Teil von mir will ihn nicht lesen, für den Fall, dass es Eleanor ist, die noch mehr Galle spuckt, aber ich kann ihn nicht einfach ignorieren. Wenn die Leute über mich reden, muss ich wissen, was sie sagen.

Ich setze mich wieder aufs Sofa und klappe meinen Laptop auf. Es ist nicht Eleanor, sondern Tess, Izzys alte Studienfreundin.

OMG!! Ist das dein Ernst, Eleanor Elliott? Denkst du wirklich, dass Amy Mackenzie etwas mit Izzys Unfall zu tun hat?

Also bin nicht nur ich der Meinung, dass Eleanor mit dem Finger auf mich zeigt. Ich bin noch dabei, Tess' Beitrag zu verdauen, als Eleanors Antwort auftaucht.

Ich glaube nicht, dass dies ein geeignetes Forum ist, um meine Meinung zu diesem Thema kundzutun. Sagen wir einfach, dass Amy Mackenzie nicht die ist, für die die Leute sie halten.

Ich stolpere zurück und stoße mit der Ferse schmerzhaft gegen den Couchtisch. Es fühlt sich an, als würde sich der Boden unter mir auftun und einen riesigen Abgrund freilegen, der schon die ganze Zeit dort gelauert hat. Eleanor hat es auf mich abgesehen. Wenn es mir nach meinem Treffen mit Maria noch nicht klar gewesen ist, jetzt weiß ich es.

Wut steigt in mir auf, erfüllt meinen Körper bis zum Rand.

Sie weckt in mir den Wunsch, um mich zu schlagen.

Jemandem wehzutun.

18

Ewan kommt an die Werkbank. »Ich weiß, du hast nicht darum gebeten, aber ich dachte, ich mache dir trotzdem einen«, sagt er und stellt einen Becher Tee vor mich auf die Arbeitsplatte.

Ich murmele ein Dankeschön und blättere weiter durch die Verkaufsunterlagen, die ich zuvor von der Website von *Darling Blossoms* heruntergeladen habe.

»Wie läuft's denn so?« Er zieht einen Hocker heran.

»Nicht schlecht«, antworte ich, zu sehr in meine Aufgabe vertieft, um wirklich darüber nachzudenken.

Er schlürft einen Schluck aus seinem Becher. »Gibt es schon einen Termin für die Beerdigung?«

Da wird mir klar, dass seine vorige Frage weniger ein Gemeinplatz war als vielmehr der Wunsch, zu erfahren, wie ich nach Izzys Tod zurechtkomme.

»Sie ist nächsten Donnerstag.« Ich blicke von meinem Laptop auf. »Wir machen die Blumenarrangements für den anschließenden Empfang.«

Ich wurde nicht zur Beerdigung eingeladen, was mich sehr geschmerzt hat, aber gestern erhielt ich einen Anruf von James' persönlicher Assistentin Rachel. Sie fragte mich, ob *Darling Blossoms* die Blumen für Izzys Totenfeier liefern könnte. Die Anfrage verwirrte mich zunächst, da ich bei den Elliotts ja eindeutig in Ungnade gefallen war – was jede halbwegs kompetente Assistentin hätte wissen müssen. Dann erwähnte Rachel, dass sie nur als Aushilfe eingesprungen sei, solange James' reguläre Assistentin auf einem Lehrgang ist. Mein Herz schlug schneller, als ich das hörte. Das ist ein unerwarteter Glücksfall, den ich mit etwas Fantasie sicher zu meinem Vorteil nutzen kann.

»Mr und Mrs Elliott haben mit der Beisetzung alle Hände voll zu tun, also wurde ich abgestellt, um bei den Vorbereitungen für den Leichenschmaus zu helfen«, erklärte Rachel. »Ich weiß, dass Sie die Blumen für das Büro liefern, also dachte ich mir, Sie wären bestimmt die richtige Wahl.«

Ich hütete mich, ihr zu widersprechen.

Der Empfang findet im *Sanctuary* statt. Es würde schlicht gehalten, erklärte Rachel, nur Fingerfood und ein paar Kisten guten Weins. Sie fügte etwas indiskret, wie ich fand, hinzu, dass die Elliotts sich sehr wohl bewusst wären, dass die Trauerfeier an demselben Ort stattfinden würde, an dem Izzy gestorben war, und dass einige dies als geschmacklos betrachten könnten. Aber ihr Unfall hatte unwillkommene Aufmerksamkeit erregt – seien wir ehrlich, das ist schon eine publikumswirksame Geschichte: *Schöne Schwägerin eines millionenschweren Architekten stirbt beim Sturz von einem Glockenturm im umgebauten Heim.* Wegen der Aufdringlichkeit der Medien hatte das Ehepaar beschlossen, einen privaten Ort für die Trauerfeier zu wählen. Wahrscheinlich haben sie recht. Ich weiß aus eigener Erfahrung, dass Journalisten ein hartnäckiger Haufen sind, vor allem die der Boulevardpresse.

»Was die Blumen angeht, wollen wir nichts zu Auffälliges oder Aufwendiges«, fuhr Rachel fort. »Ein paar einfache Buketts. Sie müssten am Morgen der Beerdigung ins Haus geliefert werden. Wäre das in Ordnung für Sie?«

Eine moralischere Person hätte zweifellos vorgegeben, sie wäre nicht verfügbar, und andere Blumenhändler empfohlen. Sagen wir, ich bin keine solche Person. Stattdessen antwortete ich Rachel, dass ich die Blumendekoration sehr gerne machen würde. Ich habe ihr sogar angeboten, mit meiner Portfolio-Mappe bei *Cole & Elliott* vorbeizuschauen, damit sie selbst ein paar passende Arrangements aussuchen könnte. Wir treffen uns später am heutigen Tag, und da James immer noch Urlaub wegen des Trauerfalls hat, besteht keine Chance, auf ihn zu treffen.

Ich nehme meinen Teebecher und schlürfe einen Schluck. Aber der Tee ist noch zu heiß, also stelle ich ihn wieder hin.

»Darf ich dich etwas fragen, Ewan?«

»Klar, Boss.«

Ich wende mich wieder meinem Laptop zu und scrolle auf der Seite nach oben, bis ich den Verkaufsbeleg finde, den ich vorhin markiert habe.

»Erinnerst du dich an diese Lieferung?« Ich drehe den Laptop, damit er den Bildschirm sehen kann. »28. März. Ein Strauß ›Rhapsody in Pink‹, geliefert an eine Miss Victoria Williams in Bermondsey.« Ich zeige auf den Bildschirm. »Das ist die Adresse.«

Ich verschweige ihm, dass der Strauß von James Elliott über die Website von *Darling Blossoms* bestellt wurde. James wählt die Blumen für seine Frau immer persönlich aus, aber keine der anderen Empfänger seiner Blumenpräsente hat diese persönliche Behandlung erfahren. Die meisten Online-Einkäufe waren Blumensträuße für Familienangehörige. Ich weiß das, weil entweder ihr Name auch Elliott war oder die personalisierte Nachricht es deutlich machte – es gab einen Hinweis auf »Liebe Oma« oder »Meine Lieblingstante«. Aber bei einigen Bestellungen war die Beziehung zwischen James und der Empfängerin nicht so klar. Das sind die Käufe, für die ich mich interessiere – der letzte war der Strauß für Victoria. Ein romantisches Arrangement aus Caffè-Latte-Rosen, Asclepias, Limonium und

Phlox. Der »Rhapsody in Pink«-Strauß gehört zu den Bestsellern von *Darling Blossoms.* Die beigelegte Nachricht war enttäuschend nichtssagend: *Herzlichen Glückwunsch zum Geburtstag, Vicki. Möge dein Tag so wunderbar sein wie du, in Liebe, James.*

Wäre Victoria eine Verwandte oder eine Freundin der Familie, hätte James vermutlich auch Eleanor in den Gruß eingeschlossen. Sie könnte auch eine Geschäftspartnerin sein – aber hätte James in dem Fall die Blumen dann nicht an ihre Arbeitsstelle und nicht an ihre Privatadresse geschickt? Also lässt diese Order nicht viele andere Möglichkeiten offen. Es ist ein kleines, aber faszinierendes Rätsel, und ich hoffe sehr, dass Ewan mir bei der Lösung helfen kann.

Nachdem er die Adresse gelesen hat, schüttelt er den Kopf. »Tut mir leid. Ich habe in den letzten Monaten eine Menge Lieferungen in Bermondsey gemacht, aber bei dieser klingelt nichts.«

Entmutigt atme ich geräuschvoll aus. Dann fällt mir etwas ein.

»Aber du hast doch ein Foto gemacht, oder?«

»Ja, das mache ich immer.«

Diese Sache mit den Fotos habe ich zu Beginn des letzten Jahres eingeführt. Wir hatten einige Probleme, als Ewans Vorgänger Davey noch den Job machte – eine Handvoll Kunden beschwerten sich, dass ihre Blumen nicht angekommen waren, und verlangten ihr Geld zurück. Davey behauptete immer steif und fest, die Bestellungen wären ordnungsgemäß zugestellt worden. Entweder haben also die Kunden gelogen, oder Davey hat eine meiner Grundregeln gebrochen und die Blumensträuße einfach vor die Tür gelegt, wo sie leicht hätten gestohlen werden können.

Danach habe ich von ihm verlangt, bei jeder Lieferung ein

Foto zu machen. Es musste die Blumen in einer offenen Tür zeigen – entweder mit dem Empfänger oder, wenn der nicht zu Hause war, bei einem Nachbarn. Danach gab es keine Beschwerden mehr, und als Ewan die Auslieferungen übernahm, bat ich ihn ebenfalls, Fotos zu machen.

»Hast du es noch?«, will ich jetzt wissen.

»Ich bin mir nicht sicher. Vielleicht habe ich es schon gelöscht. Ich behalte die Fotos nie länger als ein paar Monate, sie belegen zu viel Speicherplatz.«

»Würdest du kurz nachsehen?«

Er holt sein Handy aus der Jeanstasche und wischt ein paar Minuten auf dem Bildschirm herum. »Was für ein Datum war das noch mal?«, fragt er.

»Der 28. März.«

»Ja, ich hab's gefunden!« Er schiebt sein Handy über die Werkbank. Ich schaue auf das Display. Das Foto zeigt eine junge Frau Anfang zwanzig in einem kurzen Nachthemd und pelzgefütterten weichen Boots. Sie ist schlank und hübsch und hat seidiges blondes Haar.

»Jetzt erinnere ich mich auch an sie«, fährt Ewan fort. »Sie war meine erste Lieferung an diesem Tag, und sie brauchte ewig, um die Tür zu öffnen. Ich bin mir ziemlich sicher, dass ich sie aus dem Bett geholt habe.«

Ich tippe mit zwei Fingern auf den Bildschirm, um das Bild zu vergrößern. »Ich wünschte, ich sähe morgens so aus, wenn ich aus dem Bett steige.«

Ewan lacht leise. »Du siehst bestimmt auch gut aus.«

Ich studiere das Foto auf der Suche nach Hinweisen. Die junge Frau wirkt kein bisschen verlegen, dass sie in ihrem Negligé mit einem Blumenstrauß in der Hand fotografiert wurde. Hinter ihr sehe ich einen kurzen Flur mit Laminatboden, der in ein Wohnzimmer führt, das ein wenig unordentlich aussieht.

Rechts von ihr steht ein einfacher Konsolentisch, wie man ihn von Ikea kennt, und darüber hängt ein Filmplakat in einem einfachen Acrylrahmen.

Ich gebe Ewan das Telefon zurück. »Kannst du mir das schicken?«

Er tippt kurz auf das Display. »Erledigt. Warum bist du so an dieser Frau interessiert?«

»Das ist eine lange Geschichte.« Ich wende mich wieder meinem Laptop zu. »Danke für den Tee, Ewan. Aber ich will dich nicht länger von der Arbeit abhalten.«

Während Ewan mit dem Beladen des Lieferwagens beschäftigt ist, navigiere ich zum zweiten von James' Online-Einkäufen, der mir aufgefallen ist. Die Bestellung stammt vom Mai letzten Jahres, als Davey noch die Lieferungen machte. Selbst für den unwahrscheinlichen Fall, dass er das Foto noch hat, haben wir uns nicht gerade im Guten getrennt, also hat es keinen Sinn, ihn zu kontaktieren.

Die Empfängerin war Miss Milli Nye-Browne. Der Strauß – eine weitere »Rhapsody in Pink« – wurde an eine Privatadresse in Wandsworth geschickt und war mit einer rätselhaften Botschaft versehen: *Nur weil … J x.*

Bei einem so markanten Namen brauche ich nicht lange, um Millis Instagram-Account zu finden – ein neiderregendes Raster aus Outdoor-Yoga, Aufnahmen aus der Vogelperspektive von Gepäckstücken und einer Bulldogge, die Leckerlis auf der Nase balanciert. Milli ist eine große, elegante Brünette, die in etwa so alt ist wie Victoria.

Sie lebt in einer Beziehung mit einem Mann namens Guy, der ein Mercedes-Cabrio und eine Vorliebe für hochwertige Strickwaren hat. Ich scrolle weiter in der Hoffnung, ein Bild von James zu finden, aber es gibt keins.

Ich gehe zurück zu Google, um nach Victoria in den sozialen Medien zu suchen. Ihr Name ist jedoch erschreckend häufig, und da ich nicht den ganzen Tag Zeit habe, um alle Möglichkeiten zu durchforsten, beschließe ich, meine Nachforschungen vorübergehend einzustellen.

Ich bin mir nicht mal sicher, wonach ich eigentlich suche. Ich weiß nur, dass ich nicht tatenlos zusehen kann, wie Eleanor wilde Anschuldigungen erhebt, die sowohl meinen beruflichen als auch meinen persönlichen Ruf ernsthaft beeinträchtigen könnten. Was ich besonders verletzend finde, ist die Tatsache, dass ich dreieinhalb Tage, nachdem sie ihre üble Beleidigung gepostet hat, immer noch keinen Pieps von James gehört habe. Er ist mit Izzy auf Facebook befreundet, also nehme ich an, dass er die Beiträge seiner Frau gelesen hat. Warum hat er sich nicht bei mir gemeldet, um mich zu beruhigen und mir mitzuteilen, dass er Eleanor über die rein platonische Natur unserer Beziehung aufgeklärt hat? Es sei denn, er und Eleanor ziehen an einem Strang und versuchen, mich zu verleumden. Das ist ein beunruhigender Gedanke, aber ich wäre dumm, wenn ich ihn nicht ernsthaft in Betracht ziehen würde.

Ich finde die ganze Situation ein bisschen inszeniert. Zuerst spricht Eleanor mit Maria über ihre Befürchtungen, dass James und ich eine Affäre haben – mit einer Frau, die sie weniger als ein halbes Dutzend Mal getroffen hat. Dann verbreitet sie ihren Verdacht in den sozialen Medien. Ich weiß, dass sie nicht die erste Person ist, die ihrer Wut online Luft macht, aber dennoch scheint es mir für eine Frau der oberen Mittelschicht wie Eleanor völlig untypisch zu sein, ihre schmutzige Wäsche in aller Öffentlichkeit zu waschen. Wenn sie wirklich glaubt, dass ich etwas mit Izzys Tod zu tun habe, warum geht sie dann nicht gleich zur Polizei oder zu dem hochbezahlten Anwalt, den sie zweifelsohne zur Hand hat? Je mehr ich darüber nachdenke, desto mehr kommt mir diese ganze Sache wie ein abgekartetes Spiel vor.

Aber warum sollten die Elliotts mich anschwärzen wollen? Die wahrscheinlichste Erklärung ist, dass sie versuchen, den Verdacht von sich abzulenken. Das bedeutet – und der Gedanke ist absolut schrecklich –, dass einer von ihnen oder möglicherweise beide für das, was mit Izzy passiert ist, verantwortlich sind. Nur, wenn das der Fall ist, welche Chance hätte ich, das zu beweisen?

Als ich gestern Abend im Bett lag, habe ich noch einmal die Dinnerparty bei Maria durchgespielt, insbesondere das Gespräch, das ich mit Rafe über Wissenschaft und Problemlösung geführt hatte. Statt mich mit der großen Frage zu quälen – nämlich wie Izzy aus dem Fenster des Glockenturms fallen konnte –, muss ich klein anfangen. Ich muss die Ressourcen nutzen, die mir zur Verfügung stehen. Das Puzzle zusammensetzen, indem ich an den Rändern beginne und mich methodisch zur Mitte vorarbeite. Und dann, falls ich Glück habe, wird sich das große Geheimnis von selbst zeigen.

Die erste Aufgabe, die ich mir gestellt habe, besteht darin, so viel wie möglich über Eleanor und James herauszufinden. Es gibt erstaunlich wenig online über sie. Nur ihre jeweiligen Social-Media-Accounts, James' LinkedIn und eine Handvoll Artikel in Architekturzeitschriften, aber nichts davon deutet auf einen Grund hin, warum sie Izzy hätten Leid zufügen wollen. Und selbst wenn Eleanor einige Gewohnheiten ihrer Schwester missbilligt haben mag, scheint mir das ein eher unwahrscheinliches Motiv für einen Mord zu sein – vor allem, weil sie sich auf der Party so gut zu verstehen schienen. Also konzentriere ich mich stattdessen auf James.

Doch in den folgenden Stunden schiebe ich die Elliotts zunächst einmal in den Hintergrund, um mich auf das Brautstraußset zu konzentrieren, das ich für eine Hochzeit morgen fertigstellen muss. Die Zeit vergeht wie im Flug, so wie immer, wenn ich mit Blumen arbeite, und ehe ich mich's versehe, ist es Zeit für meinen Termin mit James' Assistentin.

Als ich bei *Cole & Elliott* ankomme, teilt mir die Rezeptionistin mit – zu meiner Freude ist es diesmal die freundlichere Hälfte des Jobsharing-Duos –, dass Rachel gerade für einen der Junior-Partner ein Diktat aufnimmt. Sie wird in Kürze bei mir sein. Ich lege meine Mappe auf einen Stuhl und sehe mich in dem großzügigen Empfangsbereich um. Ich bewundere die gerahmten Fotos an den Wänden. Die meisten scheinen bei prestigeträchtigen Preisverleihungen der Branche aufgenommen worden zu sein. Alle Abgebildeten tragen Abendgarderobe und lächeln in die Kamera, mit geröteten Gesichtern vom Rausch des Erfolgs, nachdem sie eine weitere Auszeichnung für ihr Unternehmen erhalten haben. Ein Bild sticht mir besonders ins Auge. James steht in der Mitte der Bühne. Er hält einen Preis, eine Figur aus geätztem Glas, in der Hand, flankiert von einem guten Dutzend seiner Mitarbeiter. Ich blinzle auf die Bildunterschrift: ›*Cole & Elliott.* Gewinner des *Abode Magazine's Sustainable Small Home of the Year (London & the South East)*‹. Das ist eine beeindruckende Leistung; kein Wunder, dass James so selbstgefällig aussieht.

Meine Aufmerksamkeit richtet sich auf seine Kollegen. Ich erkenne die Rezeptionistin, mit der ich gerade gesprochen habe, kaum wieder. Sie trägt eine bodenlange Robe. Die andere Empfangsdame der Firma ist auch da – die mit der gelangweilten Attitüde. Sie posiert mit dem rechten Bein nach vorne gestreckt, die Hände in die Hüften gestemmt, als ginge es nur um sie. Die Tatsache, dass ich durch den oberschenkellangen

Schlitz ihres Kleides den unteren Teil ihres Shapewear-Bodys sehen kann, löst eine beinahe alberne Befriedigung in mir aus.

Auf der anderen Seite von James steht Adam Cole in einem eleganten schwarzen Smoking. Schön, dass er seine problematischen Nasenhaare für diesen Anlass gestutzt hat. Er steht Schulter an Schulter neben einer hübschen jungen Frau in einem sehr figurbetonten asymmetrischen Kleid.

Stirnrunzelnd greife ich nach dem Reißverschluss meiner Umhängetasche, öffne ihn, ziehe mein Handy heraus und scrolle zu meinen Textnachrichten. Ich finde schnell, wonach ich suche. Als ich von dem Display zurück auf das Foto an der Wand blicke, lächle ich unwillkürlich.

Das ist sie. Victoria Williams. Sie ist eine von James' Angestellten. Wie seltsam, dass er die Blumen an ihre Privatadresse und nicht ins Büro geschickt hat. Ich frage mich, ob er in ihrer Personalakte nachsehen musste, um herauszufinden, wo sie wohnt. Als Arbeitgeber weiß ich, dass es strenge Vorschriften für die Verwendung personenbezogener Daten gibt, und ich bin mir ziemlich sicher, dass das Versenden von Blumen an ihrem Geburtstag keine angemessene Rechtfertigung ist. Ich schaue über die Schulter zu der Rezeptionistin.

»Kaum zu glauben, wie viele Preise Sie schon gewonnen haben.«

»Beeindruckend, nicht wahr?« Sie kommt hinter dem Tresen hervor. »Wir haben einen erstaunlichen Pool an Talenten bei *Cole & Elliott*. Das ist einer der Gründe, warum ich so gerne hier arbeite.«

Ich lasse meinen Blick über die Fotos schweifen. »Ich wette, diese Preisverleihungen machen sehr viel Spaß, oder?«

»Auf jeden Fall.« Sie tritt neben mich. »Das war das einzige Mal in letzter Zeit, dass ich meinen schicken Fummel tragen konnte.« Sie deutet auf ein Bild in der obersten Reihe. »Das da bin ich, in dem silbernen Kleid. Mein Mann hat fast einen Herzinfarkt bekommen, als er erfuhr, wie viel es gekostet hat.«

»Ich würde sagen, es war jeden Penny wert. Sie sehen wirklich umwerfend darin aus.« Ich trage so richtig dick auf. »Sie alle tun das.« Ich zeige auf das Foto mit Victoria. »Ich liebe das Kleid dieser Frau, ich habe auch schon nach etwas Ähnlichem gesucht.« Ich streichle meine Taille. »Natürlich nicht für mich. Ich sähe darin aus wie ein prall gestopftes Würstchen. Es ist für meine Nichte – ein Geschenk zum Schulabschluss.« Ich neige meinen Kopf. »Ich nehme nicht an, dass Ihre Kollegin jetzt zufällig im Büro ist, oder? Ich würde sie gerne fragen, woher sie es hat.«

»Tut mir leid, Victoria arbeitet nicht mehr hier. Sie ist Architekturstudentin und hat im Frühjahr ein dreimonatiges Praktikum bei uns gemacht.« Sie lächelt. »James ist sehr gut darin, aufstrebende Talente zu fördern. Wir bekommen Dutzende von Bewerbern für unser Praktikumsprogramm, weit mehr, als wir aufnehmen können. James ist bei der Auswahl sehr aktiv; er besteht darauf, die in die engere Wahl kommenden Kandidaten persönlich zu einem Vorstellungsgespräch zu bitten.«

»Ach, tatsächlich?« Die Räder in meinem Kopf drehen sich und führen mich immer näher zu der einen Schlussfolgerung, die ich vermeiden wollte – auch wenn sie, wenn ich darüber nachdenke, von Anfang an auf der Hand lag.

»War Milli Nye-Browne nicht auch eine Praktikantin hier?«, frage ich beiläufig.

Sie sieht mich überrascht an. »Das stimmt. Milli wurde letztes Jahr angenommen. Warum, kennen Sie sie?«

»Nicht persönlich, aber ihre Mutter ist eine meiner Kundinnen. Sie hat zufällig erwähnt, dass Milli ein Praktikum bei *Cole & Elliott* gemacht hat, als wir uns kürzlich im Laden unterhalten haben.«

Die Frau runzelt die Stirn. »Ich bin mir ziemlich sicher, dass Milli gesagt hat, ihre Mutter lebe in Frankreich.«

»Das hat sie auch, eine Zeit lang, aber jetzt lebt sie wieder in Großbritannien.« Ich wende mich wieder der Fotowand zu. »Ist Milli auch auf einem der Fotos?«

»Sie müsste hier irgendwo sein, mal sehen … Ah, da ist sie ja.«

Sie zeigt auf ein Bild, das ich noch nicht begutachtet habe. Auf dem Foto sind sechs Personen. Adam steht in der Mitte und hält eine pyramidenförmige Trophäe in der Hand. Zu seiner Rechten stehen zwei ältere Kollegen, links von ihm James und Milli, die ich von ihrem Instagram-Account her kenne. Trotz ihres eleganten schulterfreien Kleides und ihrer Sandalen mit Pfennigabsätzen sieht sie sehr jung aus. Etwas zu jung.

Mir fällt auf, dass alle auf dem Foto in die Kamera schauen. Alle außer Milli. Sie blickt nicht in die Kamera oder zu Adam. Sie starrt James an. In ihren Augen liegt ein elektrischer Schimmer, eine Art gierige Bewunderung. Sie hat die glänzenden rosafarbenen Lippen leicht geöffnet, und ich kann ihre dunkle, feuchte Mundhöhle sehen.

Ich wette normalerweise nicht, aber ich würde einen Haufen Geld darauf setzen, dass Milli und James zum Zeitpunkt der Aufnahme dieses Fotos eine sexuelle Beziehung hatten.

Ich drehe den Kopf zu der Rezeptionistin und frage mich, ob sie ebenfalls sieht, was ich sehe. Ihr Gesichtsausdruck ist vollkommen neutral. Selbst wenn sie wüsste, dass ihr Chef sich an einem nie endenden Büfett von Praktikantinnen gütlich getan hat – jungen, schönen, beeindruckenden Frauen, die für einen so charmanten und gut vernetzten Mann wie James eine leichte Beute wären –, würde sie es bestimmt nicht breittreten. Welche loyale Angestellte würde das schon tun?

Noch bevor ich die Tragweite meiner Entdeckung richtig

ermessen kann, kommt eine Frau mittleren Alters aus einem nahe gelegenen Büro.

»Sie müssen Amy sein«, begrüßt sie mich. »Ich bin Rachel. Es tut mir leid, dass Sie warten mussten.«

Sie streckt mir die Hand hin, und ich schüttle sie. »Sie brauchen sich nicht zu entschuldigen. Eigentlich haben Sie mir einen Gefallen getan.«

»Ach?« Sie wirft mir einen prüfenden Blick über den Rand ihrer Halbmondbrille zu.

»Sie haben mir Gelegenheit gegeben, in Ruhe die Galerie mit all diesen tollen Leuten zu bewundern.« Ich lächle sie kühl an. »Das hat mir wirklich die Augen geöffnet.«

Rachel erweist sich als erfrischend entschlossen, wenn es um die Auswahl der Blumen geht. Schon eine halbe Stunde später fahre ich zurück zum Laden und denke über das nach, was ich gerade herausgefunden habe. Obwohl es keine konkreten Beweise gibt, deuten alle Indizien darauf hin, dass James mit mindestens zwei seiner Praktikantinnen unangemessene Beziehungen unterhielt – und wahrscheinlich gab es vor ihnen noch etliche andere.

Auch wenn er mich nicht betrogen hat, fühle ich mich verletzt und wütend. James hat seine Frau betrogen und mindestens zwei junge Frauen ausgenutzt. Es spielt keine Rolle, ob Milli und Victoria sich freiwillig darauf eingelassen haben. Er hat trotzdem seine Machtposition missbraucht.

Dann ist da noch die Frage, wie er es geschafft hat, mich so zu täuschen. Mich glauben zu lassen, er sei der perfekte Mann: respektvoll, freundlich, moralisch, obwohl er in Wirklichkeit alles andere als das war. Und wenn ich dann noch bedenke, dass er die Frechheit besaß, *Darling Blossoms* zu benutzen, um seine schmutzigen Machenschaften durchzuziehen!

Es ist, als würde man in einen stillen See blicken. Eben noch hat man die perfekte Sicht bis auf den Grund, aber dann wühlt etwas den Schlick auf und plötzlich wird das Wasser dunkel und faulig.

Ich denke wieder an das Puzzle, das ich zu erstellen versuche. Wie passen all die Teile zusammen? James' Affären, Izzys Tod, Eleanors ungeschickter Versuch, mich zu belasten. Als ich vor dem Laden anhalte, beginnt sich eine plausible Theorie herauszukristallisieren. Was wäre, wenn die Spannungen zwischen den beiden Schwestern nicht nur auf Izzys Alkoholkonsum oder ihre Selbstverliebtheit zurückzuführen wären, sondern auf etwas Dunkleres, Destruktiveres? Was, wenn Izzy und James eine Affäre hatten?

Ich glaube nicht, dass das zu weit hergeholt ist – nicht, wenn man James' Neigung zu anderen Frauen und Izzys Gewohnheit berücksichtigt, mit so ziemlich jedem Mann zu flirten, der ihr unter die Augen kommt. Und wenn ich jetzt zurückdenke – hat Eleanor das nicht schon bei unserem ersten Treffen angedeutet, als sie beschrieb, dass Izzy sich immer in James' Gegenwart von ihrer besten Seite zeigte? Ich glaube allerdings nicht eine Sekunde, dass sie es mit Sicherheit wusste. Welche Frau schmeißt schon eine Geburtstagsfeier für die Geliebte ihres Mannes? Aber vielleicht hatte sie einen vagen Verdacht. Einen Verdacht, der schnell Wurzeln schlug und sich um ihre Eingeweide schlang wie giftiger Efeu. Vielleicht konnte Eleanor James' Indiskretionen bei der Arbeit noch tolerieren, aber eine Beziehung zu ihrer eigenen Schwester würde schnelles und entschiedenes Handeln erfordern.

Vielleicht hatte sie Izzy ja gar nicht töten wollen. Es könnte ein Unfall gewesen sein, ein Streit, der außer Kontrolle geriet. Vielleicht hat Eleanor auf der Party etwas gesehen, was ihr nicht gefiel. Es könnte etwas ganz Harmloses gewesen sein – ein intimer Blick zwischen ihrem Mann und ihrer Schwester – oder etwas Belastenderes. Sie ist mit Izzy ins Haus gegangen, um die Sache zu klären. Der Glockenturm wäre dafür der perfekte Ort – außer Hörweite eines schlafenden Toby oder eines Gastes, der sich in den Wohnbereich des Hauses verirrte. Dann wurde das Gespräch schnell hitzig. Die wütende Eleanor gab Izzy einen Schubs, woraufhin ihre betrunkene Schwester rückwärts stolperte und durch das offene Fenster auf die harten Betonplatten stürzte.

Obwohl meine Erinnerungen an diesen Abend etwas verschwommen sind, weiß ich, dass Eleanor nicht mit den anderen Gästen im Garten war, als Izzy herunterfiel. Ich erinnere mich deutlich daran, dass sie ein paar Minuten später an der Seite des Hauses auftauchte. Sie hätte sicherlich genug Zeit gehabt, die Treppe hinunterzugehen, die Wohnung durch die Haustür zu verlassen und den Garten durch das Seitentor zu betreten. Sie hatte verwirrt gewirkt und wissen wollen, warum sich alle mit schockierten Gesichtern um die Terrasse versammelt hatten. War sie wirklich eine so gute Schauspielerin? Nach ihrem ekelhaften Verhalten mir gegenüber traue ich dieser Frau alles zu. Ich glaube schon lange, dass in jedem Menschen eine latente Neigung zur Gewalt steckt. Sie lauert in den dunklen Winkeln in unserem Inneren und wartet darauf, dass etwas sie ans Licht lockt. Warum sollte es bei Eleanor anders sein?

Ich wage die Vermutung, dass James irgendwann – und ich habe noch nicht ganz herausgefunden, wann oder wie – von der Beteiligung seiner Frau an Izzys »Unfall« erfuhr. Noch gewähre ich Eleanor die Chance, dass es keine Absicht gewesen ist. Von – berechtigten – Schuldgefühlen geplagt hat er sich verzweifelt bemüht, seine Frau vor einer Mordanklage zu bewahren. Das deutet darauf hin, dass seine Beziehung zu Izzy nichts weiter als eine Tändelei war, was meine Verachtung für ihn nur noch verstärkt. Er hat ihr geholfen, den wahren Sachverhalt zu verschleiern, einen Weg zu finden, die Aufmerksamkeit von der wahren Schuldigen abzulenken und den Suchscheinwerfer auf eine unschuldige Blumenhändlerin zu lenken, die zufällig das Pech hatte, ihren Weg zu kreuzen. Je mehr ich darüber nachdenke, desto logischer wirkt das alles.

Ich gehe davon aus, dass die Elliotts, wenn sie sich sicher sind, dass sie einen ausreichend starken Fall gegen mich aufgebaut haben, meinen Kopf auf einem Silbertablett an die Behörden übergeben werden. Ich würde gerne glauben, dass die Polizei vernünftig genug ist, um ihr Lügengewebe zu durchschauen. Nur wenn sie es nicht tun, stecke ich tief in der Klemme. Und das wäre nicht das erste Mal.

Ich muss proaktiv vorgehen, ihnen einen Schritt voraus sein, konkrete Beweise für meine eigene Theorie finden – Beweise, die die Polizei nicht ignorieren kann. Aber wie?

Ich schließe mich für den Rest des Nachmittags im Atelier ein und drehe das Problem in meinem Kopf immer wieder um wie einen Kieselstein, betrachte es aus jedem Winkel, klopfe jeden Ansatzpunkt ab und wäge alles ab, bis ich schließlich einen Plan geschmiedet habe.

Jetzt

19

TRANSKRIPTION DER ZEUGENBEFRAGUNG VON PETER DONALDSON DURCH DS GARETH PEARCE.

GP: Können Sie bitte Ihren Namen und Ihre Adresse für die Aufnahme nennen?

PD: Mein Name ist Peter Donaldson, und ich wohne in Springfield House, Oakwood Road, West Dulwich.

GP: Wie lange leben Sie schon dort?

PD: Seit bald sechseinhalb Jahren.

GP: Wer wohnt dort in Ihrem Haushalt?

PD: Nur meine Frau. Wir haben zwei Töchter, aber die sind beide an der Universität.

GP: Und wissen Sie ungefähr, wann Ihre Nachbarn im *Sanctuary* - James und Eleanor Elliott - eingezogen sind?

PD: Das dürfte jetzt etwa zweieinhalb Jahre her sein. Sie hatten das Haus schon lange vorher gekauft, aber bevor sie es bezogen, wurde es umfassend renoviert.

GP: Kommen Sie gut mit ihnen aus?

PD: O ja, wir haben ein sehr freundliches Nachbarschaftsverhältnis. Meine Frau und ich kennen die Elliotts gut. Wir haben schon mehrmals gemeinsam bei ihnen und uns zu

Abend gegessen und ich spiele mindestens einmal im Monat mit James Golf.

GP: Waren Sie und Ihre Frau am Morgen des 22. September zwischen acht und halb zehn morgens zu Hause?

PD: Meine Frau ging gegen sieben Uhr fünfundvierzig zur Arbeit, aber ich war zu Hause.

GP: Haben Sie bemerkt, dass in dieser Zeit jemand das *Sanctuary* betreten oder verlassen hat?

PD: Ja. Kurz nach acht Uhr ging ich mit dem Hund Gassi, als ich ein Auto bemerkte, das am Bordstein hielt.

GP: Können Sie das Fahrzeug beschreiben?

PD: Es war ein dunkelgrauer Geländewagen - ein Peugeot. Leider habe ich mir das Kennzeichen nicht notiert. Eine Frau stieg aus und ging auf die Auffahrt der Elliotts zu. Ich erkannte sie sofort - wir hatten uns ein paar Wochen zuvor auf einer Geburtstagsfeier kennengelernt, die die Elliotts für Eleanors Schwester Isabel ausgerichtet hatten. An dem Tag, an dem sie ihren … Unfall hatte. Das war ganz furchtbar. Meine Frau und ich leiden sehr mit James und Eleanor mit. Haben Sie schon herausgefunden, wie es passiert ist?

GP: Darüber kann ich zum jetzigen Zeitpunkt leider nicht mit Ihnen sprechen.

PD: Ja, natürlich. Tut mir leid, ich hätte nicht fragen sollen.

GP: Kennen Sie den Namen der Frau?

PD: Ja, meine Frau und ich haben auf der Party kurz mit ihr gesprochen und sie hat meiner Frau ihre Visitenkarte gegeben. Ich habe sie sogar mitgebracht, falls Sie sie sehen möchten.

GP: Gern.

PD: Hier - Amy Mackenzie, *Darling Blossoms*.

GP: Für die Aufnahme: Mr Donaldson reicht mir eine Visitenkarte. Welchen Eindruck hatten Sie von Miss Mackenzie, als Sie sie kennenlernten?

PD: Ich fand sie sehr angenehm. Wir hatten ein recht interessantes Gespräch über Zimmerpflanzen; sie gab mir einige nützliche Ratschläge zu meiner Aspidistra.

GP: Haben Sie mit Miss Mackenzie gesprochen, als Sie sie am 22. September wiedergesehen haben?

PD: Nein. Ich wollte sie eigentlich ansprechen, aber dann habe ich es mir anders überlegt.

GP: Warum?

PD: Sie schien ziemlich aufgeregt zu sein und sah … irgendwie seltsam aus.

GP: Inwiefern seltsam?

PD: Ziemlich zerzaust. Sie hatte sich an diesem Morgen offensichtlich nicht frisiert, und ihre Kleidung war zerknittert - fast, als hätte sie darin geschlafen. Ihre Körpersprache und ihr Gesichtsausdruck verrieten, dass sie über irgendetwas verärgert war. Ich beobachtete, wie sie sich der Eingangstür des *Sanctuary* näherte und klingelte. Dann hat sie sich versteckt.

GP: Sie hat sich versteckt?

PD: So wirkte es jedenfalls auf mich. Sie hat sich hinter eine Topfpflanze gestellt - einen Lorbeerbaum, glaube ich.

GP: Was ist dann passiert?

PD: Katya - das Au-pair-Mädchen der Elliotts - öffnete die Tür, und daraufhin trat Amy, Miss Mackenzie, hinter dem Lorbeerbaum hervor. Die beiden wechselten ein paar Worte miteinander. Ich konnte zwar nicht hören, was gesprochen wurde, aber an Katyas Gesichtsausdruck konnte ich erkennen, dass sie nicht sehr glücklich über Amys Auftauchen war. Nach ein paar Augenblicken drängte sich Amy an ihr vorbei und ging direkt ins Haus.

GP: Sie sagen »sie drängte sich an ihr vorbei«. Können Sie das genauer beschreiben? War das gewaltsam?

PD: Ich würde es nicht als »gewaltsam« bezeichnen, aber Amy hatte Körperkontakt mit Katya. Sie hat sie vielleicht mit der Schulter zur Seite geschoben.

GP: Wie hat Katya reagiert?

PD: Sie sah schockiert aus.

GP: Also nicht verängstigt?

PD: Ich könnte mir vorstellen, dass sie auch ein bisschen Angst gehabt hat. Aber von meinem Standort aus war das schwer zu beurteilen. Jetzt wünschte ich, ich hätte mich gemeldet und sie gefragt, ob alles in Ordnung ist - aber da Amy der Familie bekannt war, dachte ich nicht, dass es einen Grund zur Sorge gab. Ich sah, wie Katya zurück ins Haus ging und die Haustür hinter sich schloss. Das war ein weiterer Grund, warum ich nicht übermäßig beunruhigt war – wenn Katya um ihre körperliche Unversehrtheit gefürchtet hätte, hätte sie sich wohl kaum mit dieser Frau im Haus eingeschlossen.

GP: Was haben Sie dann gemacht?

PD: Ich habe meinen Hund gerufen und bin mit ihm wieder ins Haus gegangen. Der erste Hinweis darauf, dass nebenan etwas nicht in Ordnung war, war, als der erste Krankenwagen vor der Tür stand.

Vier Tage zuvor

20

Es ist der Tag der Beisetzung. Ich bin seit fünf Uhr wach und denke nicht an Izzy, sondern an all die Dinge, die ich heute zu erledigen habe. Um sieben Uhr dreißig bin ich im Atelier und arbeite an den Blumen für die Trauerfeier. Vorhin war ich noch zuversichtlich, aber jetzt, als ich die zarten Stiele der duftenden Freesien auf eine einheitliche Länge zurechtschneide, kommen mir Zweifel an meinem Plan. Es gibt zu viele Variablen und zu viel liegt außerhalb meiner Kontrolle. Ich paddele sozusagen vom Strand weg aufs offene Meer, und mit jeder Stunde, die vergeht, wird die Strömung stärker. Aber ich kann jetzt nicht mehr umkehren, ich bin schon zu weit hinausgerudert.

Immerhin bin ich so gut vorbereitet, wie es nur geht. Ich habe während meines Termins James' Assistentin zu den Beerdigungsvorbereitungen befragt und habe einen guten Überblick über den Zeitplan der Elliotts für heute.

Es ist kurz nach acht Uhr dreißig, als Claire den Kopf zur Tür des Ateliers hereinsteckt.

»Wie geht es dir?«, erkundigt sie sich.

Ehrlich gesagt habe ich das Gefühl, dass ich am Rande einer Katastrophe stehe. Ich kann es jetzt spüren – ein Erdrutsch, der auf mich zukommt.

»So lala«, antworte ich. »Sagen wir einfach, ich bin froh, wenn der Tag vorbei ist.«

»Das kann ich dir nicht verdenken. Beerdigungen sind immer schrecklich, aber es muss noch viel schlimmer sein, wenn es ein so junger Mensch ist wie Izzy. Trotzdem ist es sicher schön für dich, dass du dich noch von ihr verabschieden kannst.«

Ich habe Claire nicht explizit gesagt, dass ich an der Beerdigung teilnehme, sondern einfach zugelassen, dass sie davon ausgeht.

»Ich nehme nicht an, dass die Familie mittlerweile genauer weiß, wie es passiert ist, oder?«, fügt sie hinzu. »Sie tun mir alle unendlich leid. Sie müssen völlig verzweifelt sein und einen Schlussstrich ziehen wollen.«

Ich schüttele den Kopf. »Die Polizei ermittelt noch. Da es keine Zeugen gibt, besteht durchaus die Möglichkeit, dass wir die Wahrheit nie erfahren werden.«

Ich starre auf die Königin der Nacht hinunter, die ich in der Hand halte. Es ist eine Tulpenart, eine auffällige Sorte, deren Blütenblätter einen so tiefen kastanienbraunen Farbton haben, dass sie bei bestimmten Lichtverhältnissen fast schwarz aussehen. Eine passende Wahl für eine Totenfeier.

Als ich die Blume zärtlich zurücklege, überrumpelt mich ein Gefühlsausbruch. Ich vermisse Izzy so sehr, dass es sich wie eine Wunde anfühlt. Ich kann sie richtig wahrnehmen, ein verzweifelter, brennender Schmerz, der in meiner Kehle beginnt und unter meinem Brustbein endet.

»Bist du sicher, dass du allein im Geschäft zurechtkommst?«, frage ich Claire. »Ich bin hoffentlich spätestens am Nachmittag zurück.«

»Auf jeden Fall – und wenn du nach der Beerdigung nicht mehr zur Arbeit kommen willst, dann lass es um Himmels willen!«

»Danke, Claire.« Ich blinzle heftig, als die Tränen in meinen Augen brennen. »Ich weiß nicht, was ich ohne dich tun würde.«

Ich habe Rachel gesagt, dass ich die Blumensträuße persönlich im *Sanctuary* abliefern werde, und ihr auch angeboten, die Vasen zu besorgen und die Blumen vor Ort zu arrangieren. Ich habe ihr gesagt, dass ich ungefähr um elf Uhr dort auflaufen werde, weil ich weiß, dass die Kolonne mit dem Leichenwagen die Elliotts um zehn Uhr dreißig abholen wird. Die Caterer würden mich reinlassen, sagte sie. Sie wollte sie dahingehend informieren.

Da Ewan den Lieferwagen hat, nehme ich mein eigenes Auto und parke es auf der Straße ein Stück vom Haus entfernt. Das Fahrzeug der Catering-Firma steht in der Einfahrt, und zwei Mitarbeiter sind dabei, Plastikpaletten mit Lebensmitteln aus dem Laderaum des Vans zu holen. Die Haustür steht weit offen, also gehe ich direkt hinein und mache mich auf den Weg in die Küche, wo ich weitere Mitarbeiter bei der Arbeit antreffe. Es ist nicht klar, wer hier das Sagen hat, aber ich stelle mich als die Floristin vor, und alle lächeln und nicken. Als ich die Blumen abstelle und die Vasen an der Spüle auffülle, schaut mich niemand an – genau wie ich gehofft hatte.

Es dauert nicht lange, bis ich geeignete Plätze im Wohnzimmer für die Vasen gefunden habe. Als ich anfange, die Blumen zu arrangieren, frage ich mich, ob James und Eleanor meine Handschrift erkennen werden. Wahrscheinlich sind sie zu sehr auf ihre Gäste konzentriert, um sich darüber Gedanken zu machen – und selbst wenn, ist es dann schon zu spät.

Das Catering-Personal ist immer noch damit beschäftigt, die Speisen und Geräte aus dem Lieferwagen in die Küche zu transportieren, und so kümmere ich mich länger als nötig um die Blumen. Erst als ich mich allein und unbeobachtet fühle, schleiche ich zur Treppe in der Ecke des Wohnzimmers, verstohlen wie ein Attentäter.

Das erste Zimmer, das ich oben betrete, gehört eindeutig

Toby. Es ist so stilvoll, wie das Zimmer eines Zweijährigen nur sein kann, mit passenden weiß gestrichenen Möbeln und einem Gemälde mit Meeresmotiven an einer Wand. Ich bemerke eine kleine Kamera auf dem Nachttisch, die auf das Bett gerichtet ist. Ich achte darauf, dass ich nicht in ihr Blickfeld gerate. Die Elliotts dürfen nicht wissen, dass ich hier war. Die Position der Kamera bedeutet, dass ich weder in den Kleiderschrank noch in die Kommode schauen kann, aber das macht nichts – die Elliotts werden wahrscheinlich nicht die Art von Material, die mich interessiert, in einem Zimmer lagern, zu dem ihr Au-pair ungehinderten Zugang hat.

Neben Tobys Schlafzimmer befindet sich ein Familienbad und daneben ein weiteres Schlafzimmer. Es ist unaufgeräumt, und über jedem Möbelstück hängt Kleidung. Ich weiß, dass es Katya gehört, noch bevor ich den fremdsprachigen Roman und die langen dunklen Haare in der Bürste auf dem Schminktisch entdecke. In der Gewissheit, dass ich auch hier nichts finden werde, gehe ich weiter durch den Flur, vorbei an einem in die Wand eingelassenen Bücherregal, in das letzte Zimmer. Ich hoffe, es ist ein Büro, komplett mit einem vollständig indexierten Aktenschrank und einer verschlossenen Schreibtischschublade, deren Schlüssel sich bequem im Stifteköcher oder mit Klebeband befestigt an der Unterseite des Schreibtischs befindet. Als ich die Tür öffne, bin ich enttäuscht, weil ich stattdessen ein Gästezimmer mit einem kleinen Bad vorfinde. Es ist geschmackvoll in Grau- und Lavendeltönen gehalten und einfach mit einem Doppelbett, passenden Beistelltischen und Lampen eingerichtet. Außerdem gibt es einen Einbauschrank mit Schiebetüren. Die eine Hälfte des Kleiderschranks ist leer, die andere voll mit Winterkleidung. Eine weitere Sackgasse.

Mein nächster Anlaufpunkt ist der Glockenturm. Jedenfalls wäre er es, wenn ich ihn finden könnte. Es ist kein weiteres

Treppenhaus in Sicht, keine Tür, die nicht bereits geöffnet wurde. Mir sinkt der Mut, als ich die Möglichkeit in Betracht ziehe, dass der Zugang zu den Räumen im Glockenturm nicht, wie ich angenommen hatte, über den ersten Stock, sondern über das Erdgeschoss erfolgt. Wenn das der Fall ist, kann ich gleich aufgeben. Ich kann auf keinen Fall anfangen, dort unten herumzusuchen, nicht bei den vielen Leuten, die sich dort aufhalten. Das Risiko, die Aufmerksamkeit des Personals auf mich zu ziehen, ist einfach zu groß.

Ich denke einen Moment nach und gehe dann zurück. Zurück zu dem Bücherregal. Die obere Hälfte ist mit Regalbrettern ausgekleidet, die mit alten Büchern gefüllt sind von der Sorte, die man als Meterware kaufen kann, während der untere Teil mit Holz verkleidet ist. Auf einem der Paneele ist etwa in Hüfthöhe ein Türknauf angebracht. Er ist in demselben zarten Blau gestrichen wie die Vertäfelung, weshalb er mir vorher wahrscheinlich nicht aufgefallen ist.

Ich packe den Knauf und ziehe daran. Das Bücherregal springt förmlich aus der Wand und schwingt sanft zur Seite. Ich muss mich zusammenreißen, um mir nicht selbst auf die Schulter zu klopfen.

Vor mir führt eine Wendeltreppe hinauf. Sie ist aus Gusseisen, mit rosettenverzierten salomonischen Säulen und kunstvoll gestalteten Stufen und Setzstufen, alles sehr gotisch. Ich blicke nach oben und zähle drei vollständige Umdrehungen. Gott weiß, wie die Elliotts ihre Möbel hier heraufgeschafft haben. Ich vermute, dass die Wendeltreppe original ist, denn selbst für jemanden mit James' Kontakten wäre es nahezu unmöglich, eine andere Treppe zu finden, die so perfekt in diesen Raum passt. Ich lasse die Tür des Bücherschranks einen Spalt offen, halte mich am Geländer fest und steige hinauf.

Am oberen Ende der ersten Treppe erreiche ich einen kleinen Flur, von dem eine einzige Tür abgeht. Als meine Hand den Messingknauf berührt, spüre ich ein leichtes Pulsieren in meiner Brust, wie das Pochen eines unsichtbaren Herzschrittmachers. Jetzt, wo ich hier bin, bin ich mir nicht sicher, ob ich wirklich hineingehen will. Immerhin ist dies der Raum, in dem Izzy ihren Tod gefunden hat.

Ich straffe die Schultern und reiße mich zusammen. Ich glaube nicht an Geister. Hinter dieser Tür lauert nichts, was mir etwas anhaben könnte.

Das Zimmer ist klein, mit weißen Wänden und einem französischen Bett mit einem Bezug aus Broderie Anglaise. Eleanor hat den Raum mit farbenfrohen abstrakten Kunstwerken, Duftkerzen und einem Lloyd-Loom-Stuhl mit Samtkissen eingerichtet. Trotz der hübschen Ausstattung lastet hier eine seltsame Stille, als ob selbst die Wände den Atem anhielten.

Ich schleiche auf Zehenspitzen zu den Fenstern, als wollte ich niemanden stören. Es sind Flügelfenster – zwei Gitterfenster in Holzrahmen, je etwa einen Meter zwanzig hoch. Ungewöhnlich ist, dass sie nicht vertieft, sondern bündig in die Wand eingelassen sind. Das Fehlen einer Fensterbank und die niedrige Positionierung der Fenster bedeuten, dass es sehr einfach wäre hindurchzufallen. Die Fenster bräuchten nicht einmal geöffnet zu sein. Man müsste nur die Riegel von den Stiften heben, die sie geschlossen halten, und darauf warten, dass sich das ahnungslose Opfer in Position bringt. Ein Kinderspiel.

In Anbetracht der Höhe, in der wir uns befinden, bin ich überrascht, dass James nicht daran gedacht hat, die Fenster mit einer Art Sperre zu versehen, um ihren Bewegungsspielraum einzuschränken – oder, wenn das bei historischen Fenstern wie diesen nicht möglich ist, von außen mit einem Geländer. Offensichtlich hatte bei diesem Teil hier die Ästhetik Vorrang vor der Sicherheit.

Etwas Bitteres brennt mir in der Kehle. Es hätte nicht so kommen müssen. Izzy könnte noch hier sein, wenn nur ... Ich beiße mir fest auf die Lippe, dass es fast blutig wird. Was bringen diese »Wenns«? Was geschehen ist, ist geschehen, und ich kann die Vergangenheit nicht ungeschehen machen. Hier gibt es nichts mehr zu sehen, und so gehe ich mit einem letzten, zögernden Blick zur Tür.

Die Treppe, die ins Obergeschoss führt, ist eine moderne Ergänzung – eine minimalistische Stahlspirale mit eineinhalb luftigen Windungen, die direkt ins Hauptschlafzimmer führt. Von der Größe her ist das Schlafzimmer eher bescheiden, aber was ihm an Geräumigkeit mangelt, macht es durch seinen Wow-Effekt wieder wett. Drei der vier Wände bestehen aus Glas, und die ganze Struktur ragt kühn über die Seite des ursprünglichen Glockenturms hinaus. Dadurch hat es fünfzig Prozent mehr Bodenfläche als der Raum direkt darunter. Ich würde gerne einen Moment bleiben, um die Aussicht zu bewundern, aber es ist bereits elf Uhr zwanzig und meinen Berechnungen nach dürfte die Familie gegen Mittag vom Krematorium zurück sein.

Ich nehme mir ein paar Minuten Zeit, um das Bad zu inspizieren, das mit seinem Doppelwaschbecken und einer Sitzbadewanne aus Kupfer einem Luxushotel Konkurrenz macht. Es ist absolut makellos, keine Flecken auf dem Spiegel oder Haare, die das Abflussloch im Waschbecken verstopfen. Ich öffne den Medizinschrank, um zu sehen, ob es dort verschreibungspflichtige Medikamente gibt. Ich suche nach Schlaftabletten, Diazepam, Prozac – irgendetwas, das auf ein ängstliches Gemüt hinweisen oder Eleanors sprunghaftes Verhalten erklären könnte. Aber da ist nichts, nicht einmal ein Aspirin.

Zurück im Schlafzimmer, gehe ich zu einer hohen Kommode. Auf ihr steht ein Breitband-Router; ich vermute, dass man in einem Haus dieser Größe mehr als einen davon braucht. Ich öffne ein paar Schubladen und achte darauf, den Inhalt nicht durcheinanderzubringen, aber ich finde nur ordentlich gefaltete Unterhosen und Nachtwäsche. Ich stöbere in zwei passenden Kleiderschränken, aber auch dort finde ich nichts Interessantes. Ich gehe auf die Knie und suche unter dem Bett, aber da sind nur ein einzelner Ohrring und ein zerknülltes Taschentuch.

Meine Augen brennen vor Müdigkeit, die sich wie ein Schleier davorlegt. Ich habe seit Tagen nicht mehr gut geschlafen, seit Izzys Tod. Ich setze mich auf das Bett, nicht bereit zu akzeptieren, dass meine Erkundungsmission eine Zeitverschwendung gewesen ist. Ich bin mir nicht sicher, was ich erwartet habe. Ein Tagebuch mit reißerischen Details über James' sexuelle Eroberungen vielleicht oder ein paar eindeutige Selfies von ihm und Izzy. Etwas, das zeigen würde, dass Eleanor ein echtes Motiv hatte, ihrer Schwester zu schaden. Aber als ich jetzt darüber nachdenke, kommt mir der Gedanke, dass es vermutlich viel wahrscheinlicher wäre, dass James belastendes Material in seinem Büro aufbewahrt und nicht hier zu Hause.

Als ich mich vom Bett erhebe, fällt mir etwas ins Auge: die Ecke eines elektronischen Geräts. Es liegt auf dem Boden, zwischen Bett und Nachttisch, und ist mit seinem Ladekabel an einer Steckdose befestigt. Als ich mich bücke, um es aufzuheben, sehe ich, dass es sich um ein iPad in einem schicken Lederetui handelt, mit den eingeprägten Initialen EE. Ich ziehe das Kabel heraus, setze mich wieder aufs Bett und stelle das iPad auf meine Knie. Ich mache mir keine großen Hoffnungen, als ich den Einschaltknopf drücke. Als das Gerät zum Leben erwacht, erwarte ich, dass eine Eingabeaufforderung für den Passcode erscheint – aber das ist nicht der Fall. Was für ein Riesenglück, dass die Bildschirmsperre deaktiviert wurde.

Der Ordner mit den Fotos scheint ein naheliegender Ort für den Anfang zu sein. Ich scrolle eine gefühlte Ewigkeit nach unten, bis mir eine Reihe von Urlaubsfotos ins Auge sticht. James in Shorts und Schnorchelmaske, bis zu den Knien im türkisfarbenen Meer. Eleanor auf einer Jacht, lachend, während der Wind ihr das Haar ins Gesicht peitscht. Die beiden trinken im Sonnenuntergang Cocktails auf einer mit Bleiwurzpflanzen vollgestellten Terrasse. Jeder, der sich diese Bilder ansieht, würde denken, sie hätten das perfekte Leben, die perfekte Ehe. Aber ich kenne die Wahrheit. Ich weiß, dass direkt unter der gepflegten, perfekt ebenen Oberfläche ein unterirdisches Ameisennest liegt. Wahrscheinlich ist es schon seit Jahren da und wartet darauf, dass jemand wie ich es stört.

Während ich weiterscrolle, lasse ich James' schmutziges kleines Geheimnis in meinem Kopf Revue passieren. Warum haben Männer Affären, frage ich mich – vor allem Männer wie James, die kleine Kinder und schöne, intelligente Ehefrauen haben? Langeweile? Biologischer Zwang? Verunsicherung? Abenteuer? Oder, und irgendetwas sagt mir, dass dies in James' Fall das wahrscheinlichste Szenario ist, einfach weil sie es können.

Er ist ein verdammter Mistkerl. Dieser Mann verdient alles, was ihm blüht.

Mit einem plötzlichen Gefühl der Abscheu vor dem Elliott-Familienalbum wende ich meine Aufmerksamkeit Eleanors E-Mails zu. Es sieht so aus, als ob sie ihren Account vor Kurzem entrümpelt hat, denn ihre Nachrichten reichen nur ein paar Monate zurück. Ich wünschte, ich besäße nur halb so viel Disziplin wie sie. Ein Posteingang ohne Nachrichten ist für mich ein weit entferntes Ziel, so unerreichbar wie die zehn Pfund zu viel abzunehmen, die ich mit mir herumschleppe, oder Piccolo-Klarinette spielen zu lernen. Ich schaue mir die Namen der Absender an in der Hoffnung, Izzys Namen darunter zu entdecken, aber ich habe kein Glück. Stattdessen finde ich Beileidsbekundungen, von denen manche ganz wortgewandt, andere eher aufdringlich sind, eine Erinnerung des Audi-Händlers, dass Eleanors Auto zur Inspektion ansteht, mehrere Rechnungen für Online-Einkäufe und die übliche Fülle von Marketing-Müll.

Ich schließe ihren Mailaccount und lasse meinen Blick über die Apps auf dem Bildschirm schweifen. Der Name eines bekannten Haussicherheitssystems springt mir ins Auge. Zuerst bin ich etwas verwirrt, denn ich habe keine Überwachungskameras an der Außenfassade des *Sanctuary* gesehen, sondern nur eine Alarmanlage. Aber als ich auf die App tippe, erscheint nicht die Außenansicht des Hauses, sondern Tobys Schlafzimmer. Es ist das Babyfon, das ist alles.

Ich schaue noch einmal auf die Uhr: elf Uhr achtunddreißig. Gerade noch genug Zeit, um Eleanors Browserverlauf zu überprüfen, der mir einen nützlichen Einblick in ihre aktuellen Beschäftigungen liefern sollte.

Ich finde Elternforen, einen Innenarchitektur-Blog, einige hochwertige Modehändler, eine Website mit Tipps zum Verfassen von Trauerreden und mehrere Instagram-Logins. Offensichtlich ist Eleanor nicht so am Boden zerstört über den Tod ihrer Schwester, dass sie keine Zeit gefunden hat, ihre Follower über ihren Zustand auf dem Laufenden zu halten. Als ich noch weiter zurückgehe, stoße ich auf mehrere Websites von Bestattungsunternehmen und eine Reihe eher grausiger Google-Suchverläufe -»Kopfverletzungen nach einem Sturz«, »Hirntod«, »Was tun, wenn jemand stirbt?«. Als ich eine Suche nach »NHS-Organspende« entdecke, durchfährt mich ein kleiner Stich. Es war mir nicht in den Sinn gekommen, dass Izzys Organe verwendet worden sein könnten, um jemand anderem zu helfen, dass ein Teil von ihr so weiterleben könnte. Ich weiß nicht, ob sie als Organspenderin registriert war – wir haben nie über dieses Thema gesprochen –, aber ich denke, sie hätte es so gewollt.

Ich gehe weiter zurück, über das Datum von Izzys Tod hinaus, nur für den Fall, dass es irgendetwas gibt, das darauf hindeutet, dass der Angriff auf sie vorbereitet war. Aber es gibt keine Anzeichen, keine Suche nach »Wie lässt man einen Mord wie einen Unfall aussehen?« oder anonyme *Mumsnet*-Geständnisse nach dem Motto: »Meine Schwester schläft mit meinem Ehemann und ich will sie am liebsten umbringen.«

Enttäuscht will ich das Fenster schließen. Doch dann halte ich inne, mein Finger schwebt in der Luft. Ich habe etwas in der Suchhistorie entdeckt, das ich vorher übersehen habe. Der Name einer lokalen Zeitung, die ich sehr gut kenne.

Ein Anflug von Panik schießt von meinem Gehirn durch meinen Körper, verzweigt sich in meine Gliedmaßen und lässt sie kribbeln. *Atme!*, befehle ich mir, während mein Herz wie wild pocht. *Vielleicht hat es nichts mit dir zu tun.* Aber noch während ich die Worte denke, weiß ich, dass das kein Zufall sein kann.

Ich überprüfe das Datum, an dem der Artikel aufgerufen wurde. Der 6. September; acht Tage nach Izzys Sturz und zwei Tage bevor Eleanor mich auf Facebook beschuldigte. Eine Hälfte von mir will es nicht lesen, die andere Hälfte muss es wissen.

Als die Seite geladen wird und ich die Überschrift lese, stürzt die Vergangenheit auf mich ein wie ein Feuer speiender Drache, der aus einem tiefen Schlaf erwacht ist. Ich fühle mich schwach von der Hitze und der Wucht.

Derbyshire Tribune, 9. April 2014

Mutter äußert sich am 10. Jahrestag des Todes ihrer Tochter

Louise Bellamys Tochter, die 15-jährige Frances, kam im Frühjahr 2004 bei einem tragischen Unfall ums Leben – sie ertrank. Zehn Jahre später sucht die Mutter aus Bakewell immer noch nach Antworten, wie sie in einem exklusiven Interview mit Tanya Savory von der Tribune *verriet.*

»Es mag zwar schon zehn Jahre her sein, dass Frances gestorben ist, aber der Schmerz über ihren Verlust ist immer noch groß«, sagt sie. »Es ist, als wäre an diesem Tag eine Bombe eingeschlagen und hätte unser Leben für immer verändert. Was den Schmerz noch schlimmer macht, ist, dass wir immer noch nicht genau wissen, wie es passiert ist.«

Louise hatte Mühe, ihre Emotionen im Zaum zu halten, als sie ihre Erinnerungen an diesen tragischen Tag im April teilte. »Um die Mittagszeit erhielt ich eine SMS von Frances, in der sie mir mitteilte, dass sie nach der Schule nicht direkt nach Hause kommen würde, da sie und ihre beste Freundin Sophie in die Stadt gehen wollten, um ein Geburtstagsgeschenk für eine Freundin zu kaufen. Ich antwortete ihr und erinnerte sie daran, dass sie spätestens um sechs Uhr zu Hause sein sollte, weil ihre Oma an diesem Abend zum Tee kommen würde.«

Als Frances nicht zur vereinbarten Zeit zurückkam, rief Louise auf dem Handy ihrer Tochter an, aber es ging niemand ran. »Anfangs war ich nicht allzu besorgt«, erklärt sie. »Ich dachte, dass sie wahrscheinlich nur die Zeit vergessen hat und dass sie und Sophie immer noch durch die Geschäfte bummelten. Da ich Sophies Telefonnummer nicht hatte, wartete ich noch eine halbe Stunde und rief dann, als Frances immer noch nicht zu Hause war, Sophies Mutter an.«

Zu Louises Überraschung verriet Sophies Mutter, dass ihre Tochter bereits seit mehreren Stunden zu Hause war. »Als Sophie ans Telefon kam, stritt sie ab, mit Frances verabredet gewesen zu sein«, schildert Louise. »Sie behauptete, sie hätte keine Ahnung, wo meine Tochter war, obwohl die beiden angeblich beste Freundinnen waren.«

Da die Geschäfte mittlerweile geschlossen waren und es bereits dunkel wurde, riefen Louise und ihr Mann Ian die Polizei an und meldeten Frances als vermisst. Es wurde eine Suchaktion eingeleitet, bei der Dutzende von Einwohnern von Bakewell halfen, die örtlichen Straßen, Parks und beliebtesten Orte zu durchkämmen.

Als Frances' Mobiltelefon auf einer Brücke über den Fluss Wye, weniger als eine halbe Meile von ihrem Zuhause entfernt, gefunden wurde, wuchs die Sorge um ihre Sicherheit. Die Polizei konzentrierte ihre Suchbemühungen auf den Fluss, und vierundzwanzig Stunden später wurde der leblose Körper des Teenagers aus dem Wasser geborgen, eine Meile flussabwärts von der Brücke.

»Ich werde nie den Moment vergessen, als zwei Polizeibeamte uns aufsuchten, um mir mitzuteilen, dass sie sie gefunden hatten«, sagte Louise weinend. »Ich konnte nicht glauben, dass ich mein kleines Mädchen nie wieder umarmen oder ihr sagen konnte, dass ich sie liebe, und ich wollte unbedingt erfahren, wieso Frances in den Fluss geraten war. Zu diesem Zeitpunkt wusste die Polizei natürlich noch nichts, aber die Beamten versprachen mir, eine gründliche Untersuchung durchzuführen.«

Eine Obduktion bestätigte, dass Frances, die nie schwimmen gelernt hatte, ertrunken war. Da sie keine Verletzungen aufwies und es keine Zeugen gab, die gesehen hatten, wie sie in den Fluss fiel, kam die Polizei zu dem Schluss, dass ihr Tod ein tragischer

Unfall gewesen war. Der Wasserstand war in jenem Frühjahr nach wochenlangen heftigen Regenfällen ungewöhnlich hoch gewesen, und man vermutete, dass Frances auf der Brüstung der Brücke balancierte, als sie das Gleichgewicht verlor und stürzte.

»Das ergab für mich schon damals überhaupt keinen Sinn, und es ist auch jetzt nicht nachvollziehbar«, sagte Louise. »Frances hatte Angst vor dem Wasser. Auf keinen Fall hätte sie versucht, auf der Brüstung der Brücke entlangzugehen. Ich weiß, dass die Polizei ihr Bestes getan hat, aber ich bin davon überzeugt, dass damals Menschen in Bakewell lebten, die mehr über den Tod meiner Tochter wussten, als sie zu sagen bereit waren.«

Eine Person, die während der dreimonatigen Ermittlungen der Polizei besonders unter die Lupe genommen wurde, war Frances' beste Freundin Sophie Douglas. Sophie, die damals ebenfalls fünfzehn Jahre alt war, blieb bei ihrer Behauptung, sie habe Frances an diesem Tag nach der Schule nicht mehr gesehen, und die Polizei fand nie Beweise für das Gegenteil. Viele Mitglieder der Gemeinde glaubten jedoch, dass der Teenager wichtige Informationen verschwieg. Noch heute, zehn Jahre später, halten sich die hartnäckigen Gerüchte.

Louise Bellamy zögert, über ihre Gefühle in dieser Angelegenheit zu sprechen. »Ich will nicht mit dem Finger auf jemanden zeigen. Aber ich möchte sagen, dass es nie zu spät ist, sich zu melden, wenn jemand Informationen über den Tod meiner Tochter hat, egal wie klein oder unbedeutend sie erscheinen mögen. Ich werde nie Ruhe finden, bevor ich nicht genau weiß, wie Frances in diesen Fluss geraten ist.«

Wer Informationen zum Tod von Frances Bellamy hat, sollte sich direkt an die Polizei von Derbyshire wenden.

Dem Artikel sind zwei Fotos beigefügt. Das erste wurde vom Fotografen der *Tribune* zum Zeitpunkt des Interviews im

Jahr 2014 aufgenommen. Es zeigt Louise Bellamy und ihren Mann Ian. Beide wirken gefasst, und Louise hält ein gerahmtes Bild von Frances mit ihrer Hauskatze in der Hand, das kurz vor ihrem Tod aufgenommen worden sein muss.

Das zweite Foto zeigt Sophie Douglas, wie sie 2004 aussah. Sie trägt eine Schuluniform und lächelt selbstbewusst. Sie ist ein ziemlich schlichtes Mädchen mit einer etwas schiefen Nase und unscheinbarem braunen Haar, aber in ihren Augen schimmert eine wilde Energie.

Meine Nase wurde korrigiert, und mein Haar ist dunkler, aber sehr verändert habe ich mich wirklich nicht. Wenn man ein aktuelles Foto von mir neben dieses legt, kann jeder die Ähnlichkeit erkennen.

Als ich mir mein altes Schulfoto ansehe, werden viele Erinnerungen wachgerufen – und keine davon ist glücklich. Die Tränen, die über das Gesicht meines Vaters liefen, der rissige Vinylsitz auf dem Rücksitz des Polizeiautos, die weißen Nadelstreifen auf dem blauen Anzug meines Anwalts, das Stocken meiner Stimme, als ich hartnäckig bei der Geschichte blieb, die ich Frances' Mutter am Telefon erzählt hatte.

Doch diese Bilder verblassen, als aus allen Richtungen Fragen auf mich einzuprasseln scheinen. Woher weiß Eleanor von Frances? Sicher, über ihren Tod und die anschließenden polizeilichen Ermittlungen wurde in mehreren nationalen Zeitungen berichtet, aber das ist alles schon lange her. Auf jeden Fall war Eleanor damals selbst noch ein Teenager, deshalb bezweifle ich, dass sie diesen Nachrichten viel Aufmerksamkeit schenkte. Wie hat sie die Verbindung zwischen mir und Sophie Douglas herstellen können – eine Verbindung, die keine andere Person, die ich seit fast zwanzig Jahren kenne, gesehen hat?

Frances. Der Zischlaut ihres Namens ist wie ein Flüstern, das ruft. Irgendetwas in mir, ein wichtiger Teil, steckt noch immer in der Vergangenheit fest. Hat sich in jenem Tag verstrickt wie der Faden eines Pullovers, der sich in einem Dornengestrüpp verfangen hat und mich ständig zurückzieht. Ich habe mein Bestes getan, um zu vergessen, was passiert ist. Ich bin auf die andere Seite des Landes gezogen und habe meinen Namen geändert. Ich wurde eine erfolgreiche Geschäftsfrau, ein anständiges, gesetzestreues Mitglied der Gesellschaft. Ein Chamäleon, das die Farbe gewechselt hat und sich vor aller Augen versteckt. Wer kann es mir verdenken? Würden wir nicht alle unsere Vergangenheit umschreiben, wenn wir dadurch unsere Zukunft ändern könnten?

Aber jetzt ist das alles den Bach runtergegangen. Alles bricht um mich herum zusammen. Ich spüre, wie ich durch das schützende Netz rutsche, das ich mühsam um mich herum geflochten habe.

Ein Gefühl umgibt mich mit ekelerregender Vertrautheit: der Drang, mich hinzulegen und nie wieder aufzustehen. Aber das kann ich nicht – die Elliotts werden bald zurück sein und meine Arbeit hier ist noch nicht getan.

Ich lege das iPad zurück, wo ich es vorgefunden habe, vergesse nicht, das Netzkabel wieder anzuschließen, und verbringe einige Augenblicke damit, den Bettbezug zu glätten. Dann gehe ich zum Router und drehe ihn um, sodass das Passwort auf der Rückseite sichtbar wird, bevor ich mein Telefon aus der Jackentasche ziehe. Sekunden später bin ich mit dem WiFi des *Sanctuary* verbunden und mache mich auf den Weg zur Tür.

Als ich die Wendeltreppe wieder hinuntergehe, kreisen meine Gedanken immer noch, aber ich versuche, meine Gefühle unter Kontrolle zu halten. Jetzt brauche ich mehr denn je einen klaren Kopf.

Nachdem ich die Tür des Bücherregals hinter mir zugedrückt habe, greife ich wieder zu meinem Telefon. Es dauert nicht lange, bis ich die entsprechende App für das Sicherheitssystem des Hauses heruntergeladen habe, aber als ich versuche, mein Telefon mit der Kamera in Tobys Zimmer zu koppeln, stelle ich fest, dass für Eleanors Konto ein Passwort erforderlich ist. Da ich nicht gleich aufgeben will, tippe ich auf den Link »Passwort vergessen« und erhalte die Möglichkeit, eine Sicherheitsfrage zu beantworten, um ein neues Passwort anzufordern. Erstaunlicherweise weiß ich die Antwort auf diese Frage: *Was war der Beruf Ihres Vaters*?

K-i-e-f-e-r-o-r-t-h-o-p-ä-d-e, tippe ich und achte darauf, das Wort richtig zu schreiben. Ich bin mir nicht sicher, ob und welchen Nutzen die Babykamera haben wird – aber jetzt, wo die Chancen gegen mich stehen, muss ich jeden Strohhalm ergreifen, um mir einen Vorteil zu verschaffen.

Als die Verbindung hergestellt ist, höre ich eine Tür zuschlagen, gefolgt von leisem Stimmengewirr. Da ich denke, dass es nur das Catering-Personal ist, bin ich nicht übermäßig beunruhigt. Wenn mich jemand die Treppe herunterkommen sieht, sage ich einfach, dass ich auf der Toilette war. Doch was ich dann höre, bereitet mir ein flaues Gefühl im Magen: das klagende Weinen eines kleinen Kindes. Das kann nur eines bedeuten: Die Elliotts sind nach Hause gekommen!

Ich stecke mein Handy in die Tasche und schleiche auf Zehenspitzen zum oberen Ende der Treppe. Die Stimmen sind jetzt lauter. Es klingt, als wären sie direkt unter mir.

»Ich hole Toby etwas zu essen, ja?«, sagt jemand mit starkem Akzent.

»Ja, bitte, Katya«, antwortet Eleanor. »Aber nichts Süßes. Vielleicht etwas Hummus und Grissini.«

Ich riskiere einen kurzen Blick über das Geländer und erblicke eine ältere Frau, in der ich Eleanors Mutter erkenne. Sie trägt einen eleganten marineblauen Hosenanzug und eine weiße

Bluse mit Schleife. »Ich will mich kurz frisch machen, bevor unsere Gäste kommen«, verkündet sie. Ihre Stimme klingt belegt, als hätte sie geweint.

»Kein Problem, Mum«, sagt Eleanor. »Benutz einfach das Badezimmer oben.«

Ich unterdrücke einen Fluch. Ich habe mich verrechnet, als ich dachte, sie wären mindestens anderthalb Stunden aus dem Haus.

»Habt ihr Antihistaminika-Tabletten?« Das ist wieder Eleanors Mutter. »Meine Augen sind so geschwollen, ich sehe bestimmt furchtbar aus.«

»Oben im Medizinschrank müssten welche sein. Ich hole sie dir gleich, ich will nur vorher noch nach den Caterern sehen.«

Ich weiche von der Treppe zurück. Selbst mit dem Vorwand, dass ich die Blumen geliefert hätte, dürfte es sehr schwierig sein, meine Anwesenheit hier zu erklären. So zu tun, als ob ich die Toilette gesucht hätte, wird Eleanor nicht überzeugen. Wenn sie mich hier oben findet, gibt ihr das nur noch mehr Munition, die sie gegen mich verwenden kann. Und genau das kann ich jetzt überhaupt nicht gebrauchen.

Ich kann jetzt nur noch eines tun: mich verstecken.

21

Die Kindermöbel in Tobys Zimmer bieten nur begrenzte Möglichkeiten, sich zu verstecken, also gehe ich stattdessen in das Gästezimmer. Unter das Bett passe ich nicht, da es einen Lattenrost hat – also bleibt nur der Kleiderschrank. Ich entscheide mich für die Seite mit den Kleidern und schiebe zwei lange Wollmäntel auseinander, um auf dem Boden Platz für mich zu schaffen. Nachdem ich die Mäntel wieder vor mich gezogen habe, schiebe ich die Schranktür so weit zu, dass nur ein schmaler Spalt bleibt, damit ich nicht in völliger Dunkelheit sitze. Eine Stiefelspitze bohrt sich schmerzhaft in meinen Hintern, und der Geruch von Mottenkugeln ist ekelerregend. Die Situation ist so grotesk, dass sie fast lustig ist. Wäre ich nicht so verdammt verängstigt, hätte ich vielleicht laut gelacht.

Kaum eine Minute später höre ich Schritte auf den Steinstufen der Treppe. Dann folgt ein leiser Luftzug dem Geräusch einer sich öffnenden Tür. Durch den Spalt sehe ich mit Schrecken Eleanors Mutter. Sie zieht ihre Jacke aus und legt sie auf das Bett, bevor sie aus dem Blickfeld verschwindet.

Es vergehen ein paar Minuten, dann höre ich weitere Schritte und Eleanors Stimme.

»Hier, bitte, Mum. Du kannst eine davon am Tag nehmen, und sie machen nicht schläfrig. Ich habe dir auch ein Glas Wasser mitgebracht.«

Es kommt keine Antwort, aber ich höre jemanden schniefen.

»Geht es dir gut, Mum?«

»Ich habe gerade meine Tochter beerdigt, mir geht es so wenig gut, wie es nur möglich ist.«

»Tut mir leid, das war eine dumme Frage.«

Ein langer, wehmütiger Seufzer. »Nein, ich bin es, die sich entschuldigen sollte. Ich hätte dich nicht gleich so anfahren dürfen. Du fühlst dich sicher genauso elend wie ich.«

»Ja, der Trauergottesdienst war schwer. Ich bin froh, dass er vorbei ist.«

»Ich auch. Irgendwann wurde mir so schwindelig, dass ich fürchtete, ohnmächtig zu werden.«

»Oh, Mum, warum hast du mir nichts gesagt?«

»Das konnte ich nicht. Es ist passiert, als du deine Trauerrede gehalten hast. Sie war übrigens sehr gut, genau wie die von dieser anderen Frau … Izzys Arztfreundin. Wie heißt sie noch mal?«

»Maria. Sie kommt auch zum Empfang. Wenn du willst, stelle ich euch vor.«

»Das wäre schön.«

Die Matratzenfedern seufzen, als sich jemand auf das Bett setzt.

»Ich wünschte fast, wir würden keine Trauerfeier abhalten«, sagt Izzys Mutter. »Mir ist wirklich nicht nach Gesellschaft zumute.«

»Mir auch nicht, aber Izzy hätte es so gewollt – du weißt, wie sehr sie eine gute Party liebte. Du musst aber nicht bis zum Ende bleiben. Bleib einfach nur eine halbe Stunde und geh dann unauffällig nach oben. Du könntest dich sogar hinlegen, wenn du willst.«

»Gute Idee. Das mache ich vielleicht.«

Durch den Spalt erhasche ich einen Blick auf Eleanor, die sich zu ihrer Mutter auf das Bett setzt.

»Du musst heute Abend nicht nach Hause zurückfahren,

weißt du. Du kannst gerne hierbleiben. Ich kann dir ein Nachthemd leihen und wir haben Ersatzzahnbürsten.«

»Danke, Darling, das weiß ich zu schätzen, aber ich glaube, ich gehe lieber nach Hause.«

»Ganz wie du willst, Mum.«

»Glaubst du, dass der Gerichtsmediziner die Sache richtig beurteilt hat?«

Die Frage ist so abrupt, so aus dem Zusammenhang gerissen, dass ich zuerst denke, ich hätte sie falsch verstanden.

Eleanor scheint ebenfalls verblüfft zu sein. Sie lacht irritiert auf. »Wovon redest du, Mum?«

»Dass er so schnell Selbstmord ausgeschlossen hat. Ich weiß, er hat mit ein paar von Izzys Freunden gesprochen und so weiter, aber ich halte sein Urteil für überstürzt.«

»Aber er hat keine Beweise dafür gefunden, dass Izzy auch nur mit dem Gedanken spielte, sich etwas anzutun. Welchen anderen Schluss hätte er denn ziehen sollen?«

Ich weiß, dass sie die Stirn runzelt, auch wenn ich es nicht sehe. »Ich denke nur, er hätte ein bisschen tiefer bohren sollen … ein paar Steine mehr umdrehen sollen.«

»Glaubst du, dass sie sich umgebracht hat?«

»Wir wissen beide, dass Izzy ziemlich launisch sein konnte – es ist durchaus möglich, dass etwas oder sogar jemand sie aus der Bahn geworfen hat.«

Eleanor atmet scharf ein. »Ich hatte keine Ahnung, dass du das denkst, Mum. Ich wünschte, du hättest schon früher etwas gesagt.«

»Ich bin davor zurückgeschreckt. Ich wollte nicht beschuldigt werden, mich in eure Ehe einzumischen.«

»Was hat meine Ehe damit zu tun?«

Die ältere Frau schnalzt missbilligend. »Ach, Eleanor, sag nicht, du hättest es nicht gewusst – oder zumindest vermutet.«

»Was hätte ich vermuten sollen?« Eleanors Stimme klingt schrill. Defensiv.

Ich höre schwere Schritte. Beide Frauen verstummen.

Dann ertönt James' Stimme.

»Hier, ich bringe dir deine Handtasche, Valerie. Ich dachte, du würdest sie vielleicht brauchen.«

»Wie außerordentlich aufmerksam von dir.« Aber ihr Tonfall straft ihre Worte Lügen.

»Wo soll ich sie hinstellen?«

»Wohin du willst.«

Stille breitet sich aus. Man könnte die Atmosphäre im Raum mit einem Messer schneiden.

»Entschuldigt, habe ich euch unterbrochen?«, fragt James.

»Ganz und gar nicht«, gibt Eleanor zurück. »Mum und ich haben nur …«

»Ich habe Eleanor gerade gesagt, dass durchaus die Möglichkeit besteht, dass Izzy sich das Leben genommen hat.«

»Aber der Gerichtsmediziner sagte …«

Und jetzt wird James das Wort abgeschnitten. »Der Gerichtsmediziner war nicht auf der Party, und er hat nicht gesehen, was passiert ist. Er kann nichts weiter als eine fundierte Vermutung anstellen.« In Valeries Stimme liegt eine stählerne Anspannung, so dünn wie eine Geigensaite, die jeden Moment zu reißen droht.

»Bei allem Respekt, Valerie, du hast auch nicht gesehen, was passiert ist. Keiner von uns hat es gesehen.«

»Nein, aber etwas habe ich in dieser Nacht gesehen. Ich habe niemandem davon erzählt, aber jetzt denke ich, ich hätte es vielleicht tun sollen.«

»Wirklich?« James klingt skeptisch. »Würdest du uns das bitte jetzt mitteilen?«

»Können wir das vielleicht später besprechen?«, bittet Eleanor flehentlich. »Unsere Gäste werden jeden Moment eintreffen.«

»Wenn deine Mutter etwas zu sagen hat, dann sollte sie es sich von der Seele reden.«

»Also gut«, sagt Valerie. »Ich habe dich und Izzy auf der Party zu einem langsamen Lied tanzen sehen.« Die Betonung liegt auf dem Wort »langsam«.

»Ich habe an diesem Abend mit vielen Leuten getanzt«, erwidert James. »Das erwartet man von einem guten Gastgeber.«

»Ach? Streichelt ein guter Gastgeber auch immer den Po seiner Gäste?«

Ich bin so schockiert, dass ich instinktiv zurückweiche und mit dem Kopf an der Metallschnalle eines Gürtels hängen bleibe. Ich zische leise ein Wort mit vier Buchstaben.

Durch den Spalt sehe ich, wie Eleanor eine Hand an ihre Stirn legt. »Mum, bitte …«

»Ich habe es gesehen, Eleanor. Seine Hände waren überall auf deiner Schwester, und schlimmer noch, sie schien es zu genießen.«

Plötzlich kommt James ins Blickfeld. Er steht mit dem Rücken zur Garderobe und versperrt mir die Sicht auf Eleanor. Er ist mir so nah, dass ich fast durch den Spalt greifen und den Stoff seiner anthrazitfarbenen Hose berühren kann.

»Wenn ich meine Schwägerin begrapschen wollte, würde ich das dann nicht lieber unter vier Augen tun als mitten auf einer überfüllten Tanzfläche?«

»Du warst nicht auf der Tanzfläche. Du warst hinter der Bühne, wo du dachtest, dass dich niemand sehen kann.«

Er knurrt abweisend tief in der Kehle. »Ich glaube, du verwechselst mich mit jemand anderem. Du warst an diesem Abend ziemlich betrunken, Valerie. Ich meine mich zu erinnern, dass du sogar einmal in ein Blumenbeet gefallen bist. Musste dir nicht einer der Kellner heraushelfen?«

Sein Ton strahlt eine Bösartigkeit aus, die ich an ihm nicht kenne. Eine Schwärze, die unter der Oberfläche anschwillt. Ich frage mich, warum Eleanor nichts sagt. Wäre ich an ihrer Stelle, wäre ich über jede Andeutung von unangemessenem Verhalten zwischen meinem Mann und meiner Schwester empört.

Es sei denn, ich wüsste es bereits.

»Lenk nicht ab, James«, beißt Valerie zurück. »Ja, ich war ein bisschen beschwipst, aber ich war deshalb keineswegs blind.«

Sie hält kurz inne, und ich stelle mir vor, wie sie sich in die Brust wirft und ihren Mut zusammennimmt. Ich bin mir sicher, dass das nicht leicht für sie ist.

»Ich werde dir eine Frage stellen, und ich möchte, dass du mir eine ehrliche Antwort gibst.«

»Nur zu.«

James scheint sehr selbstsicher zu sein, was mir seltsam vorkommt. Die meisten Männer in seiner Position würden sich in die Hose machen, denn es ist klar, worauf seine Schwiegermutter hinauswill.

»Hatten Izzy und du eine Affäre?«

»Nein, hatten wir nicht.« Er leugnet, ohne mit der Wimper zu zucken. »Eleanor weiß das, nicht wahr, Darling?«

Seine Frau antwortet nicht.

»Eleanor?« Er spricht ihren Namen langsam aus, fast warnend.

»Natürlich hatten sie keine Affäre, Mum«, sagt sie schließlich nach einer Pause, die einen Tick zu lang ist. Sie klingt monoton, emotionslos. An der Stelle, wo das Gefühl sein sollte, scheint Leere zu herrschen.

Valerie schnaubt. Ihre Verachtung ist offensichtlich. »Na gut, wenn ihr das so spielen wollt, dann wünsche ich euch viel

Glück. Euch beiden. Aber ich warne dich, James, wenn ich herausfinde, dass du mich belügst, rufe ich sofort die Polizei. Denn wenn sie wüssten, dass du und Izzy miteinander geschlafen habt, würde das ihren Ermittlungen eine ganz andere Richtung geben, meinst du nicht?«

James Fäuste sind nur Zentimeter von meinem Gesicht entfernt. Ich beobachte, wie sie sich langsam ballen und wieder lösen. »Das wäre sehr töricht von dir, Valerie.« Die Worte klingen sanft, aber er spricht sie so präzise aus, als seziere er etwas mit einem Skalpell. Das registriert Valerie ebenfalls.

»Drohst du mir etwa?«

»Nein, das tut er nicht«, sagt Eleanor rasch. »So ist es doch, James?«, fügt sie nachdrücklich hinzu.

»Das ist nur ein freundlicher Ratschlag, Valerie, nichts weiter. Ich möchte nur nicht, dass du die Zeit der Polizei verschwendest – oder deine eigene.«

Es klingelt an der Haustür. »Das werden unsere Gäste sein«, erklärt Eleanor.

»Dann sollten wir sie wohl lieber einlassen, nicht wahr?«, schlägt James vor.

»Geh du vor, ich komme gleich nach.«

»Also gut!«, fährt er sie an. »Aber lass dir nicht zu viel Zeit!«

James verschwindet aus dem Blickfeld, und jetzt kann ich Eleanor wieder sehen. Sie sitzt immer noch auf der Bettkante. Ich schaue zwischen den Mänteln hervor und beobachte ihren Gesichtsausdruck. Sie wischt sich mit dem Handrücken über den Mund, als ob sie einen unangenehmen Geschmack auf den Lippen hätte.

»Es tut mir leid, Mum. James ist im Moment so gar nicht er selbst. Er steht sehr stark unter Stress.«

Irgendetwas stimmt hier nicht. Eleanors Verhalten ist nicht normal. Warum befragt sie ihre Mutter nicht über das, was sie auf der Party gesehen hat, da sie jetzt allein sind – oder erkundigt sich zumindest, warum sie so lange gezögert hat, es zur Sprache zu bringen?

»Sind wir das etwa nicht alle?«, gibt Valerie zurück. »Dein Mann redet einen Haufen Müll! Ich weiß nicht, warum du das nicht einfach zugeben kannst.«

Es klingelt wieder an der Tür.

»Ich gehe besser nach unten. Es sieht unhöflich aus, wenn ich die Gäste nicht persönlich begrüße. Wir reden später weiter darüber, Mum, ja? Nur du und ich, okay?«

»Ich nehme an, es geht nicht anders.«

Eleanor steht auf, und ich höre, wie sie den Raum verlässt. Nach einigen Augenblicken geht Valerie ins Bad; ich höre das Geräusch des Dunstabzuges, als sie das Licht einschaltet. Sie bleibt nicht sehr lange dort drin. Als sie wieder herauskommt, geht sie zum Bett hinüber und nimmt ihre Jacke. Im nächsten Moment schiebt sie die Schranktür zur Seite – zum Glück die andere. Als sie auf ihrer Kufe auf mich zugleitet, kann ich gerade noch rechtzeitig den Kopf zurückziehen. Noch eine Millisekunde und ich wäre enthauptet worden. Das hätte die Elliotts mächtig in Erklärungsnot gebracht.

Mein Herz schlägt mir bis zum Hals, während ich zusehe, wie Valeries Hand in den Schrank greift und einen Kleiderbügel von der Stange nimmt. Ein paar Sekunden später hängt sie ihn wieder mit ihrer Jacke daran zurück. Sie schließt die Schiebetür, und dann höre ich ihre Absätze auf der Treppe klappern.

Ich hocke noch etwa fünfzehn Minuten in der Garderobe und zögere, mein Versteck zu verlassen, bis die Totenfeier in vollem Gange ist. Dann habe ich die besten Chancen, unbemerkt hinauszuschlüpfen.

Während ich warte und das Klingeln an der Tür zähle, fällt mir das Atmen immer schwerer. Ich bin so verwirrt, dass ich nicht weiß, was ich denken oder fühlen soll. Wenn Eleanors Mutter die Wahrheit darüber sagt, was sie auf der Party gesehen hat – und ich kann mir keinen guten Grund vorstellen, warum sie sich so etwas ausdenken sollte –, dann ist das ein starker Beweis dafür, dass James und Izzy eine Affäre hatten, ganz wie ich vermutet habe.

Ekel steigt mir in die Kehle. James ist nicht der Mensch, für den ich ihn gehalten habe – und Izzy war es auch nicht. Das Wissen um ihren Verrat sickert durch meinen Körper wie Alkalisäure aus einer Batterie. Ich spüre fast, wie es sich in meinem Blutkreislauf ausbreitet.

Ich wette, Valerie ist auch angewidert. Es klang nicht so, als ob sie von James' Unschuldsbeteuerungen auch nur im Entferntesten überzeugt wäre. Sie scheint zu glauben, dass seine Affäre mit Izzy diese dazu veranlasst haben könnte, sich umzubringen. Aber das kommt mir nicht richtig vor. Die beiden Liebenden schienen doch vollkommen glücklich zu sein, als sie sie auf der Party miteinander sah. Warum sollte sich Izzy dann kurze Zeit später aus dem Fenster stürzen? Selbst wenn sie und James sich gestritten haben, nachdem Valerie sie gesehen hat, kann ich mir nicht vorstellen, dass Izzy sich nach einem kleinen Streit umgebracht hat, schon gar nicht auf ihrer Geburtstagsparty. Nein, so ist es nicht gewesen. Da bin ich mir sicher.

Bevor ich heute hierherkam, war ich fast sicher, dass Eleanor für Izzys Tod verantwortlich war. Aber jetzt gibt es eine andere Hypothese. Was, wenn die Sache ernst war – zumindest für einen der beiden? Ist es möglich, dass Izzy, berauscht vom Alkohol und ermutigt von ihrem natürlichen Anspruchsdenken, das ich immer etwas unattraktiv an ihr fand, James in dieser Nacht ein Ultimatum gestellt hat? Verlass deine Frau für mich, oder ich mache unsere Beziehung öffentlich? Ich vermute, dass die Affäre für James, der Eleanor bereits mit mindestens zwei seiner Praktikantinnen betrogen hatte, nur ein kleiner Spaß war. Wäre in diesem Fall Izzys Drohung nicht ein ziemlich starkes Motiv für ihn gewesen, sie zum Schweigen zu bringen? Und zwar dauerhaft?

Eleanor ist allerdings alles andere als unschuldig. Sie ist auch in die Sache verwickelt, bis zu ihrem hübschen kleinen Hals. Die emotionslose Art, wie sie auf Valerics Enthüllung reagiert hat, sagt mir, dass sie bereits von der Affäre wusste. Ich vermute, dass sie auch weiß, dass James ihre Schwester getötet hat und ihn aus irgendeinem mir unbekannten Grund – vielleicht weil sie nicht will, dass der Vater ihres Kindes lebenslang eingesperrt wird – schützt. Aber um das effektiv zu tun, muss sie die Aufmerksamkeit der Polizei auf etwas anderes lenken. Und da komme ich ins Spiel.

Man muss Eleanor zugestehen, dass sie ihre Hausaufgaben gemacht hat. Ich weiß nicht, wie sie herausgefunden hat, dass Sophie Douglas und ich ein und dieselbe Person sind, aber als sie es herausfand, muss ihr klar geworden sein, dass ich der perfekte Sündenbock bin. Immerhin wurde ich bereits mit einem unglücklichen »Unfall« in Verbindung gebracht, in den eine enge Freundin verwickelt war. Und obwohl die Polizei keine ausreichenden Beweise gehabt hat, um mich wegen irgendetwas im Zusammenhang mit Frances' Tod anzuklagen, habe ich beim zweiten Mal vielleicht nicht mehr so viel Glück. Irgendwie muss ich mich aus dieser Falle herauswinden. Aber zuerst muss ich dieses Haus verlassen, ohne dass mich jemand erkennt – und dafür brauche ich eine Verkleidung. Als ich aus der Garderobe komme, trage ich eine lederne Pilotenmütze für Männer. Mit den Ohrenklappen verdeckt sie mein halbes Gesicht. Es ist nicht das, was man normalerweise zu einer Totenwache tragen würde, aber es ist das Beste, was ich bei den begrenzten Möglichkeiten tun kann, die ich zur Verfügung habe.

Mit einem mörderischen Kribbeln im Bauch schleiche ich zum Treppenabsatz und lehne mich über das Geländer. Der Raum unten ist voller Menschen. Es müssen mindestens fünfzig Leute sein, obwohl die Atmosphäre eher gedämpft ist. Ich entdecke Eleanor auf der anderen Seite des Raums. Sie hält Toby auf ihrer Hüfte und streichelt dem kleinen Jungen liebevoll über das Haar, während sie sich mit Valerie und Maria unterhält. Von Marias Mann Marcus ist nichts zu sehen, vielleicht ist er nicht gekommen. James steht an der Terrassentür und trinkt Rotwein, während er mit einem Mann mit kurz geschorenem weißen Haar und rötlichem Teint spricht.

Ich gehe so schnell wie möglich die Treppe hinunter, das Kinn auf die Brust gepresst. Als ich anfange, mich zwischen den Gästen hindurchzuschlängeln, schaue ich weder nach links noch nach rechts. Ich habe den Raum schon halb durchquert, als mich ein Kellner aufhält und mir ein Glas Wein vom Tablett anbietet. Ich könnte jetzt wirklich einen Drink gebrauchen, aber ich schüttle nur knapp den Kopf und gehe weiter. Als ich in der Eingangshalle ankomme, mache ich den Fehler, den Kopf zu heben, weil ich denke, dass ich durch bin. In diesem Moment öffnet sich die Tür zum WC im Erdgeschoss und eine Frau tritt heraus. Ein kalter Schauer läuft mir über den Rücken, als ich sehe, dass es Katya ist. Wir haben Augenkontakt und sie runzelt die Stirn. Ich scheine ihr bekannt vorzukommen, aber sie kann mich nicht richtig einordnen. Vielleicht ist sie aber auch nur verblüfft über meine ungewöhnliche Kopfbedeckung. Sie setzt an, etwas zu sagen, aber ich komme ihr zuvor, indem ich mit einem gemurmelten »Entschuldigung« an ihr vorbei zur Toilette eile.

Als ich ein paar Minuten später die Tür öffne, ist sie nicht mehr da. Ich verlasse die Wohnung durch die Haustür und gehe zügig die Straße hinunter zu meinem Auto. Die Fliegermütze werfe ich in die Mülltonne eines Nachbarn.

Als ich mich auf den Fahrersitz setze, löst sich die Spannung in meinen Schultern. Es war ein sehr anstrengender Morgen, und ich freue mich darauf, wieder in die Ruhe und Geborgenheit meines Ateliers zurückzukehren. Die Lektüre dieses Zeitungsartikels hat mich mehr aufgewühlt, als ich zugeben möchte.

Obwohl der rationale Teil von mir natürlich wusste, dass meine alte Schulfreundin Frances tot ist, habe ich ihre Anwesenheit im Laufe der Jahre immer wieder gespürt. Sie sorgt dafür, dass sich meine Nackenhaare aufstellen, ist der dunkle Rand eines Schattens, das erstickende Gefühl, das immer präsent ist, wie ein invasives Unkraut, das alles in seinem Weg überwuchert.

22

Ich erwache mit einem Klingeln in den Ohren und einem unangenehmen Gefühl in der Brust. Als ich die Augen öffne, schwebt ein Schnappschuss des vergangenen Tages im Haus der Elliotts vor meinen Augen wie ein absurdes kleines Hologramm. Weitere Bilder kommen in schneller Folge, eines überlagert das nächste. Als ich die Fingerspitzen an meine Schläfen drücke, überkommt mich eine seltsame Vorahnung, ein heiß kribbelndes Beben, das von meinem Solarplexus ausgeht.

Normalerweise fällt es mir nicht schwer, morgens aufzustehen, aber heute fühlt es sich wie eine Mammutaufgabe an. Ich ziehe meinen Morgenmantel an und gehe in die Küche, in der Hoffnung, dass ich mich nach einem Toast und heißem Kaffee besser fühle. Als das nicht der Fall ist, schreibe ich Claire eine SMS, um ihr mitzuteilen, dass ich mir vielleicht etwas eingefangen habe und erst mittags komme – wenn überhaupt. Meine Assistentin ist fürsorglich wie immer und schickt mir ein Rezept für einen grünen Saft, der das Immunsystem stärkt und auf den sie schwört. Allein bei der Liste der Zutaten dreht sich mir der Magen um. Trotzdem ist es schön zu wissen, dass sie sich kümmert. Wenn das alles vorbei ist, werde ich vielleicht Claire fragen, ob sie Lust hat, abends nach der Arbeit noch etwas mit mir trinken zu gehen. Bis jetzt habe ich es immer vermieden, mich privat mit meinen Angestellten zu treffen, aber mein Freundschaftsbecher ist nicht gerade randvoll, vor allem jetzt, wo Izzy tot ist und Maria nicht mehr auf meine SMS antwortet.

Ich mache mir eine zweite Tasse Kaffee und nehme sie mit ins Wohnzimmer, wo ich eine Weile die Frühstücksnachrichten schaue. Ich fühle mich unbehaglich in meinem Körper. Meine Kleidung ist zu eng, meine inneren Organe scheinen aneinander zu reiben, unzufrieden, denselben Raum zu teilen. Oben höre ich Janet staubsaugen. Normalerweise stört mich das Geräusch nicht, aber heute geht es mir auf die Nerven. Ich bin versucht, mir einen Besen zu schnappen und damit an die Decke zu klopfen, aber unsere Beziehung hängt nach der unglücklichen Sache im Garten ohnehin schon am seidenen Faden. Ich kann es mir nicht leisten, sie noch mehr zu vergrätzen.

Am späten Vormittag beschließe ich, dass ich doch zur Arbeit gehen werde. Ich fühle mich immer noch angeschlagen, aber nicht so unwohl, dass ich mich nicht nützlich machen könnte.

Ich mache mir gerade die Haare im Spiegel über dem Kamin, als der Summer an der gemeinsamen Haustür ertönt. Ich gehe zur Gegensprechanlage und nehme den Hörer ab.

»Stellen Sie es auf der Treppe ab, danke«, sage ich in der Annahme, dass es sich um einen Kurier mit der Anti-Rötungen-Abdeckcreme handelt, die ich vor drei Tagen bei Amazon bestellt habe.

Kaum habe ich den Hörer aufgelegt, ertönt der Summer erneut.

»Ja?«, sage ich und gebe mir keine Mühe, meine Ungeduld zu verbergen.

»Hier ist die Polizei. Können Sie uns bitte reinlassen?«

In meinem Kopf macht sich ein schwammiges, unbestimmtes Gefühl breit, als ich den Knopf drücke, um die Haustür zu öffnen. Das Gefühl, dass ich das hätte vorhersehen müssen. Dass ich besser hätte vorbereitet sein sollen.

Als ich meine Wohnungstür öffne, stehen bereits zwei Beamte in Zivil davor – ein Mann und eine Frau.

»Amy Mackenzie?« Der Mann zeigt mir seinen Ausweis.

»Ja.«

»Wir möchten Sie bitten, uns zur Polizeistation zu begleiten, Miss Mackenzie. Wir untersuchen ein schweres Verbrechen, und wir glauben, dass Sie uns dabei helfen können.«

»Ach? Und um was für ein Verbrechen handelt es sich?«

Die Beamtin starrt mich lange an, und ich habe das Gefühl, dass ich gleich in Stücke zerspringe. Ich rede mir ein, wenn ich nur jeden Muskel perfekt anspanne und keine Schwäche zeige, wird es klappen.

»Wir können Ihnen auf dem Revier mehr dazu sagen«, erwidert sie. »Es dauert hoffentlich nicht sehr lange. Wir können Sie danach wieder nach Hause bringen.«

Ich überlege, ob ich ihnen sagen soll, dass ich eine dringende Angelegenheit zu erledigen habe, und ihnen anbiete, dass ich später selbst auf die Wache komme – aber was soll das bringen? Damit würde ich nur das Unvermeidliche hinauszögern. Ich reiße mich mit aller Kraft zusammen und zwinge mich zu einem Lächeln. »Kein Problem, ich hole nur meine Handtasche.«

TRANSKRIPTION DER BEFRAGUNG VON AMY MACKENZIE DURCH DI KATE KILNER.

KK: Wir freuen uns, dass Sie sich bereit erklärt haben, heute mit uns zu sprechen, Amy. Ich nenne Sie »Amy«, aber das ist nicht Ihr richtiger Name, nicht wahr?

AM: Eigentlich ist es mein Name. Ich habe ihn vor achtzehn Jahren per Urkunde geändert.

KK: Tut mir leid, ich habe mich unglücklich ausgedrückt. Ich hätte sagen müssen, dass es nicht Ihr Geburtsname ist.

AM: Das ist richtig, ich wurde als Sophie Douglas geboren.

KK: Und Sie sind aufgewachsen … wo?

AM: Bakewell in Derbyshire.

KK: Haben Sie Geschwister?

AM: Nein, ich bin ein Einzelkind.

KK: Die meisten Menschen ändern ihren Geburtsnamen nicht aus einer Laune heraus. Was hat Sie zu einem solch drastischen Schritt bewogen?

AM: Wenn Sie mich in Ihrer Polizeidatenbank nachgeschlagen haben – und es klingt sehr danach –, dann kennen Sie die Antwort auf diese Frage wahrscheinlich schon.

KK: Mag sein, aber ich würde es trotzdem gerne aus Ihrem Mund hören.

AM: Gut. Als ich fünfzehn war, ist meine beste Freundin Frances im Fluss Wye ertrunken. Die Polizei glaubt, dass sie von einer Brücke gefallen ist, aber niemand weiß genau, wie das passiert ist.

KK: Ich erinnere mich an diesen Vorfall. Wenn ich mich recht erinnere, wurde darüber in den Medien ausführlich berichtet.

AM: Ja – die Stadt wurde wochenlang von Journalisten belagert. Sie haben jedem, der Frances kannte, fast die Tür eingetreten. Einige von ihnen waren ziemlich aggressiv. Diese Menschen akzeptierten einfach kein

Nein als Antwort. Entschuldigung … Sind das zu viele Informationen?

KK: Nein, Sie machen das gut.

AM: Die Polizei hat mich zum Verhör mitgenommen – vor allem, weil Frances an ihrem Todestag ihrer Mutter gesagt hat, dass wir nach der Schule zusammen einkaufen gehen wollen. Ich weiß nicht, warum sie das gesagt hat. Frances und ich hatten keine solche Vereinbarung getroffen. Wir hatten es nicht einmal erwogen. Es hat eine Weile gedauert, bis die Polizei alles genau überprüft hat, aber schließlich waren sie überzeugt, dass ich die Wahrheit sagte.

KK: Sie wurden also vollständig entlastet.

AM: Ja, ich bin sicher, das steht alles schwarz auf weiß in Ihrer Datenbank. Was die Leute aber nicht davon abgehalten hat zu spekulieren. Selbst nachdem der Gerichtsmediziner festgestellt hatte, dass der Tod durch einen Unfall verursacht worden war, gab es immer noch Leute in der Gemeinde, die dachten, ich hätte etwas mit Frances' Tod zu tun. Es ging das Gerücht um, wir hätten uns wegen eines Jungen, den wir beide mochten, gestritten und ich hätte sie von der Brücke gestoßen, weil ich wusste, dass sie nicht schwimmen konnte.

KK: Wie haben Sie sich dabei gefühlt?

AM: Mir war hundeelend. Die Leute schrieben schreckliche Dinge über mich in den sozialen Medien. Jeder Tag in der Schule war der reinste Albtraum. Viele haben mich beschimpft – Kinder flüsterten »Mörder«, wenn sie auf dem Gang an mir vorbeigingen. Es gab auch körperliche Misshandlungen. Ich habe irgendwann aufgehört zu zählen, wie oft ich auf dem Spielplatz geschubst wurde oder gestolpert bin. Niemand hat etwas getan, um mich zu beschützen. Ich glaube, einige Lehrer glaubten die Gerüchte auch und dachten wohl, ich würde nur bekommen, was ich verdiene. Es ging auch nicht nur gegen mich, auch meine Eltern wurden zu Zielscheiben. Jemand schickte meiner Mutter einen Drohbrief, in dem unter anderem stand, es wäre besser gewesen, wenn sie mich abgetrieben hätte. Die Türgriffe am Auto meines Vaters wurden mehr als einmal mit Hundekot beschmiert. Freunde, die sie seit Jahren kannten, zeigten ihnen die kalte Schulter, und einige Ladenbesitzer in der Stadt weigerten sich geradeheraus, sie zu bedienen. Meine Eltern hielten eine Weile durch, vor allem, weil sie nicht wollten, dass diese Leute dachten, sie hätten gewonnen. Aber irgendwann wurde es ihnen einfach zu viel. Als ich siebzehn war, zogen wir nach Essex um. Ein Jahr später, kurz bevor ich auf die Kunsthochschule in London ging, änderte ich meinen Namen.

KK: Weil Sie nicht wollten, dass die anderen Schüler eine Verbindung zwischen Ihnen und dem tragischen Tod von Frances Bellamy herstellten?

AM: Weil ich nicht mehr Sophie Douglas sein wollte. Ich wollte jemand anderes sein. Neu anfangen. Wie eine Schlange, die sich häutet.

KK: Das kann ich Ihnen nicht verdenken. Es klingt, als hätten Sie und Ihre Familie Schlimmes durchmachen müssen.

AM: Das haben wir, und ich habe lange gebraucht, um darüber hinwegzukommen. Ich glaube, das alles beeinflusst mich heute noch, wenn ich ehrlich bin.

KK: Inwiefern?

AM: Ich bin nicht sehr gut darin, Freundschaften zu schließen. Ich glaube, das liegt daran, dass ich anderen Menschen so lange aus dem Weg gegangen bin, dass ich nicht mehr draufhabe, wie das geht. Und als ich dann wieder bereit war, Kontakte zu knüpfen, war ich übermäßig enthusiastisch - fast so, als ob ich versucht hätte, die verlorene Zeit aufzuholen. Auch heute noch wirke ich auf Leute manchmal ein wenig intensiv. Das kann für jemanden, der mich nicht sehr gut kennt, abschreckend sein.

KK: Eine andere Freundin von Ihnen ist kürzlich gestorben, nicht wahr - Isabel Harkness?

AM: Ja, das war ein furchtbarer Unfall.

KK: Sie glauben, dass es ein Unfall war?

AM: Ich weiß nicht. Das können Sie sicher besser beurteilen als ich. Haben Sie mich deshalb hierhergebracht, weil Sie mit mir über Izzy sprechen wollen? Wenn ja, ich habe einem Ihrer Kollegen bereits eine umfassende Erklärung gegeben. Ich glaube nicht, dass ich dem noch etwas hinzufügen kann.

KK: Warum lassen Sie mich das nicht selbst beurteilen? Können Sie mir sagen, wo Sie gestern Abend zwischen 20.30 Uhr und 22.00 Uhr waren?

AM: Ich dachte, es ginge um Izzy.

KK: Würden Sie bitte die Frage beantworten.

AM: Ich kam kurz nach halb sieben von der Arbeit zurück und war den Rest des Abends zu Hause.

KK: War jemand bei Ihnen, der das bestätigen kann?

AM: Nein, ich lebe allein.

KK: Haben Sie Ihre Wohnung irgendwann einmal verlassen, und sei es nur für kurze Zeit?

AM: Nein.

KK: Sie waren also nirgendwo in der Nähe von West Dulwich?

AM: Nein, aber ich war gestern Morgen dort. Ich bin Floristin, falls Sie das noch nicht wussten. Ich habe Blumen an eine Wohnadresse in der Oakwood Road geliefert.

KK: Welche Adresse?

AM: Zum *Sanctuary*.

KK: Das Haus von James und Eleanor Elliott?

AM: Das ist richtig. Gestern war Izzys Beerdigung. Ich habe die Blumengestecke für die Totenfeier angefertigt.

KK: Um wie viel Uhr sind Sie dort angekommen?

AM: Gegen elf Uhr. Als ich dort ankam, war die Familie bereits zum Krematorium gegangen, also ließen mich die Caterer hinein.

KK: Sie sind also tatsächlich in das Haus gegangen?

AM: Ja, der Kunde wollte, dass ich die Blumen vor Ort arrangiere.

KK: Der Kunde sind die Elliotts.

AM: Ja. Ich meine, sie wollten es indirekt. James hatte seine Assistentin, Rachel Trevelyan, gebeten, die Feier zu organisieren. Sie war eigentlich diejenige, die mich engagiert hat.

KK: Verstehe. Aber die Elliotts wussten doch vermutlich, dass Sie an diesem Tag bei ihnen zu Hause sein würden?

AM: Ich bin mir nicht sicher. Das müssen Sie mit Rachel klären.

KK: Das werden wir sicher noch tun. Haben Sie James Elliott gesehen, als Sie im *Sanctuary* waren?

AM: Nein, die Familie war noch nicht aus dem Krematorium zurück, als ich ging.

KK: Um welche Uhrzeit war das?

AM: Ich würde sagen, elf Uhr fünfundvierzig, aber es kann auch etwas später gewesen sein. Ich habe nicht auf die Zeit geachtet, um ehrlich zu sein.

KK: Und wohin sind Sie dann gegangen?

AM: Zurück in mein Geschäft in Forest Hill.

KK: Sie haben nicht an der Totenfeier teilgenommen?

AM: Nein.

KK: Warum nicht? Ich dachte, Izzy und Sie waren Freunde.

AM: Weil ich nicht eingeladen war.

KK: Warum waren Sie das nicht?

AM: Rachel sagte, die Elliotts seien besorgt wegen eines möglichen Medienrummels. Ich nahm an, dass sie absichtlich die Anzahl der anwesenden Gäste begrenzt hatten, um die Dinge besser kontrollieren zu können.

KK: Sie hatten also keine Meinungsverschiedenheiten mit der Familie?

AM: Nein.

KK: Der Grund für meine Frage ist, dass James Elliott gestern Abend in einer Recyclinganlage in der Nähe seines Wohnorts brutal angegriffen wurde.

AM: O mein Gott, das ist ja furchtbar. Geht es ihm gut?

KK: Nicht wirklich. Er wurde in den Hals gestochen. Ein paar Millimeter weiter links und die Klinge hätte seine Halsvene durchtrennt. Mr Elliott hat großes Glück, dass er noch am Leben ist. Er ist im Moment im Krankenhaus. Er ist schwer verletzt, aber sein Zustand ist stabil. Geht es Ihnen gut, Amy? Sie sind etwas blass geworden.

AM: Ja, ich bin nur schockiert, das ist alles. Haben Sie eine Ahnung, wer ihn angegriffen hat?

KK: Wir arbeiten im Moment an mehreren Theorien. Sie und James waren befreundet, nicht wahr?

AM: In gewisser Weise schon.

KK: War Ihre Beziehung rein platonisch?

AM: Ja. Warum - hat jemand etwas anderes angedeutet?

KK: Nur zur Erinnerung, Miss Mackenzie: Meine Aufgabe ist es, die Fragen zu stellen, Ihre Aufgabe ist es, sie zu beantworten.

AM: Entschuldigung.

KK: Hätten Sie sich gewünscht, dass Ihre Beziehung zu James Elliott intimer gewesen wäre?

AM: Nein, auf gar keinen Fall. Ich möchte überhaupt nicht bestreiten, dass ich James schon immer sehr attraktiv fand, aber ich hätte ihn nie angebaggert - oder darauf reagiert, wenn er mich angemacht hätte. Ich bin einfach nicht an verheirateten Männern interessiert.

KK: Besitzen Sie eine Gartenschere?

AM: Was für eine?

KK: Das ist eine ganz einfache Frage. Möchten Sie, dass ich sie wiederhole?

AM: Nein.

KK: Nein, Sie wollen nicht, dass ich es wiederhole, oder nein, Sie besitzen keine Gartenschere?

AM: Ersteres. Ich bin Floristin - natürlich habe ich eine Gartenschere, viele sogar. Sie sind ein unverzichtbares Werkzeug in meinem Beruf.

KK: Ich spreche von einer bestimmten Art von Gartenschere. Sie besteht aus Kohlenstoffstahl und hat zwei gerade Klingen, die in einer scharfen Spitze enden. Sie sieht viel mehr wie eine Schere aus als eine herkömmliche Gartenschere, die gebogene Klingen hat. Kennen Sie diese Sorte?

AM: Ja, das tue ich. Floristen nennen sie »Snips«. Sie werden für Präzisionsarbeiten verwendet.

KK: Besitzen Sie ein solches Werkzeug?

AM: Was glauben Sie denn? Entschuldigung, ich weiß … Sie stellen die Fragen. Ja, ich besitze einige dieser Scheren.

KK: Ich frage Sie das, Amy, weil James Elliot mit einer solchen Gartenschere wie die, die ich gerade beschrieben habe, in den Hals gestochen wurde.

AM: Sie machen Witze.

KK: Leider nicht. Eines der auffälligsten Merkmale dieses Angriffs ist die Tatsache, dass Mr Elliott keinerlei Abwehrverletzungen hatte. Das lässt zwei Möglichkeiten zu: Entweder wurde er überrumpelt, oder er kannte seinen Angreifer und fühlte sich in dessen Gegenwart wohl genug, um ihm zu erlauben, nahe genug heranzukommen, um ihn zu erstechen.

AM: Oh.

KK: Ist das alles, was Sie dazu zu sagen haben?

AM: Ich glaube, ich möchte keine weiteren Fragen beantworten, bevor ich nicht mit einem Anwalt gesprochen habe.

KK: Wie Sie wünschen. In diesem Fall beende ich dieses Gespräch. Es ist vierzehn Uhr fünfunddreißig.

23

Als mich ein weiblicher Officer mit versteinerter Miene nach Hause bringt, bin ich völlig erschöpft. Es ist ein Uhr nachts, aber ich bin viel zu aufgedreht, um schlafen zu können. Als mein Verhör fortgesetzt wurde, geschah dies unter Vorbehalt, und DI Kilner versuchte auch nicht mehr zu verheimlichen, dass sie mich für die Person hielt, die James letzte Nacht angegriffen hat. Sie führte die gesamte Befragung in einem Zustand kontrollierter passiver Aggression und versuchte, mich an meinen empfindlichen Stellen zu treffen, ließ sich aber nicht ein einziges Mal dazu herab, ihre Wut zu zeigen.

Ich habe alle ihre Fragen mit »kein Kommentar« beantwortet, so wie es mir mein Pflichtanwalt empfohlen hatte. Unter den gegebenen Umständen war das meiner Meinung nach auch das Richtige. Denn sobald ich angefangen hätte zu reden, hätte sich alles auf fatale Weise aufgelöst, so wie eine einzelne abgefallene Masche das gesamte Strickmuster ruiniert.

Trotz des Stresses, unter dem ich stand, habe ich mich gut geschlagen. Dass ich nicht das erste Mal von der Polizei verhört wurde, hat natürlich geholfen. Ich war weder weinerlich noch panisch. Ich hielt den Kopf hoch, und meine Stimme blieb ruhig, entschlossen, zeigte kein Zeichen von Schwäche.

Schließlich mussten sie mich gehen lassen, da sie nicht genügend oder wohl eher überhaupt keine Beweise hatten, um mich anzuklagen. Es scheint, dass alles von der Gartenschere und meinem mangelnden Alibi abhing. Ein Indizienfall, und nicht mal ein sehr starker. Ich musste nur die Nerven behalten und bei meiner Geschichte bleiben. So wie ich es letztes Mal ebenfalls gemacht habe.

Ich habe ihnen erlaubt, einen DNA-Abstrich an der Innenseite meiner Wange zu machen, bevor ich ging. Ich hätte mich weigern können, aber wie hätte das ausgesehen? Ich glaube nicht, dass ich Grund zur Sorge habe; ich wäre überrascht, wenn sie meine DNA auf dieser Schere finden würden. Sehr überrascht sogar.

Da an Schlaf nicht zu denken ist, mache ich mir eine Tasse Kamillentee und trage sie ins Wohnzimmer, ohne mir die Mühe zu machen, das Licht einzuschalten. Trotz meines bravourösen Auftritts auf dem Polizeirevier fühle ich mich wie jemand, der versucht, sich selbst wieder zusammenzusetzen, und nicht ganz sicher ist, wie alle Teile aneinander passen. Ich sitze im Dunkeln und versuche, meinen Atem zu verlangsamen, während sich meine Gedanken in großen, losen Schleifen drehen.

Nachdem ich meinen Tee getrunken habe, schiebe ich ein Kissen an ein Ende des Sofas und lege mich hin. Wenn ich die Augen schließe, sehe ich Izzy so deutlich vor mir, als wäre sie in meine Netzhaut eingebrannt, wie die schwarzen Schatten, die seit einer gefühlten Ewigkeit über mein Blickfeld wandern. Ich hatte solche Hoffnungen in unsere Beziehung gesetzt. Schade, dass es nicht so gelaufen ist, wie ich es geplant hatte.

Nach einer Weile verschwimmt das Bild und Izzys Gesicht wird durch ein anderes ersetzt. Zuerst bin ich mir nicht sicher, wessen Gesicht das ist, aber als es schärfer wird, erkenne ich, dass es Frances' ist. Ich sehe ihre blasse Haut, die Sommersprossen auf ihrem Nasenrücken, das sanfte Haselnussbraun ihrer Augen – aber das ganze Bild ist nebulös und bewegt sich, als würde ich sie unter Wasser beobachten.

Vielleicht ist es nur Erschöpfung, aber ich fühle mich ziemlich merkwürdig. Irgendetwas Seltsames geht in mir vor: ein Schneesturm von Gefühlen, Gefühle, die sich kreuzen, Fehlzündungen, verschiedene Teile meines Lebens kollidieren und verschmelzen auf eine Weise, die mich schwindeln lässt.

Als Nächstes nehme ich wahr, dass schwaches Sonnenlicht durch das Fenster hereinströmt und mich zwingt, meine Augenlider zu öffnen. Benommen und desorientiert stehe ich vom Sofa auf, und mir wird schwindelig, meine Sicht ist irgendwie verpixelt. Ich stolpere in die Küche, wo die Digitalanzeige des Backofens mir sagt, dass es 7.03 Uhr ist, später, als ich dachte. Ich schreibe Claire besser eine SMS. Nach dem gestrigen Nichterscheinen wird sie sicher auf ein Update warten. Ich habe überhaupt keine Lust, zur Arbeit zu gehen, aber für Claire wäre es ein bisschen viel, wenn ich sie zwei Tage nacheinander mit dem Laden allein lasse – und außerdem brauche ich etwas, das mich ablenkt.

Ich hebe mein Telefon vom Kaminsims auf. Ich habe es seit gestern Mittag nicht mehr gecheckt. Es gibt keine verpassten Anrufe, keine freundlichen WhatsApp-Nachrichten. Nur eine einzige Push-Benachrichtigung aus dem Fitnessstudio. Ich glaube nicht, dass ich mich jemals zuvor so allein gefühlt habe – und dabei genieße ich für gewöhnlich meine eigene Gesellschaft. Die Freude, die ich normalerweise an meiner Einsamkeit und Selbstgenügsamkeit habe, hat sich in Luft aufgelöst, so als wäre sie nie etwas anderes gewesen als eine fadenscheinige Illusion.

Ich nehme mein Handy mit in die Küche und schicke Claire eine SMS, in der ich ihr mitteile, dass ich innerhalb einer Stunde im Laden sein werde. Während ich den Wasserkocher fülle und anstelle, denke ich an Eleanor. Ich stelle mir vor, wie sie ganz allein in ihrem massiven Bett liegt und leise schluchzt und trotzdem absolut umwerfend aussieht. Augen wie zwei beschlagene Pfützen, Wangen mit hübschen Tränenflecken: Elend in einer mit Samt gefütterten Schachtel verpackt. Was würde ich nicht alles geben, um in diesem Haus eine Fliege an der Wand zu sein – und vielleicht geht das ja tatsächlich.

Ich nehme mein Handy wieder in die Hand und suche nach der App für das Sicherheitssystem des Hauses, die ich gestern im *Sanctuary* heruntergeladen habe. Als ich sie öffne, werde ich von der Live-Übertragung aus Tobys Schlafzimmer begrüßt. Die Kamera ist direkt auf das Bett gerichtet, und der kleine Junge schläft tief und fest. Sein Haar ist zerzaust und seine Wangen sind leicht gerötet. Das Gerät verfügt auch über Ton, und ich höre das Geräusch seines Atems, ein leises Schniefen, das mir das Herz aufgehen lässt. Während ich ihn so klein und verletzlich daliegen sehe, wird mir plötzlich klar, dass, wenn James getötet worden wäre, Toby alles wäre, was Eleanor noch hätte. Und ihre Mutter natürlich – aber seien wir ehrlich, Valerie wird nicht mehr ewig da sein.

Unter dem Bild befinden sich vier Richtungspfeile, die wie auf einem Kompass angeordnet sind. Wenn ich auf den oberen Pfeil tippe, kippt das Kameraobjektiv nach oben, sodass ich jetzt auf die Wand über Tobys Bett schaue. Nachdem ich auf den unteren Pfeil getippt habe, um das Objektiv wieder nach unten zu bringen, halte ich den Finger auf den rechten Pfeil, und die Kamera schwenkt gehorsam durch den Raum. Sie bewegt sich am Kleiderschrank und einer niedrigen Spielzeugtruhe vorbei und über die Wand mit dem Unterwasserbild. Als sie an der Tür ankommt, nehme ich den Finger vom Bildschirm und die Kamera bleibt stehen. Ich hatte gehofft, die Tür würde offen sein und mir einen Blick auf den Treppenabsatz und die vorbeieilenden Menschen bieten, aber ärgerlicherweise ist sie geschlossen. Na ja, es wird bald Zeit für Toby aufzustehen. Ich werde nach dem Duschen noch einmal nachsehen. Vielleicht kann ich dann einen Blick auf Eleanor erhaschen.

Ich berühre den linken Pfeil und warte, während die Kamera in ihre ursprüngliche Position zurückfährt. Sie hat sie fast erreicht, als mir etwas sehr Seltsames ins Auge fällt. Ich setze mich stocksteif auf. Ich habe das Objekt zwar vorhin bemerkt, aber nicht wirklich wahrgenommen, als die Kamera den Raum zum ersten Mal abgetastet hat.

Zuerst denke ich, dass es nur mein überdrehter Verstand ist, der sich Dinge einbildet. Wie ein Kratzer auf Vinyl – mein Gehirn überspringt Rillen und zieht eine falsche Schlussfolgerung. Um sicherzugehen, fahre ich mit den Fingern über den Bildschirm, um das Objekt zu vergrößern.

Galle steigt mir ätzend in den Hals, und plötzlich fällt mir das Atmen schwer. Es fühlt sich an, als läge eine starke Hand um meinen Hals, die meine Kehle zusammendrückt und meine Atemwege verengt.

Ich habe es mir nicht eingebildet. Das ist real. Und es ist schlimmer als alles, was ich mir hätte ausmalen können. Es ist etwas so Dunkles und Ungeheuerliches, dass es alle mir bekannten Formen sprengt. Und ich weiß auch, dass es gestern Morgen, als ich Tobys Zimmer betreten habe, noch nicht da war. Ich hätte es ganz sicher bemerkt.

Mit zittrigen Fingern navigiere ich zu den Einstellungen der App und suche nach dem Filmmaterial der letzten vierundzwanzig Stunden. Doch als ich sie finde, stelle ich zu meiner Enttäuschung fest, dass die Kamera die ganze Zeit auf Tobys Bett gerichtet war. Das gesuchte Objekt befindet sich auf der anderen Seite des Zimmers, weit außerhalb der Reichweite der Kamera. Bei der Durchsicht des Filmmaterials sehe ich, dass Katya gegen halb neun ins Bild kommt, um Toby ins Bett zu bringen, aber ansonsten gibt es keine Anzeichen von Bewegung im Zimmer.

Ich stoße meinen Stuhl vom Tisch weg und schreibe eine weitere SMS an Claire. *Sorry, Planänderung. Ich habe vergessen, dass ich einen dringenden Termin in West Dulwich habe. Ich werde so schnell wie möglich da sein.*

Die Rushhour beginnt in diesem Teil Londons lächerlich früh. Kaum bin ich fünf Minuten unterwegs, stehe ich schon im Stau des zäh fließenden Verkehrs auf dem South Circular. Obwohl ich nur ein paar Stunden geschlafen habe, fühle ich mich hellwach. Angst pulsiert durch meinen Körper, zieht prickelnde Bahnen über meine Kopfhaut. Ich bin da in etwas verwickelt, das ich nicht verstehe. Es fühlt sich an wie ein führerloser Güterzug, und ich bin mir nicht sicher, ob ich irgendetwas tun kann, um ihn aufzuhalten – außer auf den Gleisen zu stehen und mit den Armen herumzufuchteln. Und selbst dann besteht die hohe Wahrscheinlichkeit, dass er mich einfach überrollt.

Es ist bereits kurz nach acht, als ich in der Oakwood Road ankomme. Trotz der strahlenden Septembersonne scheint ein graues Leichentuch über dem *Sanctuary* zu hängen. Die Fensterrose sieht trüber aus, der Glockenturm ist bedrohlicher. Selbst die beiden Wasserspeier, die den Eingangsportikus flankieren, wirken verächtlicher als sonst.

Obwohl alle Vorhänge an der Vorderseite des Hauses zugezogen sind, ist das Fenster der Toilette im Erdgeschoss ein paar Zentimeter offen, was darauf hindeutet, dass mindestens einer der Bewohner bereits auf ist. Ich läute, halte den Finger einige Sekunden lang gedrückt und tauche dann hinter einem Lorbeerbaum unter, damit man mich nicht durch das Guckloch sehen kann. Wenn Eleanor weiß, dass ich es bin, antwortet sie vielleicht nicht. Wenige Augenblicke später kommt Katya zur

Tür. Als niemand da ist, tritt sie über die Schwelle und sieht sich um. In diesem Moment tauche ich hinter dem Lorbeer auf und sie starrt mich irritiert an.

»Oh, Sie sind's«, begrüßt sie mich barsch. »Was wollen Sie hier?«

»Ich muss mit Eleanor sprechen.«

»Sie ist noch im Bett, und ich will sie nicht wecken, weil sie fast die ganze Nacht wach gewesen ist.«

»Sie war im Krankenhaus?«

Sie runzelt die Stirn. »Sie wissen, was James zugestoßen ist?«

»Ja, es ist furchtbar, nicht wahr? Wie geht es ihm, wissen Sie das?«

Ihre Miene wird mürrisch. »Da müssen Sie schon Mrs Elliott fragen.«

»Das mache ich auch, aber zuerst müssen Sie mich reinlassen. Bitte Katya, es ist wirklich wichtig.«

»Tut mir leid, das kann ich nicht, sonst bekomme ich Ärger. Sie müssen später wiederkommen.«

Sie dreht sich um und ist einen Moment lang abgelenkt. Von irgendwo hinter ihr höre ich das Lachen eines Kindes. Eine Welle der Erleichterung überrollt mich. Ich bin also doch nicht zu spät.

Ich nutze meine Chance und stürme an dem Au-pair-Mädchen vorbei ins Haus.

»He, wo wollen Sie hin?«, ruft sie mir nach.

Ich ignoriere sie und eile durch das Wohnzimmer, vorbei an Toby, der auf dem Boden mit einer Plastikeisenbahn spielt, und laufe zur Treppe. Die Haustür schlägt zu, und ich höre, wie Katya mir folgt.

Als ich oben auf dem Treppenabsatz ankomme, gehe ich auf die Tür zum Bücherregal zu, aber bevor ich sie erreichen kann, schwingt sie auf. Ich bleibe wie angewurzelt stehen, und mein Herz schlägt mir bis in den Hals. Ich weiß immer noch nicht, wie ich die Sache angehen soll.

Einen Moment später taucht Eleanor auf. Sie trägt einen cremefarbenen Seidenpyjama und flauschige Pantoffelsocken. Sie sieht so aus, wie ich mich fühle: gerötete Augen und aschfahl im Gesicht, als säße ihr immer noch ein Albtraum im Nacken.

»Was zum Teufel ...?«, sagt sie, als sie mich dort stehen sieht. »Wie sind Sie reingekommen?«

»Ich habe versucht, sie aufzuhalten, aber sie hat sich an mir vorbeigedrängt«, keucht Katya, als sie atemlos am oberen Ende der Treppe auftaucht.

Eleanor wirft mir einen Blick des puren Hasses zu. »Sie haben vielleicht Nerven, hier einfach so aufzutauchen. Wenn Sie nicht sofort aus meinem Haus verschwinden, rufe ich die Polizei. Ich kann nicht glauben, dass man Sie nicht schon längst verhaftet hat. Und wenn es so weit ist, hoffe ich sehr, dass sie Sie einsperren und den Schlüssel wegwerfen. Auf diese Weise werden Sie nie wieder jemandem in meiner Familie etwas antun können.«

Die Scham brennt mir im Gesicht. »Bitte, Eleanor, hören Sie mich an. Fünf Minuten, das ist alles, worum ich Sie bitte.«

Toby sitzt allein im Wohnzimmer und beginnt zu weinen. Seufzend macht sich Katya auf den Weg zurück nach unten, um nach ihm zu sehen.

Eleanor macht einen Schritt auf mich zu. Ich zerbreche fast unter der Wucht ihres Blicks.

»Ich bin an nichts interessiert, was Sie zu sagen haben. Sie sind eine Psychopathin, schlicht und einfach. Sie betrügen und manipulieren alle um Sie herum.«

Mein Kiefer arbeitet krampfhaft. »Ich weiß, wie das aussieht, aber Sie müssen mir glauben, wenn ich sage, dass ich nichts mit dem zu tun hatte, was James letzte Nacht zugestoßen ist.«

»Genauso wie Sie nichts mit Izzys Sturz zu tun hatten?« Ihre Worte klingen wie das Stakkato eines Erschießungskommandos.

»Izzy war meine Freundin«, erwidere ich mit brüchiger Stimme. »Ich hätte nie etwas getan, was ihr schaden könnte.«

Eleanor schließt kurz die Augen, als ob sie meinen Anblick nicht mehr ertragen könnte. »Diese kleine Miss-Unschulds-Nummer hat vielleicht vor zwanzig Jahren funktioniert, als die Polizei den Tod von Frances Bellamy untersuchte, aber mir machen Sie nichts vor. Sie haben das Mädchen von einer Brücke in den Tod gestoßen, nicht wahr, Amy – oder sollte ich lieber sagen ›Sophie‹?«

Da ich den *Tribune*-Artikel auf Eleanors iPad gesehen habe, habe ich damit gerechnet. »Nein, das ist nicht wahr. Da Sie über Frances' Fall Bescheid wissen, haben Sie auch gelesen, dass alle Anschuldigungen gegen mich fallen gelassen wurden.«

Sie scheint mich nicht gehört zu haben oder tut zumindest so. »Wurde James langsam misstrauisch Ihnen gegenüber? Haben Sie deshalb versucht, ihn zu töten?« Die Wut in ihrer Stimme ist so stark, dass sie fast wie ein Erdbeben wirkt. Ich spüre, wie sie meine Glieder erzittern lässt. »Diesmal kommen Sie damit nicht durch. Die Polizei ist Ihnen auf der Spur. Ich wünschte nur, ich hätte sie früher informiert, dann würde mein Mann jetzt vielleicht nicht im Krankenhaus liegen, unfähig zu sprechen und vollgepumpt mit Medikamenten.«

In meinem Kopf beginnt ein Pochen, ein dumpfes Pulsieren an der Schädelbasis. Ich bin versucht, mich umzudrehen und zu verschwinden, aber ich weiß, dass ich das nicht kann. Wenn ich das hier nicht durchziehe, finde ich mich nur in einem dieser endlosen Kreisläufe des Bedauerns wieder, die mir so vertraut geworden sind. Ich muss einen Weg finden, die Situation in den Griff zu bekommen – und zwar schnellstens.

»Wissen Sie, Eleanor, es ist wirklich komisch, dass Sie mir dic Schuld für das geben, was Ihrer Familie zugestoßen ist. Denn bis vor einer Stunde war ich überzeugt, dass Sie selbst Izzy und James attackiert haben.« Auf ihrem Gesicht zeigt sich dieser Ausdruck von Entsetzen, den man nicht vortäuschen kann. Es ist eine – wenn auch überflüssige – Bestätigung für mich, dass mein Instinkt richtig war.

»Seien wir ehrlich, Sie haben ein viel stärkeres Motiv als ich«, fahre ich fort. Ich muss ihr fassungsloses Schweigen ausnutzen. »Von zwei der Menschen, die Sie am innigsten liebten, verraten zu werden, das ist eine ziemlich bittere Pille, nicht wahr? Die muss man erst mal schlucken können.«

Die Sehnenstränge in ihrem Nacken treten hervor und sagen mir, dass ich einen Nerv getroffen habe. »James und Izzy hatten eine Affäre, stimmt's?«, setze ich nach. »Ich frage mich, ob Sie der Polizei davon erzählt haben. Ich nehme an, nicht … schließlich würde Sie das zur Hauptverdächtigen machen, meinen Sie nicht auch?«

»Das ist eine bodenlose Unverschämtheit«, gibt sie zurück, aber sie klingt alles andere als überzeugend.

»Keine Sorge, Eleanor, ich weiß, dass Sie es nicht waren. Und wissen Sie auch, woher ich das weiß?«

»Nein. Aber ich nehme an, Sie werden es mir gleich mitteilen.«

»Ich habe den Eindruck, dass Sie Ihren Sohn sehr lieben. Sie mögen zwar einige sehr düstere Fantasien über Ihre egoistische Schwester und Ihren ehebrecherischen Ehemann gehegt haben, aber ich glaube nicht, dass Sie Toby jemals etwas antun würden.«

»Natürlich würde ich ihm nie wehtun!«, faucht sie.

»Leider läuft da draußen jemand herum, der keine solchen Skrupel hat.« Ich sehe an ihrer entsetzten Miene, dass meine Worte ins Mark getroffen haben.

»Was wollen Sie damit sagen?«, fragt sie gedehnt.

»Geben Sie mir fünf Minuten, und ich erzähle Ihnen alles, was ich weiß. Abgemacht?«

Sie seufzt, ein langer, schwerer Seufzer, und lässt die Schultern sinken. Sie geht an mir vorbei und blickt über das Geländer in das darunter liegende Wohnzimmer. »Katya? Würdest du bitte mit Toby ein bisschen rausgehen? Ihr zwei könntet im Café im Park eine heiße Schokolade trinken.«

Die Stimme des Au-pair-Mädchens dringt zu uns hoch. »Sagen Sie nicht immer, er darf keine zuckerhaltigen Getränke trinken?«

»Wir machen heute eine Ausnahme, nur dieses eine Mal.«

»Sind Sie sicher, dass Sie zurechtkommen?« Sie spricht die Worte »mit ihr« nicht aus, aber sie schwingen unüberhörbar in der Frage mit.

»Ja, aber bring mir mein Handy hoch, bevor du gehst, ja? Es liegt auf der Kommode.«

Eleanor sieht mich an, richtet sich auf und strafft die Schultern. »Wenn Sie irgendetwas tun, was mich auch nur im Geringsten beunruhigt, rufe ich sofort die Polizei an. Kapiert?«

Ich nicke knapp.

Kaum hat Eleanor das Telefon in der Hand, gehe ich in Tobys Schlafzimmer. »Kommen Sie mit, ich muss Ihnen etwas zeigen.«

24

Ich gehe direkt zu der Spielzeugkiste. Es ist ein stabiles Möbelstück, etwa einen Meter hoch und in einem hübschen Gelbton gestrichen. Darauf steht ein Gegenstand, der in einem Kinderzimmer etwas fehl am Platz wirkt: eine altmodische Kristallvase. Sie ist mit frischen Blumen gefüllt – ein laienhaftes, aber farbenfrohes Arrangement, das ein kleines Kind sofort begeistern würde. Ich drehe mich um in der Erwartung, Eleanor direkt hinter mir zu sehen, aber sie ist argwöhnisch in der Tür stehen geblieben. Offensichtlich ist sie nicht geneigt, mit mir in einem Raum zu sein.

»Sehen Sie die?« Ich zeige auf die Blumen. »Sie sind giftig. Jede einzelne von ihnen.«

Eleanor starrt mich an, offensichtlich verwirrt. »Was reden Sie da?«

Ich ziehe einen Stängel aus der Vase. »Oleander. Eine exquisite Pflanze, bekannt für ihre sternförmigen Blüten. Außerdem ist Oleander hochgiftig – so giftig, dass der Verzehr seiner Pollen ausreicht, um einem Erwachsenen üble Magenschmerzen zu bereiten.« Ich mache eine dramatische Pause, bevor ich hinzufüge: »Ein einziges Blatt davon zu essen, reicht aus, um ein Kind zu töten.«

Ich knicke den Oleander zusammen und versuche, den Stängel zurück in die Vase zu stopfen, aber er passt nicht hinein, sondern rutscht mir aus der Hand und fällt auf den hellbeigen Teppich.

Ich wähle ein anderes Exemplar – diesmal ist es keine Blüte, sondern ein Stängel mit leuchtend roten Beeren. »Darf ich vorstellen: Black Bryony, die Feuerwurzel oder Schmerwurz. Ein hübscher Name, und diese Beeren sehen doch auch wirklich zum Anbeißen aus, richtig?«

Eleanor schluckt.

»Davon würde ich allerdings dringend abraten. Die Beeren enthalten eine Chemikalie namens Saponin, die ausgeprägtes Schäumen anregt. Sie reizt die Schleimhäute des Verdauungstrakts und sollte auf keinen Fall auch nur in die Nähe des Mundes gebracht werden.«

Eleanor versucht, etwas zu sagen, aber es kommt nur ein Krächzen heraus. Mit einem grimmigen Lächeln tausche ich den Stängel gegen eine größere Pflanze mit auffälligen röhrenförmigen Blüten aus. »Ich nehme an, Sie kennen das?«

Eleanor macht ein paar Schritte ins Zimmer. »Das ist Fingerhut, oder?«

»Korrekt – sein wissenschaftlicher Name lautet *Digitalis purpurea.* Fingerhut ist in vielen Gärten zu finden, obwohl alle Teile der Pflanze für den Menschen giftig sind. Er enthält eine chemische Verbindung, die den natürlichen Herzrhythmus stört – sie wird als Wirkstoff eines Medikaments verwendet, das man zur Behandlung von Herzinsuffizienz einsetzt. Einem gesunden Menschen würde ich den Verzehr allerdings nicht empfehlen.«

Nachdem ich den Fingerhut wieder in die Vase gestellt habe, zeige ich mit einer ausholenden Geste auf den letzten Stängel – eine schillernde Pflanze mit dunkelblauen Blüten, die eine fast ledrige Textur haben. »Was diese kleine Schönheit angeht … Ich persönlich würde sie nicht einmal ohne Handschuhe anfassen.«

»Warum nicht?« Ich sehe, wie schockiert Eleanor ist. Aber

ich empfinde keine Freude darüber, dass ihre Gesichtszüge entgleisen, und auch nicht an ihrer Leichenblässe.

»Das ist Aconitum, besser bekannt als Eisenhut. Sein Gift wird über die Haut aufgenommen, meist über eine offene Wunde. Schluckt man dagegen eine ausreichend große Dosis, führt das zu einer Lähmung der Atemwege.« Ich verschränke meine Arme vor der Brust. »Mit anderen Worten, zum Tod.«

Eleanor stöhnt laut auf und lehnt sich gegen die Wand. Ich kann mir nur vorstellen, wie sie sich fühlt, nachdem sie jetzt weiß, dass ihr kostbarer Sprössling jeden Moment nach einer dieser giftigen Blüten oder Beeren hätte greifen und sich in sein gieriges Mäulchen stopfen können.

»Wir können wohl davon ausgehen, dass Toby mit keiner dieser Pflanzen in Berührung gekommen ist, denn er wirkte völlig gesund, als ich ihn vorhin sah. Aber täuschen Sie sich nicht, wer auch immer diese Vase hier hingestellt hat, wollte ihm ernsthaft Schaden zufügen.«

In Eleanors Augen schimmert blankes Entsetzen. »Aber welcher Mensch würde so etwas tun?«

»Dieselbe Person, die Izzy aus dem Fenster gestoßen und auf James eingestochen hat. Jemand da draußen hat es auf Ihre Familie abgesehen, Eleanor – und da diese Person offensichtlich Zugang zu Ihrem Haus hat, muss es jemand sein, der Ihnen nahesteht. Denken Sie bitte genau nach … Wann ist diese Vase in Tobys Zimmer aufgetaucht?«

Sie verschränkt die Arme vor der Brust. »Es muss irgendwann gestern gewesen sein. Am Tag von Izzys Beisetzung. Der Leichenschmaus war hier im Haus. Ich war in Tobys Zimmer, um ein paar Anziehsachen zu holen, aus denen er längst herausgewachsen ist. Ich wollte sie einem Paar für deren Kleinkind geben. Zu dem Zeitpunkt war die Vase noch nicht da, da bin ich mir sicher.«

»Um wie viel Uhr war das?«

»Dreizehn Uhr, vielleicht dreizehn Uhr dreißig. Seitdem bin ich zum ersten Mal wieder in diesem Zimmer. Gestern Abend hat Katya Toby ins Bett gebracht, während ich bei James im Krankenhaus war. Und sie hat ihn auch heute Morgen geweckt und angezogen.«

»Wie viele Gäste waren auf der Trauerfeier?« Ich weiß, dass ich sie mit Fragen förmlich bombardiere, aber wir müssen der Sache auf den Grund gehen, bevor noch jemand verletzt wird.

Sie sieht mich voller Panik an. »Etwa fünfzig.«

»Jeder von ihnen hätte sich vermutlich unbemerkt in Tobys Zimmer schleichen können.«

Eleanor nickt zustimmend. Im nächsten Moment verzieht sich ihr Gesicht, als hätte sie in etwas Fauliges gebissen. »Moment, woher weiß ich, dass nicht Sie selbst die Blumenvase hingestellt haben?«

»Wenn ich es gewesen bin, warum sollte ich dann zu Ihnen kommen, um Sie zu warnen?«

»Vielleicht haben Sie es ja genau deshalb getan. Damit Sie hier auftauchen und die Heldin spielen können!« Eleanor hebt die Stimme. »Wie sind Sie überhaupt ins Haus gekommen? Haben Sie auf Izzys Party einen Schlüssel gestohlen? Katya hat erst neulich gesagt, dass sie die Ersatzschlüssel, die normalerweise an der Hintertür hängen, nicht finden kann.«

Ich strecke beschwichtigend eine Hand nach ihr aus. »Eleanor, Sie irren sich. Ich habe keine Schlüssel.«

»Fassen Sie mich nicht an!« Sie weicht angewidert zurück. »Sie müssen es gewesen sein. Woher sollten Sie sonst gewusst haben, dass die Blumen hier sind?«

»Ja, richtig, das habe ich noch nicht erzählt, oder?« Ich deute mit dem Daumen in Richtung Nachttisch. »Der Babymonitor ist mit meinem Handy gekoppelt. Ich habe heute am frühen

Morgen das Bildmaterial überprüft. Da sind mir die Blumen aufgefallen.«

»Sie halten mich wirklich für ziemlich dumm!«, höhnt Eleanor. »Sie müssten mit unserem WiFi verbunden sein, um Ihr Telefon mit der Kamera koppeln zu können.«

»Das weiß ich, ich habe mich eingewählt.«

»Wann?«

»Gestern Morgen, als ich die Blumen für die Totenfeier geliefert habe.«

Verwirrung macht sich auf ihrem Gesicht breit. »James' Assistentin hat ausgerechnet Sie gebeten, die Blumen zu liefern?«

Ich nicke. »Es hat ihr wohl niemand gesagt, dass ich Persona non grata bei Ihnen bin.«

Eleanors Gesicht ist jetzt eine starre, hochmütige Maske. »Und das Passwort für die Kamera-App?«

»Ich habe das Passwort umgangen und stattdessen Ihre Sicherheitsfrage beantwortet.«

»Welche Sicherheitsfrage?« Sie wirkt ungläubig.

»Kieferorthopäde«, sage ich. »Izzy hat mir gegenüber den Beruf Ihres Vaters erwähnt.«

Eleanor sieht immer noch nicht ganz überzeugt aus, also hole ich mein Handy raus und öffne die App. »Sehen Sie selbst!« Ich zeige ihr die Live-Übertragung.

»Und das soll mich beruhigen?«, fährt sie mich an. »Sie müssen mir schon verzeihen, wenn ich Ihnen nicht aus Dankbarkeit die Füße küsse, aber Ihr Vorgehen ist ein grober Eingriff in meine Privatsphäre – wenn nicht sogar illegal –, und außerdem beweist nichts davon Ihre Unschuld.«

Ich stöbere verzweifelt in meinen Erinnerungen auf der Suche nach meiner Rettung. Nach einem zwingenden Beweis, dass ich unmöglich Izzy vom Glockenturm gestoßen oder James letzte Nacht angegriffen haben kann. Leider verfeuert mein Gehirn nur Platzpatronen.

»Können wir das später besprechen? Ich habe Ihrem Sohn gerade das Leben gerettet, nicht wahr?«

»Ja, aber …«

Ich hebe die Hand, um sie zu unterbrechen. »Sehen Sie, Eleanor, ich verstehe, dass Sie mir nicht vertrauen, das tue ich wirklich – aber die Zeit arbeitet gegen uns.« Ich registriere die blanke Verzweiflung in meiner Stimme. »Wer auch immer diese giftigen Pflanzen in das Zimmer Ihres Sohnes gestellt hat, könnte wieder zuschlagen – und wer weiß, welches Mitglied Ihrer Familie das nächste Ziel sein wird. Wir müssen jetzt zusammenarbeiten und herausfinden, wer die Mittel, das Motiv und die Gelegenheit hatte, die Pflanzen hier hineinzuschmuggeln. Das ist die einzige Chance, dieses Monster zur Strecke zu bringen.«

Eleanor will zuerst protestieren, schließt den Mund dann aber wieder und zuckt mit den Schultern. »Gut«, sagt sie, aber ihr Blick bleibt drohend. »Aber ich warne Sie noch einmal: Eine falsche Bewegung und ich rufe die Polizei.« Sie hält ihr Handy hoch, um ihre Worte zu unterstreichen.

»Verstanden.«

»Wir sollten uns zunächst die Kameraaufzeichnungen von gestern ansehen.« Eleanor ist plötzlich, nachdem wir einen vorübergehenden Waffenstillstand ausgehandelt haben, ganz bei der Sache. »Die Kamera ist immer auf Tobys Bett gerichtet, aber es besteht die Möglichkeit, dass derjenige, der die Vase hier abgestellt hat, in ihren Fokus geraten ist.«

»Das habe ich schon überprüft, da ist nichts.« Ich tippe mit meinem Smartphone gegen mein Kinn. »Fällt Ihnen jemand ein, der einen Groll gegen Ihre Familie hegen könnte?«

»Da kommt mir, ehrlich gesagt, niemand in den Sinn.«

»Und James? Hat er irgendwelche Feinde? Vielleicht einen verärgerten Geschäftspartner?«

»Er hatte im Laufe der Jahre etliche schwierige Kunden gehabt, aber James kann sehr gut mit Menschen umgehen. Er würde sich ein Bein ausreißen, um sicherzustellen, dass die Kunden rundum zufrieden sind, selbst wenn er dafür Kompromisse eingehen muss. Das Gleiche gilt für seine Mitarbeiter. Ich glaube nicht, dass Sie bei *Cole & Elliott* jemanden finden, der ein schlechtes Wort über ihn verlöre.«

»Was ist mit seinem Privatleben?«

Eleanor runzelt die Stirn und reibt sich eine Schläfe. »Wir kannten die meisten unserer Freunde schon vor unserer Hochzeit. Soweit ich weiß, hat sich James nie mit einem von ihnen zerstritten.«

Ich starre auf den Boden und scheuere mit der Schuhspitze über den weichen Teppich, während ich überlege, wie ich meine nächste Frage am besten formulieren soll. »Was ist mit seinen … intimen Beziehungen? Gab es außer Izzy noch andere?« Als ich wieder aufschaue, mustert mich Eleanor mit einem Blick, der Eis zum Schmelzen bringen könnte.

»Die beiden hatten doch eine Affäre, stimmt's?«

Sie bläht fast unmerklich die Nasenlöcher.

»Ich weiß, dass dieses Thema schwierig ist, aber wenn Sie meine Hilfe wollen, müssen Sie offen zu mir sein.«

Eleanor holt tief Luft. »Ja, sie hatten eine Affäre, aber ich habe davon erst nach Izzys Tod erfahren.«

»Und wie?«

Sie verschränkt die Finger krampfhaft. »James war völlig am Boden zerstört wegen Izzys Tod. Sie hatten sich immer gut verstanden, also war er natürlich bestürzt. Aber seine Trauer war so tief, dass ich sein Verhalten nicht ganz nachvollziehen konnte, zumal er sonst eher pragmatisch ist. Fünf oder sechs

Tage später überraschte ich ihn schluchzend im Gartenschuppen. Ob Sie es glauben oder nicht, es war erst das zweite Mal, dass ich ihn weinen sah – das erste Mal war bei Tobys Geburt. In dem Moment hatte ich eine Ahnung.« Sie lässt ihre Arme an den Seiten heruntersinken. »Ich habe ihn geradeheraus gefragt, ob er und Izzy miteinander geschlafen haben. Er hat mich angesehen, und die Tränen liefen ihm über die Wangen. Dann hat er die Frage bejaht. Offenbar ging das schon seit drei Monaten – also genau zu der Zeit, als meine Beziehung zu Izzy sich rapide verschlechterte.« Sie verzieht das Gesicht. »Sehr amüsant, wirklich!«

»Hat er Ihnen gesagt, wie es angefangen hat?«

»Er wollte es mir erzählen, aber ich wollte nichts hören. Ich dachte, ich erspare mir die Details.«

»Weiß die Polizei von der Affäre?«

»Nein, James hat mich angefleht, ihnen nichts zu sagen. Er sagte, das würde ihn zum Hauptverdächtigen machen.«

»Woher wussten Sie, dass er es nicht getan hat?«

»Kurz bevor sie stürzte, war James bei mir und hat mir geholfen, leere Flaschen zur Recyclingbox neben dem Haus zu bringen. Er holte gerade eine weitere Kiste mit Leergut vom Caterer, als ich jemanden schreien hörte. Er war weniger als eine Minute aus meinem Blickfeld verschwunden. Diese Zeit reicht bei Weitem nicht aus, um zum Glockenturm und wieder zurück zu laufen.«

Ich nicke bedächtig, während ich diese Information verarbeite. »Glauben Sie, dass die Sache zwischen den beiden etwas Ernstes war?«

Eleanors Lippen beben. »Falls Sie meinen, ob er mit dem Gedanken gespielt hat, mich ihretwegen zu verlassen … darauf habe ich keine Antwort. Aber ich weiß, dass es nicht seine erste Affäre war und wahrscheinlich auch nicht die letzte bleiben wird. Und was Izzy betrifft, ich habe absolut keine Ahnung, was sie wollte. Sie war schon immer ein komplexer Charakter. Ich habe bereits vor langer Zeit aufgehört, ihre Beweggründe zu hinterfragen. Hat sie sich Ihnen anvertraut?«

»Über die Affäre? Nein.«

»Aber woher wussten Sie davon?«

»Ich war mir nicht wirklich sicher, bis Sie es mir eben bestätigt haben.«

»Sie hatten einen Verdacht?«

Ich tippe gegen meine Lippen. Die Sache mit dem Babymonitor zuzugeben ist eine Sache, aber zu gestehen, dass ich mich in Eleanors Kleiderschrank versteckt hatte, wäre wohl etwas zu viel.

»Ich habe die beiden zusammen auf der Party gesehen. Sagen wir einfach, sie wirkten so vertraut miteinander.«

»Sie sind nicht die Einzige, der das aufgefallen ist. Meine Mutter hat die beiden auch gesehen.« Eleanor lächelt freudlos. »Ich muss schon sagen, das entspricht eigentlich nicht seinem Stil. Normalerweise ist James sehr diskret. Ich glaube, die beiden hatten an diesem Abend ein bisschen zu viel getrunken.«

»Sie klingen so sachlich. Stören seine Affären Sie nicht?«

Sie hob fast abwehrend die Hände. »Natürlich stören sie mich, aber ich betrachte sie als notwendiges Übel. James findet das Familienleben langweilig. Er braucht seine Spielzeit, sonst wird er mürrisch und reizbar.«

»Das klingt fast, als wäre er ein Fünfjähriger.«

Eleanor zuckt mit den Schultern. »Sind nicht alle Männer im Herzen große Kinder?«

»Aber mit seiner eigenen Schwägerin zu schlafen«, beharre ich. »Das ist ziemlich mies, was die beiden Ihnen da angetan haben.«

»Ja, nicht wahr? Izzy war schon immer liebesbedürftig. Sie war egoistisch und heischte stets nach Aufmerksamkeit, schon als kleines Mädchen, aber ich hätte nie gedacht, dass sie zu so etwas fähig ist. Wenn sie noch am Leben wäre, wüsste ich nicht, ob ich ihr verzeihen könnte.«

»Haben Sie James verziehen?«

»Welche Wahl habe ich denn schon? Er ist der Vater meines Sohnes.« Sie wischt sich eine Träne aus dem Augenwinkel. »Wie auch immer, lassen Sie uns nicht abschweifen. Sie haben mich nach den anderen Geliebten von James gefragt. Glauben Sie, dass eine von ihnen hinter all den Attacken gegen meine Familie stecken könnte?«

»Möglich wäre es.«

»Vielleicht, ja. Wenn eine seiner ehemaligen Liebhaberinnen auf der Geburtstagsparty war und James und Izzy zusammen gesehen hat, könnte diese Person meine Schwester in einem Anfall von Eifersucht aus dem Fenster gestoßen haben.«

»Und als auch das James nicht wieder in ihre Arme zurückbrachte, beschloss die Mörderin, auch ihn zu bestrafen.«

Eleanors Blick wanderte zu den Blumen. »Aber was ist mit Toby? Er ist doch völlig unschuldig an der ganzen Sache.«

»Offenbar wollte die Täterin Sie damit treffen. Immerhin sind Sie die Ehefrau von James.«

Unsere Blicke treffen sich. »Wissen Sie, eine Zeit lang habe ich tatsächlich geglaubt, auch Sie würden mit James schlafen. Als Izzy starb, konnte ich nicht mehr klar denken – und dann fand ich in seiner Jackentasche eine Quittung für einen Lunch, den er in dem Café direkt neben Ihrem Laden eingenommen hat. Selbst nachdem Maria mich davon überzeugt hatte, dass Sie nicht sein Typ sind, dachte ich immer noch, dass mit Ihnen etwas nicht stimmt.«

»Ach? Und wieso?«

»Ich weiß nicht, Sie haben einfach eine seltsame Ausstrahlung. Maria hat das auch gespürt.«

Mich durchzuckt ein schmerzhafter Stich. »Wirklich?«

»Sie sagte, Sie seien auf Izzy fixiert. Ich glaube, ›besessen‹ war das Wort, das sie benutzte. Wir beide haben sogar spekuliert, ob Sie vielleicht romantische Absichten in Ihre Richtung hätten.«

Ich presse meine Lippen zusammen und schaue auf den Boden.

»Entschuldigung«, sagt Eleanor. »Aber Sie haben gesagt, ich sollte offen sprechen.«

Das ist ein gutes Argument.

»Ich habe gelesen, was Sie auf Izzys Facebook-Seite geschrieben haben, dass ich etwas mit ihrem Tod zu tun hätte. Sie klangen ziemlich überzeugt.«

»Das war ich zu der Zeit auch. Ich hatte gerade herausgefunden, dass Ihre Jugendfreundin unter mysteriösen Umständen ertrunken ist, als Sie beide noch Teenager waren. Für mich lagen die Ähnlichkeiten zwischen diesem Fall und dem, was mit Izzy passiert ist, auf der Hand, und zudem fand ich es seltsam, dass Sie jetzt unter einem anderen Namen hier leben. Da habe ich mich gefragt, ob …« Eleanor unterbricht sich und kaut auf der Innenseite ihrer Wange.

Ich spreche aus, wovor sie zurückscheut. »Ob ich meine beste Freundin aus Jugendtagen nicht doch von einer Brücke gestoßen und jetzt Izzy auf die gleiche Weise umgebracht hätte?«

Sie nickt. »Ich hätte mich in den sozialen Medien darüber nicht auslassen dürfen, und es tut mir leid, dass Sie das gelesen haben. Falls es Sie tröstet, ich habe Izzys Konto löschen lassen, sodass es niemand mehr sehen wird.«

»Und dann haben Sie beschlossen, Ihren Verdacht gegen mich der Polizei mitzuteilen?«

»Zu dem Zeitpunkt noch nicht. Ich wollte nichts sagen, bis ich mir sicher war. James gegenüber habe ich nicht einmal den Zeitungsartikel erwähnt. Aber schließlich wurde er angegriffen, und mir war klar, dass ich handeln musste. Ich habe den Artikel gezeigt und die Polizei gebeten, dich genauer unter die Lupe zu nehmen.«

Das passt, denke ich. Für DI Kilner musste ich wie der Hauptgewinn ausgesehen haben, auch wegen der Tatwaffe. Sie wird sich sicher in den Hintern gebissen haben, weil sie mich gehen lassen musste.

Doch etwas nagt noch an mir, wie ein Jucken zwischen den Schulterblättern.

»Wie sind Sie überhaupt auf die Verbindung zwischen mir und Sophie Douglas gestoßen? Die meisten Leute erinnern sich nicht einmal mehr an den Fall Frances Bellamy, weil das schon so lange her ist.«

»Ich habe einen Tipp bekommen.«

Ich spüre ein Kribbeln an meiner Wirbelsäule. »Wie bitte?«

»Jemand hat mir eine Direct Message auf Instagram geschickt, ein paar Tage nach Izzys Tod.«

»Ein Freund?«

Sie schüttelt den Kopf. »Jemand, von dem ich noch nie gehört hatte. Die Person hatte einen seltsamen Benutzernamen, der nur aus Zahlen und Satzzeichen bestand. Sie hat ihren Namen nicht angegeben, und ich weiß nicht einmal, ob sie männlich oder weiblich war.«

»Was stand in der Nachricht?«

»Dass ich sehr vorsichtig sein solle, wen ich in meine Familie aufnehme. Dazu schickte die Person einen Link zu einer Website – zu einem alten Zeitungsartikel, geschrieben am zehnten Jahrestag von Frances' Tod. Die Person sagte, ich solle mir eines der Fotos darin genauer ansehen. Es zeigte ein Mädchen in

Schuluniform. ›Sie sieht vielleicht harmlos aus‹, schrieb die Person weiter, ›aber denken Sie daran: Jede Rose hat Dornen.‹«

Ich lache ein wenig nervös.

»Als ich das Foto von Sophie Douglas sah, wusste ich sofort, dass Sie es sind.«

»Haben Sie dieser geheimnisvollen Person geantwortet?«

»Ich habe es ein paar Tage später versucht, aber da war ihr Instagram-Account schon gelöscht.«

Unbehagen breitet sich in mir aus. Wer auch immer diese DM an Eleanor geschickt hat, wollte, dass sie und die Polizei denken, ich hätte Izzy umgebracht. Genauso wie sie mich für den Angriff auf James verantwortlich machen wollen und für den Vergiftungsversuch am kleinen Toby. Nicht viele Menschen können mit meinem enzyklopädischen Wissen über Pflanzen aufwarten. Andererseits sind alle Informationen, die für die Zusammenstellung dieses tödlichen Straußes benötigt wurden, im Internet verfügbar. Und eine professionelle, hochwertige Gartenschere kann man leicht auf eBay kaufen.

Plötzlich überkommt mich ein Gefühl, als würde ich gleich zusammenbrechen. Eine schreckliche Erkenntnis durchzuckt mich wie ein greller Blitz.

Nicht die Elliotts will diese Person erledigen. Sondern mich.

Eleanor fährt sich mit der Hand über die Stirn wie eine viktorianische Heldin, die unter einem Anfall von Schwindel leidet. »Ich weiß nicht, wie es Ihnen geht, Amy, aber in meinem Kopf dreht sich alles. Ich weiß sehr zu schätzen, dass Sie heute hierhergekommen sind, aber wir werden diesen Fall niemals allein lösen können. Warum gehen wir nicht einfach zur Polizei und erzählen ihnen alles, was wir wissen? Die Ermittler können hoffentlich herausfinden, wer hinter all diesen Dingen steckt, bevor noch jemand verletzt wird.«

»Das ist eine gute Idee. Aber Sie sollten Katya anrufen und

ihr sagen, wohin wir gehen. Wenn sie zurückkommt und feststellt, dass wir beide weg sind, wird sie wahrscheinlich denken, dass ich Sie entführt habe.«

Eleanor dreht den Kopf lauschend Richtung Tür. »Ich glaube, sie ist schon zurück. Denn ich meine, ich hätte gerade jemanden unten herumlaufen hören.«

»Wirklich? Aber sie sind doch erst seit zehn Minuten weg. Das ist kaum genug Zeit, um zum Park und wieder zurück zu gehen, geschweige denn noch eine heiße Schokolade zu trinken.«

Dann höre ich es auch.

Das leise Quietschen einer Bodendiele.

Aber es kommt nicht von unten, sondern aus dem Flur direkt vor der Schlafzimmertür.

»Katya?«, sage ich. »Sind Sie das?

Als niemand antwortet, bin ich plötzlich sehr beunruhigt. Eleanor ist ebenfalls alarmiert, das sehe ich in ihren Augen.

Plötzlich wird die Tür von außen aufgestoßen. Als ich sehe, wer dort steht, entspannen sich meine Schultern augenblicklich.

»Claire!« Ich lächle erleichtert. »Was machst du denn hier?«

Eleanor runzelt die Stirn. »Hat Katya Sie ins Haus gelassen?«

Meine Assistentin antwortet nicht auf unsere Fragen. Sie starrt uns nur an, ihre Augen sind leer und gleichgültig wie bei einem Tier. Dann sehe ich, dass sie meine Lieblings-Baumschnitt-Handschuhe trägt, die ich überall erkennen würde. Sie sind aus einem hübschen Stoff mit aufgedrucktem Bienenmuster und haben für mich einen sentimentalen Wert. Sie waren ein Geburtstagsgeschenk meines Ex.

Was dann passiert, kommt so plötzlich und so schockierend, dass ich keine Chance habe, es in Echtzeit zu verarbeiten. Claire, die immer noch kein Wort gesprochen hat, stürzt sich auf Eleanor und presst sie gegen die Wand. Etwas Silbernes blitzt auf, und ich sehe zu meinem Entsetzen, dass sie ein Messer in der Hand hält. Bevor ich sie aufhalten kann, rammt sie das Messer in Eleanors Flanke. Mit einem markerschütternden Schrei rutscht Eleanor die Wand hinunter und presst eine Hand auf die Seite. Dann zieht Claire das Messer aus der Wunde und holt zu einem neuen Stich aus.

Ich fühle mich wie in einem dieser wirren Träume, die man oft nach einer durchzechten Nacht hat. Man wacht völlig verwirrt in den frühen Morgenstunden auf, hat einen trockenen Mund und das Herz schlägt einem bis in den Hals. Und dann kommt die große Erleichterung, wenn man merkt, dass der Albtraum nicht real ist. Kein Unhold jagt einen durch den Wald. Man ist nicht nackt durch eine belebte Straße in Soho gelaufen. Und niemand schlachtet eine Frau ab. Nur dass dies hier kein Traum ist. Es geschieht tatsächlich vor meinen Augen.

»Was machst du da, Claire?«, schreie ich. »Hör auf damit! Lass sie in Ruhe!«

Das Messer bohrt sich in Eleanors rechten Bizeps, als diese panisch den Arm hebt, um den Stich abzuwehren.

Ich stürze mich auf Claire und versuche ihre Taille zu umschlingen. Sie knurrt bösartig und windet sich in meinen Armen. Obwohl sie eher hager ist, besitzt sie unglaubliche Kräfte. Im nächsten Moment brennt ein scharfer Schmerz in meiner Brust. Schockiert lockere ich meinen Griff. Claire befreit sich aus meiner Umschlingung.

Einen Moment lang stehen wir uns gegenüber, beide schwer atmend. Claires Augen funkeln böse, auf ihrem Gesicht liegt ein düsterer, triumphierender Ausdruck. Ich betaste mein Brustbein, und als ich die Hand wegnehme und sie betrachte, sehe ich, dass meine Finger blutig sind.

Mein Blick zuckt zu Eleanor. Sie liegt auf dem Boden, die

Augen halb geöffnet. Ihr cremefarbener Pyjama ist jetzt mit roten Flecken bedeckt. Ich könnte mich aus dem Staub machen, aber Eleanor blockiert die Tür, die sich nur einen schmalen Spalt öffnen lässt. Trotzdem müsste ich mich hindurchzwängen können. Ich könnte zum nächsten Nachbarhaus laufen und Hilfe für uns beide holen.

Aber Claire holt mich ein, als ich den Raum nicht einmal halb durchquert habe. Sie packt mich an den Haaren, zerrt mich nach hinten und schleudert mich gegen die Kommode. Der Aufprall fegt Bilderrahmen und einen Satz Holzbausteine herunter, die auf den Boden krachen. Als Claire das Messer hebt, um erneut zuzustechen, trete ich ihr mit aller Kraft gegen das Schienbein. Sie fällt um und landet auf dem Hintern, schafft es aber irgendwie, das Messer festzuhalten. Während sie sich aufrichtet, weiche ich zum Fenster zurück.

Das Brennen in meiner Brust wird immer schlimmer. Und mein Gehirn will einfach nicht richtig arbeiten. Ich verstehe nicht, was in Claire gefahren ist. Was um alles in der Welt habe ich ihr denn angetan?

Halt suchend stütze ich mich auf die Fensterbank. Meine Arme fühlen sich schwer an, meine Fingerspitzen kribbeln. Ich atme flach, schnappend. Dann versuche ich zu sprechen, um Claire zur Vernunft zu bringen, aber ich bringe nur ein hohes Zischen heraus, wie das Geräusch eines erschlaffenden Luftballons. Als meine Beine nachgeben, halte ich mich am Vorhang fest. Ich umklammere ihn immer noch, als ich zu Boden sacke. Es knallt, als eine Vorhangöse nach der anderen bricht und ich von zerbrochenen Plastikteilen überschüttet werde.

Während ich völlig hilflos auf der Seite liege, nähert sich Claire. Ich kann sehen, wie sie mich taxiert, als wolle sie herausfinden, ob ich noch eine Bedrohung darstelle. Es fällt mir immer schwerer zu atmen, aber schließlich schaffe ich es, ein einziges Wort herauszupressen. »Warum?«

Ihr Lächeln ist wie ein Schlag ins Gesicht. »Rache. Für Rosie. Du erinnerst dich an Rosie, nicht wahr?«

Irgendetwas tief in mir zerreißt. Wie konnte ich sie nur vergessen? Die Erinnerung zieht sich wie eine Schlinge um meinen Hals. Es gibt Erinnerungen, denen man nicht entkommen kann. Dies ist so eine. Ich wusste immer, dass sie mich eines Tages einholen würde.

Denn Frances war nicht die erste meiner Freundinnen, die gestorben ist.

Vor Frances gab es Rosie.

»W-wie hast du …« Jedes Wort fühlt sich an, als würde ich einen Metallklumpen ausspucken.

»Woher ich sie kenne?« Claire sinkt neben mir auf die Knie und fletscht die Lippen, sodass ich ihre Schneidezähne sehen kann. »Weißt du es immer noch nicht? Rosie war meine Schwester.«

Die Angst packt mich mit eiskalten Klauen. Jetzt begreife ich. Jetzt nimmt alles langsam Gestalt an. Genau wie Rafe es gesagt hat.

»Es tut mir leid«, keuche ich, während ich kaum noch Luft kriege.

»Du hast meine Schwester umgebracht, und das ist alles, was du zu sagen hast?«

Claire schüttelt müde den Kopf, wie ein Richter, der eine mangelhafte Leistung bewertet: einen von fünf Punkten.

»Fick dich, Sophie«, sagt sie, während sie das Messer ein zweites Mal in meinen Körper rammt.

Ich muss kurz ohnmächtig geworden sein, denn als ich wieder zu mir komme, nimmt Claire gerade ein Kinderkissen vom

Bett. Ich schaue zu Eleanor hinüber, die vor der Tür liegt. Ich weiß, dass sie noch lebt, denn ich sehe, wie sich ihr Brustkorb hebt und senkt.

Ich beobachte entsetzt, wie Claire sich rittlings auf sie setzt und das Kissen über ihr Gesicht legt. Ich weiß, dass sie Eleanor ersticken wird, wenn ich nichts unternehme, um sie aufzuhalten, aber meine Glieder sind bleiern und meine Kehle ist wie zugeschnürt.

Als sich dunkle Schatten an den Rändern meines Blickfelds sammeln, drehe ich den Kopf zur Seite. Ich spüre ein leichtes Kitzeln an der Seite meines Gesichts und merke, dass es der Stängel des Oleanders ist, den ich vorhin auf den Teppich fallen gelassen habe. Durch das Gewicht meines Kopfes wird er gequetscht und sein Aprikosenduft dringt in meine Nasenlöcher. Der Duft ist so stark, so unerträglich süß, dass er wie eine Art Riechsalz wirkt und mich wieder zu Bewusstsein bringt.

Ich beiße die Zähne zusammen. Claire ist vollkommen auf Eleanor konzentriert, die ein schreckliches Gurgeln von sich gibt. Von dem Messer ist nichts zu sehen; ich nehme an, dass Claire es noch bei sich hat.

Als ich mich hektisch im Zimmer nach einer potenziellen Waffe umschaue, fällt mein Blick auf die Spielzeugkiste. Sie ist nur ein paar Fuß entfernt, aber es kommt mir wie zehn Meilen vor.

Mit meiner letzten Kraft stemme ich mich vom Boden hoch und hocke mich hin. Mein Brustkorb hebt sich unregelmäßig.

Dann hebe ich die schwere Kristallvase, die immer noch mit Blumen gefüllt ist, und taumele damit zur Tür. Claire blickt im letzten Moment hoch, aber ihre Reaktion ist nicht schnell genug.

Ich hämmere die Vase so hart wie möglich auf ihren Kopf. Sie zerbirst mit einem unangenehmen Knirschen, als sie auf

Claires Schädel prallt. Claire kippt zur Seite und landet mit weit gespreizten Armen und Beinen wie ein Seestern auf dem Boden.

Ich weiche zurück in der bangen Erwartung, dass sie die Augen aufschlägt. Als sie das nicht tun, falle ich auf die Knie. Mir wird schwindelig, als würde ich kopfüber ins All stürzen, vor meinen Augen explodieren Lichter und Farben.

Langsam gleite ich aus der Welt.

Jetzt

25

»Bitte erzählen Sie uns mit Ihren eigenen Worten, was im *Sanctuary* passiert ist.«

Ich lege zwei Finger auf die empfindliche Stelle zwischen meinen Augenbrauen. »Also ehrlich gesagt ist alles ein bisschen verschwommen«, sage ich, und die Worte kleben irgendwie in meinem Mund. »Ich glaube, ich stehe immer noch unter Schock.«

Mitgefühl zeichnet sich auf Detective Inspector Kate Kilners Gesicht ab, als sie sich nach vorne beugt und einen Ellbogen auf das gestärkte weiße Laken meines Krankenhausbettes stützt. »Das war gerade ein absolut traumatisches Erlebnis für Sie, da ist es ganz natürlich, dass Sie ein wenig verwirrt sind.«

Ich lehne mich zurück auf die Kissen und atme ein paarmal langsam und tief ein. Es ist kaum vierundzwanzig Stunden her, dass ich das Bewusstsein wiedererlangt habe, und mein Gehirn fühlt sich wund an. Es herrscht Stille im Raum. Sie dehnt sich aus, wird dünner, bis sie unangenehm wird.

»Wie wäre es, wenn wir zurückspulen, ganz an den Anfang zurückgehen?«, schlägt Detective Kilners Kollege vor. Sein Name ist mir entfallen. Er ist ein großer, korpulenter Mann, der den Raum auf eine Weise ausfüllt, die leicht aufdringlich wirkt. »Wie haben Sie die Familie Elliott kennengelernt?«

Wenn die die Wahrheit wüssten … Dass dies alles begann, lange bevor ich die Elliotts jemals zu Gesicht bekam. Bevor ich überhaupt wusste, dass sie existieren.

»Über die Arbeit«, sage ich. »*Darling Blossoms* beliefert die Geschäftsräume von James Elliott schon seit einigen Jahren mit Blumen. Er ist einer unserer besten Kunden.«

»Und seine Frau, Eleanor?«

»Ist auch eine Kundin. Wir haben für einige gesellschaftliche Veranstaltungen in ihrem Haus die Blumendekoration geliefert.«

Detective Kilner schreitet ein. »Waren Sie also am Morgen des 22. September beruflich im Haus der Elliotts?«

Eine Welle der Erschöpfung schwappt über mich hinweg und hinterlässt eine bleierne Müdigkeit. Die Art von Müdigkeit, die sich von hinten anschleicht und einem ihre klammen Tentakeln um die Kehle legt. Ich glaube nicht, dass ich dazu jetzt imstande bin. Ich brauche mehr Zeit, um die Fakten in meinem Kopf zu sortieren und alle Unebenheiten glattzubügeln.

»Tut mir leid, ich weiß, dass Sie nur Ihren Job machen, aber ich glaube nicht, dass ich im Moment in der Lage bin, Ihre Fragen zu beantworten. Vielleicht können Sie morgen wiederkommen?«

Detective Sergeant Pearce, dessen Name mir gerade wieder eingefallen ist, lächelt etwas steif. »Ihr Arzt hat uns die Erlaubnis gegeben, mit Ihnen zu sprechen. Es wäre besser, wenn wir das jetzt hinter uns bringen, solange die Ereignisse noch frisch in Ihrem Gedächtnis sind. Ein Mensch ist tot, und eine weitere Person befindet sich in einem kritischen Zustand. Sie sind die Einzige, die uns sagen kann, was passiert ist.«

»Das ist nicht ganz richtig«, korrigiert Kilner ihn. »Wir haben noch einen weiteren Zeugen.«

Im Rücken, genau in der Mitte meiner Wirbelsäule, spüre ich ein Flackern der Überraschung. Was meint sie damit? Wir waren nur zu dritt in diesem Raum.

Sie holt ihr Mobiltelefon heraus. »Hier, ich zeige es Ihnen.«

Sie drückt eine Taste, um die Lautstärke einzustellen, und legt das Telefon dann auf das Bett, wo ich es sehen kann.

Als ich auf den Bildschirm schaue, sind Kilners Augen auf mich gerichtet, gespannt auf jede kleinste Regung. Ich schaffe es, einen neutralen Gesichtsausdruck aufzusetzen, aber es kostet mich sämtliche Energie, die ich noch aufbringen kann. Als das Video zu Ende ist, schließe ich die Augen. Ich spüre, wie die Kopfschmerzen in meinen Schläfen zu pochen beginnen. Meine Gedanken sind wie Ratten in einem brennenden Gebäude, die eine Wand nach der anderen entlanglaufen und verzweifelt nach einem Fluchtweg suchen. Ich bin geneigt, den Rat von Detective Pearce zu befolgen. Ihnen alles zu erzählen.

Und habe ich denn eine andere Wahl angesichts der überraschenden neuen Informationen, die mir Detective Kilner gerade präsentiert hat?

26

TRANSKRIPTION EINES VERHÖRS ZWISCHEN DETECTIVE INSPECTOR KATE KILNER UND CLAIRE FOGARTY; UNIVERSITÄTSKLINIKUM LEWISHAM

CF: Bevor wir über das sprechen, was gestern passiert ist, muss ich Ihnen von Rosie erzählen.

KK: Rosie?

CF: Meine kleine Schwester. Sie wurde drei Tage nach ihrem vierzehnten Geburtstag von Amy Mackenzie - oder Sophie Douglas, wie sie damals hieß - ermordet.

KK: Ermordet, sagen Sie?

CF: Ja. Ich werde Ihnen erklären, was passiert ist, aber darf ich Ihnen vorher noch ein paar Hintergrundinformationen geben?

KK: Bitte, fahren Sie fort.

CF: Rosie litt an Asthma. Je älter sie wurde, desto schlimmer wurde es. Als sie neun Jahre alt war, hatte sie einen so schweren Anfall, dass sie ins Krankenhaus musste. Danach verließ sie das Haus nie mehr ohne ihren Inhalator. Einige Monate vor ihrem Tod trat sie einem örtlichen Jugendclub bei. Dort fand sie viele neue Freunde, aber es gab zwei Mädchen, denen sie besonders nahestand - Sophie Douglas und Frances Bellamy. Ich kannte die beiden nicht - sie gingen auf eine katholische Schule, anders als wir -, aber Rosie sprach oft von ihnen. Eines Abends im Jugendclub hatte sie einen Streit mit ihnen. Wir haben nie herausgefunden, worum es dabei ging. Aus irgendeinem Grund beschlossen die beiden Schwachköpfe, meiner Schwester eine Lektion zu erteilen, indem sie ihr das Inhaliergerät stahlen. Ein anderer Junge im Jugendclub sah, wie sie den Inhalator aus Rosies Tasche nahmen, als sie gerade nicht hinsah. Allerdings wusste er zu diesem Zeitpunkt nicht, wem die Tasche gehörte. Zwei Stunden später wartete meine Schwester auf ihren Bus nach Hause, als sie einen heftigen Asthmaanfall bekam, der mit ziemlicher Sicherheit von einem Mann ausgelöst wurde, der in der Wartehalle rauchte. Normalerweise hielt sich Rosie von Zigarettenrauch fern, aber da es an diesem Abend ziemlich stark regnete, beschloss sie offenbar, das Risiko einzugehen, in der Gewissheit, dass ihr Inhalator ja griffbereit in ihrer Tasche lag. Nur war er dieses Mal nicht drin. Der Krankenwagen ließ ewig auf sich warten - wegen einer Verwechslung. Als die Sanitäter ankamen, war sie schon tot.

KK: Und Sie machen Sophie und Frances für den Tod Ihrer Schwester verantwortlich.

CF: Natürlich waren sie dafür verantwortlich. Leider hat die Polizei das anders gesehen. Der leitende Ermittlungsbeamte beschrieb ihre Tat als, ich zitiere, einen »dummen Streich, der unvorhergesehene Folgen hatte«. Das ist ja wohl ein beschissener Witz. Wir reden hier über zwei intelligente Mädchen. Natürlich wussten sie, was passieren konnte! Warum wurden sie nicht zur Rechenschaft gezogen? Diese kleinen Biester zeigten keinerlei Reue. Sie besaßen nicht einmal den Anstand, sich bei meiner Familie zu entschuldigen.

KK: Wie haben Sie sich damals gefühlt?

CF: So einen Schmerz habe ich weder vorher noch nachher erlebt, nicht einmal bei meinen beiden Fehlgeburten. Die Beerdigung von Rosie war der schlimmste Tag meines Lebens. Mitansehen zu müssen, wie meine Eltern am Grab bei ihr standen, völlig gebrochen … Dieses Bild wird mich für immer verfolgen. An diesem Tag beschloss ich, meiner Schwester Gerechtigkeit zu verschaffen, egal wie lange es dauern würde.

KK: Mit »Gerechtigkeit« meinen Sie, dass Sie Sophie und Frances bestraft sehen wollten?

CF: Ja.

KK: Nur um das klarzustellen: Sprechen wir über dieselbe Frances Bellamy, die 2004 im Fluss Wye ertrank, nachdem sie von einer Brücke in der Stadt Bakewell gefallen war?

CF: Sie ist nicht gefallen. Ich habe sie gestoßen.

KK: Sie sagen, dass Sie Frances absichtlich von der Brücke in den Fluss gestoßen haben?

CF: Sind Sie schwerhörig?

KK: Wie lange nach dem Tod Ihrer Schwester hat sich dieser Vorfall ereignet?

CF: Ein Jahr, sieben Monate und acht Tage. Ich wusste, dass sie nicht schwimmen konnte, weil Rosie es mir erzählt hatte. Offenbar hatte Frances einmal erwähnt, dass sie Familienurlaub in einem dieser noblen Resorts machen würde. Sie sagte meiner Schwester, sie müsse im Schwimmbad Schwimmflügel tragen und habe Angst, dass die anderen Kinder sich über sie lustig machen würden. Die Ironie dabei ist, dass Rosie Frances angeboten hatte, ihr Schwimmen beizubringen. Das war typisch für meine Schwester - sie kümmerte sich immer um andere.

KK: Da Sie wussten, dass Frances nicht schwimmen konnte, müssen Sie auch gewusst haben, dass die Möglichkeit bestand, dass sie ertrinken würde.

CF: Hören Sie mir nicht zu, Detective Kilner? Ich wollte, dass sie ertrinkt.

KK: Haben Sie Bedauern empfunden, als Sie hörten, dass die Leiche von Frances aus dem Fluss geborgen worden war?

CF: Nicht die Spur. Ich war froh, dass der erste Teil meines Plans so gut funktioniert hatte.

KK: Was war der zweite Teil?

CF: Das war der Teil, in dem Sophie Douglas wegen des Mordes an Frances angeklagt wurde.

KK: Sie meinen, Ihr Plan war, es so aussehen zu lassen, als habe Sophie Frances von der Brücke gestoßen? Ich bestätige: Claire Fogarty nickt.

CF: Sophie wurde nicht für den Mord an meiner Schwester bestraft, also dachte ich mir, dass es das Nächstbeste wäre, sie für den Mord an jemand anderem bezahlen zu lassen. Dass diese Person ihre beste Freundin war, war die Kirsche auf dem Sahnehäubchen.

KK: Und wie wollten Sie das bewerkstelligen?

CF: Ich hatte gerade das College verlassen und arbeitete als Reinigungskraft für eine Agentur, die Verträge mit vielen Schulen in Derbyshire hatte - darunter, wie es der Zufall wollte, auch mit besagter katholischen Schule. Diese Schule stand zwar nicht auf meinem Dienstplan, aber es gelang mir, einen Kollegen zu finden, der bereit war, ein paar Schichten mit mir zu tauschen. Es war nicht allzu schwierig, den Spind in einem der Gänge zu finden, auf dem Frances Bellamys Name stand. Eines Morgens, bevor die Kinder kamen, schob ich einen Zettel durch den Spalt in der Tür. Ich hatte ihn so verfasst, dass es aussah, als wäre er von Sophie. Ich habe ihn auf dem Computer meines Vaters ausgedruckt.

KK: Was stand auf dem Zettel?

CF: Ich bat Frances, sich nach der Schule mit mir zu treffen, damit sie mir helfen könnte, ein Geburtstagsgeschenk für eine Freundin auszusuchen. Ich schrieb, ich wolle erst nach Hause fahren, um mich umzuziehen, und wir sollten uns an der Brücke treffen. Diesen Ort kannte ich gut - ein schöner ruhiger Ort, an dem normalerweise nicht viele Leute unterwegs waren.

KK: Hatten Sie keine Angst, dass Frances Sophie gegenüber den Zettel erwähnen würde, als sie ihre Freundin später in der Schule sah?

CF: Natürlich hatte ich Angst. Deshalb habe ich ihr eingeschärft, dichtzuhalten, damit die Geburtstags-Freundin nichts spitzkriegt. Es war eine ziemlich fadenscheinige Geschichte, aber sie hat funktioniert, denn Frances ist pünktlich an der Brücke aufgetaucht.

KK: Was ist dann passiert?

CF: Ich war schon vor Ort und hatte mich im Gebüsch am Rand der Fahrbahn versteckt. So konnte ich beobachten, wie Frances auf die Brücke ging, sich auf die Brüstung setzte und ihr Handy herausholte. Ich habe mich vergewissert, dass niemand in der Nähe war. Schließlich ging ich zur Brücke. Frances blickte kurz auf, als ich mich ihr näherte, dann richtete sie ihre Aufmerksamkeit wieder auf ihr Handy. Ich tat so, als wollte ich an ihr vorbeigehen. Aber im letzten

Moment drehte ich mich um und stieß sie, so fest ich konnte, gegen die Brust - und sie stürzte über die Brüstung.

KK: Aus Ihrem Mund klingt das so, als wäre es ganz einfach gewesen.

CF: Das war es auch - und da die Polizei weder mich noch jemanden aus meiner Familie befragt hat, hat sie wohl auch nie die Möglichkeit in Betracht gezogen, dass es eine Verbindung zwischen dem Tod von Rosie und dem von Frances geben könnte.

KK: Sie müssen enttäuscht gewesen sein, dass Sophie Douglas dann doch nicht verdächtigt wurde.

CF: Enttäuscht ist untertrieben. Anscheinend hat die Polizei den Zettel nie gefunden. Ich vermute, dass Frances ihn wegwarf, nachdem sie ihn gelesen hatte.

KK: Und nachdem Sophie nicht verdächtigt wurde … wollten Sie sich immer noch an ihr rächen?

CF: Keine Rache. Wie ich schon sagte … es ging mir um Gerechtigkeit. Das ist ein großer Unterschied. Und ja, ich hatte Sophie immer noch im Visier, aber andere Dinge kamen mir dazwischen.

KK: Welche Dinge?

CF: Ach, Sie wissen schon … das Leben. Ich lernte einen Mann kennen, wurde Mrs Fogarty, hatte Fehlgeburten, ließ mich wieder scheiden. In dieser Zeit verdrängte ich Sophie aus meinem Gedächtnis, aber die

Erinnerung an das, was sie Rosie angetan hatte, war immer da. Schließlich verlor ich meinen Job als Filialleiterin eines Supermarkts. Plötzlich konnte ich wieder nachdenken. Es ist Zeit, dachte ich bei mir. Zeit, das zu beenden, was ich angefangen habe.

KK: Sie wollten Sophie töten?

CF: Ich wollte sie nicht töten. Ich wollte sie zerstören.

KK: Was meinen Sie damit?

CF: Sie zu töten, reichte mir nicht. Diese Lektion hatte ich durch Frances gelernt. Der Gerichtsmediziner schätzte, dass sie innerhalb von fünf Minuten nach dem Eintauchen ins Wasser ertrank. Das war viel zu schnell vorbei - für sie und für mich. Bei Sophie wollte ich alles auskosten, ich wollte in der ersten Reihe sitzen, wenn ihr Leben zusammenbrach. Ich wollte, dass sie leidet, dass sie den gleichen unerträglichen Schmerz spürt, den ich empfunden hatte, als Rosie starb. Deshalb habe ich den Job bei *Darling Blossoms* angenommen. Damit ich etwas über sie in Erfahrung bringen konnte. Um ihre Schwachstellen zu erkennen. Ich wollte herausfinden, wie ich ihr maximalen Schaden zufügen konnte.

KK: Wenn man bedenkt, was Sie für Sophie - oder Amy, wie sie später hieß - empfunden haben, muss es für Sie eine ziemliche Überwindung gewesen sein, an ihrer Seite zu arbeiten und die pflichtbewusste Angestellte zu spielen.

CF: Das stimmt. Sie können mir glauben, es gab Zeiten, in denen ich ihr am liebsten die Arterien mit einer Astschere aufgeschnitten oder sie erwürgt hätte. Aber ich habe mir immer wieder vor Augen geführt, dass ich das alles nicht für einen kurzen Moment der Befriedigung machte. Also ließ ich mir Zeit. Am Anfang habe ich mich darauf konzentriert, wie ich Amys Geschäft sabotieren konnte, denn es war ziemlich klar, dass *Darling Blossoms* das Wichtigste in ihrem Leben war - sogar das Einzige in ihrem Leben. Sie führte ein strenges Regiment, und meine Möglichkeiten waren sehr begrenzt. Außerdem reichte es mir nicht, nur ihr Geschäft zu ruinieren. Nachdem ich etwa sechs Monate für sie gearbeitet hatte, sah ich eine Gelegenheit. Es würde zwar einige Kollateralschäden geben, aber das ließ sich nicht ändern.

KK: Was meinen Sie mit »Kollateralschäden«?

CF: Die Elliotts. Amy war völlig vernarrt in sie.

KK: Wie kamen Sie darauf?

CF: Zunächst einmal war es offensichtlich, dass Amy auf James Elliott stand. Das kann ich ihr eigentlich nicht verdenken, denn er ist ein gut aussehender Mann. Nicht, dass sie ihn jemals angemacht hätte - dafür ist sie viel zu prüde. Aber dann lernte sie seine Frau Eleanor kennen, und ihre Obsession schaltete einen weiteren Gang hoch. Als Amy nach ihrer ersten Begegnung mit Eleanor in den Laden zurückkam, wirkte sie überglücklich. Ich musste mir immer wieder anhören, wie sie von Eleanors prächtigem Haus und ihrer außergewöhnlichen Stilsicherheit erzählte. Amy wusste, dass sie einen großen Fisch an der Angel hatte. Sie hatte gehofft, dass die Elliotts ihr neue Türen öffnen würden, und zwar nicht nur beruflich, sondern auch privat. Sie war so verzweifelt darauf erpicht, sich bei ihnen einzuschmeicheln, dass sie Eleanors Schwester Izzy auf Facebook stalkte.

KK: Woher wissen Sie das?

CF: Ich habe sie dabei während der Arbeit ertappt. Amy sagte mir, dass sie sich das Facebook-Profil eines Freundes anschaute, aber zu diesem Zeitpunkt kannte sie Izzy noch gar nicht. Später habe ich selbst Izzys Profil aufgerufen und dort Details zu einer bevorstehenden Veranstaltung des Wandervereins gesehen, an der Izzy teilnehmen wollte. Amy muss das auch gesehen haben, denn sie meldete sich für ebendiese Wanderung an. Ich bin mir sicher, dass sie nur mitging, um Izzy kennenzulernen. Später konnte ich es kaum fassen, dass sich die beiden tatsächlich auf Anhieb gut verstanden haben.

KK: Warum hat Sie das so überrascht?

CF: Weil sie auf den ersten Blick nichts gemeinsam zu haben schienen. Ich weiß nicht … vielleicht hatte Izzy Mitleid mit ihr. Wie dem auch sei, sie begannen, sich regelmäßig zu treffen. Amy schien Izzy geradezu abgöttisch zu verehren. Fast, als ob sie in Izzy verliebt wäre. Nur fürs Protokoll: Ich bin mir ziemlich sicher, dass Amy heterosexuell ist. Sie hat oft von ihrem Ex-Freund geschwärmt – Rob oder so ähnlich.

KK: Da wir gerade beim Thema Isabel Harkness sind, was können Sie mir über ihren Fenstersturz am 29. August dieses Jahres sagen?

CF: Ich bin mir nicht sicher, ob ich darüber sprechen möchte.

KK: Warum nicht? Bisher sind Sie sehr kooperativ.

CF: Das ist ja das Problem. Ich glaube, ich habe vielleicht schon zu viel gesagt.

KK: Wissen Sie, Claire, ein Richter wird viel eher Milde walten lassen, wenn er weiß, dass Sie uns bei unseren Ermittlungen unterstützt haben.

CF: Ja, aber dafür gibt es keine Garantien, nicht wahr?

KK: Vergessen Sie nicht die Beweise, die ich Ihnen auf meinem Handy gezeigt habe. Wir wissen bereits das meiste, was passiert ist. Kommen Sie schon, Claire, helfen Sie uns, die Lücken zu füllen – Sie tun sich damit einen Gefallen, glauben Sie mir.

CF: Also gut. Ich habe Izzy umgebracht. Das wollten Sie doch hören?

KK: Warum? Was hatte Izzy Ihnen getan?

CF: Gar nichts, aber sie war Amys Freundin, und die Gelegenheit war zu günstig, um sie ziehen zu lassen. Zwei beste Freundinnen. Zwei mysteriöse Stürze von einem hohen Gebäude. Das waren doch zu viele Ähnlichkeiten, um ein Zufall zu sein, oder?

KK: Sie haben Izzy also ermordet, um Amy die Tat anzuhängen?

CF: Gut kombiniert, Detective Kilner. Wenn Sie so weitermachen, werden Sie bestimmt bald befördert.

KK: Ich kann mich nicht erinnern, Ihren Namen auf der Gästeliste gesehen zu haben, die uns die Elliotts gegeben haben. Wie sind Sie auf die Party gekommen?

CF: Ich wusste, dass Eleanor professionelles Personal von einer Agentur eingestellt hatte, weil Amy mich um ein paar Empfehlungen gebeten hatte. Ich bin also einfach bei den Elliotts aufgetaucht, in schwarzem Rock und weißer Bluse, wie die anderen Kellnerinnen auch, habe mir ein Tablett geschnappt und serviert.

KK: Hatten Sie schon einen genauen Plan gefasst?

CF: Mehr oder weniger. Amy erwähnte, dass *Sanctuary* im *Evening Standard* vorgestellt worden war, und ich habe den Artikel online gefunden. Also studierte ich die Fotos und prägte mir den Grundriss des Hauses genau ein. Als ich den Glockenturm sah, wusste ich sofort, dass er perfekt war. Ich musste nur einen Weg finden, Izzy dort hinauf zu locken.

KK: Und wie haben Sie das gemacht?

CF: Ich bin ihr gefolgt, als sie ins Haus ging. Die Toilette im Erdgeschoss war besetzt, also musste sie eins der Klos oben benutzen. Ich ging ebenfalls hinauf und blieb vor der Geheimtür stehen, die zum Glockenturm führt. Es waren ziemlich viele Kinder auf der Party, und als Izzy aus der Toilette kam, erzählte ich ihr, dass ich gerade einen kleinen Jungen gesehen hätte, der die Treppe zum ersten Stock hinaufgelaufen war. Ich sagte ihr, ich sei ihm gefolgt und hätte gesehen, wie er hier plötzlich verschwunden sei. »Ist das eine Art Schrank?«, stellte ich mich dumm. »Wenn ja, muss das Kind wohl gerettet werden.« Da lachte sie und erklärte mir das mit dem Glockenturm. »Ich gehe besser hoch und suche ihn«, sagte sie. »Meine Schwester wird einen Anfall bekommen, wenn sie erfährt, dass ein Kind in ihrem Schlafzimmer herumturnt.«

KK: Und Sie haben Izzy Ihre Hilfe angeboten.

CF: Ja. Sie schien sich sogar über die Gesellschaft zu freuen. Ich hatte mir schon gedacht, dass ich es im Gästezimmer tun müsste – die Fenster das Hauptschlafzimmers waren nicht für meine Pläne geeignet. Als wir oben ankamen, gab es von dem angeblichen Kind natürlich keine Spur, also sagte ich Izzy, sie solle unter dem Bett nachsehen, während ich einen kurzen Blick in den Kleiderschrank warf. Während sie auf Händen und Knien herumrutschte, ging ich zum Fenster und zog den Ärmel meiner Bluse über meine Hand, um keine Fingerabdrücke zu hinterlassen. Dann öffnete ich beide Fenster so weit wie möglich. »Von hier aus hat man aber einen tollen Blick auf den Garten«, sagte ich, als Izzy aufstand. »Er sieht wunderschön aus mit all den Lichterketten.« Natürlich konnte sie nicht widerstehen, selbst einen Blick hinauszuwerfen. Ich trat zur Seite und sah zu, wie sie sich aus dem Fenster beugte und den Anblick auf sich wirken ließ. Sie war so betrunken, so ahnungslos. Als sie merkte, dass irgendetwas nicht stimmte, hatte ich sie schon aus dem Fenster gestoßen.

KK: Was haben Sie dann gemacht?

CF: Ich ging wieder nach unten und verließ das Haus durch die Eingangstür. Ich brauchte mich nicht weiter aufzuhalten, niemand überlebt einen Sturz aus dieser Höhe. Also ging ich bis zur nächsten Straße, wo ich mein Auto abgestellt hatte, und fuhr nach Hause.

KK: Wann haben Sie erfahren, dass Izzy gestorben ist?

CF: Am nächsten Tag erzählte mir Amy auf der Arbeit davon. Ein Freund von Izzy hatte ihr eine SMS mit der traurigen Nachricht geschickt.

KK: Ich nehme an, das hat Amy sehr aufgeregt, nicht wahr?

CF: Sie war ein Wrack. Ich habc vicl Mitgefühl gezeigt und ihr gesagt, dass ich für sie da sei, falls sie reden wolle.

KK: Und wollte sie?

CF: Nein - was ein bisschen ärgerlich war. Ein paar Tage später habe ich Eleanor über Instagram eine anonyme Nachricht geschickt. Ich verwies sie auf einen Zeitungsartikel über den Fall Frances Bellamy und machte ein paar plumpe Andeutungen darüber, dass Amy Mackenzie und Sophie Douglas ein und dieselbe Person seien. Ich dachte, Eleanor würde, sobald sie herausgefunden hatte, dass Amy der gemeinsame Nenner bei den beiden Todesfällen war, sofort zur Polizei gehen.

KK: Aber das tat sie nicht, oder? Deshalb haben Sie beschlossen, mehr Druck aufzubauen, indem Sie Eleanors Mann attackierten.

CF: Die Sache ist die, Detective Kilner - ich hatte gar nicht die Absicht, James anzugreifen. Es hat sich einfach so ergeben.

KK: Das kann ich nur schwer glauben.

CF: Ich sage die Wahrheit. Mir war an diesem Abend langweilig, also dachte ich, ich fahre ein bisschen rüber zum *Sanctuary* …

um zu sehen, wie es James und Eleanor nach Izzys Beerdigung so geht. Ich habe mein Auto gegenüber dem Anwesen geparkt. Draußen war alles dunkel, aber im Wohnzimmer brannte Licht, sodass ich einen ziemlich guten Blick auf das Innere hatte. Eleanor saß allein auf dem Sofa und schien nur ins Leere zu starren. Sie sah benommen aus, als wäre sie gerade von einem Lastwagen gerammt worden. In diesem Moment tat sie mir wirklich leid. Nach etwa zehn Minuten tauchte James mit einer großen Plastikbox hinter dem Haus auf. Er öffnete sein Auto und verstaute die Box im Kofferraum. Als er aus der Einfahrt fuhr, beschloss ich, ihm zu folgen. Ich wollte wissen, was so wichtig war, dass er seine Frau an dem Tag, an dem sie ihre Schwester beerdigt hatten, allein ließ. Als er in einen Recyclinghof einbog, stellte ich fest, dass dort kein einziges anderes Auto war. Plötzlich wurde mir klar, dass sich mir hier eine einmalige Gelegenheit bot. Langsam fuhr ich weiter und parkte ein Stück weiter unten an der Straße. Obwohl ich nicht vorbereitet war, erinnerte ich mich daran, dass ich eine Gartenschere im Handschuhfach hatte – nicht die Standardschere, die man im Mittelgang beim Supermarkt bekommt, sondern eine professionelle japanische Schere. Die sind verdammt scharf, scharf genug, um sich einen Finger abzuschneiden. Ich holte sie heraus und wischte die Griffe mit einem feuchten Tuch ab. Dann zog ich mir ein Paar dieser Plastikhandschuhe an, die man an der Tankstelle umsonst bekommt. Da ich Angst vor Überwachungskameras hatte, wickelte ich mir einen Schal um den unteren Teil meines Gesichts und zog mir die Kapuze über das Gesicht. Als ich auf dem Hof ankam, stand James mit dem Rücken zu mir. Das Geräusch der zerberstenden Flaschen, die er in die Recyclingtonne warf, war so laut, dass er meine Schritte nicht hörte. Ich ging direkt auf ihn zu und stach ihm mit der Gartenschere in den Nacken. Er taumelte vorwärts und hielt sich den Hals. Ich wollte noch einmal zustechen, aber dann hörte ich, wie jemand laut rief, vielleicht nach seinem Hund, also ließ ich die Gartenschere fallen und ging rasch zu meinem Auto zurück.

KK: Hatten Sie die Absicht, James Elliott zu töten, oder wollten Sie ihn nur verletzen?

CF: Das spielte keine Rolle. Solange alles so aussah, als hätte Amy es getan. Das allein war mir wichtig. Deshalb habe ich die Schere fallen lassen - in der Hoffnung, dass sie zu *Darling Blossoms* zurückverfolgt werden würde. Übrigens, wie geht es James? Ich bin mir sicher, dass er noch lebt, weil der Typ, der den Krankenwagen gerufen hat, seine Heldentaten unermüdlich in den sozialen Medien verbreitet.

KK: Interessiert Sie das?

CF: Ich frage mich nur, ob er fit genug sein wird, um in meinem Prozess auszusagen, das ist alles.

KK: Oh, er wird da sein, zerbrechen Sie sich deshalb nicht den Kopf. Machen wir mit dem 22. September weiter, ja?

CF: Muss das sein? Ich fühle mich wirklich nicht sehr gut.

KK: Kommen Sie schon, Claire, wir haben es fast hinter uns. Bringen wir es zu Ende.

CF: Wenn ich auspacke, lassen Sie dann meine Eltern zu mir kommen? Das Krankenhauspersonal sagte, Sie hätten verboten, dass ich Besucher empfange.

KK: Ich werde sehen, was ich tun kann.

CF: Tut mir leid, das ist nicht gut genug.

KK: Ich glaube nicht, dass Sie in der Position sind zu verhandeln.

CF: Ach, verflucht! Okay … Also, bevor ich James angegriffen habe, hatte ich eine kleine zusätzliche Ermunterung arrangiert, nur für den Fall, dass Eleanor einen weiteren Ansporn brauchte, um mit den Informationen über Sophie-Slash-Amy zur Polizei zu gehen. Ich habe im Internet recherchiert und eine Liste mit giftigen Pflanzen zusammengestellt, die ich leicht über *Darling Blossoms* bestellen konnte, natürlich alles in Amys Namen. Während sie die Blumen für Izzys Totenfeier auslieferte, war ich im Laden und stellte selbst einen hübschen Strauß zusammen. Als Amy zurückkam, machte ich meine Mittagspause - nur ging ich nicht essen, sondern stieg in mein Auto und fuhr zum *Sanctuary*. Die Totenfeier hatte bereits begonnen, und ich stellte mich hinter einige Gäste, als das Au-pair-Mädchen die Tür öffnete, um die Besucher hereinzulassen. Hätte mich jemand bemerkt, hätte er natürlich angenommen, dass der Strauß, den ich in den Händen hielt, ein Geschenk für die Elliotts war. So schnell ich konnte, schlich ich mich nach oben in Tobys Schlafzimmer. In meinem Beutel befand sich eine alte Vase, die ich aus dem Laden mitgenommen hatte. Ich stellte die Blumen hinein und platzierte sie auf der Spielzeugkiste, wo der Junge sie leicht erreichen konnte. Bevor Sie fragen, ich hatte nicht vor, ihn zu töten, ich wollte ihn nur leicht vergiften.

KK: Warum sind Sie dann am nächsten Morgen wieder ins *Sanctuary* gefahren?

CF: Kurz nachdem ich im Laden angekommen war, erhielt ich eine SMS von Amy, in der sie mir mitteilte, dass sie einen dringenden Termin in West Dulwich habe und später kommen würde. Ich dachte mir, dass sie wahrscheinlich ins *Sanctuary* wollte, hatte aber keine Ahnung, warum. Ich habe mir alle Möglichkeiten ausgemalt. Schließlich konnte ich es nicht mehr ertragen, schloss den Laden ab und fuhr selbst hin. Ich hatte keinen bestimmten Plan im Kopf, aber ich wollte vor Ort sein. Um mich auf alle Eventualitäten vorzubereiten, hatte ich ein Messer aus dem Laden mitgenommen. Eines der Messer, die wir zum Schneiden von Blumensteckschaum verwenden.

KK: Und dann haben Sie das Messer für einen brutalen und völlig grundlosen Angriff auf zwei wehrlose Frauen benutzt.

CF: So kann man es wohl auch ausdrücken. Den Rest kennen Sie. Also sind wir wohl fertig.

KK: Noch nicht ganz. Ich möchte Ihre Version der Ereignisse hören. Sie müssen mir bis ins kleinste Detail erzählen, was gestern Morgen im *Sanctuary* passiert ist. Aber bevor Sie das tun, möchte ich Sie etwas anderes fragen.

CF: Tun Sie sich keinen Zwang an.

KK: Sie haben während des gesamten Verhörs kaum Emotionen gezeigt - außer als Sie über Ihre Schwester geredet haben. Empfinden Sie keinerlei Reue für das, was Sie getan haben?

CF: Ich bereue nur eines: dass ich Amy Mackenzie nicht getötet habe, als ich die Gelegenheit dazu hatte.

Vier Monate später

Ich stehe am Strand und blicke auf das Meer hinaus. Im Westen geht die Sonne gerade unter, ein praller, grimmiger Ball, der Gold auf die Wasseroberfläche gießt, sodass ich die Augen zusammenkneifen und sie mit der Hand beschatten muss. Die Tage hier sind lang zwischen den Fanfaren des Morgengrauens und dem Tanz der Fledermäuse in der Abenddämmerung.

Zunächst hatte ich Zweifel, ob ich hierherfahren sollte. Ich dachte, ich würde meine Wohnung, mein Geschäft und meine Kunden vermissen, aber das ist nicht der Fall. Ich vermisse nicht einmal meine Blumen, denn die hiesigen Exemplare sind viel spannender. Die reich bepflanzten Gärten des Hotels sind voll von duftendem Jasmin, Frangipani und Bougainvillea, die so hell leuchten, dass mir die Augen wehtun.

Ich versuche, meinen Kopf von allen Gedanken zu befreien, während ich meine Achtsamkeitsübungen fortsetze und mich stattdessen auf die Natur um mich herum konzentriere. Ich atme einen Hauch von jodhaltigem Meerwasser ein und lausche dem sanften Rauschen der Wellen.

Das ist mein erster richtiger Urlaub seit Jahren. Das war Dads Idee. Er sagte, dass ich nach allem, was ich durchgemacht habe, für eine Weile aus London wegmüsse, um mir die Zeit und den Raum zu geben, die ich brauchte, um mich zu regenerieren. Ich muss sagen, meine Eltern waren großartig. Wir hatten über die Jahre unsere Höhen und Tiefen, aber sie waren immer da, wenn es darauf ankam. Es ist eine besondere Art von

Liebe, die Familien zusammenhält, selbst solche, die so gestört sind wie meine.

Jetzt bin ich froh, dass ich seinen Rat befolgt habe und auf diese wunderschöne Insel im Indischen Ozean geflohen bin. Die Schürfwunden und blauen Flecken der letzten Monate sind mit jedem Tag etwas mehr verblasst, und die Albträume sind fast ganz verschwunden. Der erste Stich hat meine Lunge durchbohrt, der zweite meinen Dünndarm gestreift. Die Ärzte haben mir versichert, dass ich keine bleibenden Schäden davontragen werde, aber wäre Eleanors Putzfrau nicht rechtzeitig aufgetaucht, wäre vielleicht alles ganz anders gekommen.

Leider hatte Eleanor nicht so viel Glück wie ich. Als die Sanitäter eintrafen, kämpfte sie noch um ihr Leben, aber trotz aller Bemühungen konnten die Mediziner sie nicht retten. Es bricht mir das Herz, wenn ich daran denke, dass der kleine Toby jetzt ohne Mutter aufwächst, aber ich bin dankbar, dass wenigstens sein Vater noch lebt.

Und was Izzy angeht … Ich war untröstlich, als ich sie verlor, und jetzt, da ich die ganzen Umstände ihres Todes kenne, ist mein Schmerz noch größer. Wie jeder von uns hatte sie ihre Fehler, aber sie war meine Freundin und ich vermisse sie jeden Tag. Ich weiß, dass dieser Schmerz mit der Zeit nachlassen wird, aber noch wühlt er wie ein tief sitzendes Schrapnell in mir.

Seit dem Tod von Eleanor habe ich James weder gesehen noch gesprochen. An ihrer Beerdigung konnte ich nicht teilnehmen, da ich noch im Krankenhaus war, aber ich habe Blumen und eine Beileidskarte ins *Sanctuary* geschickt. Nachdem ich entlassen worden war und mich zu Hause weiter erholen musste, habe ich ein paarmal in James' Büro angerufen.

Meine Nachrichten wurden nie beantwortet. Schließlich kam eine E-Mail von seiner Assistentin, in der der Vertrag mit *Darling Blossoms* mit sofortiger Wirkung gekündigt wurde. Es überrascht mich nicht, dass er mich aus seinem Leben gestrichen hat. Schließlich ist alles, was seiner Familie widerfahren ist, meinetwegen passiert.

Dafür fällt es mir immer noch schwer, Claires Verrat zu verwinden. Ich habe mich für eine ziemlich gute Menschenkennerin gehalten, aber Claire hat mich komplett getäuscht. Wenn ich daran denke, dass ich ihr meine Verletzlichkeit, meine düsteren Seiten offenbart habe, bekomme ich immer noch eine Gänsehaut. Ich habe sie in mein Leben gelassen, mein Fachwissen mit ihr geteilt und Interesse an ihrem Privatleben gezeigt. Und die ganze Zeit über war sie unter dieser warmen und einfühlsamen Fassade damit beschäftigt, ihre nächste Waffe auszuwählen, sie zu schärfen und sich dann darauf vorzubereiten, sie mir mit kaltblütiger Präzision zwischen die Rippen zu stoßen.

Angesichts all der Anstrengungen, die ich unternommen habe, um meine Identität zu verbergen, bin ich erstaunt, dass Claire es überhaupt geschafft hat, mich zu finden. Bei einem Verhör kam heraus, dass sie, nachdem sie in den sozialen Medien keine Spur von »Sophie Douglas« finden konnte, stattdessen nach meinen Eltern suchte. Da sie sich an den Namen meines Vaters erinnerte und wusste, dass er damals in Bakewell als Buchhalter gearbeitet hatte, machte sie ihn bei seinem jetzigen Arbeitgeber in Colchester ausfindig. Seine Firma hat auf ihrer Website die Rubrik *Meet the Team*, wo Fotos von jedem Mitarbeiter und eine kurze Biografie zu finden sind. Ziemlich rührend verrät mein Vater dort, dass er neben seiner vierzigjährigen Karriere als Wirtschaftsprüfer am stolzesten auf seine Tochter sei, »eine erfolgreiche Floristin, die kürzlich einen Preis für die tiaraförmige Blumenskulptur gewonnen hat, die sie für einen Londoner Park zum Gedenken an die verstorbene Königin Elisabeth geschaffen hat.« Natürlich brauchte Claire nicht lange, um herauszufinden, dass es sich bei der Preisträgerin um eine gewisse Amy Mackenzie, die Inhaberin von *Darling Blossoms* in Forest Hill, handelte.

Ausgerüstet mit einer Abfindung von ihrem letzten Job, verließ Claire ihr Zuhause in Derbyshire, zog nach London und machte sich daran, so viel wie möglich über mich herauszufinden. Laut Detective Kilner verbrachte sie viele Stunden in ihrem Auto, um *Darling Blossoms* auszuspionieren, meinen Tagesablauf zu beobachten und meine Gewohnheiten zu studieren, um einen Weg in mein Leben zu finden. Eines Tages folgte sie mir nach Hause, wo sie sogar die Mülltonnen durchwühlte in der Hoffnung, etwas zu finden, das sie gegen mich verwenden könnte. Sie muss einen Freudensprung gemacht haben, als ich, kaum einen Monat nach Beginn ihres Feldzugs, eine Anzeige im Schaufenster von *Darling Blossoms* platzierte: *Assistentin in Teilzeitbeschäftigung gesucht. Keine Erfahrung erforderlich.*

Wegen des mageren Gehalts, das ich anbot, waren die meisten anderen Bewerberinnen Schulabbrecher. Kein Wunder, dass Claire mit den Fähigkeiten, die sie in mehr als zehn Jahren als Supermarktleiterin erworben hatte, unter ihnen hervorstach. Zu diesem Zeitpunkt hatte sie sich auch einen überzeugenden Südlondoner Akzent angeeignet und eine gut ausgearbeitete Hintergrundgeschichte mit einem imaginären Freund gesponnen. Da Claire ihren ehelichen Namen Fogarty benutzte, bestand für mich kein Anlass zu der Vermutung, dass sie irgendeine Verbindung zu meiner Jugendfreundin haben könnte.

Das muss ich Claire lassen – sie hat ihr Vorhaben mit militärischer Präzision geplant. Ich war schockiert, als ich erfuhr, dass sie sich als Kellnerin auf Izzys Geburtstagsparty eingeschlichen hatte. Sie gestand Detective Kilner, dass ich einmal zu ihr geblickt hatte, als sie im Pavillon die Tische abräumte. Aus

Angst, ich könne sie unter der blonden Perücke und trotz der farbigen Kontaktlinsen erkennen, hatte sie so getan, als würde sie mich nicht sehen.

Claires Erfolg war jedoch nicht nur auf ihre sorgfältige Planung zurückzuführen. Ich kann mir vorstellen, sie würde selbst einräumen, dass sie eine gesunde Portion Glück auf ihrer Seite hatte. Die offene Stelle bei *Darling Blossoms*, das Fehlen von Zeugen, als sie James überfiel, das Fenster im Erdgeschoss, das Katya offen gelassen hatte. Das hatte ihr ermöglicht, *Sanctuary* ungesehen zu betreten und mein Gespräch mit Eleanor zu belauschen. Als Claire erkannte, dass ihr Plan, Eleanor gegen mich aufzubringen, fehlgeschlagen war und wir beide nun gemeinsame Sache machten, sah sie offenbar keine andere Möglichkeit, als uns beide zum Schweigen zu bringen.

Obwohl es niemals eine Rechtfertigung für ihre Taten geben kann, verstehe ich zumindest, was sie dazu getrieben hat. Der Streich, den ich ihrer Schwester gespielt habe, war nicht nur rücksichtslos, sondern geradezu bösartig. Kein Wunder, dass Claire mich mit jeder verbitterten Faser hasste.

Als ich damals erfuhr, dass Rosie gestorben war, habe ich mich auch gehasst. Mir wurde auf den Schultoiletten richtig übel, als ich die Nachricht von einer Lehrerin erfuhr, die wusste, dass Rosie und ich befreundet waren. In den folgenden Tagen und Wochen konnte ich kaum essen, schlafen und an nichts anderes denken als daran, was Frances und ich angerichtet hatten. Woran ich mich am deutlichsten erinnere, ist mein verzweifelter Wunsch, dem allen zu entkommen. Ich wollte einfach nur, dass die Schmerzen in meinem Kopf aufhörten, dass das Ziehen in meinem Bauch verschwand und dass sich die Enge in meiner Brust löste. Am liebsten hätte ich mich aufgelöst.

Ich weiß, dass Frances und ich minderjährig waren, aber

schon damals fand ich, dass wir viel zu glimpflich davongekommen sind. Das heißt nicht, dass wir gar nicht bestraft wurden, als unsere Rolle bei Rosies Tod bekannt wurde. Die Schulleiterin rief uns in ihr Büro und hielt uns einen strengen Vortrag darüber, wie wichtig es ist, im Leben die richtigen Entscheidungen zu treffen. Die Mutter einer engen Freundin ließ mich nicht mehr in ihr Haus kommen und bezeichnete mich als »schlechten Einfluss«, und meine eigenen Eltern sagten einen lange gebuchten Familienurlaub auf Menorca ab, um zu zeigen, wie enttäuscht sie von mir waren. Die Polizei erklärte jedoch, dass gegen Frances und mich keine Maßnahmen ergriffen würden, da letztlich kein Verbrechen begangen worden sei.

Da es keine wirkliche Bestrafung gab, blieb ich stattdessen mit der erdrückenden Last meiner Schuld zurück, einer Last, von der ich naiv hoffte, dass sie eines Tages verschwinden würde. Ich ahnte damals nicht, dass sie mich noch viele Jahre lang auf immer wieder neue und vielfältige Weise schmerzen würde.

Hätte ich mich damals an Rosies Familie gewandt und ihr gezeigt, wie sehr ich mein Verhalten bedauerte, hätte Claire vielleicht nicht den größten Teil der nächsten zwanzig Jahre damit verbracht, ihre Rache zu planen. Ich habe oft darüber nachgedacht, ihren Eltern zu schreiben, aber mein Anwalt riet mir davon ab und warnte mich, dass eine derartige Korrespondenz als Schuldeingeständnis gewertet werden könnte. Nur, ich war schuldig – und das sogar in noch höherem Maße als Frances. Rosie ihren Inhalator wegzunehmen, war nämlich meine Idee.

Ich mochte Rosie, aber ich war auch neidisch auf sie. Sie war so schön, so lebhaft, sie fühlte sich so wohl in ihrer Haut. Ich dagegen war öde und unscheinbar, zudem lispelte ich leicht, was mein Selbstbewusstsein stark beeinträchtigte. In der Nacht, in der sie starb, ärgerte ich mich über Rosie, weil sie, statt wie sonst mit Frances und mir abzuhängen, lieber mit einem Jungen Billard spielte, der auf meine Schule ging. Es half auch nicht gerade, dass ich schon lange in diesen Jungen verknallt war. Ich weiß nicht, wie ich auf die Idee kam, ihr den Inhalator wegzunehmen, aber als ich Frances davon erzählte, war sie einverstanden. Sie erklärte sich sogar bereit, es selbst zu machen.

Ich wusste zwar, dass Rosie Asthma hatte, aber mir war nicht klar, wie ernst ihr Zustand war, geschweige denn, dass er lebensbedrohlich sein könnte. Es versteht sich von selbst, dass Frances und ich das niemals getan hätten, wenn wir auch nur die leiseste Ahnung gehabt hätten, was Rosie passieren würde. Wir wollten ihr nur einen Schrecken einjagen und den panischen Gesichtsausdruck sehen, wenn sie ihre Tasche öffnete, um ihren Lipgloss aufzufrischen, was sie normalerweise mindestens einmal pro Stunde tat, und feststellte, dass ihr Inhalator nicht mehr da war. Nur hat sie ihre Tasche nicht geöffnet – oder falls doch, hat sie das Fehlen des Inhalators nicht bemerkt. Wenn ich sie an diesem Abend hätte weggehen sehen, wäre ich ihr nachgelaufen und hätte so getan, als hätte ich ihren Inhalator irgendwo unter einem Tisch gefunden und ihn ihr zurückgegeben, aber dazu kam es nicht mehr. Nach Aussage des Jungen aus meiner Schule, der als Letzter mit ihr gesprochen hatte, hatte Rosie völlig die Zeit vergessen. Als sie merkte, dass die Sperrstunde näher rückte, verließ sie überstürzt den Club, ohne sich von uns zu verabschieden. Als ich bemerkte, dass sie weg war, war es bereits zu spät.

Die Polizei besuchte mich zwei Tage später zu Hause, nachdem sich ein Augenzeuge aus dem Jugendclub gemeldet hatte. Als die Beamten mich fragten, wessen Idee es gewesen sei, Rosies Inhalator zu nehmen, log ich und sagte, ich könne mich nicht erinnern. Da der Inhalator noch bei Frances war, als sie ebenfalls Besuch von der Polizei erhielt, nahmen alle an, dass sie die Anführerin gewesen sei, ich dagegen die passive Mittäterin.

Ich weiß nicht, ob Frances jemals erfuhr, was ich der Polizei gesagt hatte, denn wir haben nie darüber gesprochen. Ich kann dazu nur sagen, dass wir zwar Freundinnen blieben, aber dass es zwischen uns nie mehr so war wie vorher. Dann starb Frances, und ihr Tod stürzte mich kopfüber in einen weiteren Strudel aus Schmerz und Verwirrung. Obwohl ich wusste, dass ich an diesem Tag nicht einmal in der Nähe der Brücke gewesen war, fühlte ich mich dennoch schuldig. Meine Eltern und ich versuchten, mit dem Umzug nach Essex einen Neuanfang zu machen, aber die schmerzhaften Erinnerungen blieben.

Claires Geständnis, Frances von der Brücke gestoßen zu haben, obwohl sie wusste, dass sie nicht schwimmen konnte, macht mich immer noch fassungslos. Ich kann mir kaum vorstellen, wie sich ihre Eltern gefühlt haben mussten, als sie davon erfuhren. In der Zwischenzeit hoffe ich, dass sie etwas Trost daraus ziehen können, dass die Mörderin ihrer Tochter bereits hinter Gittern sitzt und das sicher noch für eine sehr lange Zeit tun wird.

In Bezug auf ihre jüngsten Verbrechen hat sich Claire in allen Punkten schuldig bekannt: zwei Anklagen wegen Mordes und drei wegen versuchten Mordes – man glaubt ihr nicht, dass sie weder James noch Toby töten wollte. Das bedeutet, dass kein öffentliches Gerichtsverfahren notwendig ist, wofür ich sehr dankbar bin. Ich glaube nicht, dass ich ihr in einem Gerichtssaal hätte gegenübertreten können. Und außer dem aufgezeichneten Geständnis gab es noch die Beweise von dem Babymonitor in Tobys Zimmer. Detective Kilner hatte Claire das Filmmaterial auf ihrem Handy gezeigt, und da muss ihr klar geworden sein, dass das Spiel vorbei war. Obwohl nur ein Teil des Angriffs visuell aufgezeichnet wurde, ist es allein aufgrund des ebenfalls aufgenommenen Tons ziemlich eindeutig, dass Claire die Angreiferin war und Eleanor und ich die Opfer.

Claires Anwalt hat versucht, eine verminderte Zurechnungsfähigkeit geltend zu machen, aber das psychiatrische Gutachten, das Teil der Beweisaufnahme vor der Urteilsverkündung war, kam zu dem Schluss, dass ihre geistigen Funktionen zum Zeitpunkt der fraglichen Straftaten in keiner Weise beeinträchtigt waren. Bei der Urteilsverkündung zollte der Richter ihr Anerkennung dafür, dass sie sich zum frühestmöglichen Zeitpunkt schuldig bekannt hatte. Aber sie erhielt dennoch eine lebenslange Haftstrafe mit der Empfehlung, dass sie davon mindestens fünfundzwanzig Jahre zu verbüßen hat. Das ist eigentlich nicht genug für all das Leid, das sie verursacht hat, für all die Leben, die sie zerstört hat. Aber Detective Kilner sagte mir, dass es unter den gegebenen Umständen das Beste war, was man erhoffen konnte.

Was mich betrifft, ich glaube nicht, dass ich mir jemals verzeihen kann, was mit Rosie geschehen ist – und dass ich beim Tod von Frances, Izzy und Eleanor eine (wenn auch kleine) Rolle gespielt habe. In den letzten Wochen hatte ich viel Zeit zum Nachdenken, und ich meine, es gibt zwei Möglichkeiten, damit umzugehen. Entweder wird meine Schuld ein Ozean, in dem ich ertrinke, oder ich kann sie als Treibstoff nutzen, um mich anzuspornen, mich zu inspirieren, ein nützliches und produktives Leben zu führen. Die Art von Leben, in der niemand anderes den Preis für meine dummen Fehler zahlen muss. Unnötig zu erwähnen, dass die letztere Option unendlich viel attraktiver ist, aber sie erfordert eine große Anstrengung meinerseits. In diesem Sinne biete ich meine professionellen Dienstleistungen für eine nationale Asthma-Wohltätigkeitsorganisation an – natürlich kostenlos. Wir haben noch nicht alle Details geklärt, aber es sieht so aus, als würde ich eine Blumeninstallation mit Frühlingsmotiven für eine der nächsten bevorstehenden Spendenaktionen liefern. Ich hoffe, dass dies der Beginn einer langen und für beide Seiten lohnenden Beziehung sein wird. Ich weiß, es ist nur eine kleine Geste, aber dennoch ein Schritt in die richtige Richtung.

Mir bleiben noch sechs Tage in diesem tropischen Paradies, dann fahre ich zurück nach London, um das Geschäft wieder zu eröffnen. Ich glaube nicht, dass ich noch einmal eine Assistentin einstellen werde. Ewan und ich müssen das beide allein bewältigen. Er hat mich während meiner Genesung regelmäßig besucht, und wir haben uns in den letzten Tagen oft geschrieben. Er hat gesagt, dass er mich nach meiner Rückkehr auf einen Willkommensdrink einladen wird. Ich will nicht zu viel hineininterpretieren, aber ich muss sagen, dass ich mich wirklich darauf freue, mehr Zeit mit ihm zu verbringen.

Als die Sonne schon fast hinter dem Horizont verschwunden ist, mache ich mich auf den Weg zurück zum Hotel. Ich bin ziemlich aufgeregt, weil ich heute Abend mit einer anderen Alleinreisenden, ebenfalls aus England, zum Essen verabredet bin. Wir haben uns bisher nur zweimal unterhalten - einmal, als wir am Frühstücksbüfett anstanden, und ein weiteres Mal, als wir mit dem kostenlosen Bus, der zweimal täglich vom Hotel in die Stadt fährt, unterwegs waren. Ich weiß, das ist nicht viel, aber ich habe trotzdem ein sehr gutes Gefühl bei ihr.

Bedauerlicherweise wohnt sie nicht in London, aber Portsmouth ist durchaus eine machbare Entfernung. Ich habe die Route auf Google Maps überprüft und war angenehm überrascht, dass es weniger als zwei Stunden mit dem Auto dauert, jedenfalls bei normalem Verkehr. Und wenn ich keine Lust habe, mit dem Auto zu fahren, kann ich auch den Zug nehmen: viermal pro Stunde, mit Umstiegen in Norwood Junction und East Croydon.

Ich denke, meine neue Freundin wird meiner persönlichen Entwicklung förderlich sein, genau wie Izzy. Sie ist so lebendig, so selbstsicher. Ich habe vorhin zufällig gehört, wie sie sich bei dem Geschäftsführer über ein Problem mit der Dusche beschwert hat. Ich persönlich finde den Geschäftsführer etwas einschüchternd, aber meine neue Freundin hat keinen Hauch von Unsicherheit gezeigt. Was ihre körperliche Erscheinung betrifft ... sie ist nicht das, was man als schön bezeichnen würde, aber sie hat ein interessantes Aussehen, mit der Gelassenheit einer Tänzerin und einem Gesicht wie ein geschliffener Diamant.

Als ich hinter einer Topfpalme stand und ihr dabei zusah, wie sie den Geschäftsführer souverän zur Rede stellte, überkam mich ein Anflug von Zuneigung – fast schon Liebe – für meine Freundin. Das Gefühl war so stark, dass ich gegen den Drang ankämpfen musste, ihre Hand zu ergreifen und mit ihr an einen Ort zu fliehen, an dem die Aussicht schmerzhaft schön und die Luft zu dünn zum Atmen ist.

Danksagung

Ich bin und bleibe Mari Evans unendlich dankbar dafür, dass sie mir so viele wunderbare Möglichkeiten eröffnet hat. Weitere Mitglieder des genialen Teams von Headline, die eine besondere Erwähnung verdienen, sind Toby Jones, Lucy Dauman, Isabel Martin, Lisa Horton, Grace McCrum, Ruth Case-Green, Joe Thomas und Ana Carter.